An Interpretation of *The Ring and the Book*
by Robert Browning

ブラウニング『指輪と本』を読み解く

黒 羽 茂 子 著
Shigeko Kurobane

時潮社

ロバート・ブラウニング
Pen Browning による肖像画 (1881)
Armstrong Browning Library 蔵

エリザベス(ブラウニング夫人)
E. Fox-Bridell によるパステル画 (1858)
Armstrong Browning Library 蔵

はじめに

　ブラウニングとは、英国19世紀ヴィクトリア朝の詩人ロバート・ブラウニング（1812-1889）のことです。明治38年（1905）、上田敏が『海潮音』を出版して、欧米の詩人29人による57編の詩を流麗な日本語訳で紹介しました。その中にブラウニングの詩4編が含まれていて、「春の朝（あした）」と題したのは、ある時期、国語検定教科書に載っていました。「時は春、」で始まり、「蝸牛（かたつむり）枝に這ひ、神、空に知ろしめす。すべて世はことも無し。」で終わる詩です。また、京大英文科教授だった厨川白村（くりやがわはくそん）が大正11年（1922年）に『近代の恋愛観』を発表して恋愛至上主義を唱え、当時の若い人たちに大きな影響を与えましたが、その巻頭を飾ったのがブラウニングの詩の一節でした。しかしいずれも古い話ですし、「神、空に知ろしめす。すべて世はことも無し」、つまり神さまが空におられるから天下泰平だなんて、ずいぶん脳天気な詩人だということになりそうです。私も実はそのように思っていました。

ブラウニングとの出会い

　私が熊本でおばさん大学院生を目指して英詩講読の授業を聴講したとき、ブラウニングの「ブロウグラム司教の護教論」"Bishop Bloughram's Apology"に出会いました。カトリックの聖職者である司教は、ギガディブズという変な名前のジャーナリストに「今どき神信心をしていられるなんて！」とでも言われたらしく、「ワインはもうよろしいかの？」などと下手に出ながら、若造の柔な無神論をやりこめて溜飲を下げます。もっとも、老獪な司教が半分は議論のためにした議論が妙に説得力を発揮して、相手はオーストラリアに移住して聖書を読んでいる、という皮肉な結末です。ブラウニングにこんな面白い詩があるのかと驚いたのが、その後の研究の端緒になりました。先の脳天気な詩は、実はアーゾロという北イタリアの町が舞台の詩劇のなかで、絹織物工場で働く少女ピッパが歌う歌だと知りました。休日は1年に1日、元日だけで、その日をどう過ごせば残る364日を喜んで生きられるだろうか、

と考えてピッパは歌うのです。無心のその歌が、それを聞いた2人の男女にすさまじい形で不義の恋を精算させる――そんな歌だったのです。

　ブロウグラム司教の広舌は、1855年に出版された『男たちと女たち』*Men and Women* の中の一編です。カンパーニャの廃墟で恋人を待つ若者に始まり、先の司教を含めて50人の男女が、それぞれに与えられた時と場所と状況に従って一人語りをする、つまり劇的独白をするのです。しかも「愛って最高さ！」"Love is best!" と叫ぶ若者の声のあとには、愛する人に去られて「あの言い方が悪かったのか、それとも――」と懊悩する独白が続いて、青年の歓喜に水が掛けられる、という風に相互に響きあって新たな表情を見せる仕掛けにさえなっています。最後に、「もう一言」"One Word More" として、おまけのように添えられた1編が詩人自身の声によるエピローグで、「叙情詩なる愛よ」と夫人エリザベスに呼びかける献辞にもなっています。米国の詩人で批評家としても聞こえたエズラ・パウンド（1885-1972）が1920年に、「ヴィクトリア朝のもっとも興味深い詩」と評価しましたが（p.198）、実は出版当初は酷評に曝され、それは彼の人格批判にまで及んだのです。「曖昧さの7つのベールに覆われていて」、「思考と音調が勝手気ままに飛び跳ね」、独創性を気取って批評の助言を受け付けず、「論理的帰結として詩人ではあり得ない」と言われ、「治癒不能」のレッテルを貼られました。

ブラウニングの人となり

　ブラウニングは1812年5月7日にロンドンで生まれましたが、学校というところに行って受けた教育は小学校だけです。父親は、西印度諸島の砂糖園経営を任されたのですが奴隷の使用を嫌って帰郷し、生活のために銀行員にはなったものの、絵を描き、珍奇なものを含めて膨大な書物を集める芸術家肌の人でした。その父親が設立に参加したロンドン大学もブラウニングは早ばやと退学し、父の書斎が彼の学校になりました。母は音楽を愛し、非国教会派の信仰に篤かった女性で、その訃報が在イタリアのブラウニングに届いたとき彼を打ちのめしたほどにブラウニングと深い結びつきを持っていました。2歳違いの妹ドロシーは、寡夫となった父親と、そしてその死後には兄の家庭のために、生涯を捧げています。

若い頃のブラウニングは難解な詩を書くことで、ジョークの種になりました。1840年、27歳になったブラウニングが7年の歳月を掛けて発表した第3作目の長詩『ソルデッロ』*Sordello* は、12世紀イタリアの吟遊詩人ソルデッロに材をとった5931行の作品です。しかし、聡明で聞こえたカーライル夫人が、その詩を読み終えてもソルデッロが人の名前か町の名前か、はたまた書物の名前なのかさえ分からなかったと言います。また、ジャーナリストのジェロルドという人が、病後に読んで2行と続けて分かるところがなかったので、自分は痴呆になったと騒いだ話も残っています。

その5年後、1845年に、彼は後の妻エリザベス・バレット（1806-1861）と出会っています。6歳年長のエリザベスは当時すでに世に聞こえた女流詩人でしたが、*父の家の4階の一室でベッドとソファの間を移動するのがやっとという病人でした。1月に始まった文通が5月にはブラウニングの訪問となり、2年後の9月、秘密裡の結婚とイタリアへの逃避行となって、人々を驚かせました。主としてフロレンスに住み、エリザベスは健康を回復して、健康な男の子を産みさえしました。

ブラウニングの劇的独白に優れた手法は、『鈴と石榴』*Bells and Pomegranates* シリーズに発表された「前の公爵夫人」"My Last Duchess"（1842）や「故国を思う」"Home Thought Abroad"（1845）などの短詩にすでに明らかでした。しかしイタリアでエリザベスと共に過ごした歳月が、より深い人間心理への洞察と宗教性を培い、より優れた詩作の土壌となったことは疑えません。その10年の成果として、『男たちと女たち』を満腔の自信と期待を込めて出版したのです。しかし女流作家のジョージ・エリオット（1819-1880）ら限られた人々に認められただけでした。エリザベスの方は、翌1856年11月に詩集『オーロラ・リー』*Aurora Leigh* を発表し、それは非常な好評をもって迎えられました。その成功を心から喜びながらも、ブラウニングが絵画と彫刻と社交に没頭していたのは、『男たちと女たち』によって受けた痛手を忘れるためであったと推測されています。詩作はまったく放棄され、1860年3月頃イタリア統一運動の熱狂の中でイギリス非難の詩を書いて、そ

---

* ウィンポール通り50番地（No. 50 Wimpole Street）のその建物には銘板が嵌め込まれていて、今でも確認することができます。

して廃棄したらしい、とエリザベスの手紙にあるのが特筆事項になるくらいでした。

ブラウニングと古い黄表紙の本との出会い

　イタリアで15年の歳月を共に生きて、1861年6月29日、エリザベスは夫の腕に抱かれて夫への愛の言葉を囁き、やがて頭をかくんと落として、そしてそれが最期でした。そのちょうど1年前の1860年6月に、ブラウニングは黄色の皮表紙をつけた古い本を1リラで買い求めていました。露天商人が聖ロレンツォ教会の階段に並べたがらくたの中から見つけたもので、それが本書で取り扱う『指輪と本』*The Ring and the Book*（1868-1869）の資料となった『古い黄表紙の本』*The Old Yellow Book* です。

　古ぼけた書物に興味を持つのは父親譲りの性癖とも言われるのですが、彼の意識の奥にロマン派の詩人シェリー（1792-1822）の『チェンチ家』*The Cenci*（1819）があったことは間違いありません。作品が完成してタイトルを決める段階になったとき、第1候補とされたのが『フランチェスキーニ家』*The Franceschini* だったことからも推測されます。

　シェリーが手に入れたのは、ローマで屈指の貴族の家に生まれたベアトリーチェ・チェンチが辺境の要塞で父親を殺した1599年の事件をセンセーショナルな物語にした1通の文書でした。ブラウニングが手に入れたのは、ほぼ1世紀を隔てた1698年の、やはり殺人事件のものです。フロレンスの南東にあってアレッツォと呼ばれる町の貴族グイード・フランチェスキーニが、嫡男を産んだばかりの幼妻とその養父母をローマで惨殺しました。その事件にかかわる公私さまざまの記録を集めて綴りあわせたのが、古い黄表紙の本です。当時の法廷闘争はすべて文書のやりとりでしたので、検察側・弁護側双方の申し立て書があり、それらを要約した文書があり、江戸時代の瓦版よろしく巷に出回ったパンフレットがあり、それには、姦通の妻を罰するのは夫の権利であると犯人を擁護するものと、被害者の潔白を信じる立場からのものがあり、判決文や弁護士の私信もある、つまり非常に多面的なものなのです。シェリーの場合が発端から結末へ一筋に進む5幕の悲劇となり、ブラウニングの場合は劇的独白を重ねるという希有な形となりましたが、それは資料の

質と無縁ではないと思われます。ブラウニングは、「背中を押されるようにして」"... a Hand, Always above my shoulder, pushed me once, ..."そ の本を購入したと言うのですが、天の配剤と思わずにはいられません。

グイード・フランチェスキーニの起こした事件とは

　それはこういうことです。なお、事件の大きな要因となるのが「婚資」"dowry"で、新婦の持参金のことです。「アレッツォの貧乏貴族で中年のグイード・フランチェスキーニが、ローマ市民の一人娘で13歳のポンピリア・コンパリーニと婚資目当ての結婚をし、その高齢の両親ピエトロとヴィオランテも伴ってアレッツォへ帰った。しかしグイードの母親や弟のいる家の中に争いが絶えず、4ヶ月後にコンパリーニ夫婦はローマへ逃げ帰り、そしてポンピリアは出生の8ヶ月前に買った子どもで実子ではなく、したがって婚資の契約は無効であると訴え出た。判決には双方が上告し、決着がつかないままとなる。ポンピリアは不幸な4年の結婚生活の後、修道士カポンサッキに守られて夫の家から逃亡、しかしローマへあと一駅のカステルヌォーヴォの宿でグイードに追いつかれ、官憲の手に渡された。姦通と断定はされなかったが、カポンサッキは3年の流罪となり、ポンピリアは初め修道院に、のち妊娠のためにコンパリーニ家に預けられ、12月18日に男児を出産した。その2週間後、夫とその手下4人に襲われ、即死の養父母に4日おくれて絶命。ポンピリアの証言から犯人らは逃亡途上で捕らえられ、死刑を宣告されたが、グイードは過去の教会における地位を理由に刑の減免を要請する。教皇がそれを却下し、1698年2月22日に刑が執行された。」

　ブラウニングはそのような資料を歩きながら読み、自宅に帰り着くまでに事柄の真実を把握した、と『指輪と本』第1巻にあります。当初は、その話が伝えられているかどうかをローマで確かめたり、アレッツォでの調査を求めたりする一方で、歴史物語もしくは小説にしてはどうかと知人2人に提供を申し出て、断られています。エリザベスはおぞましい事件に関わるものには触れることさえ拒否しましたから、翌年6月29日の彼女の死去と、その悲しみから立ち直るまでの期間は彼の手元に放置されていたと想像されます。

寡夫となったブラウニングは1861年8月1日にフロレンスを離れ、在フランスの父と妹に合流して夏を過ごしたあと、遺児ペン（Robert Wiedemann Barrett Browning の愛称）と共にロンドンに帰り、9ヶ月後にはほぼ生涯の住まいとなるウオリック・クレセント19番地（No. 19 Warwick Crescent）に落ち着いています。そのブラウニングに対して、出版界の空気は変化していて、1863年に古い作品からの選集が出版されるとよく売れ、とりわけケンブリッジやオックスフォードの学生の間に多くの読者を獲得しました。1864年の『登場人物たち』Dramatis Personae は、『男たちと女たち』を酷評した『アセニウム』Athenaeum 誌からも、シェイクスピアを引き合いにした「偉大な劇詩人」"a great dramatic poet"（Critical Heritage, p.220）との評価を得ました。

4年をかけた労作『指輪と本』

1864年9月19日付けで、フロレンス以来の友人イサ・ブラグデンに宛てた手紙（Browning: Dearest Isa, p.193）によって、ブラウニングが『指輪と本』の創作にとりかかったことが知られます。「全構想がほぼ頭に入っている」"... my new poem ... of which the whole is pretty well in my head—the Roman murder story you know." と書いており、のちに、詩人で美術評論もするウイリアム・ロゼッティ（1829-1919）に、ローマの殺人事件に基づく作品の構想をローランド峠で得たと話しています。それは同年8月にバスクの村に滞在し、騎士ローランドがカール大帝軍の通過を阻む岩を蹴破ったという伝説の場所を見に行った時のことで、12個の小石を等間隔に並べて12巻の構想を確認したという話になっています。しかしその2年前、1862年9月に「2次資料」として後に知られるようになったものを入手しようと、手配をしていますから、創作過程の追跡をしたカンディフが言うように、2年くらい前から間欠的にしかし集中的な準備をしたと考える方が自然です。ローランドの偉業は大作への着手を促したということではないかと思います。その後、原則として朝の3時間を詩作に当て、父親と、そしてエリザベスの妹アラベルの最期も看取り、息子ペンをオックスフォードに入学させるための骨折りと心労と、そして失望をも味わいつつ、21,116行の詩を完成するのは、

4年後の夏のことです。

　全12巻という構成と、第1巻に「祈願」"Invocation"があることからも、ブラウニングが叙事詩を意図したことは容易に想像されます。エピローグの第1巻とプロローグの第12巻は詩人自身の語り、第2巻から第4巻までは巷(ちまた)のうわさ話、続く3巻は伯爵フランチェスキーニ、カポンサッキ、ポンピリアの順に事件の主役たちの登場、第8巻から10巻までは裁く側の独白で、弁護士、検察官、教皇の順、第11巻に死刑執行を目前にしたグイードが2度目の登場をします。『指輪と本』のタイトルで、1868年11月から、1ヶ月ごとに4冊ものとして出版されました。酷評にさらされた『男たちと女たち』の出版から14年後のことです。

　時代の思想家であったカーライル（1795-1881）に言わせれば、「10行で事足りて忘れたくなるだけのありふれた刃傷沙汰」が主題で、それが行数で『失楽園』の倍を越える、いわば不埒な作品です。詩人仲間のテニスン（1809-1892）が読まれるだろうかと危ぶんだのですが、ブラウニング自身の予想をはるかに越える好評を博し、その後の英国の詩人や作家、また我が国の芥川龍之介らに及ぼした影響は少なくありません。したがってブラウニングを論じる際には避けて通れない作品であり、ことに第10巻「教皇」"The Pope"は彼の思想を論ずる際の、第5巻「伯爵グイード・フランチェスキーニ」"Count Guido Franceschini"と第11巻「グイード」"Guido"の対を成す2巻は「悪」の性格論の、それぞれ好材料となってきました。しかし『指輪と本』全巻を真正面から取り上げて、一巻ずつを丁寧に論じた評論は今に至るも意外に少なく、出版順にオルティック＆ラウクス（1968）、サリヴァン（1969）、それにバックラー（1989）によるものくらいです。それどころか、噂話2・3・4巻を一つにまとめ、エピローグとプロローグとさらには法律家2人の8・9巻も削除、5・6・7・10・11の5巻を残せば十分だとする論があります。それに対して、チェスタートン（1874-1936）が、その名著といわれる『ロバート・ブラウニング』の中で、「何によらず、ブラウニングのものを不要だというのは極めて危険である」"it is exceedingly dangerous to say that anything in Browning is irrelevant or unnecessary."（p.160）と警告しています。チェスタートンは『正統とはなにか』という知的な宗教論を

する人でもあれば、詩人でもあり、ブラウン神父の探偵ものでも知られるユニークな人物です。

『指輪と本』と私

　私はブラウニングの人間性に深い洞察を示すチェスタートンの勧めに従い、一巻ずつ、その巻自体の価値を求めて読み進めてきました。第1巻については熊本商大（現熊本学園大学）論集第35巻第2号（1988）に英文で寄稿、第2巻は九州英文学会における口頭発表の後、九州女学院短期大学紀要第15号（1990）に発表しました。その後は、1999年を除いて、毎年1巻ずつを口頭発表を経て論文とし、4年制に組織替えした九州ルーテル学院大学紀要「VISIO」28号（2001）に第12巻を発表して、全巻を終えました。
　『男たちと女たち』が私の修士論文のテーマで、『指輪と本』に本格的に取り組んだのは大学で専任の職を得てからです。当初は資料も少なく手探りでしたが、まず大英図書館（British Library）、続いてテキサス州ウエイコのブラウニング図書館（Armstrong Browning Library, Baylor University, Waco, Texas）への道が開け、とりわけ後者から1998年度に2ヶ月、特別研究員の処遇を与えられ、恵まれた環境で豊富な資料に触れることができたのは、望外の幸いでした。
　英米の知友に「ブラウニングを研究している」と言うと、たいていは先ず肩をすぼめて、それからフフッと笑います。文学専攻のアメリカ人女性に、『指輪と本』をやっていると言うと、眉を吊り上げて「教えてほしいわ」と言い、その翻訳を考えていると言うと、身をよじって笑いました。そのように「変わっていて難しい」で聞こえた作品は、非英語人としてはとりわけ綿密に読むことになります。その結果として、ブラウニング研究の最先端を些少なりとも推し進めることに寄与できたと自負するところがあります。そのための研究手法に導いてくださったのは伊藤弘之先生（熊本大学名誉教授）であり、また、研究とは既存の研究の集積に新しい何かを付与することだ、と門前の小僧をさせてくれたのは工学研究者の伴侶でした。さらには口頭発表の際に、司会者として、また聴衆として、批評や助言を寄せてくださった方々、とりわけ複数回の司会者として激励を与え続けてくださった山中光義

先生（福岡県立女子大学名誉教授）に負うところが少なくありません。

　本書はそのようにして得られた成果を研究者以外の方々にも読んでいただけるように、書き改めたものです。そのいきさつについて、「おわりに」を先に読んでいただけるとよいかもしれません。ただし、基本的な姿勢は変えていませんので、煩わしく思われる箇所や項目があると思います。そのような場合には、遠慮なく読み飛ばして、とにかく終わりまで辿り着いて下さるように切望します。必ず、面白いと思われる箇所に出会っていただけると思います。

カタカナ表記のこと

　人名・地名などのカタカナ表記については、英和辞書、固有名詞英語発音辞典、キリスト教人名辞典、新カトリック大事典、西洋人名よみかた辞典、に当たりました。しかし多くは、京都のイタリア語の達人二人の方に仰いで得た助力の賜物です。教皇の名前は、イタリア語ならば"Innocenzo"の表記で発音は［インノチェンツォ］、ラテン語ならば"Innocentius"［インノケンティウス］となり、『キリスト教人名辞典』はラテン語に依拠しています。本書では、英語表記と読みの「イノセント」"Innocent"を通しました。地名「フロレンス」"Florence"は、そのままの英語読みの場合と、資料との関係でイタリア名のフィレンツェを使用した場合があります。登場人物名では、先行研究も考慮しました。殺人犯"Guido"は、これまで「ギドウ」「ギドー」「グイド」「グイドー」「グイードー」とさまざまに表記されてきました。ですから京都発の情報に基づき「グイード」としました。しかし「ポンピーリア」"Pompilia"に関しては、先達のすべてが「ポンピリア」で一貫していますので、在来表記に従いました。その他、書籍名を含めてさまざまの欧語表記については、本書末尾の「欧語索引」（「事項索引」を兼ねています）を参照してください。

　作品と、翻訳された『古い黄表紙の本』とにおいて、三人の聖職者に"Abate"（英語読みでは「アベイト」、伊語では「アバーテ」）の称号がつけられています。その三人とは、グイードの弟パオロと、刑死するグイードに教誨師として付き添ったパンチャティーキと、そしてギリシャ語学校の校長で神

学博士のバルベリートです。バルベリートは、事件の夜、コンパリーニ家のすぐ近くにあった学校から駆けつけ、ポンピリアの告白を聴き、朝まで付き添って宣誓供述書を残している人です。この語"Abate"は原資料では"Abbate"（アッバーテ）で、修道院長の意もありますが、上記三人の場合は「聖職録受給者に対する尊称」としての使用であると分かりました。「高位の」と形容されるのですが、ローマ教会の位階制に位置づけはなく、散在する記述から推測して「司教」"Bishop"と「助祭」"Deacon"の間くらいかと想像をします。若い修道士たちの場合に多い称号の"Canon"は、発音が英語では「キャノン」、伊語では「カノン」、英和辞書に「司教座聖堂参事会員」と出ています。司教が執り行う荘厳な儀式のために奉仕をするのが役目で、司祭、助祭、副助祭の身分の人に限られたようです。慣れた英語読みの「キャノン」を捨てがたかったのですが、伊語の「カノン」としましたので、"Abate"の方も「アバーテ」となります。しいて訳せば「神父」でしょうか。

　引用文には、原文を辿りやすい翻訳併記を心掛けましたが、思うに任せなかった箇所も少なくありません。研究者を念頭に置いた注記にはそのような配慮をしなかった場合もあり、併せてご寛恕下さい。ブラウニングとその作品への興味を一人でも多くの方に喚起できれば、と願います。

One Word More

　2008年8月13日に天宮に住居を移した夫、黒羽啓明に本書を捧げます。

黒 羽 茂 子

ブラウニング『指輪と本』を読み解く／目次

はじめに　1
凡例　14
事件の概要　15
事件関係者一覧　16

第1巻「指輪と本」──叙事詩とブラウニング ……17
 Ⅰ　詩人の個人史を重ねる　　18
 Ⅱ　叙事詩の型に重ねる　　26

第2巻「半ローマ」──もう一つの人間悲劇 ……35
 Ⅰ　資料「作者不明の文書1」の場合　　36
 Ⅱ　作品「半ローマ」の場合　　37
 Ⅲ　Half-Rome の戦略　　42
 Ⅳ　Half-Rome の本音　　55

第3巻「残りの半ローマ」──話者の実像 ……61
 Ⅰ　年齢　　62
 Ⅱ　教養　　67
 Ⅲ　教会への反感　　71
 Ⅳ　奇妙さ　　76
 Ⅴ　倒錯　　84

第4巻「第三の男」──野心家の本音と本性 ……91
 Ⅰ　第1行　呼び掛け　　92
 Ⅱ　第2─3行　シンメトリー　　97
 Ⅲ　第4─11行　失敗の原因　　103
 Ⅳ　第15─17行　出自　　108
 Ⅴ　第18─19行　想像力の効用　　116

第5巻「伯爵グイード・フランチェスキーニ」
　　　──延命のレトリック ……………………………………123

　Ⅰ　分類　124
　Ⅱ　「序論」"Exordium"（1─139）　126
　Ⅲ　「陳述」"Statement of the Case"（140─1738）　130
　Ⅳ　「立証」"Proof"（1739─2011）　143
　Ⅴ　「結び」"Peroration"（2012-2058）　150

第6巻「ジュゼッペ・カポンサッキ」
　　　──人間的なヒーローの造形 ………………………………155

　Ⅰ　「本」から「指輪」へ　156
　Ⅱ　奔放な若者たち　161
　Ⅲ　豹変するカポンサッキ　164
　Ⅳ　抑圧された恋心　172
　Ⅴ　ポンピリアと不思議　175
　Ⅵ　カポンサッキの夢　178

第7巻「ポンピリア」──永遠への飛翔 ……………………………185

　Ⅰ　ポンピリアと資料　186
　Ⅱ　ポンピリアと言語　187
　Ⅲ　ポンピリアと家族　197
　Ⅳ　ポンピリアと他者　202
　Ⅴ　ポンピリアと超越者　211

第8巻「アルカンジェリ」──息子と食物とラテン語と …………219

　Ⅰ　可笑しさ　219
　Ⅱ　ラテン語の問題　230
　Ⅲ　ラテン語と興趣　233
　Ⅳ　戯画化の素材　238
　Ⅴ　怖さ　242

第9巻「ボッティーニ」
――「ぼろ雑巾言語」の究極のサンプル ……247
- I 資料のボッティーニ　247
- II 作品上のボッティーニ　254
- III 結び　281

第10巻「教皇」――勇気ある老いの肖像 ……285
- I 構成　285
- II 死体裁判　287
- III 独り語りの意義　291
- IV 事件関係者評価　294
- V 神学的考察　304
- VI レトリックの特色　312
- VII 老いの自覚　315

第11巻「グイード」――責任転嫁の醜相 ……323
- I 批評の流れ　323
- II 語りの質　325
- III 教皇とグイード　328
- IV 責任の所在　338

第12巻「本と指輪」――言葉の虚しさと人間の真実 ……345
- I 資料　346
- II 作品「第1の手紙」(31-208)　347
- III 作品「第2の手紙」(239-390)・「第3の手紙」(406-646)　352
- IV エピローグの意義　357

おわりに　363
事件関係者の虚実　374
その後のこと　380
文献　385
欧語・事項索引　393

凡　例（本文に入る前にお読みください）

1. 人名・地名・書名の欧語表記は、本書末尾の「欧語索引」（事項索引を兼ねています）を参照してください。本文中の表記に従って、アイウエオ順です。例えば、「ジューリア・ウエッジウッド」は「ジ」で引いてください。
2. 使用したテキストは F.G.Kenyon 編集の *The Works of Robert Browning* です。引用あるいは概説部分末尾の数字、例：(159-63) は、このテキストによる当該巻の詩行番号です。ローマ数字がある場合は巻号を示します。例：(X, 23) は第10巻の23行目のことです。引用文中の斜字体は、（原文斜字体）と断りがなければ、筆者の加筆です。下線はすべて筆者が付加したものです。
3. p. 付きの数字は、著書の頁番号です。著者あるいは書名のない場合は文脈から判断なさってください。"OYB" とあるのはホデール（Hodell）訳編 *The Old Yellow Book* の *Everyman* 版、"Ohio" とあるのは Ohio 版 *The Complete Works of Robert Browning* を示しています。詳細については、本書末尾の「文献」を参照してください。
4. 「文献」の配列は、日欧を問わず原則として著者名によるアルファベット順、同じ著者による場合は出版年順です。書名によるものは、"a" や "the" を省いて、その次の語によるアルファベット順です。
5. 聖書からの引用は、断りがない限り、*The Bible, Authorized King James Version* と日本聖書教会版「聖書」（旧約1955年、新約1954年改訳）によります。

おことわり　文章中に引用した欧文について、やたら大文字が多いのに戸惑われると思います。これは詩の場合に行頭の文字が全て大文字になるのを、行を無視して並べているからです。改行の箇所に／を入れる習いもありますが、あえて省きました。この作品の詩型は英詩や詩劇によく使われる無韻詩（Blank Verse）、弱強五歩格あるいは五脚弱強調（unrhymed iambic pentameter lines）です。つまり弱強のリズムが5回繰り返されて1行を構成し、脚韻（行末に同じ音で終る語を置き、一定の間隔で繰り返す）の必要がありません。もっとも、厳密に形式が守られるわけではなく、言葉が優先して、リズムや長さは相当程度に自由です。ですから、正確なリズムになったり、韻を踏んだりすると、そのことが特別な効果や意味を生むことにもなります。日本人の感覚にある七五調とあわせて考えてみてくださるとわかりやすいのではと思います。

事件の概要

　フロレンスの南東80キロ、列車で1時間のところにアレッツォという城壁の残る町があります。17世紀末、そこに貴族とはいえ貧窮したフランチェスキーニ公爵家がありました。その当主グイードは、長年のローマ滞在でもうだつが上がらず、弟パオロの入れ知恵で、婚資つまり持参金目当ての結婚を志します。情報網に浮かび上がったのがローマ市民の一人娘、13歳のポンピリア・コンパリーニ、高齢出産だった親は60歳を越えていて遺産相続も遠からずと好都合です。パウロが母親ヴィオランテの虚栄心に働きかけ、反対する父親ピエトロには秘密裡に結婚式を挙げさせてしまいました。
　実は、ピエトロが家産をすり減らしていて、経済と介護にも不安がある夫婦は、結局全財産を投げ出してポンピリアと共にアレッツォへ行くことにしたのです。しかし老公爵夫人や三男のジロラーモもいる家に平穏は望むべくもなく、コンパリーニ夫婦は4ヶ月後にローマへ逃げ帰りました。そしてポンピリアは出生の8ヶ月前に買った子どもで実子ではないことを暴露し、婚資と財産の返還を求める裁判を起こしたのです。判決には双方が異議を唱えて上告し、決着がつかないままになりました、
　不幸な結婚生活に耐えたポンピリアですが、新しい命の芽生えに促され、4年後の4月末に修道士カポンサッキに伴われて夫の家から逃亡します。しかしローマへあと一駅のところでグイードに追い付かれました。ローマの法廷は、カポンサッキを3年の流刑に、ポンピリアを修道院預けとしました。ポンピリアが10月にコンパリーニ家に保釈されたのは妊娠のためで、12月18日に男児を出産、その子は所在を隠すため2日後に乳母に渡されました。明けて1月2日の夜、コンパリーニ家はグイードとその手下の農夫4人に襲われ老夫婦は即死、死を確認されたはずのポンピリアは奇跡的に4日の余命を保ちました。その証言から、犯人らは逃亡途上で捕らえられ、2月18日に5名全員に死刑の宣告、弁護側がグイードの聖職経験を理由に刑の減免を要請しましたが、教皇がそれを却下して、1698年2月22日に刑が執行されました。

事件関係者一覧

フランチェスキーニ家（アレッツォの貴族）側
グイード	当主で伯爵、ローマで枢機卿に仕えたが離職した。
パオロ	グイードの弟、ローマ在住、高位の聖職者アバーテ
ジロラーモ	グイードの末弟、アレッツォ在住、聖職者カノン
母	名はベアトリーチェ
姉	名はポルツィア、アルドブランディーニ伯に嫁いでいる。
コンティ	アルドブランディーニ伯の弟、聖職者カノン
グイッリキーニ	親族の男性
アンジェリーカ	ピエトロ等に同情的であったために解雇された女中
マルゲリータ	グイードの手先の役割を担った女中

コンパリーニ家（ローマのブルジョワ）側
ピエトロ	資産家の当主
ヴィオランテ	ピエトロの妻
ポンピリア	唯一の跡取り娘、13歳でグイードの妻となった。
ガエターノ	ポンピリアが生んだ男の子ども
カポンサッキ	アレッツォ在住の聖職者カノン、ポンピリアのために逃避行の同伴者となった。

裁判関係者
ボッティーニ	グイードを糾弾する検察官
アルカンジェリ	グイードを擁護する弁護士
スプレーティ	アルカンジェリを補佐してグイードを擁護する辯護官
イノセント12世	聖職特権によるグイードの減刑要請を受ける教皇
チェンチニ	事件に関する諸記録を集め保存したフロレンスの法律家

第1巻 「指輪と本」
"The Ring and the Book"
——叙事詩とブラウニング

　劇的独白とは劇的人物による一人語りである。英国詩を歴史的に検討したフューソンが、「ブラウニングはその劇的独白の創始者ではない、しかしアイロニカルな心理劇的独白を生み出した点でこのジャンルにおけるヴィクトリア朝きっての巨匠である」と位置づけた（pp.10-1）。『指輪と本』*The Ring and the Book* はそのような劇的独白が幾重にも重なり、ブラウニング自身にとっても唯一となった希有な形式の作品である。

　執筆開始は1864年のおそらく9月で、4年後の1868年夏ごろに完成したと推測される。11月の出版予定を前にして、作品全体のタイトルは7月末になっても決まらず、最終的に第1巻の巻タイトル「指輪と本」"The Ring and the Book" が、そのまま用いられることになった。それは、エリザベスとの文通が始まって4通目の手紙（1845年2月11日付）に、ブラウニングが将来生み出すべき畢生の作品として "R.B. a poem"（頭文字を使って「ロバート・ブラウニングの詩」）と書き、エリザベスが "the R.B. poem"（「その R.B. の詩」）と応じていたのに、The Ring and the Book の頭文字が呼応することに気づいたため、と言われている（Irvin & Honan, p.425）。

　タイトルの "Ring" と "Book" にそれぞれ定冠詞が付いている。そのことが示唆するように、それぞれに明確な指示物がある。「指輪」は、ブラウニング夫妻がフロレンスで得た友人イサ・ブラグデンがエリザベスに贈ったもので、エリザベスの死後にはブラウニングが時計の鎖につけて持っていた。「本」は、エリザベスの死の1年前に入手して作品の資料となった『古い黄表紙の本』である。この二つは、職人が柔らかすぎる素材の金に合金を混ぜて指輪を形づくるように、詩人は素材としての黄表紙の本に想像力を混ぜ合わせて詩作品を完成する、というブラウニングの芸術論の素材でもある。内

包力の豊かなタイトルになったと言える。

　ブラウニングがこの作品に叙事詩を意図したことは疑いがない。叙事詩とは規模の大きな物語詩で、偉大な詩人だけに可能な、もっとも偉大な文学形式と見なされてきた。叙事詩とは何かを厳密に規定するものは存在しないが、ギリシャのホメロス（紀元前8世紀）による『イリアス』『オデュッセイア』とローマのヴェルギリウス（紀元前70-19年）の『アエネイス』を原型とみなすことは共通認識になっている。規模の雄大さ、真摯で高貴な文体、テーマの歴史性、途中から始まる技巧、24もしくは12という数に基づく均衡のとれた構成、そして戦闘場面、祝宴、神話、長々とした直喩、カタログ（列挙）、詩神への祈願があることなどが要件とされる。

　ブラウニングの『指輪と本』は、過去の出来事を忘却から救出するという点で歴史性の要件を満たすと考える。その第1巻は、結局のところ導入に過ぎない（Smith, p.200）とか、憂鬱な読み物である（Critical Heritage, p.339）、などと片付ける評者もいるのだが、詩人の過去を重ね合わせ、また伝統的な叙事詩の型と重ね合わせると、このプロローグの巻は単なるプロローグの域を抜け出して、それ自体で興味と魅力に溢れた作品として立ち現れてくる。

I　詩人の個人史を重ねる

　この巻の語り手も劇的人物とする解釈はある（Shaw, p.240）。しかし、語り手をブラウニング自身とすると、詩人の伝記的な事実をもとに第1巻の詩の片言隻句にも豊かな意味づけが可能になる。新約聖書冒頭の単なる系図が、背景知識によって豊かな意味を帯びるのに似るのである。

　第1巻は、叙事詩に期待される高貴さ荘重さにはほど遠く、「この指輪が見えますか？」という雑駁なトーンで始まる。その指輪はローマ製で、名工のカステッラーニがエトルリアの指輪を模して作った作品である。

　　　Do you see this ring?
　　　'T is Rome-work, made to match
　　　(Castellani's imitative craft)

Etrurian circlets found, some happy morn,
After a dropping April; found alive
Spark-like mid unearthed slope-side figtree-roots
That roof old tombs at Chiusi; . . . . (1-7)

エトルリアは古代にエトルリア人が支配したイタリア中西部の地域で、19世紀に発掘が進み、とりわけ墳墓から多くの遺物が出土した。彼らは金属工芸にも優れていたから、エトルリアの指輪といえば特別なものを含意する。それが、「雨がちの4月を過ぎた幸せな朝に、きらめくように生きて発見された」のだが、「斜面に生えてキウージ（往古の首都）の古い墓々を覆うイチジクの木の掘り出された根の間に」と、墓場の話になる。すると指輪の持ち主であったエリザベスの死の記憶が呼び覚まされ、「しあわせな」"happy"や「生きて」"alive"の語は、彼女が生きていた日の喜びと、それが失われている現実を浮かび上がらせ、情景描写と見えたものが詩人の哀切な思いを託すものに変貌する。

　フロレンスのピッティ宮に近い*グイーディ館の2階部分はイタリアにおけるブラウニング夫妻の生活の拠点で、カーザ・グイーディとエリザベスが名付け、そこで彼女はブラウニングに抱かれて息を引き取った。彼は直ちに思い出深い館を離れて、イサ・ブラグデンの家に移り、1ヶ月後にはフロレンスを後にして、二度と戻ることがなかったのである。伝記を書いたベティ・ミラーは、ブラウニングがフロレンスでの生活を数年後に振り返って書いた手紙に、次のような1節があると紹介している。

「もう一度その生活を生き直したいとは思わない、1日たりとも。しかしそれだけが私が真に生きた日々だったようです――前も後もまったくの無なのです。そこに眼を向けることは、私の全生涯を振り返ること、そして生きることは苦痛です」"I would not live it over again, not one

---

*　15世紀建造の建物をグイーディ伯爵が館とし、後に区切ってアパートとして貸し出していました。現在、英国のイートン校が所有し、ブラウニング夫妻の暮らしの形を復元して一般公開しています。"Casa Guidi"としてインターネット上で検索できます。自炊の宿泊も可能で人気があるそうです。

day of it. Yet all that seemed my real life,-and before and after, nothing at all: I look back on all my life, when I look there, and life is painful."(p.217)

エリザベスとフロレンスに対するブラウニングの感情はそのような痛苦を伴うものでさえあった。のちに彼は、富裕で美しい貴族の未亡人に求婚をしたことがあるのだが、そのとき「私の魂はフロレンスに埋めてあり、結婚を考えるのは息子のためです」と述べて、相手側の激怒を買う羽目におちいった。それはほとんど笑止の沙汰であるが、彼の思いの深さを例証するものとは言える。

「指輪」に続いて、「この四角で古い黄色の本が見えますか？」(33) と、「本」の話になる。ブラウニングは、聖ロレンツォ教会の広場でそれを手に入れると読みながら帰ったと言うのだが、露天商が石段に並べた品物と、家に到るまでの途中の情景が、叙事詩のカタログよろしく列挙されて24項目に及ぶ。中には、元は衣装ダンスの取手で、「古代の貴婦人が錦の衣を取り出すときに使った真鍮の天使の頭」"Bronze angel-heads once knobs attached to chests, (Handled when ancient dames chose forth brocade)" (55-56) があり、「日向で饐えておっている古着」"cast clothes a-sweetening in the sun" (108) もあり、チェスタートンは「下層の質屋の絵画的な哀感」"the pathos and picturesqueness of a low-class pawnshop" を表現し得て類がない (p.106)、と評する。確かに、どこか猥雑で滑稽で、でもそれだけではない何かがある、それが「哀感」——しかし5年以上の歳月を経てなお生々しく記憶されている詳細は、もっと深い情念を含むのではないだろうか。ファウラーズが近代の詩的感性について述べた言葉、「悲しみのもっとも深い表現が急転して滑稽になることがあり得る」"the deepest expression of sorrow can slide into comic bathos" (p.93) を借用して、「苦痛に終わった幸福のもっとも深い表現が滑稽に転調したもの」"the deepest expression of happiness, which has ended in pain, sliding into comic bathos." と言うのがより適切であろうと思う。笑いながら、やがて眼が水分で潤ってくるのを感じる、そんな味わいである。

ブラウニングは、その本の値段が「1リラ」"a Lira"で、英国通貨にして

僅か 8 ペンスに過ぎないことを繰り返す。

>   ...I found this book,
>   Gave a *lira* for it, eight pence English just,（38-39）（原文斜字体）
>   ...one glance at the lettered back of which,
>   And "Stall" cried I: a *lira* made it mine.（82-83）（原文斜字体）

そのために、そのような金銭感覚を揶揄されたりする。イタリアでの夫婦の生活費はエリザベスが叔父から相続した財産を運用して得ており、ブラウニングは、彼女の病気の場合にも備えて、と最小の小銭に至るまで綿密に記帳をしていた。その手帳を見ることがあれば、「私と同じように微笑み、そのうえ私がよくそうなるように胸打たれるでしょう」"...you would smile as I do, or be touched as I often am besides."とエリザベスが記している（Miller, p.142）。

以下の引用は彼のそのような経済観念を思わせる詩行である。「赤や青が確かに赤や青であった時に誇らしく購入されたつづれ織りの残骸が、今は、裸足で石床を踏んでベッドへ行くときに助かるよ、とばかりマットとして売られている」

>   A wreck of tapestry, proudly-purchased web
>   When reds and blues were indeed red and blue,
>   Now offered as a mat to save bare feet
>   (Since carpets constitute a cruel cost)
>   treading the chill scagliola bedward:（61-65）

かっこでくくられた1行「カーペットはおっそろしく値が張るのだから」は、"cost"の [k] 音が "*c*arpets" "*c*onstitute" "*c*ruel" と念入りな頭韻を形成していて、「値段」の意を際立たせる。詩的でない、とけなされるゆえんであるが、そこから生き生きとした現実が香り立つ。

　庶民の水場の情景が温かく絵画的に描き出されるのも、彼の金銭感覚が象徴するような、現実の人間の問題に対するブラウニングの態度があってこそと思える。

> While clinked the cans of copper, as stooped and rose,
> Thick-ankled girls who brimmed them, and made place
> For market men glad to pitch basket down,
> Dip a broad melon-leaf that holds the dew,
> And whisk their faded fresh. (96-100)

「足首のしっかりした水汲み娘たちは、かがんで立ち上がるときに銅のバケツをカランと鳴らし、場所を空けてもらった野菜売りは、ありがとよ、と籠を下ろし、売り物にかぶせてあったメロンの広葉を水に浸してさっと一刷き、鮮度をよみがえらせる」

　また、死の床にあるポンピリアに寄せる人々の思いを伝える絶妙の直喩は、ブラウニングの経済観念抜きには不可能であったろう。

> As if the bystanders gave each his straw,
> All he had, though a trifle in itself,
> Which, plaited all together, made a Cross
> Fit to die looking on and praying with,
> Just as well as if ivory or gold. (1095-99)

「路傍の人たちがそれぞれに麦わらを差し出す、それ自体は些細なものだけれど、それぞれが持てるすべてのもの、そのすべてがより合わされると、みつめつつ、持って祈りつつ死ぬのにふさわしい十字架になり、まさに象牙や黄金製のものに匹敵する、そのように」

　一方、同情的な批評家をさえ苛立たせた悪名高い詩行がある。以下に引用するマニング（Manning）、ニューマン（Newman）、ワイズマン（Wiseman）の名前を地口に使った部分である。これは事件の更なる資料を探そうとする詩人に対して、やめた方がいい、記録なんて破壊好きのフランスが燃やしちゃってるよ、と笑い飛ばすタイプの人物が、心がけを改めてカトリックに改宗するなら斟酌しないでもないが、という意を述べる時のせりふとして出現する。

> Go get you manned by Manning and new-manned
> By Newman, and mayhap, wise-manned

By Wiseman and we'll see or else we won't!（444-46）

「マニングによってマン（人）にされ、ニューマンによってニューマン（新しい人）にされ、ひょっとしてワイズマンによってワイズマン（賢い人）にもされてみたまえ。そうすれば考えないでもないが、さもなければご免だね！」。これはブラウニングの詩的無能を示すものでも、美的センスの欠如を示すものでもない。彼には夏の耐え難い暑さを一筆で描ききって息を呑ませる詩行（1379-402）もあるのである。

実は、ニューマンの名は酷評にさらされた『男たちと女たち』に連動する。1855年の出版当初、ランブラー誌は、「ブロウグラム司教の護教論」の懐疑的な聖職者のモデルとして厚かましくも枢機卿ニューマンを用いた、とブラウニングを非難した（Critical Heritage, p.185）。その匿名の批評家が枢機卿ワイズマンであったことをブラウニングは知るようになっていたのである。『男たちと女たち』に結びつくと、こうした形で揶揄せずにはいられないブラウニングの心の苦さが改めて偲ばれる。

上記ニューマンにかかわる詩的でない駄洒落は、「ところで、英国大衆諸君」"Well, British Public"と呼び掛けて始まる詩節に属している。同様に詩的でないその呼び掛けは、同様に作品が過酷に拒否されたことに対する人間的な反応の、至って率直な表明である。「私が嫌いで、あいまいな質問に当然笑うであろう英国の大衆諸君、笑い給え、私が先に笑う」

Well, British Public, ye who like me not,
(God love you!) and will have your proper laugh
At the dark question, laugh it! I laugh first. (410-12)

かっこでくくられた傍白の「神に愛されよ！」は、敵に対する僧侶の不気味な祈りに似ていると言われる。このぶしつけな呼びかけが、第1巻の終わり近くで再び顔を出す。「かくのごとく――英国の大衆、私を好かぬ諸君よ（神に愛されよ！）、それでも私は諸君のために、走る人は誰でも読めると思えた以前よりもより気をつけて、走る人が読めるように努力してきた。しかし読む人が誰でも褒めてくれるようにとは、たぶんいっそう以前よりも無頓

着である、その頃は気がついたら褒めるのと読むのと書くのとが、アレッ俺だけ？ ということになりがちだったのだが」

> Such, British Public, ye who like me not,
> （God love you!）—whom I yet have laboured for,
> Perchance more careful whoso runs may read
> Than erst when all, it seemed, could read who ran,—
> Perchance more careless whoso reads may praise
> Than late when he who praised and read and wrote
> Was apt to find himself the self-same me,— (1379-85)

ブラウニングはこのように自らをも笑い草にし、続く行で、「そのような労苦がそのような出版物を生んだ」"Such labour had such issue"、と高らかに宣言するのだが、「そのような」が示唆する自嘲の気配には、ブラウニングが受けた心の傷の深さを思わせるものがある。

　そのあと4行を置いて、「叙情詩なる愛よ」と亡妻エリザベスに呼びかける祈願（invocation）が続く。

> O lyric Love, half angel and half bird
> And all a wonder and a wild desire,—
> Boldest of hearts that ever braved the sun,
> Took sanctuary within the holier blue,
> And sang a kindred soul out to his face,—
> Yet human at the red-ripe of the heart—
> When the first summons from the darkling earth
> Reached thee amid thy chambers, blanched their blue
> And bared them of the glory—to drop down,
> To toil for man, to suffer or to die,—
> This is the same voice: can thy soul know change?
> Hail then, and hearken from the realms of help ! (1391-402)

語法的には「ねじれた」"gnarly" と言われる12行で、分かりやすくない。しかしここに凝縮されていると直感するのは、尋常ならざるブラウニングのエリザベスへの思いである。エリザベスは、劇詩人のブラウニングと違い、

内奥の想いを歌い上げる抒情詩人、歌う鳥だった。「半ば天使、半ば鳥、すべては驚異、狂おしい願い――かって太陽をものともせず、聖所をより聖なる蒼穹(そうきゅう)に占め、太陽にむかって相似の魂を歌い出した人々の中でもすぐれて大胆だった…」。エリザベスは病身で、その上に最愛の弟を海での事故死に導いたのは自分だと責めて、父の家の4階の部屋に籠もり、詩作は続けたけれども、限られた人にしか会わなかった。ベッドとソファの間を移動するのがやっとだった。その彼女が、外に出て、教会に赴き、11人の子どもの誰にも結婚を許さなかった父親に秘密の結婚をし、その1週間後に家を出て、長途の旅に耐え、フロレンスに至った。それには誰もが驚嘆したし、それが「すぐれて大胆な」"Boldest"ことであったのは誇張ではない。「それでも心に深紅の血潮の燃える人」は、ブラウニングの「暗い大地から求める声がその部屋の真中にいる君に届き、部屋が*青さを失い、部屋からその栄光を奪い去ったとき、地上に降り」、共に生きてブラウニングに大詩人たるべき土壌を培わしめ、「そして死んだ。私は同じ声で歌います、あなたの魂が変わることはあり得ません、さあ、助けの國から聴いてください！」

上記のこの祈願は、中島文雄氏の訳 (pp.157-59) を借りると、概略次のように続く。「我が歌は神の恵み、君を扶(たす)けて歌うことを、我に教えし神のたまもの」であり、「道遠く暗しといえども、君が与えし優しき心、君の想いなりし輝き、君が微笑なりし祝福」、それらが今も与えられるように祈らずに「わが歌をはじめることあらじ」(1403)。そして次の2行で終わる。

> Some whiteness which, I judge, thy face makes proud,
> Some wanness where, I think, thy foot may fall! (1415-16)

「君がみ顔の誇りとなるべき白き光と君のみ足の踏み給わんあたりの薄明かりとを、君が住む助けの國、君が家なる天国に、贈り返さずして、わが歌を終えることはあらじ！」。ブラウニングはエリザベスへの2通目の手紙 (*Love Letters*, p.6) に、真実を劇的人物に託して「プリズムに分光させる」

---

* 「青さ」「栄光」ともに、「その部屋に籠もる意義」と解釈します。"wanness"については Berdoe が "less bright than absolute white" の意味にとるべきと述べています (p.575)。なお、断らない場合でも訳を中島文雄氏に負うところがあります。

"broken into prismatic hues" のでなく、怖れずに思いを「純粋の白い光」"pure white light" として伝えられるようになりたい、と書いていた。贈り返したいと願う「幾分かの白さ」"some whiteness"、「幾分かの青白さ」"Some wanness" とは作品『指輪と本』に込めた彼の思いを指すことは間違いない。それはすべて、あるいはまったくとは言えなくても作品が「白い光」すなわち彼の真実の表明である、と宣言するに等しいのではないだろうか。そのようなエリザベスへの思いにあふれた祈願は、英国大衆へのぶしつけな呼び掛けと近接していることによって、いっそう哀切さを増すものとなる。

II　叙事詩の型に重ねる

「叙事詩に必然の冗長さは反復を正当化する」と述べたのは、『言語学的英詩入門』の著者、リーチである (p.84)。得たりと言わぬばかりのように、ブラウニングは第1巻で豊富な反復表現を多彩に展開させる。言語上のみならず、構造的な反復もある。叙事詩の型としての「反復」"Repetition" に関連して興味ある現象4項目を以下に取り上げる。

（1）2行余の厳密な反復

全体としては砕けた調子の中で、格調の高い2行余を厳密に繰り返し、意味を浮き立たせている表現がある。冒頭の「この指輪が見えますか？」"Do you see this ring?" に呼応し、30行ほどをおいて黄表紙の本に触れるところから始まる。

> Do you see the square old yellow Book, I toss
> I' the air, and catch again, and twirl about
> By the crumpled vellum covers,—pure crude fact
> Secreted from man's life when hearts beat hard,
> And brains, high-blooded, ticked two centuries since? (33-37)

「四角で古い黄色の本が見えますか、私が空中に投げ上げ、また摑み、しわになった子牛皮をもって振り回すのを」——ここまでは単音節語が多く、トー

ンは雑駁である。3行目押韻位置の「純粋に生のままの事実」"pure crude fact"が強音の連続で、ここで威儀を正した感じが発生する。続く「心臓が激しく鼓動し、高まる血に脳髄が疼いた2世紀昔に人間の生活から沁みだした…」では、"hearts beat hard"の3語がいずれも長音、しかも頭韻をなす2つが開口音[a:]で、それが"pure crude fact"と上下に並ぶと、威儀を正した感じが荘重さの方向に高まってくる。さらに、次行"And brains, high-blooded, ticked two centuries since"が整然たる弱強5歩格であることが加わって、格調は急上昇する。この"pure crude fact"に始まる突出現象は読む者の印象に残る。

それに続く詩節が下記の引用である。表現は変わるが本を放り投げて受ける同じ行為で始まり、そこに"pure crude fact"以下の突出部分が厳密に繰り返されている。

> Here it is, this I toss and take again;
> Small-quarto size, part print part manuscript:
> A book in shape but, really, pure crude fact
> Secreted from man's life when hearts beat hard,
> And brains, high-blooded, ticked two centuries since. (84-88)

すると、「純粋に生のままの事実」が「2世紀昔」のことであること、その事実性と過去性、つまり歴史性が強烈に印象づけられることとなる。

(2) コピー・タイプの反復

語法上の反復と見えたものが、実はコピーであるタイプのものがある。旧約聖書の預言者エリシャの功業に触れる部分がそれである。ブラウニングにとって、創造は「神の譲渡不能の全権」"the inalienable arch-prerogative of God"(712)であって、人は無から命を創造することは出来ない、しかし「魂の余剰」"surplusage of soul"(723)で死せる者を生き返らせることは出来る、そしてそれこそがブラウニングにとっては、詩人の神に対する職分である。その叙述をするときに見られる繰り返し表現は、実は複層のコピーである。

> . . . : he went in
> Therefore, and shut the door upon them twain,
> And prayed unto the Lord: and he went up
> And lay upon the corpse, dead on the couch,
> And put his mouth upon its mouth, his eyes
> Upon its eyes, his hands upon its hands,
> And stretched him on the flesh: the flesh waxed warm:
> And he returned, walked to and fro the house,
> And went up, stretched him on the flesh again,
> And the eyes opened. (762-71)

行頭の"And"と、"A upon A"の句が、それぞれに繰り返されているのに気づくのは容易である。前者は「行頭反復」"anahora"という名のある歴としたレトリックでもある。しかし、基本的な構造は、人間の肉体的な動きをそれが起こる順序に従って言葉で再現あるいはコピーした形である。さらに、上記はほとんど一語一句を欽定訳聖書の列王記下第44章33-35節、日本聖書教会新共同訳による次のような部分を引き写しているのである。

> 「彼は中に入って戸を閉ざし、二人だけになって主に祈った。そしてエリシャは寝台に上がって、子供の上に伏し、自分の口を子供の口に、目を子供の目に、手を子供の手に重ねてかがみ込むと、子供の体は暖かくなった。彼は起き上がり、家の中をあちこち歩き回ってから、再び寝台に上がって子供の上にかがみ込むと、子供は7回くしゃみをして目を開いた」

変更したのは、「子供」"the child"をまったく省いて「死体」"the corpse"とし、説明のために「寝台の上に死せる」"dead on the couch"を加え、連動して「彼の」"his"を「それの」"its"に代え、7回のくしゃみ(and the child sneezed seven times)を省いた点である。聖書ではこの素朴で劇的なエリシャによる子供のよみがえりの功業は、シュネムの裕福な婦人とエリシャの交わり、そして婦人の子どもへの愛という美しい物語を背景にしている。それをブラウニングは詩人の職分という理屈に置き換えているのだが、それでもその情景は、「資料に忠実に死者を作品上に登場させる」というブラウ

ニングの主張をほとんど映像化させたものになっている。同時に、預言者エリシャへの言及は、「律法を守る者への祝福と守らない者への呪い」を「シェーマー（聞け）」という言葉で人に迫る申命記的な神の義を想起させる。叙事詩には、"moral proposition"（倫理的提言）も要求されるのだから（Princeton, p.244）、その要請にも応えたものと言えようか。

　人間の動きをコピーするもう一つの例は、第10巻「教皇」を紹介する箇所に出現する。教皇が、グイードのための減刑請願に拒否を決断する際の23行に、22個の動作動詞が繰り返して使われる。「読み reads、メモをとり notes、（書類を）置き lays、考え muses、（部屋を）一巡りする turns、（大冊の）留め金を外し unclasps、（頁を）開き opes、（箇所を）見つけ finds、（時刻に）気付き comes upon、ぎょっとして starts、微笑を引っ込め solemnizes、声に出して読み reads aloud、（考えを）声に出し lets flow、頭を下げ bows、（唇が）動いて move（祈りとなり）、（3行を）書いて writes、署名をし signs、封をして seals、（ベル）を鳴らし tinkles、命じ bids、溜息をつき heaves、（食事のために廊下を）横切る traverses」（1248-70）。単純な動作動詞が次々に現れて、2月の静かな夕べの教皇の物言わぬ動きを映し出す。この単純なコピーの手法は、言語に対する詩人の基本的な信頼を表すものではなかろうか。何にしても、言葉への信頼なしに21000行を超える作品を完成することは不可能だったはずである。

（3）事件概要の反復

　資料に基づく事件の概要が以下のように3回繰り返される。構造に関わる繰り返しである。

1．(132-363) 資料をパラフレーズする体裁の記述。タイトル・ページのラテン語から始めて、グイードらの処刑を記した文書にまで至る。
2．(457-678) 詩人が自宅であるカーザ・グイーディのテラスに立ち、事件が起こった方角を眺めて、思い描く出来事の記述。
3．(780-823) 44行の端的な要約。

　第1巻について、初期の批評家の多くは指輪の隠喩に関心を集中し、この

繰り返しに最初に向き合ったのはサリヴァンで、芸術論としての指輪と結びつけて分析をした。続くヘアが、叙情詩（523-652）、語り（780-823）、ドラマ（838-1329）と分類したのは啓発的であったが、前記1を省き、3として第2巻から登場する語り手たちの紹介部分を当てている点が妥当でない。ドラマは彼等の独白そのもののはずだからである。本書は、出来事がコメディ（comedy）、ロマンス（romance）、語り（narrative）の形で、3回繰り返されていると把握する。それぞれの特質はそれぞれにおける教皇の描写に明らかである。

  コメディ：Suddenly starting from a nap, as it were,
     A dog sleep with one shut, one open orb,
     Cried the Pope's great self,—"（298-300）
    （昼寝、言わば片目を閉じ片目を開けている犬の眠り、から突然覚めて教皇様が喚かれた）
  ロマンス：Till out spoke a great guardian of the fold,
     Stood up, put forth his hand that held the crook,"（648-49）
    （ついに羊の群れの*偉大なる番人が立ち上がり、曲がり杖を持った手をさしのべて、語り出した）
  語り ：Then was the Pope, that good Twelfth Innocent,
     Appealed to: who well weighed what went before,
     Affirmed the guilt and gave the guilty doom.（821-823）
    （それから教皇、かの善きイノセント12世に上告がなされた。教皇は提出されたものを十分に量り、罪を確認し、有罪の判決を下した）

ブラウニングが異なるスタイルであれ、事件の内容を3度も繰り返すのは、英国大衆諸氏に対する詩人の挑戦ではなかろうか。彼らは読んでも分からぬものをなぜ書くのかと非難したのである。「走りながらでも読めるように、かくは繰り返して予備知識を与えて進ぜた。分からぬとは言わせぬ！」と。

（4）ホメロスをなぞった反復

　繰り返し表現に着目していると、ホメロスの叙事詩のうち戦いが主題の『イリアス』と、放浪をテーマとする『オデュッセイア』がなぞられているのに気づく。前述のコメディ部分はブラウニングの『イリアス』で、第2のロマンス部分はブラウニング版『オデュッセイア』なのである。

　ホロメスの『イリアス』では、ギリシャとトロイの戦いは第5章で始まり、そのうちの3行（528, 578, & 606）は戦士の死を意味する「暗闇が彼の目を覆った」"darkness veil'd his eyes"で終わる。次いで、同じ死を意味する3つの表現「彼の目の上に死の影が投げかけられた」"And o'er his eyes were Cast the shades of death."、「暗闇が彼の目を閉ざした」"darkness clos'd his eyes"、「彼はどぉーっと落馬し、鎧が大きく鳴り響いた」"Thundering he fell, and loud his armour rang."が、先の2つは若干の変化をともなって、あとのは厳密に、6つの章（XII, XIII, XV, XVII, XX, & XXII）の戦闘場面で、多くの場合に行末で、繰り返し用いられている。

　ブラウニング版「戦闘」"The battle"（162）は、2人のイタリア人法律家の法律論争で、イリアスの場合と同様に、ただしこちらは「審理は延期された」"the case postponed"が行末で繰り返される。

> Whereat, more witness and *the case postponed.*（203）
>
> "Martyr and miracle!" quoth the other to match,
> Again, more witness, and *the case postponed.*（208-09）
>
> Pages of proof this way, and that way proof,
> And always—once again *the case postponed.*（239-40）

　このようなブラウニングの戦闘場面は、叙事詩の定番であるカタログで終わる。それは法律家たちが、「罪ありとみえるような女房どもを死刑に処すべきか否か」"putting wives to death Or letting wives live, sinful as they seem."（219-20）に関して持ち出す権威と先例で、上はアテネで聞こえた賢人ソロンやローマ法のロムルス、聖書のソロモン王や使徒パウロ、下は主人

＊　羊飼いはロマンスの定番の人物です。

の不貞の妻を即座に罰したイオニアの象に至る。このような正式の叙事詩のパロディ的な要素が、コメディである初回の語りの喜劇性を際立たせ、同時にこちらの事件は歴史的事実なのだということに思い至ると、鳥肌立つ思いに誘われる。

　ブラウニングは自宅であるカーザ・グイーディのテラスに立って、ローマ門からローマの方向を眺めやる。すると現実が想像の世界と融合し、彼の彷徨が始まる。ブラウニング版『オデュッセイア』の始まりである。

> There would lie Arezzo, the man's town,
> ....
> There lay Arezzo!　Farther then *I fared,*
> Romeward, until *I found* the wayside inn
> Near Castelnuovo's few mean hut-like homes
> ....
> Whence *I went on* again, the end was near,
> Step by step, missing none and marking all,
> Till Rome itself, the ghastly goal, *I reached*（501-18）

「あそこにグイードの町、アレッツォがあるだろう、…あった、アレッツォだ！ そこからローマの方へ私は進んだ。ついにカステルヌォーヴォの粗末な小屋のような家々の近くに、路傍の旅籠を私はみつけた…そこから再び私は進んだ。終わりは近かった。一歩一歩、何も見逃さずすべてに目配りをし、ついにほかならぬローマ、おそろしい目的地に、私は着いた」。すると、そこからは地獄降りとなる。

　「私の中の命がものごとの死を帳消しにした」"The life in me abolished the death of things,"（520）とは、死者たちを生きているように見ることを意味する。それに続く「深淵は深淵に呼ばわり」"Deep calling unto deep"（521）は、聖書の詩編42章7節からの引用で、"deep" は「深い海」を意味し、詩編作者の非常な苦悩を象徴する。しかしブラウニングでは、聖書的な文脈を離れ「死」"death" と結びつくと容易に死者の世界を示唆する。地獄降りは叙事詩の約束事の一つで、オデュッセウスは第11巻で「死の夜が広がる」"deadly night is outspread"（p.162）ところを訪れ、そこで多くの亡霊

に会う。その邂逅を語るのに、オデュッセウスが繰り返し用いるのが「そして私は見た」"and I saw"であり、169-171頁に7例、そして178頁に2例、それも各パラグラフの初めの強勢位置に置かれている。一方、ブラウニングは、詩編からの引用のほとんど直後に"I saw"を用い、それを130行に7例繰り返し、そのうち4例を行の初めの強勢位置に置いている。

「私自身の目で私は見た、それがどのようであったか、このローマからローマへの巡りが――」"*I saw* with my own eyes ... How it had run, this round from Rome to Rome―"（523-26）

「私は見た、彼らが触れようと身を延ばすその星が屈むのを」"*I saw* the star stoop, that they strained to touch,"（538）

「私は見た、星と思われたものが、地獄からの閃光によって星のようにメッキされた沼地の霧に過ぎないのを」"*I saw* the star supposed, but fog o' the fen, Gilded star-fashion by a glint from hell,"（544-45）

「私は見た、だまされた夫婦が欺瞞に気付くのを」"*I saw* the cheated couple find the cheat"（563）

「私は見た、恐怖のあまり彼らがともかくも獣の一家から逃げ出すのを」"*I saw* them, in the potency of fear, Break somehow through the satyr-family"（569-70）

「――見た、彼らが逃げ出し、ふたたびローマで安堵の息をつき、利己的な本能によって救われ、その結果、憎む者たちの中に置き去りにして愛する者を失ったのを。こうしたことを私は見た」"―*Saw* them break through, breathe safe, at Rome again, Saved by the selfish instinct, losing so Their loved one left with haters, These *I saw*,"（575-77）

「しかし闇を通して再びローマを私は見た」But through the blackness *I saw* Rome again,"（603）

ここで彼等とはコンパリーニ夫婦、星とはグイードで、そのだれもが、遠い昔の死者たちである。想像上であれ、ブラウニングは死せる者たちを見た。詩編からの引用 "Deep calling unto deep" は、それをブラウニングの地獄降りとする指標であることは間違いない。
　第一のコメディ部分はブラウニングのイリアス、第二のロマンス部分は彼のオデュッセイアで、叙事時の持つ正式さと壮麗さが、カーライルの言うケチな事件のまわりに不思議な光彩を添える。ふざけ気味な（playful）と言われる第1巻においてさえ、ブラウニングがこの作品に取り組んだ真剣な姿勢を、実は明らかにしているのだと思う。
　叙事詩の観点は、もう一点の説明に役立つ。グイードの最初の独白である第5巻を紹介する詩行（949-1015）には、拷問の仕方や拷問の是非について長々とした記述があり、主目的から逸脱の感を与える。しかし、脱線は叙事詩の型の一つである。ブラウニングはこの時点でグイードを明白な悪漢として呈示するのを避ける手段として、叙事詩の約束事を利用したと言ってよい。さらにもう一点ある。弁護士アルカンジェリの独白はしばしば不必要な巻として取り扱われる。しかし、アルカンジェリの食い気は、祝宴を必然にする。祝宴は叙事詩に必要なもう一つのアクセサリーなのである。

One Word More

　結局のところ、「ブラウニングのものを不適切とか不必要というのは極めて危険である」" . . . it is exceedingly dangerous to say that anything in Browning is irrelevant or unnecessary." (p.160) というチェスタートンの警告は正しいと言えるのではないだろうか。

第2巻「半ローマ」
"Half-Rome"
——もう一つの人間悲劇

　コンパリーニ家ゆかりの聖ルチーナ・ロレンツォ教会は、雑踏するローマの大通りコルソから外れた小さい静かな広場にあった（現在もある）。その慎ましやかな教会の聖壇に、ピエトロとヴィオランテの二人の死体がさらされている朝のことである。

　この巻の語り手（*Half-Rome と表記する）はこの教会の近くに住んでいるらしく、早々と死体見物を済ませて、同じく見物にやって来たとある紳士をつかまえる。内心「うまい人物に出会ったわい」"Just the man I'd meet." とほくそ笑みながら脇へ誘い、「正確に話してあげますよ」"I'll tell you like a book ...."と言って始める語りが、第2巻「半ローマ」"Half-Rome"を構成する。

　この巻の主たる資料となっているのは、『古い黄表紙の本』の中の「パンフレット10」で、一般には「作者不明の文書1」"Anonymous Pamphlet 1"と言われる。それは、5人の殺人犯の弁護をする羽目になった法律家が、主犯グイード擁護のために書いたものらしく、事件の事実の歪曲もあるが、主に事実の解釈という点でグイードに同情を引くように作成されている。こうした文書がローマ中にばらまかれ、すると慌てた検察側が対抗して被害者ポンピリアのための文書をばらまく。こうしてローマ中がグイード派とポンピリア派に二分される騒ぎになったようである。その各派を代表するのが第2巻と3巻の語り手で、「半ローマ」と「残りの半ローマ」"The Other Half-Rome"というタイトルがこの間の事情をたいへん適切に、どこか可笑しく示唆していて、ブラウニングのあふれる機知をうかがわせる。

＊　発音は［haːf roum, ハーフ・ロウム］です。

I 資料「作者不明の文書1」の場合

　この事件の真実というのは原資料を読んでもはっきりとは摑み難い。それでもまずまず確定しうる事項はあり、それに比すると、グイード擁護のパンフレットは事実を所どころで歪め、世人の同情を引くように粉飾をしていることが分かる。たとえば、無記名の作者は冒頭の32行を割いてコンピリーニ家の逼迫した内情を縷々(るる)と説明し、一方グイード側の打算にはそのあと5行を費やしているだけである。すると、ポンピリアとの結婚話はコンピリーニ家の都合が先行して進められたという印象になる。確かに巷のうわさ話とは裏腹にコンピリーニ家の内情が悪化していたのは事実だが、裕福だとの噂を耳にした*弟パオロの入れ知恵で、婚資めあてに働きかけたのはグイードであった。

　カステルヌォーヴォの宿で、グイードは自ら断罪をせずポンピリアとカポンサッキの二人の逃亡者を官憲に引き渡したのだが、その経緯は、この文書によるとこうなる。相手が武装していたのにグイードは武器を持っていなかったということもある、しかし「それ以上に、姦通が証明されていない時点であり、殺人以外の方法で名誉を回復する望みが残されている限り、腕に抱いたことも一再ではない妻を手に掛けるには忍びなかったからだ」(OYB, p.149)。そのようなまともな人間が、嫡男を産んでくれたばかりの幼妻を惨殺したというのは信じ難い話になる。しかし、その子どもは実は不義のカポンサッキの子で、しかもローマでは今なお二人の交情が続いていると知って、グイードはやむにやまれぬ決意に駆り立てられたのだ、と言われると納得できるところがある。グイード擁護のこのパンフレットは次のように描く。「禿鷹のようにカポンサッキが壁に沿ってぐるぐる回り、目当ての肉に 嘴(くちばし)と鉤爪(かぎつめ)を突き立て、グイードにさらなる恥辱を加えようとしている」"... like a vulture, Caponsacchi wheeled round and round those walls, that he might put beak and talons into the desired flesh for the increase of Guido's disgrace."(OYB, p.152)。この直喩は感覚に訴えて説得力がある。

　さらに、世間はもとより親族知友からもつまはじきされていると妄想し、

錯乱状態になったグイードが、ローマへ行ってコンパリーニ家の戸口に立ち、手紙の配達を装ってカポンサッキの名を口にすると、扉が直ちに開かれた。それは有無を言わせぬ姦通の証拠をグイードに突き付けたも同じで、「大胆に軒昂(けんこう)として、もはや怖れるところなく、彼の名誉に対するすべての侮辱がその家で加えられたのだと、正体露見の彼女に責めを帰した。そして最悪の侮辱と不名誉が塗り付けられた壁をぐるりと目に入れた時、彼の理性のダムは崩壊し、真っ逆さまに落ち込んだのはあの悲惨な破滅、彼の名声を損なう者たちの血の中へ、恐ろしい結末と共に突入するということであった」

> Then bold and triumphant, he no longer feared to upbraid her with unmasked face for all the insults which had been inflicted upon his honour in that household; and as he looked all around at those walls incrusted with his heaviest insults, and with his infamy, the dams of his reason gave way and he fell headlong into that miserable ruin of plunging himself with deadly catastrophe into the blood of the oppressors of his reputation. (OYB, pp.152-53)

　実は、婚資目当ての結婚から殺意まで、すべての動機は貪欲であったと思われる。つまり不倫を証明できれば妻を離縁して婚資だけを取り込めるし、それに失敗しても跡取りができた上は、コンパリーニ夫婦とポンピリアの三人を殺せばピエトロの財産はすべて孫息子、すなわちグイードの息子のものになり、父親である彼の思いのままになるからである。しかしこの文書だけを読めば、そうした貪欲には気付く由もなく、ただ妻の裏切りと世間の愚弄に錯乱した男が、名誉回復を計ろうとして起こした痛ましい事件であったと納得し、無名の作者の「軽微な罰を」"Franceschini should be punished mildly"（OYB, p.156）という意見に同意を表したくなる。

II　作品「半ローマ」の場合

　作品の場合も、事実を若干歪曲し大いに粉飾を凝らしてグイードを被害者

---

*　作品上のグイードは長男ですが、史実では4男のうちの3番目です。パオロは長兄です。

に仕立てあげようとする点では、前述した資料と同じである。たとえば、Half-Rome もコンパリーニ家の経済が傾いてきたことをまず詳述し、そのあとで初めてグイードの側の都合を付け足す。もとより作品の方がはるかに刺激的である。例えば、"The Count was made *woo, win* and *wed* at once"（354）（伯爵は直ちに、求愛され、色好い返事をさせられ、式を挙げさせられた）と［w］音で頭韻を形成する動詞"woo" "win" "wed"を並べて、直截かつ図式的に「グイード＝犠牲者」の型を構築する。あるいはグイード"Guido"の［g］音を取り込んだ"game" "gulled"との頭韻で「ヴィオランテのカモにされたのだ」"the object of her game, Guido the gulled one"（374-75）と感覚にインプットする。また、グイードがコンパリーニ家の戸口でカポンサッキの名を騙り、復讐のためにおどりかかる——という場面を Half-Rome は次のように語る。

> "Giuseppe Caponsacchi!" Guido cried,
> And open flew the door ; *enough again.*
> Vengeance, you know, burst, like mountain-wave
> That holds a monster in it, over the house
> And wiped its filthy four walls free at last
> With a wash of hell-fire,—father, mother, wife,
> Killed them all, bathed his name clean in their blood, (1431-37)

「ジュゼッペ・カポンサッキ！ とグイードが叫んだ、すると戸口がサッと開いた」。"enough again"というのは、「これで裏切りの証拠はもう十分」の意であり、「復讐が、そう、怪物を抱え込んだ山津波のようにその家に襲い掛かり、ついに４つの壁の汚れを地獄の火の一洗いで拭い去ったのだ——父と母と妻、すべてを殺し、その血に浸して彼の名を洗い清めたのだ」。これは資料が146語を費やした出来事とその意味を、７行45語で表現し切っていて、第２巻中随一と思えるほどの芸術的完成度を示している。ただし、その「壁の汚れ」のイメージが資料からの借用であるのは明らかである。

一方、Half-Rome の語りには、資料にはなかった３点の突出が観察される。第一は死せる者たちに対する悼みの感情の欠落、第二はすべての責任をヴィ

オランテ一人に負わせようとする傾向、第三はイマジネーションの残酷さである。

(1) 非情さ

彼の非情さは、ほとんど冒頭部で明らかになる。彼は、この死体見物の押し合いへしあいは会堂が狭いせいで、これを恥じて坊主どもが会堂増築を考えるのでなければ、豚に真珠をくれるようなものだ、という意見を開陳する。

> If this crush
> Make not its priests ashamed of what they show
> For temple-room, don't trick them to draw purse
> And down with bricks and mortar, eke us out
> The beggarly transept with its bit of apse
> Into a decent space for Christian ease,
> Why, today's lucky pearl is cast to swine. (8-14)

彼の論理では、切り刻まれた死体が、上記引用にある「本日の幸運なる真珠」"today's lucky pearl"で、死者二人のうちピエトロは「殺された馬鹿なじじい」"the old murdered fool"(21)であり、ヴィオランテは「そのあさましい連れ合い」"his wretched wife"(22)である。ヴィオランテは顔を刺されて目と鼻の区別もつかない有様なのだが、それが名誉毀損の罰として当然のことで(she took all her stabbings in the face Since punished thus solely for honour's sake.)(27-28)、しかもそのような殺し方こそ「伊達な人間」"our gallants"のデリカシーであって、「命を取ってそれでおしまいの田舎者とは違うところ」"Not just take life and end, in clownish guise."(33)と、情動の動く気配をまったく示さない。

グイード擁護派のはずの彼が「グイードが思慮深く死んでいたら」"Had he considerately died,—aha!"と言うところがあり、まるで思わず漏れた本音をごまかすかのように、そのあと唐突にルカ・チーニの話を持ち出す。ルカは70歳をとっくに過ぎている。そんな老人が、そのうちポンピリアの死体が来たら、それこそ前代未聞の見ものだから！と、杖を突いて雑踏する会堂の通路を塞いでいる。その好奇心むき出しの姿も、「信じられないほど恐

ろしく、見るに堪えないひどいことだとは分かっておる」"I know it's horrid, hideous past belief, Burdensome far beyond what eye can bear ; . . ."(132-33) という言葉によって、Half-Rome の非情さを浮き彫りにする。

(2) ヴィオランテ糾弾

　ヴィオランテが、赤子の買い入れなど、事件の発端以前にさかのぼって策を弄してきた罪は大きい。しかし作者不明の文書が先ずピエトロの愚かさを指摘しているのに比べると、ピエトロをだまし、グイードを犠牲にした、とひたすらヴィオランテを糾弾する Half-Rome の態度は突出している。傷の数こそ多いけれど顔は害なわれなかったピエトロが、怒りの表情をとどめていて安らかでないのが異常だ、と彼は言う。非業の死を遂げた者の表情が安らかでなくて当然と思うから、この言葉は意外である。さらにその怒りは妻ヴィオランテに向けられたもので、死体になったピエトロがヴィオランテのそばに愛情深い夫らしく並べられるのを嫌って、転がって離れた（—'t is said the body turned Round and away, rolled from Violante's side Where they had laid it loving-husband-like.）(43-45) と言うから驚く。彼は人伝てに耳にしたというこの話（原資料にはない）をさらに発展させて、いっそのことピエトロの死体は祭壇を転がり落ち、身廊を転がり抜け、会堂からすっかり転がり出て、教会の見せ物を無しにし、この会堂が一役買った一連の侮辱に仕返しをしたらよい、と言い募る。

> If so, if corpses can be sensitive,
> Why did not he roll right down altar-step,
> Roll on through nave, roll fairly out of church,
> Deprived Lorenzo of the spectacle,
> Pay back thus the succession of affronts
> Whereto this church had served as theatre? (46-51)

"If so, if . . . ,"（もしそうなら、もし…）と続けるところには肩で息をする気配があり、"roll"（転がる）を3回繰り返し、50-51行をコンマなしに一息で言ってのける辺りには、それまでの情動欠如とは対照的な激した感情が読

み取れる。そしてその一連の侮辱の発端は、「悪妻ヴィオランテの17年前の所業である、買った赤ん坊で夫を欺し、溺愛させ、実子がない場合には相続人であり得た者たちの権利を奪い、ポンピリアの他に一連の名前までつけて、ピエトロが横たわっているまさにその同じ祭壇で、洗礼後の祝福を受けさせたのだ」(52-58) と言う。「一連の名前」とは、洗礼時に記録されたフランチェスカ、カミッラ、ヴィットリア、アンジェラの4つの名前を指し、資料では「フランチェスカ」の名が折々使用されている。Half-Rome のその勢いに、聞き手の紳士はさすがに反論しようとしたようである。それを「待ってくれ」"Wait a while" と押し切って、そればかりか4年前に、ヴィオランテはその偽りの子を「清廉で、しかも由緒正しい男」"a man, and honest man beside And man of birth"(69-70) と秘密裡に結婚させ、そしてその秘密を夫に告げる必要に迫られると「色仕掛けで丸め込んだ」"Ply the wife's trade, play off the sex's trick"(75)、今殺されて同じ祭壇にさらされているのは「誰にでも分かる神慮である」"Even the blind can see a providence here"(87) とまくし立てる。その祭壇にはボローニャ派の画家グイード・レーニ (1575-1642) による十字架上のイエスの祭壇画が掛かっており「ローマ第一の作品」"Second to nought observable in Rome"(85) と Half-Rome も認識している。しかし、如何なる経緯があるにせよ、無残な死を遂げた者に対する一片の憐れみもない彼にとっては、十字架のイエスが象徴する愛と赦しが何の意味も持っていないのは明らかである。

(3) 残酷なイマジネーション

第3の突出は Half-Rome のイマジネーションの残酷さである。彼は聞き手の紳士の情報源が「その親族のある男」"A certain cousin of yours"(190) (*Cousin と表記する) で、ポンピリア派だと推測している。しかし「私の話を聞けばあなたの考えも変るはず」と、事件の報告を開始する。

17年前のポンピリアの出生に関して、もし先のことが分かる誰かが言っていたら、と次のように続けるところがある。「あなたへの愛と奥さんへの好

---

* 発音は [kʌ́zən, カズン] です。

意のために、お二人の柔らかな胸に巣くっているのを見つけた蛇を、私が踏み潰して差し上げる、その赤ん坊を寄越しなさい。苦しめないで締め殺す！」

> "For love of you, for liking to your wife,
> "I undertake to crush a snake I spy
> "Settling itself i' the soft of both your breasts.
> "Give me yon babe to strangle painlessly!" (232-35)

別のところで彼自身が赤子を「無垢な」"innocent"（1110）、あるいは「完璧に清らかな」"perfect-pure"（1113）ものとしている。そのようなイメージの赤子を「邪悪」を象徴する蛇に重ね、しかも踏み潰すの締め殺すのというのは異様で、異常に残酷に響く。Half-Rome は続けて、「そんなことを言えばピエトロは飛び上がって怒るだろうけれど、後のことが分かっているわれわれだったら手を叩いて言うだろう、そうしてやってくれ、ただしあの馬鹿なじじいのためにヴィオランテを締め殺したあとでなら」（240-47）と言う。つまり赤ん坊は殺した方がよいが、その前に先ずヴィオランテを、というわけだから、ヴィオランテに対する彼の嫌悪が並々のものでないことが強烈に印象付けられる。

　資料の文書にはグイード擁護のための戦略が認められるのに対して、ブラウニングの「半ローマ」ではこのような突出部をとおして語り手自身の人間性が立ち現われてくる。

Ⅲ　Half-Rome の戦略

　Half-Rome の語りは全1574行のうち、聞き手に対して事件を話して聞かせる部分が1247行を占める。途中、「あなたが Cousin なる人物から聞いた話は怪しげになって来るはずですよ」（619-21）などと言い、その Cousin をおおいに意識している様子である。また「私の偏見は決して持ち込まない」（680）と誓い、たしかに、ポンピリアとカポンサッキの間に姦通の事実はなかったかもしれない、という情報も伝えていて、後に知られる彼の本心からすれば大いに努力して公正に努めていたことが分かる。事実を曲げないで殺

第2巻「半ローマ」　43

人を是認しようとすればいろいろ粉飾を施すほかはない。したがって事件の報告に関わる部分で彼は多彩な修辞を駆使するようになる。修辞疑問も目立つものの一つであるが、これは聞き手の存在を語りの中に浮かび上がらせるためにブラウニングがとる戦略に属する。以下に記述するのはそれ以外の、Half-Rome 自身の性格と思考と動機に由来するもので、したがって彼の人物像をあらわにすると思われるものである。

(a) コメディ仕立て

事件の報告部分に関する語りの基調はコメディである。ピエトロが晩年の子どもにうつつを抜かしていて家産が傾くと、「ついに巡回の貧乏神が追い付いて、突然、こそっと戸口を叩き、案内を待ってコホンと咳払いする」"Till sudden at the door a tap discreet, A visitor premonitory cough, And poverty had reached him in her rounds."（263-65）と擬人法を用いて滑稽に活写する。グイードにとってのやりくりの苦労とは、「くたびれた葡萄園からせめて普通の半分の収穫を、ひっくり返りそうだと店子が言い立てている家作から滞納家賃の4分の1を、いかにしてむしり取るかの研究」"the study how to wring Half the due vintage from the worn-out vines At the villa、tease a quarter the old rent From the farmstead、tenants swore would tumble soon,"（814-17）であり、そんなグイードが寝取られに勘づいて、「ありゃあ、くすくす笑いじゃないか？　と飛び上がる」"Why, what else but a titter? Up he jumps."（819）。これはそのままでモリエールの舞台になる。

> Back to mind come those scratchings at the grange,
> Prints of the paw about the outhouse; rife
> In his head at once again are word and wink,
> *Mum* here and *budget* there, the smell o' the fox,
> The musk o'the gallant. "Friends, there's falseness here!"
>
> （821-25）（原文斜字体）

「そういや、倉にひっかき傷があったぞ、離れの周りに足跡も。合図の言葉やらウインクやら、すぐにまた思い当たるのがどっさりある。こちらで「山」と言えばあちらで「川」、狐の臭いだ、伊達男の香水だ。"諸君、ここには裏

切りがある！"」

　カステルヌォーヴォでポンピリアがグイードの刀をとってグイードに切り掛かる場面がある。Half-Rome は自身その様子を「立ち姿は真実のようにすさまじく」"stood as terrible as truth"（1030）と描写しながら、「大骨折りで（with *p*ains）抱き留めた（*p*inioned）警吏達の助力がなければ」と［p］音を利かせたあとで、「辺り一面、赤い飛沫を飛ばし、ご亭主をピンク色にきれ〜いに突き刺して、私の話をあなたが聞くこともなかったですよ」と言う。

> ...; but for help
> O'the guards who held her back and pinioned her
> With pains enough, she had finished you my tale
> With a flourish of red all round it, pinked her man
> Prettily ;... (1035-39)

血の「赤」に続けて、「ピンク色」と「突き刺す」の両義を持つ "pink" を使って駄洒落を飛ばし、"pink" と頭韻をふむ "Prettily" も持ち込んで可笑しさを補強する。男児出生の情報を得て殺害を決意するグイードの切羽詰まった状況も、Half-Romeによると、重荷に耐えきれなくなったグイードの「脳味噌」"brain" が「野火」"blaze" になった（1389-90）、と地口の言葉遊びになる。

　無残な出来事がこのようなコメディになっているのは、根底において Half-Rome がこの事件を茶番劇（farce）と見ているからである。ポンピリアの出生の秘密の暴露までが第1幕 "This makes the first act of the farce."（622）、カステルヌォーヴォの宿で姦通の証拠となる手紙の束をグイードが探し出したところが第5幕（1078）、ローマで「血」が飛び散って残酷すぎるものになるまで、彼にとっては「大茶番劇」"the broad farce"（1461）なのだった。

(b) **いやみ**（Sarcasm）**の多用**

　この茶番劇を構成する彼のレトリックで目立つのは、いやみの多用である。あきらかに嫌悪しているヴィオランテに「深い叡智」の意を持つ "sage" と

いう形容詞を奉る (547)。ポンピリアの出生に関して間違いなく夫をだましたヴィオランテを、「ピエトロの正直な配偶者」"Pietro's honest spouse" (571)、さらには聖書の箴言を引用して「夫の冠」"that crown To the husband"とし、「女の形をとった美徳」"virtue in a woman's shape" (573)とまで称えてみせる。それは相当に執拗ないやみである。

以下の引用は、ポンピリアとカポンサッキの逃亡を叙する際の16行にわたるいやみである。

> In short, Pompilia, she who, candid soul,
> Had not so much as spoken all her life
> To the Canon, nay, so much as peeped at him
> Between her fingers while she prayed in church,—
> ……………………………………………………………
> Spoiled the philistine and marched out of doors
> In company of the Canon, who, Lord's love,
> ……………………………………………………………
> Has some thing else to mind, assure yourself,
> Besides Pompilia, paragon though she be,
> Or notice if her nose were sharp or blunt. (899-915)

「要するに、ポンピリア、純粋な魂の持ち主である彼女が、問題の修道士になんぞ一度も話し掛けたことがない。いや、教会のお祈りのときに指の間から覗き見したことすらもない彼女が…略奪して逃げた…それもポンピリアの他にお目当てがあって、逸品ではあるにしてもポンピリアなど目じゃなくて、鼻が三角か丸いかさえ知らなかったはず…の神に仕えるカポンサッキと…」といった調子で、ネチネチと息の長いいやみは酷薄とさえ感じさせる。

語り手自身、いやみ・当てこすりの持つ害毒は十分に承知しているのである。何故なら、彼の主張によると、グイードを破壊的な行為へと駆り立てたのは、ポンピリアとカポンサッキの裁判の後、アレッツォへ帰った彼を待ち受けていた人々の嘲笑であり、その嘲笑を再現してみせる彼の語りの部分 (1239-59) は次例のようないやみの満載だからである。

"... : I only wish
"I were a saint-like, could contain me so,
"I, the poor sinner, fear I should have left
"Sir Priest no nose-tip to turn up at me!" (1256-59)

「あなたのように聖人君子でいられたらいいのですがねえ。罪深いわれわれは坊主殿になめられたままではとても、とても！」といった調子である。グイードがこのようないたぶりを受けたことは、「間違いない」"I engage," と保証しており、「それは賢明な男にも我を忘れさせるに十分だったのではないか？」"Was not enough to make a wise man mad?" (1262) と、Half-Rome は付け加えている。その害毒を十分に承知しながらいやみを執拗に繰り返す Half-Rome の人間性に、強い疑問を覚えるのを否みがたい。

(c) 単純な反復表現 (Repetition)

多彩な反復の型が見られた第1巻に比して、第2巻の反復表現は、語もしくは語句が大抵は単純に繰り返される。そしてそれがいやみに働くことが多い。たとえば、実母の素性の公表とは、ローマにいる二人がアレッツォに残されたポンピリアを裸にして世間の笑いものにしたのである。「ここにしみ、あそこにしみ、至るところにしみ」"spots here, spots there and spots everywhere" (655) と、Half-Romeは "spots" (しみ) を繰り返す、その類である。

単純な語の繰り返しで、それを異様と感じさせるのが以下の引用部分である。アレッツォから逃げ帰ったヴィオランテが、発布されていた大赦令を幸いに、ポンピリアが実子でないことを暴露するくだりである。

Such was the *sin* had come to be confessed.
Which of the tales, the first or last, was true?
Did she so *sin* once, or confessing now,
Sin for the first time? Either way you will.
One sees a reason for the cheat; one sees
A reason for a cheat in owning cheat
Where no cheat had been. What of the revenge? (584-90)

「それが告白されることになった罪であった。話のどれが、最初のか、最後のか、どちらが真実だったのか？ 彼女はかつて罪を犯したのか、それとも今告白して、初めて罪を犯すのか？ どちらでもお好きなように。その欺瞞に対する理由は見えている。欺瞞がなかったところに欺瞞を認める欺瞞に対する理由は見えている。復讐だとしたらどうか？」。ポンピリアが実子でないという告白は、切羽詰まったヴィオランテがぶちまけた事実であることをおそらく誰も疑わない。しかし Half-Rome は、財産を取り戻すために、グイードへの復讐として、実は実子である子を実子ではない、とヴィオランテが告白した可能性を口にしているのである。それはグイードの立場でもあり、その特異な論理を担うのが、3回の"sin"（罪・罪を犯す）と、とりわけ4回の"cheat"（嘘偽り）の繰り返しである。2回目の"cheat"はその前の"one sees a reason for"（人には理由が見えている）も共に繰り返され、第2巻中唯一の文の反復になるのだが、そこには3個の"cheat"が密集し、しかも息継ぎなしの迫力には目まいを覚えそうになる。おそらく聞き手の紳士も同様ではなかったろうか。

　アレッツォでポンピリアがカポンサッキとかかわりを持つようになる過程を、"found"（気づいた）と"light and life"（光といのち）の軽妙な繰り返しで Half-Rome は語る。

> Pompilia, left alone now, *found* herself;
> *Found* herself young too, sprightly, fair enough,
> ....
> *Found* too the house dull and its inmates dead,
> So, looked outside for *light and life*.
> 　　　　　　　　　　　　　　　　　And lo
> Did in a trice turn up with *life and light*,—
> The man with the aureole, sympathy made flesh,
> The *all-consoling* Caponsacchi, Sir! (773-83)

「今や一人になったポンピリアは、自分自身に気が付いた。若くて、元気がよくて、十分に美しいのにも気が付いた、…家が暗くて、家族は活気がないのにも気がついた。だから光と命を求めて外を見た。すると見よ、直ちに命

と光を持って現れたのは、輪光つきの男、肉となった同情、慰め主なるカポンサッキ、だったのですよ、あなた！」。"found"と"light and life"、"life and light"の繰り返しに軽やかな揶揄を感じ取ったのだが、長母音語の"all"を伴って「慰め主な〜る」"all-consoling"と物々しくカポンサッキの名が告げられ、さらに感嘆符つきの"Sir!"で相手の紳士への呼び掛けが強調されると、実は噛み殺した憎悪であったのか、と思い知らされる。その2人の交渉が深まってくる様子を彼は響きあう銀と青銅のベルの音が次第に高まってくるさまに喩える。その音に「囁き」"whisper"の語を用い、その"one whisper"が2行に3度も厳格に繰り返される。

> Ever one whisper, and one whisper more,
> And just one whisper, for the silvery last, (849-50)

「絶えず一囁き、そしてもう一囁き、銀鈴の最後として、まさに一囁き」、これは、なんとしても重苦しい。

(d) 頭韻 (alliteration) の多用

頭部の音声の繰り返しが頭韻である。この修辞を際立って多用しているのが Half-Rome で (Honan, pp. 258-59)、そしてたいへん巧みでもある。グイードとコンパリーニ側の双方がそれぞれの打算成就とアレッツォに集まる描写には [m] 音の繰り返し、殊に"mean"「つもり」と"meet"「出会う」の長母音の連続が和やかである。夢が破れるさまは [f] 音が担い、とりわけ"fancy"（思い込み）と"fact"（事実）の意味の対比が絶妙で、怒るピエトロらの言葉の中の5つの破裂音 [p] が唾を飛ばす勢いを具現している。

> Thus minded then, two parties mean to meet
> And make each other happy. The first week,
> And fancy strikes fact and explodes in full.
> "This," shrieked the Comparini, "This the Count,
> "The *p*alace, the signorial *p*rivilege,
> "The *p*omp and *p*ageantry were *p*romised us? (462-67)

「かくなる思いを抱えて、両者は互いを幸せにするつもりで集まる。1週間が過ぎて、思い込みが事実にぶつかり大爆発をする。これが、とコンパリーニ夫婦が叫んだ、これが伯爵家、宮殿、貴族の特権、約束された栄耀栄華なのか？」

　陰鬱なグイードの館のさまは "grimmest" "gruesome" と重苦しい [gr] 音が担い、「墓場の幽霊」"Spectres in a sepulchre" が住みそうな所、と音の三重の重なりにさらに意味が呼応している所が絶妙である。ポンピリアの出生の秘密に関する出来事は「おろかに考えられ、偽ってコンパリーニ家の者、夫妻の子どもと宣言された」"*f*oolishly thought, *f*alsely declared A Comparini, the couple's child:"（81-2）と統語上の平行を伴った頭韻で総括され、「忌まわしい遺伝的素質」"*h*ideous *h*eritage" のポンピリアが貴族の妻になっている事情は、「どぶから拾われて宮殿に祀られ崇められる」Gathered from the *g*utter to be *g*arnered up And *g*lorified in a palace.（611-12）と [g] 音による4つの頭韻で、さらに絶妙に総括されている。

　そのほか、「もったいぶった貧乏」"pretentious poverty"（515）のグイード、「事実でないお咄」"a fable not a fact"（550）のポンピリア、「親の振り」"parentage pretended"（1315）のコンパリーニ夫妻、それぞれ頭韻で結び付けられた語句が端的にドラマの内容を表現している。しかしそれはホナンが指摘するように（p.258）、Half-Rome が物事を表面で捉えて得々とし、反比例して洞察や共感に欠ける姿を示すものであるのは、確かである。

(e)「法律」"Law" の擬人化（Personification）

　Half-Rome のこの語りは、グイードの殺人行為の翌日のことで、この日、ローマの野次馬たちが群れるのは、ピエトロとヴィオランテの死体がさらされている教会と、奇跡的に息を保っているポンピリアが収容されている施療院、そして護送されてくるグイードらの馬の周辺である。したがって、殺人に関する裁判はもっと後のことで、ここで法律がかかわるのは、ポンピリアとカポンサッキの逃亡事件のことであり、二人の関係が姦通罪適用になるか否かが鍵である。

　Half-Rome はその法律を擬人化して「これはまったく困ったことだ」と首

を振っているところから判決の申し渡しまで、122行（1091-212）を割いてその判断を語らせている。第3巻「残りの半ローマ」"The Other Half-Rome"が総行数では149行も多いのに、法律に語らせたのはわずか50行であることを思うと、Half-Romeが「正確に（like a book）語る」と約束したことに忠実であろうとした努力の証として評価できる。ことに、ポンピリア派のパンフレットが用いるような論法も法律に語らせていて、公正に努めたことも認められる。たとえば、ポンピリアがアレッツォの家で危険にさらされていると単に思い込んでいただけだと仮定して、「友がその怖れを共有し、彼女を信じる賞賛すべき慈悲心によって事を起こすのは自然法に従うことではないか？」"if the friend partake the fear, And, in a commendable charity Which trusteth all, trust her that she mistrusts,? What do they do but obey the natural law?"（1100-03）と、彼らしい繰り返しを用いた口吻ではあっても、細やかな考え方を伝えている。カポンサッキと同室で眠ったとされることに対しても、疲れ果てたらライオンのいる所でライオンを枕にしても眠るだろう、と述べる。恋文についてもポンピリアの文盲の件と、カポンサッキが自分の筆跡ではないと主張したことを伝え、更にポンピリアが手紙を受け取っていないと言うのに、カポンサッキは返事を受け取って、結局、手紙は「卑劣な人物」"some mean spider-soul"（1165）の偽造であると分かった、と言っていることも丁寧に伝えている。こうした情報をそれぞれ「奇妙だが本当かもしれない」"strange may yet be true"（1107）、「信じ難いがあり得る」"Difficult to believe, yet possible"（1114, 1125）と法律に首をひねらせて、約3分の2の行数を費やしている。Half-Romeの真意としては、法律のなまぬるさを示すことにあったのだろうが、われわれには至極穏当な法廷の態度と受け取れる。そして残りの42行が判決になる。

　カポンサッキは罰に処さないがアレッツォとローマの中間の所で大人しくしていること、ポンピリアはアレッツォの土地に合わず凍えていたのだから暖かい所に移して日射しをたっぷり浴びさせるのがよい、とりあえずは改悛者修道院へ行くこと、これでグイードはいざこざの因であった妻とその友人を厄介払いしたわけで、故郷の人々には万事がうまく納まったと言えばよい、と申し渡す。グイードを擁護するためには、名誉を守るための殺人としてポ

ンピリアの姦通を証明することが最大の要件である。だが、そのポンピリアに関して、この判決は、植物栽培の比喩を用いて、温情に溢れたものになっている。

"For the wife,—well, our best step to take with her,
"On her own showing, were to shift her root
"From the old cold shade and unhappy soil
"Into a generous ground that fronts the south
"Where, since her callow soul, a-shiver late,
"Craved simply warmth and called mere passers-by
"To the rescue, she should have her fill of shine. (1188-94)

「妻女のために——さよう、最良の方法は、未経験な魂が凍えていて、ただもう温たまりたくて通りかかる者に助けを求めたのであるから、古びた冷たい陰の不幸な土から根ごと引き抜いて、日射しをたっぷり浴びる南面の豊かな土地に移植することであろう」

Half-Rome は「どうです、約束したように、偏らず公正に話しているでしょう？」(1213-15) といかにも自慢げに言うが、確かに公正である。最初の語り手にこれだけの情報量を与えたのは、詩人の読者に対する配慮であり戦術でもあるのは間違いない。しかし、語り手の人間性に関しては、それほどにも知っていながら、心を動かされることも自説を点検してみることもなかった内省力の欠如が悲しいほどに浮かび上がる。

(f) **特異な比喩表現** (Figure of Speech)

Half-Rome の比喩表現は隠喩と直喩が約 3 対 1 の割合で、隠喩が圧倒的に多い。そのなかで継続的に使われているのに、彼自身が「釣り人の直喩」"the angler's simile" と呼ぶものがある。Half-Rome によると、家産の立て直しを思案するヴィオランテにとって、ポンピリアは釣り上げてあった最初の魚で、その魚を餌にもっと大きな魚を釣るのが、「釣り人の方策」"angler's policy"(271) である。そして失意のうちに帰郷しようとしていたグイードを、格好の獲物と突然見つけ (Who but Violante sudden spied her prey) (321)、黒眼黒髪のポンピリアを餌につけて釣り竿を振ったのは、誰あろ

うヴィオランテ、ということになる。悲惨な事件に発展したポンピリアの結婚は、養い親とグイード双方の欲得ずくで成立した。それでもグイード側が最初に事を起こしたのは紛れもない事実である。しかし Half-Rome にとってはヴィオランテが絶対に主体的な悪の行為者で、グイードはその犠牲者である。Half-Rome の考え方では、修道院から帰されてきたポンピリアは、コンパリーニ夫婦にとって、腸を抜いて放り出したグイードに代わって、次の魚を狙うための餌である(1354-60)。

　繰り返される比喩にはもう一つ、グイードの苦しみを、魔女カニディア(古代イタリアの古典文学に登場する邪悪な魔女)の憎悪によって沸騰させた蒸留器から腐食剤が絶え間なくゆっくりと一滴一滴傷口にしたたり落ちる、そのような痛みに喩えたものがある。

> ... : on Guido's wound
> Ever in due succession, drop by drop,
> Came slow distilment from the alembic here
> Set onto simmer by Canidian hate,
> Corrosives keeping the man's misery raw. (1267-71)

苦悩を生々しく感じさせるこのイメージは、「グイードの跡継ぎでカポンサッキの息子」"Guido's heir and Caponsacchi's son"が出生したとの知らせに、グイードが犠牲者としての苦悩をいっそう深めるかと思いきや、猛々しく加害者に転じるところで修辞疑問風に用いられる。

> Come, here's the last drop does its worst to wound:
> Here's Guido poisoned to the bone, you say,
> Your boasted still's full strain and strength; not so! (1373-75)

「さあ、ここに傷口に最悪をなす最後の一滴がある、ここに腐食剤の満腔の効き目とあなたが豪語するものに骨まで毒されたグイードがいる、とあなたは言う。そうではないのだ!」。この仕立ては、比喩が生々しいだけ短いが、反転の"not so!"の迫力は強い。

　比喩の文学的な素材としてはギリシャ神話、ホメロス、シェイクスピアが、

それぞれ少々。ボッカチオとオヴィディウスの名が一度だけ出る。貴族の暮らしの実態に夢やぶれた老夫婦を描くのに、喩えとしてゼウスやプルートスを引っ張り出している途中で、「何の神さまだっけ？」"what God? I'm at the end of my tether;"（443-44）、と詰まってしまうところがあって、彼の教養の程度をうかがわせる。唯一の諺の引用が、「地獄の沙汰も金次第」"Money makes the mare to go"（947）である。

　教会には反感を持ち、信仰心は薄いと思われる割には、聖書からの引用が多い。ただしそれらが奇妙に見当違いになっているのが Half-Rome の特徴である。ローマで30年も過ごしながら何者にもなり得ず、グイードが*「ランプの芯を切り整え腰に帯を締めて」"... he trimmed his lamp and girt his loins"（318）アレッツォへ帰ろうと言うのは、ルカによる福音書12章35節からの借用である。福音書では「腰に帯をしめ、ともし火を灯して」とは主人が婚席から帰ってきて戸を叩いたとき、すぐ開けられるように油断なく待っていることを意味する。Half-Rome の場合は、グイードが何もかも諦めて帰り支度をするのだから話が違う。旧約聖書「イザヤ書」38章15節のもじりもあるが、聖書の場合に、「主が近くにいて下されば…」と神に呼び掛ける信仰の問題であるものが、Half-Rome によるグイードの場合には「爪に火をともして（Pinching and paring）つましく食べていければ…」（457-61）という次元の異なる問題意識を示すことになる。

　彼は、ローマの法廷が姦通と断じて厳しい処罰をしなかったのだから、夫がみずから断罪するほかはない、と主張するためにルカによる福音書19章40節「もしこの人たちが黙れば、石が叫び出す」"if these should hold their peace, the stones would immediately cry out."をなぞって、「法と福音が黙っていたのだから、棒と石が叫び声を上げて何の不思議があろうか？」"And, whereas law and gospel held their peace, What wonder if the sticks and stones cried out?"（1399-1400）と言う。聖書の場合は、高らかに神を賛美する弟子たちを黙らせるようにとパリサイ人たちが要求するのに対して、イエスが「この人たちが黙れば、石が叫びだす」——つまり石が代わって賛美

＊　この辺りの聖書の邦訳は『聖書　新共同訳』によっています。

の声をあげると答えたのである。Half-Rome の場合は、法律と教会がなにもしなかったのだから、グイードがぶっ殺したとて何の不思議もない、と殺人を是認するものだから大違いである。さらに、Half-Romeは「不貞の妻を殺せという神の言葉を誰が否定し得るか？」"Who is it dares . . . Deny God's word "the faithless wife shall die"?"（1478-79）と言う。この時、姦淫の女を前にしてイエスが「罪が無いと思うものがまずこの女に石を投げるように」と言われた言葉と、だれも投げる者がいなかったという新訳聖書の話が彼の念頭にまったくないのは明らかである。

彼が用いる比喩には、この殺人事件の展開を取り込んでいて奇妙に強い印象を与えるものがある。ヴィオランテがポンピリアを結婚させたのは、「ピエトロに内緒であっても、固いきずなを結んだ」"She, still unknown to Pietro, tied the knot Which nothing cut. . . ."（66-67）ことには違いない。したがってそのような表現に異存はない、しかし「この種のナイフ以外は何物も断ち切ることのできない…」"nothing cuts except this kind of knife;"と続くと、「この種のナイフなら切れる、切ってよい」を含意するから、ただ事ではなくなる。この種のナイフとは三角形の刃にフックが付いていて、切り込んでから肉の中で開き、抜く時に無残な傷を作る代物を意味する。コンパリーニ夫妻はすでにその犠牲となって祭壇に死体を横たえており、22ヶ所に傷を負ったポンピリアがわずかな余命を保っている。そんな折からこの陳腐な喩えと見えたものが、この殺戮の是認を強烈に主張するものとなり、背筋の寒くなるような思いを呼び覚ます。

またヴィオランテが夫を説得する時間を惜しんで結婚の既成事実を作ってしまった理由を、Half-Rome は以下の引用のように売買と贋金の比喩を用いて説明する。「このように彼女は、勝負の相手で欺される側であるグイードが、考え直したり、我が身を売る前に値踏みをしたり、代価のコインを試しに鳴らしてみたりする機会や猶予や暇を与えないようにしたのだ」

> Thus did she, lest the object of her game,
> Guido the gulled one. give him but a chance,
> A moment's respite, time for thinking twice,

       Might count the cost before he sold himself,
       And try the clink of coin they paid him with.（374-78）

　年もとり風采もあがらなかったグイードは、貴族の身分だけを元手に大枚の婚資を手に入れようとしたのだから、売買の比喩は妥当である。しかし実は彼が当てにしたほどの額ではなかったから、確かに、手を打つ前によく値踏みをするべきであった。さらにポンピリアが私生児と公表されて名誉を失墜し婚資も失いかねなかったのだから、贋金をつかまされる以上の事態であった。したがって、人が貨幣をチャリンと鳴らしてみて金貨かどうか確かめるように、偽物でないかどうか、とくと考える必要があったのは事実である。こうして喩えは現実そのものとなる。隠喩とは喩えるものと喩えられるものとの間に距離があり、その距離を超えて両者を結び付けようとする読者の側の主体的な作業によってカタルシスがもたらされるものだという（Nowotony, pp. 49-71）。その距離がほとんど消失してしまっているこの隠喩は解放感をもたらすどころか、読む者を奇妙に鬱屈した気分に追い込む。そしてとりわけ贋金にかかわるのは13歳の少女に起こった痛ましい出来事であることに思い至ると、この比喩は非常に無慈悲に感じられる。

Ⅳ　Half-Rome の本音

　ポンピリアらに対する残虐を是認する Half-Rome は、それではグイードには好意と共感を持って擁護しているのかといえば、疑わしい節がある。「グイードが死んでいたらよかったのに」と口走って慌ててルカ・チーニを持ち出したことがあった（117）。またグイードの家の内情の苦しさを表現するのに、もう一つの、現実と喩えとが紙一重の距離にある次のような隠喩を使っているところなど、冷え冷えとしたものを感じさせる。

       The comic of those home-contrivances
       When the old lady-mother's wit was taxed
       To find six clamorous mouths in food more real
       Than fruit plucked off the cobwebbed family-tree,

Or acorns shed from its gilt mouldered frame—
Cold glories served up with stale fame for sauce.（671-76）

仮にも伯爵家であれば家系画くらいはあるだろうし、貧乏だからそれが蜘蛛の巣だらけで、メッキの縁取りが黴てボロボロ剥げてもくるだろう、栄光は冷えきり名声が干からびていてなんの不思議もない。それだけにそれをそのまま喩えとして使うのは極めて意地の悪いやり方である。「その蜘蛛の巣の掛かった家系画からもぎ取られる果物や、メッキがはげた額縁から落ちるドングリ——干からびた名声をソースとして供される冷え切った栄光の数々、そんなものよりもっと現実的な食べ物で、六人の不平がましい家族を養うのに老伯爵夫人が頭を悩ます時の、あのやりくりの可笑しさ」。再び、喩えと喩えられるものの間に距離のない隠喩の不快を味わされる。

カステルヌォーヴォからポンピリアとカポンサッキがローマへ引かれて行ったのは、「我々をローマに！」"Take us to Rome!" と言う被疑者の要求に官憲が応じたもので、二人は悪びれるところなくローマへ向かったであろう。その後に続くグイードを Half-Rome は、「もはや得意げな言葉はなく脚の間に尻尾を垂らして哀れっぽくあとからついて行く亭主——」"The husband trooping after, piteously, Tail between legs, no talk of triumph now—"（1061-62）とグイードを負け犬に擬している。また、姦通の証拠になる恋文を探すグイードの姿は「哀れな奴、他人が背を向けたすきに汚れた部屋を、此処あそこ、とあらゆる所を漁って…」"—ferreting, poor soul, Here, there and everywhere in the vile place Abandoned to him when their backs were turned, Found,—"（1068-71）と浅ましさを際立たせる言いようである。

実は、この彼なりに公正さの枠をはめた語りの部分が終って Half-Rome の本音があらわになってみると、彼にはグイードがカステルヌォーヴォで二人を殺さなかったことが許せないのだと分かる。資料の中のポンピリア擁護の文書でも、カステルヌォーヴォで殺していたらそれは自然法として許された（OYB, p.217）、とあるから当時の社会の結婚観を反映している面もある。しかし「あの朝、彼が路傍の宿で二人に追い着いたとき、あっという間に勘定をして、即座に自分自身で支払っていたら——鍬でも鋤でも斧でも、役に

立つ庭にあって手に入るものの助けを借り、正当なる借りを取り立て、み旨ならばあの斧で、それぞれの頭を脳天から鎖骨まで勇士ローランドの一撃で断ち割るべきであった——間男の修道士と情人の妻を殺していたら、そうすれば世界はグイードを賞賛していたのだ」と言う。

> Had Guido, in the twinkling of an eye,
> Summed up the reckoning, promptly paid himself
> That morning when he came up with the pair
> At the wayside inn,—exacted his just debt
> By the aid of what first mattock, pitchfork, axe
> Came to hand in the helpful stable-yard,
> And with that axe, if providence so pleased,
> Cloven each head, by some Rolando-Stroke,
> On one clean cut from crown to clavicle,—
> Slain the priest-gallant, the wife-paramour,
> I say, the world had praised the man. (1488-508)

この時、残酷なイマジネーションに金勘定が絡んだ言い方によって立ち現われてくるのは、Half-Rome 自身の姿であり、彼の考え方にほかならない。

　Half-Rome のヴィオランテに対する並々でない嫌悪は赤子の絡む残酷なイメージによって強く印象付けられている。それだけに Half-Rome がさりげなさそうに口にする次の言葉には驚かされる。「無理もないがやり過ぎだ。二人で済むところを不手際で三人殺し、そして一人を取りこぼしている。というのもカノンの死体は何処にあるのだ？」。カノンとはこの場合カポンサッキのことである。

> Natural over-energy: the deed
> Maladroit yields three deaths instead of one,
> And one life left: for where 's the Canon's corpse? (1534-36)

ピエトロとヴィオランテを殺したのはグイードの不手際であって、ほんとうはポンピリアとカポンサッキを殺せば事足りたのだ、という意味だから、ポンピリアとカポンサッキは、Half-Rome にとって、あれほど嫌悪したヴィオ

ランテ以上に憎むべき存在であったことになる。彼は姦通の事実の確認にはあまり興味を示していない。ポンピリアが文盲であったか否かが争点の一つであり、後には別の証拠が出てきて問題が紛糾する。だがこの時点ではポンピリアの証言が決め手で、彼女が文盲である以上グイードが姦通の決定的な証拠とした手紙の束はグイードの偽造ということになる。擬人化された「法律」の言葉としてではあるが、そのような手紙は彼女には「豚に真珠」"pearls to swine" であったと言い、また偽造に対して「さもしい蜘蛛のような心の持ち主が紡ぎだしたもの」"the self-spun fabric some mean spider-soul Furnished forth:"（1165-66）という険しい表現を用いているから、Half-Rome がこの事実を承知していることには疑いの余地がない。それにもかかわらず、ヴィオランテに対するよりもポンピリアにいっそう激しい憎悪を抱くのは、それは姦通という裏切りの行為に対する反応としての憎悪とは異なるものだと思われる。

　ブラウニングが短詩「前の公爵夫人」"My Last Duchess" で描いたフェッラーラの大公は、莫大な婚資のある女性を妻としたが、若い公爵夫人が行き交う誰にでも微笑みかけるのが我慢ならず、その微笑みを生命ともども圧殺し、一枚の肖像画に還元して覆いを掛け、自分以外の誰にも開けることを許さなかった。つまり大公にとって妻とは財産をもたらすための便宜であり、一個の人間として生きた感情を持ってはならず、どこへ移そうと、あるいは捨てようと、意のままにしてよい家財道具なみの存在であった。Half-Rome にとっても、妻とはそのような存在に過ぎず、ポンピリアが自ら意志決定をして逃亡した事実そのものが、姦通の事実の確認を待つまでもなく許すべからざることであったのではないか。いかなる形であれ、家財道具のはずの妻が人間並みの自己主張を始め、しかもその妻を人間並みに扱いその自己主張を助ける男がいたとしたら、その二人が社会と人間の秩序を乱すものとして Half-Rome の憎むところとなるのも無理ではない。

　しかし単なる公憤にしては彼の憎悪は異常である。そのような男に馬鹿ではない妻がいたとしたらその女性は幸せでいられるものだろうか。果たして、彼がこの近くの家に "keep"[1] していると称する一人の妻 "a wife" がいる。彼はこの1546行にわたる語りを、彼自身の妻にやさしい態度を示すらしい聞

き手の Cousin（縁者）に対するドスの利いた脅迫で、しめくくる。

> The thing is put right, in the old place,—ay,
> The rod hangs on its nail behind the door,
> Fresh from the brine; a matter I commend
> To the notice, during the Carnival that's near,
> Of a certain what's-his-name and jackanapes
> Somewhat too civil of eves with lute and song
> About a house here, where I keep a wife.
> (You, being his cousin, may go tell him so.) (1540-47)

「これで昔どおりですよ——さよう、塩気の利いた鞭が戸口に掛かっていることを知っておいてもらいましょう。名前は知らぬが、近付くカーニヴァルの季節に竪琴を抱え歌など歌って、この辺りの私が妻を置いている家のまわりで夜ごと慇懃すぎる若造に」。つまりポンピリアとカポンサッキに対する彼の異常な憎しみは、彼自身の妻と Cousin に対する憎しみの反映であったと分かる。彼の長広舌の目的は真実の探究でもグイードの弁護でもなく、この最後の数行の脅迫を口にするためにほかならなかった。このような語りの過程であらわになった彼の性格から推して、彼の妻の悲劇が思いやられる。さすがに「貴様の Cousin にそういってやれ」と言うところは括弧のついた傍白で、胸のうちということになったが、口に出した最後の行の"where I keep a wife"の"keep"と、そして"my wife"でもない"a wife"の一見さりげない連語の形に家財道具並みの扱いしか受けぬ彼の妻の悲劇が凝縮されている。それにもまして妻と、というよりはおそらく人間全般にわたって温かな関係を持つことのできない Half-Rome 自身の、人間としての悲劇を痛切に物語るものになっている。

One Word More

初めに、巻タイトル「半ローマ」"Half-Rome"がブラウニングの溢れる機知を示すと述べた。しかしこの語り手が前述の通りの人間だとすると、このタイトルは、フェッラーラの大公から教養と芸術への好みとをはずした程

度の人間がローマの半分を占めるという意味になる。この巻の特質を「ブラック・コメディ」"black comedy" とした論者がいるが（Buckler, p.67）、このタイトルそのものにそれが読み取れるのではなかろうか。

注
1. "keep a wife" という連語は、"Should he ever be able to keep a wife?"（彼はいつか奥さんを養えるようになるんだろうか？）といった場合には可能である。ブラウニングの『ソルデッロ』 Sordello に "keep wife" の1例がある。"I had option to keep wife Or keep brown sleeves...." (IV, 998-99)。これは、結婚して世俗の生活をするか、あるいは聖職に就くかの選択の余地があったことを意味し、この場合の "wife" は換喩である。一方、Half-Rome の "a house here, where I keep a wife," は実に奇妙な言い方である。"I keep a valet in my London residence."（ロンドンの住まいには執事を置いている）、あるいは "I keep a horse."（馬を飼っている。）等の場合には、"keep" は「仕えさせたり、使ったり、楽しんだりするために人や動物を保持していて、所有の意味を含意する」と OED が記している。したがって "keep a wife" とは、彼が妻を所有物とみなし、好きなように取り扱ってよいと考えているとみなすことができるだろう。しかし、さらに、もし誰かが冗談でなく、"I keep my wife in this house." と言ったとしたら、彼女の狂気か、彼の側の虐待か、何らかの理由による監禁を意味する。その場合、"my wife" を "a wife" に代えると、妻に対する所有物視ないしは監禁を示すほかに、17世紀のイタリアには適用できない一夫多妻制を意味しさえする。批評家たちに見過ごされてきているが、Half-Rome の人となりを示す実に示唆に富んだ言葉と言える。

第3巻「残りの半ローマ」
"The Other Half-Rome"
——話者の実像

　第2巻「半ローマ」"Half-Rome"の語りが、妻に言い寄る男へのドスの利いた脅しで終わっているのと対照的に、「残りの半ローマ」"The Other Half-Rome"の話者（*Other-Halfと略記する）は、花のイメージを用いて [l] や [s] のような流音の多い静かなリズムで語り始める。

> Another day that finds her living yet,
> Little Pompilia, with the patient brow
> And lamentable smile on those poor lips,
> And, under the white hospital-array,
> A flower-like body, to frighten at a bruise
> You'd think, yet now, stabbed through and through again,
> Alive i' the ruins. 'T is a miracle. (1-7)

「もう1日経って彼女は未だ生きている、可哀想なポンピリア、額には忍耐を、あの痛ましい唇には悲しげな微笑を浮かべ、白い病衣の下で打撲一つにさえ怯(おび)えると思う花のような躰が、何度も何度も刺されて、今もまだ、残骸となりながら生きている。奇跡です」

　さてこそ、第1巻で紹介されているように、[1] ポンピリアを聖者・殉教者とみなしたヒロイン讃美が始まる、と予感する。そして独身だという終わりの方の告白と思い合わせると、Other-Halfは妻帯する年齢に達していない若い男で、ポンピリアの若さと美しさに心を動かされ、無批判に同情し無罪を信じきっているのだ、という噂話の図式としていかにもありそうな解釈に誘われる。しかし、実はテキストから浮かび上がる人物像は単純ではない。[2]

---

*　発音は [ʌ́ðər haːf, アザー・ハーフ] です。

I 年齢

　先ず、彼の年齢は若くはないはずである。「若い男」と明言する論[3]がある一方で、これまで「若くはない」と主張されたことがない。しかし、この単純な事実は彼の人物像解明の大切な第一歩として強調される必要がある。それは、(a) 彼の「子ども」"child" という語の使用の仕方、(b) 世間知の豊かさ、(c) 過去の出来事への言及、の3点から証明できる。

(a) Half-Rome の「子ども」という語の使い方

　人が花壇を歩いて気にも止めなかった赤いバラを、「あれは、昨日2人の男が血を流す争いのもとになったバラですよ」と言われると、途端に「すごい花だ、記念に花びらの一枚でも」と言い始める。同じように、誰にも顧みられなかったものが世間のセンセーショナリズムに乗ると、今度は過大評価されるものだ、という趣旨のことを述べた後で、Other-Half は「真実はその中間にある」と次のように言う。

> Truth lies between; there 's anyhow a *child*
> Of seventeen years, whether a flower or weed,
> Ruined: who did it shall account to Christ—
> Having no pity on the harmless life
> And gentle face and girlish form he found,
> And thus flings back. Go practise if you please
> With men and women: leave a *child* alone
> For Christ's particular love's sake! —so I say. (83-90)

「花にせよ、雑草にせよ、とにかく17歳の子どもが…」、「大人なら男でも女でも好きなように扱うがよい。しかしキリストがとりわけ愛しておられる子どもには…」というのが Other-Half 自身の言葉であって第3者からの引用でないことは、「そう私は言う」"so I say." と断言しているから間違いはない。彼が17歳のポンピリアに「子ども」"child" という言葉を使って言及しているのは、かなり特殊なことである。原資料『古い黄表紙の本』の中でこ

の巻に材料を提供した「パンフレット15」では固有名詞「フランチェスカ・ポンピリア」"Francesca Pompilia"と代名詞の外には「妻」"wife"と「娘」"daughter"を用いて言及し、「16歳という若い年齢の哀れな妻」"the poor wife who was of the tender age of sixteen years"があるが、「子ども」"child"はまったく使用されていない。

作品『指輪と本』における"child"の使用は全部で128回、第2巻で14、第3巻で17の頻度数であるが、その大部分は「ピエトロの"child"だと思われていたポンピリアが実はピエトロの"child"でなく醜業婦の"child"で、ピエトロの"child"でなければ婚資の契約も無効で…」といった文脈で使われている。現実のポンピリアを指示したものとしては第7巻でポンピリア自身が「結婚の時私はやっと12歳の子どもだったことを思い出してください」"Remember I was barely twelve years old—A child at marriage:"（VII, 734-45）というのがある。

ほかには、ポンピリアがアレッツォで救助を求めた大司教が「気の毒に、伯爵は親が最低の教育もしなかった子ども（a mere child）を相手にしなければならぬ」（VII. 799-800）とか、義弟ジロラーモの無法を訴えるポンピリアに「おまえは鞭の罰にも早すぎるような子ども（such a child）だ！」（VII, 818-9）と言ったとされるが、いずれも結婚の最初の年のことである。第10巻で教皇は、ポンピリアの求めを大司教と同じ頃に同じように退けたアレッツォの知事を、「友が悪ふざけの度を過ごして子ども（the mere child）の扱い方を誤っているときに、頭を振って、笑っているだけの気楽な傍観者達」（X, 967-69）の一人とし、「それで済むのかマルツィ・メディチ（Maruzi-Medici)！」と名指しで難詰している。第11巻でグイードが「血の代わりにミルクが流れているような子ども」"The thirteen years-old child, with milk for blood"（XI, 965）と言うが、「13歳の」という限定付きである。ポンピリアへの呼び掛けとして"my child"を大司教が先の引用の中で1回、教皇が2回（X.1006, 1064）口にしているが、これは老聖職者によくある言い方であろう。

第6巻のカポンサッキの語りの中で、ポンピリアの使いと称する女がカポンサッキのところに来て、不義の恋をそそのかす言葉の中に「子ども」が3

回、そのうちの2つは行末に上下で並ぶ押韻の形をとってことさらに目立つように使われている。「伯爵は春の葡萄園の管理に出かけて夜は留守。それに奥様は子どもだし、子どもに出し抜かれるなどと思いますかしら？ ただの子どもでございますよ」

> He goes to the villa at Vittiano— 't is
> The time when Spring-sap rises in the vine—
> Spend the night there. And then his wife 's a *child*;
> Does he think a *child* outwits him? A mere *child*; (VI. 591-94)

これは、特殊な効用を生み出すための特殊な例と考えてよい。

　早婚の当時にあっても17歳が「若い年齢」"tender age" に属していたことは原資料の使用例からも推測される。しかしOther-Half が若い男であるなら、結婚後4年目のポンピリアを、それも17歳と断わって「子ども」と称するのは普通ではない。もっともありそうな解釈は、この話者が相当の年輩の人物であると想定してみることではなかろうか。Other-Half は後に、カステルヌォーヴォで刀をとってグイードに襲いかかるポンピリアを「片意地な子ども」"the froward child" (1300) と再び子ども呼ばわりをしている。

(b) Other-Half の世間知の豊かさ

　センチメンタルで陶酔的な冒頭部とは裏腹に、Other-Half の語りには豊富な世間知がうかがわれる。たとえば、ヴィオランテが売春婦から出生の8ヶ月前に赤子を買付けておいて実子と偽ったことも、まず第一に、相続人がない場合の財産を群衆が奪い合って、殴り合いや蹴たぐり合いをしなくて済むようにしたのであって、そのどこが悪いか、という論法である。

> Did she so wrong by intercepting thus
> The ducat, spendthrift fortune thought to fling
> For as scramble just to make the mob break shins?
> She kept it, saved them kicks and cuffs thereby. (198-201)

「財産」"fortune" に対する「浪費の」"spendthrift" という形容詞の使用は、

転がり込んだ不労所得がしばしば蕩尽されるのを知っていることを示唆する。続けて、第二に当の赤子に対しては慈悲慈善の行為以外の何物でもない、「そこらの売春婦の私生児なら、肉体と魂の二重の死に運命づけられたに違いないのだから」と言う。

> A body most like—a soul too probably—
> Doomed to death, such a double death as waits
> The illicit offspring of a common trull, (206-08)

若々しい感受性なら売春婦にも母性を認め、痛みの思いを抱きそうに思うのだが、Other-Half の想像力は、「罪の商売の邪魔になるだけと腹を立て、昔からティベル川が知っている効果的な方法で、始末しようと考える」"Sure to resent and forthwith rid herself Of a mere interruption to sin's trade, In the efficacious way old Tiber knows."(209-11) という訳知り振りである。

ポンピリアの結婚の事実を後で知らされて怒るピエトロも、結局パオロとそのパトロンの枢機卿にまるめ込まれ、財産を投げ出してアレッツォへ同行することになる。この件に関して Other-Half が町の人たちにさせるコメントが次である。「息子のサーヴィスが悪くならないように金袋はしっかり握っているのが上分別というもの、義理の息子ならまして」"Grasp the bag lest the son's service flag,—is reason and rhyme、Above all when the son's a son-in-law."(500-02)。これも年期の入った人間知に属するだろう。

4ヶ月後にローマへ逃げ帰ったピエトロは、以前は自分が気前よくもてなした人々の戸口で物乞いをするまでになっている。ヴィオランテからポンピリアの出生の秘密を聞かされると、怒るどころか飛び上がって喜ぶ。それは財産を取り戻す可能性のためばかりでなく、これでポンピリアが離婚されて帰って来ると思うからである。悪夢にうなされているところをポンピリアのキスで目覚める場面まで思い描き、三人が元のように一緒になれるなら過ぎたことは構わない、と言う。そのピエトロに Other-Half は「世間がどれほどの価値あるものか分かった今は」"And know now what the outside world is worth."(645) と続けさせている。愚かとはいえ単純で善良なピエトロの哀切な言葉は胸を打つ。この一行もまた、Other-Half 自身が生きてきた歳月

の長さと重みとを示唆すると思う。

（c）Other-Half の過去への言及

グイードは、逃亡の二人に追い付いた時点では事件を法の裁きに委ねたのだが、その8ヶ月後に手を血塗らせて自ら断罪をした。この経緯を Other-Half は次のように考える。「法律が持つ天秤が自分には不利に振れて相手の側に傾きそうになると、抗議をし、裁定を拒否し、法廷を飛び出して、名誉の傷は刀が癒さねばならぬと叫ぶのはなぜなのか？」(1664-68)。「それは身勝手が過ぎるというものだ、伯爵！」"That were too temptingly commodious, Count!"（1674）と結論する論法は正攻で、大人のものではなかろうか。

Other-Half が独身であることに言及するのはこの後である。「自分には妻はないけれど私なりに感じ易い点ではグイードに引けはとらない（I who have no wife、Being yet sensitive in my degree As Guido,）と断った上で、共同相続人であった過去の遺産問題にふれてグイードに呼び掛ける。

> That lie that was, as it were imputed me
> When you objected to my contract's clause,—
> The theft as good as, one may say, alleged,
> When you, co-heir in a will, excepted, Sir,
> To my administration of effects,
> —Aha, do you think law disposed of these?
> My honour's touched and shall deal death around! (1684-90)

「昔に半ば折り合いはしたけれど、あなたが契約書の条項に異議を唱えたのは私を嘘つき呼ばわりしたのと同じ、また動産の処置に反対したのは泥棒呼ばわりしたのと同じ——さてさて、その点を法律が決裁してくれたと思いますか？ 私の名誉は傷つけられている、殺してまわろうということになる！」。そのようなやりとりが「昔に」"in days gone by" あったということは、その時期に Other-Half はすでに当事者能力のある年齢に達していたことになる。処刑時のグイードの実年齢は40歳だが、ブラウニングの作品上では56歳にもなる。[4] Other-Half もそれと大差のない年齢か、どう年下に見積っても

「若い男」と設定されていないのは明白である。

II 教養

　若くはない年齢でなおかつ妻帯者でないことは、Other-Half の人物像を考える上で極めて大切な要素と言ってよい。その Other-Half が行う古典からの引用は適切で、聖書への言及にも確かな神学理解をうかがわせるものがある。
　兄のために婚資付きの花嫁を探している聖職者パオロに目を付けられたヴィオランテは、当りが柔らかで抜け目のないパオロの口車に乗せられて、我が娘をヘスペリスの園の黄金の林檎、そしてグイードを11番目の功業のためにそれを獲りにくるヘラクレスと思い込む (384-87)。しかし夫のピエトロが、町の人たちからグイードが貴族とはいえ貧窮の家の跡継ぎにすぎないことを聞いてきて、反対をする。すると、「ヴィオランテは束の間の涙を拭って、遊んでいるダナエーを黄金の夢とあきらめた」と Other-Half は言う。

> Violante wiped away the transient tear,
> Renounced the playing Danae to gold dreams, (438-39)

ギリシャ神話では、ダナエーの産む子が自分を殺すという神託を受けた父王アクリシオスがダナエーを青銅の塔に閉じ込める。だがゼウスが黄金の雨となって訪れ結局ペルセウスが生まれ、ペルセウスが投げた円盤に当たってアクリシオスは死んだ。ピエトロ夫妻も晩年に授かった娘を、青銅の塔ではないけれど、庭に塀をめぐらして大切に育てた。その子がまだ人形遊びがふさわしい年頃だったのだから「遊んでいる」"playing" の形容は適切であり、「黄金」"gold" は黄金の雨になったゼウスあるいはヘスペリスの園の林檎を指し示すと同時に、この事件の根底にある双方の物欲をも示唆し得る。結局ポンピリアの産んだ男児のせいでピエトロも命を失う羽目になったのだから、この神話の引用は、短いが十全の意味を内包していると言える。
　カステルヌォーヴォで逃亡者に追い付いたグイードは、大騒ぎを演じながら結局二人を現地の警察に引き渡すにとどまった。このことを「復讐の大山

が鳴動して鼠一匹」"Oh mouse-birth of the mountain-1ike revenge!"（1322）というのはホラティウスからの引用である。その後アレッツォへ帰ったグイードを待ち受けていた人々の嘲笑を、「十日物語の最後で最良のこの話に誰もが、にたにた」"an universal grin At this last best of the Hundred Merry Tales"（1445-46）と先ず*『デカメロン』を用いる。次いで『オデュッセイア』第8巻で、デーモドコスがオデュッセウスを慰めるために語り歌うものを援用する。鍛治の神ウゥルカーヌスは妻のヴィーナスが軍神マールスと情を通じていることを太陽神に教えられ、ベッドに魔法の網を仕掛けて相擁する二人を捕らえた。呼び集められた神々は脚の悪いウゥルカーヌスが足の早い神をからめとったと大笑いしたが、メルクリウスがアポロの問いに答えて「糊でくっつけられたってヴィーナスとなら喜んで」と言うのを聞いて更に大笑いする。この話を6行の無韻詩に盛り込んで、人々がグイードに浴びせた嘲笑を再現してみせるのが、以下の引用である。

> And how husband, playing Vulcan's part,
> Told by the Sun, started in hot pursuit
> To catch the lovers, and came halting up,
> Cast his net and then called the Gods to see
> The convicts in their rosy impudence?
> Whereat said Mercury "Would that I were Mars!"（1450-55）

「どのように夫が、ウゥルカーヌスの役を演じ、太陽神に教えられ、愛人たちを捕まえるべく急追を開始し、追い付いて、網を投げ、バラ色の不謹慎を犯している罪人たちを見よや、と神々を呼び集めたか――それに対してメルクリウスが言った、"マールスになりたかったなあ！"」。ここには、前巻の Half-Rome が単なるいやみの満載で済ませたのとは異なり、語り手のローマ神話の造詣の深さと、それを自家薬籠のものとする相当の表現力が認められる。

Other-Half は「ここにいるポンピリア、そのように生きてきてこのように死のうとしている彼女は、人の心がどれほどの罪を生み出し得るものか、ほんとうに分不相応な経験をしてきたように見えるが」と言い、続けて、「グ

イード・フランチェスキーニの心が何を抱え得るのかを学ばせられたのが、私やあなたや**モリノスでさえなくて、なぜポンピリアなのか？」と問うている。

> Though really it does seem as if she here,
> Pompilia, livlng so and dying thus,
> Has had undue experience how much crime
> A heart can hatch. Why was she made to learn
> —Not you, not I, not even Molinos' self—
> What Guido Franceschini's heart could hold? (105-10)

「なぜ私でなくてあなたが…」という問いは、キリスト者にとってイエスの十字架の理解と他者への愛憐をもたらすものとして信仰生活の根幹をなすものの一つであると思う。こうした問いを発することのできた Other-Half には心を打たれずにいられないのである。

　彼はまたブラウニングの全作品中でただ一人「全燔祭」(ゼンハンサイ) "holocaust" という言葉を口にした人物である。全燔祭とは、旧約聖書レビ記によれば、犠牲の動物の血を祭壇の周囲に注ぎかけ、その動物の全てを祭壇の火で焼いて香ばしい香りを神に捧げる供儀(く ぎ)であった。Other-Half によれば、グイードがカステルヌォーヴォで逃亡者二人を司直に引き渡したのは、悪魔がすでにグイードに背を向けたからである。ただし、それは後日、よりよい燔祭を捧げさせるためであった、と次のように言う。

> Success did seem not so improbable,
> But that already Satan's laugh was heard,
> His black back turned on Guido—left i' the lurch
> Or rather, baulked of suit and service now,
> Left to improve on both by one deed more,
> Burn up the better at no distant day,

---

*　ボッカチオ (1313-75) 作の短編小説集、ペストの流行するフィレンツェを逃れた紳士淑女10人が10日間、1日にそれぞれが1話ずつ話し計百話になるという形を取っている。
**　ローマカトリックの立場からは異端になる教えを唱導した人 (1628-97)。

Body and soul one holocaust to hell. (1245-51)

「成功しそうであったのだ」とは、姦通の現場を押さえたその時であれば私的処断も許され得ることを意味する。「しかしすでに悪魔の笑いが聞こえ、黒い背がグイードに向けられ——見捨てたというよりは、今は捧げものを受けないで、もう一つの行為によって捧げものをよりよくするために離れたのである」。燔祭(はんさい)とは礼拝者の魂が神に向かって昇り行くことを象徴するとも言われる。したがって「遠からぬ日に、肉体も魂も一つの全き燔祭として、それだけいっそうよく燃え上がらせ」と言うのは、彼の旧約聖書理解の確かさを示すものである。ただし最後の2語で「地獄への」"to hell"と方向を転換させ、そして「それだけよりよく」"the better"とは結局ポンピリアとカポンサッキの二人の代わりに、ピエトロ夫妻とポンピリアの計三人の殺戮を意味し、コンパリーニ一家の「殲滅(せんめつ)」という17世紀に始まり現在カタカナ語でホロコーストとして知られる用法を、「全燔祭」に含意させていて、すさまじいものがある。

洗礼とはいったん水に没して死に、罪を清められて新しい永遠の生命に再生することを象徴する。新約聖書では「水による洗礼」「聖霊による洗礼」といった表現で知られている。Other-Halfの語りの中のグイードは考える、ポンピリアが男児を産んだ以上、ピエトロ夫妻とポンピリアが消えてなくなれば全財産はその遺児のもの、つまり遺児の父親である自分のものになる、「一刀両断ですべての損失を取り戻し、過去を拭い去り、為さずに来たすべてを為し、よき現在を最良へと絶え間なくふくらませ、血による洗礼を受けて、死んで新しい生命に生きるのだ」

> That Guido may enjoy his own again,
> Repair all losses by a master-stroke,
> Wipe out the past, all done all left undone,
> Swell the good present to best evermore,
> Die into new life, which let blood baptized. (1565-69)

人間に関心の深かったブラウニングの作品には人の運命に不可避な「死ぬ」

"die" という言葉の使用は少なくない。しかし「新しい命へと死ぬ」"die into new life" という洗礼の概念と結びついた表現は、全作品中にこれが唯一の例である。水でも聖霊でもなく血による洗礼として殺人行為を示唆するこの一行は、確かな神学に基づくだけにいっそうの衝撃力を持つ。

このように Other-Half の語りは、Half-Rome がギリシャ神話の引用の途中で詰まってしまったり、見当違いの聖書の引用をしたりするのとは違って、古典の知識においても、聖書理解とそれに基づく神学の面でも、格段に高いレベルの教養をうかがわせるのである。

III 教会への反感

きちんとした信仰理解があるにもかかわらず、Other-Half の教会への反感は、質において Half-Rome に勝るとも劣らぬものがある。さりげないところでは「枢機卿」"Cardinal" を「ローマでもっとも実成りのよい木」"Rome's most productive plant" (256) と、なにかと懐に入る物が多いことを皮肉っている。また "Cardinal" の語源が "cardo" (hinge、蝶つがい) であることに引っかけて、きしむ戸のどこに「宥め油」"the molifying oil" を差せばよいかをよく心得ていて、結婚に反対して「きしみ」"creak" を立てるピエトロをたぶらかし、老夫婦の身ぐるみを剥ぐ手助けをした人物として当てつけられている (476-69)。

アレッツォに取り残されたポンピリアは大司教にも知事にも絶望し、最後は托鉢修道士にすがって、ローマにいるピエトロ夫婦に救助を求める手紙を書いてくれるようにと頼む。その「善良なる修道士」の対応は Other-Half によると次のようになる。

> The good friar
> Promised as much at the moment: but, alack,
> Night brings discretion: he was no one's friend,
> Yet presently found he could not turn about
> Nor take a step i' the case and fail to tread
> On someone's toe who either was friend,

Or a friend's friend, or friend's friend thrice-removed,
　　　And woe to friar by whom offences come!（1027-34）

「その場で応諾をしたものの、しかし、やんぬるかな、夜更けとともに分別がもどるもの、友なき身ではあるけれど、この件で向きを変えたり一歩を踏み出したりすれば誰ぞの足指、友の、あるいは友の友の、あるいは友の友のそのまた友の足指を踏まぬでもない、そして"offences"を来たらせる修道士は災いなるかな、だと気が付いた」。そしてポンピリアとの約束を反故(はこ)にするのである。"woe to friar by whom offences come!"は、マタイによる福音書18章7節後半"but woe to that man by whom the offences cometh!"のもじりである。聖書の方はよく知られたイエスの警告である「小さい者の一人をつまずかせる者は大きな挽臼を首に掛けられて海の深みに沈められる方が、その人の益になる」に続く部分で、「罪の誘惑は必ず来る。しかしそれを来らせる人は、災いである」と訳されている。この聖書の文脈に照らすと托鉢修道士の言葉は、「ポンピリアの願いを入れて手紙を書くことは夫に反逆させることで、教えに悖(もと)り、罪を犯すことになる」と、それなりにもっともな意味になり得ないではない。しかしこの場合の"offences"が「罪」ではなくて「立腹」の意で、「誰ぞを怒らせては一大事」とひたすら保身を意図しているのは明らかである。したがって、「汝のとなり人を愛せよ」というイエスの至上命令にそむき、小さい者の一人にしたこの行為のお粗末さが際立つのである。毒々しくはないけれど、「友の友のそのまた友の」と"friend"を過剰に繰り返すところに語り手の揶揄と皮肉が浮かび上がる。

　ポンピリアの最期を看取った修道士チェレスティーノは、「世界の罪でデコボコに打ち潰された真鍮の哀れな古物、貧民療院備え付けの日用品」（796-98）と卓抜な修辞で手ひどい言われかたをしている。グイードの弟パオロは、町の人たちの評判としてではあるが、小才の利く鼠に喩えられ、ローマの芯の部分に潜り込んでぬくぬくと肥えふとり、一方聖職者向きのスマートさに欠けるグイードは、鼠穴に入るには嵩張りすぎて外で飢えている、という辛辣なイメージ（411-16）を付与されている。

　ヴィオランテが一人でいるのを狙ってやって来て結婚話を持ちかける時の

パオロの描写は、126行にわたる長さにおいて、また仲人口というよりむしろガマの油売りよろしく、口先一つでゲテ物を売り込む秀逸さにおいて、Other-Half の教会関係者に対する好意的とは決して言えない思いが伝わってくる。「もの柔らかな物腰、滑りのよい物言い、滑らかな頬をした訪問者」"Smooth-mannered soft-speeched sleek-cheeked visitor"（251）と、いずれも [s] 音で頭韻を形成する形容詞をハイフォンで名詞に繋ぎ、それに "-ed" を付けて形容句として並べ、「訪問者」を修飾する。このように統語上からも音声上からも際だつ形で導入された「われらのパオロが、ここに現れて大事な話の口火を切った」のである。

> ..., here was our Paulo brought
> To broach a weighty business. Might he speak?
> Yes—to Violante somehow caught alone
> While Pietro took his after-dinner doze,
> And the young maiden, busily as befits,
> Minded her broider-frame three chambers off. (258-63)

"Might he speak?" はリーチのいわゆる自由間接話法（free indirect speech）(pp.325-26) で「お話があるのですが…」とパオロがヴィオランテに掛けた言葉であり、"Yes" はぶっきら棒なところが不用意さ無警戒さをうかがわせるヴィオランテの返事ととりたい。その時、老いた家長は食後の昼寝で、孫のような娘は三部屋むこうで刺繍に精を出している。そのいかにも日常的な情景を背景に、「それでは——」"So—" とパオロはフランチェスキーニ家についての論述を開始する。

> So—giving now his great flap-hat a gloss
> With flat o' the hand between-whiles, soothing now
> The silk from out its creases o'er the calf,
> Setting the stocking clerical again,
> But never disengaging, once engaged,
> The thin clear grey hold of his eyes on her—
> He dissertated on that Tuscan house,
> Those Franceschini, ... (264-71)

帽子に手を触れ膝の上の絹の衣服を撫でさするパオロのいかにも物柔らかな身のこなしが、耳触りのよい [f]、[l]、[s]、[k] 音の多用で、それでいてヴィオランテに「いったん付けた」薄灰色の瞳を「決して離そうとしない」様子が、"never disengaging" と "once engaged" をコンマによる中間休止 (caesura) を挟んで対比させているのと、本来「薄く透明で灰色の」"thin clear grey"「眼」"eyes" となるべき単音節ばかりの形容詞 3 個が「捕捉」"hold" の方に転移されているのとで、どこか不気味に、しかしリアリズムと呼びたいほどの的確さで表現されている。

　この後に語法的に解明が容易でない部分がくる。フランチェスキーニ家の人々を "they" で受けて「古い家だが豊かではなく…」と続くのが話者 Other-Half の言葉と思っていると、「イヤ、身分の低さを金袋でカバーしようとする人達ほどには豊かじゃない、という意味でなんですよ」と突如としてパオロの声に変わるのが "oh" という感嘆詞の所在によって知られる。

　　　　Those Franceschini—very old they were—
　　　　Not rich however—oh, not rich, at least,
　　　　As people look to be who, low i' the scale
　　　　One way, have reason, rising all they can
　　　　By favour of the money-bag!（271-75）

そのあと、「最上とは言えないけれどまあまあ恵まれているほうでしょうな」"to fortune better than the best"（279）と言うのがパオロであることは、その前に "Ha, ha," と笑い声が入っているので間違いはない。そのあとに、"his brother"（280）や "their house"（281）の三人称代名詞が使用されるが自由間接話法と解釈して読み進む。ところが次のように一人称 "let us" が現れて、直接話法に変わったと知る。

　　　　. . . : the Count
　　　　Proved wanting in ambition,—let us avouch,
　　　　Since truth is best,—in callousness of heart,
　　　　And winced at pin-pricks where by honours hang
　　　　A ribbon o'er each puncture: his—no soul

Ecclesiastic（here the hat was brushed）
　　　Humble but self-sustaining, calm and cold,
　　　Having, as one who puts his hand to the plough,
　　　Renounced the over-vivid family-feel—
　　　Poor brother Guido!（295-304）

「有体(ありてい)に申しましょう、真実が一番ですから」ともっともらしい断わりを挟み、「伯爵は野心に欠け、無情になりきれず、どんな些細なことにも名誉心が働くのが災いして――つまり鋤に手を掛けてからも家族のことが忘れられないのですから、要するに聖職者向きではないのですよ、かわいそうなグイード兄貴!」と、欠点を述べ立てているようでいて、実はいかに廉直で心優しい人間かと売り込んでいる。またアレッツォの館は「崩れかかった宮殿の殻、石切り場のように広くて、まるでがらん洞で――」"that dilapidated palace-shell Vast as a quarry and, very like, as bare—"（306-07）というのはほぼ実状なのだろうが、その家を「ローマの綺羅(きら)」"Rome's pomp and glare"（305）の中に在るグイードが憧れているとなると、先の話は誇張法であって実は好もしい所にちがいない、と思わせる。そしてグイードを娘の婿にと飛びつく母親達が他にいることを匂わせて、ヴィオランテの食指をそそる。実に巧みな話術なのだが、話者の語りと思っていると何の断わりもなくパオロの声になり、また話者の声にかわったようでもある――といった調子で、つまり分析しようとすると手に負えないのだが、それでいて当りは柔らかいが奸知に長けたパオロの声も姿も目の当りに見る思いがする。批評家の誰もが分析を控えながら、「精妙な皮肉」"subtle satire"の傑作と認めている由縁である。[5]

　Half-Rome が全ての責任をヴィオランテに負わせようとしたのと対照的に、Other-Half はパオロを常に事件の背後にいた人物としている。それは資料の「パンフレット15」に準拠しているのだが、ヴィオランテ訪問の場合の描写の長さと入念さには、Other-Half 自身の何かを物語るものがある。きちんとした聖書および信仰の理解があるところから、もとは聖職にあった人間ではないかとサリヴァンは解釈しており（pp. 43-44）、その場合には教会内の競争に破れて脱落した者にありがちの反感とも推測される。しかし裁判官が判

決を下す行為をらい病人に接触された場合の清めの義務に譬える (1383-84) が、そのような規定は聖書にはない。必ずしも聖職者であったとは考えなくてもよいように思われる。

Ⅳ　奇妙さ

　第3巻の話者を「悩める美女に肩入れする心優しい男」"the generous minded partisan of damsels in distress"と理解しているマッケルデリィは、『指輪と本』をプロットの面から綿密に調べ、Other-Halfの語りの特色として、ほとんど脱線することなく事件を出来事の順に語っていること、ポンピリアにとって重要な事柄（結婚・逃亡に至る事情・逃亡それ自体）に多くの行数を割いていること、の2点を指摘している (p.195)。しかし結婚に関する語りの292行のうち、その半分に近い126行が前述のパオロの訪問に割かれていて、それは確かに精妙な皮肉の傑作ではあるけれど、ポンピリア擁護の目的からは逸脱している。逃亡に至る事情はポンピリアの出生の秘密の暴露で始まるのだが、ここでもポンピリア自身のことよりもグイードの芝居気たっぷりな姿が念入りに描かれるのである。

　ローマへ逃げ帰ったピエトロはポンピリアが実子でないことを公表し、財産並びに婚資の返還要求を法廷に持ち出す。判決は、いわば偽瞞の犠牲になったグイードに婚資保有の権利を認め、ただしその他の財産はその欺瞞に荷担した訳ではないピエトロの所有とした。双方が異議を唱え再審となる。こうして結論が出ないため身動きのとれないグイードのディレンマを、Other-Halfは、例えば"the battle field"（戦場）と"the baffled foe"（挫折の敵）の多層に平行する句や、ホナンが多くはないと分析している頭韻もここではふんだんに使うなど、修辞も念入りに劇的に表現する。「ここから新しい災難が——ここには出口がありそうになかったのだ。戦場の運がいかようであれ、運命の男には頭上に冠、手には戦利品、挫折の敵を尻目にしての勝利の行進ができそうな道はなく、——破れかぶれで、なりふり構わず、裸になり、敗残の身を引きずって別の運と新しい餌食へと地虫のように這い出そうにも、隙間がなかったのだ」

Hence new disaster—here no outlet seemed;
Whatever the fortune of the battle-field,
No path whereby the fatal man might march
Victorious, wreath on head and spoils in hand,
And back turned full upon the baffled foe,—
Nor cranny whence, desperate and disgraced,
Stripped to the skin, he might be fain to crawl
Worm-like, and so away with his defeat
To other fortune and a novel prey. (689-97)

結局グイードは、ポンピリアを追いつめて自分から出て行くように仕向けたら婚資は残り、法律ももはや裁決の遅延はできないはず、と考える。この時のグイードの皮算用を、Other-Half は想像力豊かに19行（718-37）を費やして叙述する。「逃亡であって追い出されではない」"runaway not castaway" と中間韻も使い、「忌まわしい姿や厭わしい顔が我とみずから地獄に落ちて、失われ」"So should the loathed form and detested face Launch themselves into hell and there be lost"（725）、それを縁に立ったグイードが腕を組んで眺めている。おかげで「現在の利得、将来の利得、すべての利得、本人を除いて妻のすべての権利が吸い上げられるのだ」"Gain present, gain prospective, all the gain, None of the wife except her rights absorbed,"（731-33）と"gain"（利得）を繰り返して、高揚したグイードの気分を活写する。

そんな彼は、ポンピリアに関してはまるで想像力が働かないようで、精神的苦痛が大きかったはずのこの時期を僅か16行からなる詩節の中で、厳密に言えばグイードが主語の12行で片付けている。それもグイードの策略という文脈においてである。ポンピリアを家庭という檻に閉じこめ（hemmed in by her household-bars）、出口は一つを除いて閉めきった日常生活という籠（the coop of daily life）の中で追い回すと、イタチに狙われた鳥のように、彼女はその一つの出口を摑まざるを得なくなる、そこには囮（a decoy）が結びつけられていて…ジュゼッペ・カポンサッキだ、という話なのである（776-82）。14歳になるかならぬの年齢で、親達でさえ逃げ出したような状況下に一人取り残され、その上卑しい素性が暴かれて、夫と夫の家族の憎悪に

曝されるポンピリアの苦境が、なんら Other-Half の想像力をかき立てないのは不思議というほかはない。

このあと、Other-Half の語りは、マッケルデリィが言うように、「逃亡」から「カステルヌォーヴォ」「姦通裁判」「殺害」に至るまで出来事の順序に沿って進む。ただし、ポンピリアを逃亡へと駆り立てたものが胎内に芽生えた生命に促される母性本能であったかもしれない、という洞察を披瀝するのはずっと後（1526-38）のことである。そして、その語りから立ち現れてくるのは、ポンピリア擁護の姿勢でも心優しい男性像でもなく、ある種の奇妙さなのである。

Other-Half にとって、「事件の中で分かりにくい部分」"The tenebrific passage of the tale"（789）とは、カポンサッキが同行したポンピリアの逃亡の件である。先ず、どのように打ち合わせたかが、手紙の件も含めて彼が執拗にこだわる問題になる。テラスの上下で初めて言葉を交わしたその時に、直ちに方法も時間も定められた、というポンピリアの言葉を、Other-Half は「まるで三文小説だ」"As in romance-books!"（921）と言う。そして三文小説によくあるように、突然恋に落ちたという解釈を前提にしているのか、次のように言う。「会った瞬間に人の心に愛が芽ばえた、（それを）急襲──と見えるように細工したのは、あとで、いったん砦の旗が降ろされると、厚かましさがつり上げ橋を降ろし、門を開け、征服者を歓迎してもてなすためなのか？」

> Do both contrive love's entry in the mind
> Shall look, i' the manner of it, a surprise,─
> That after, once the flag o' the fort hauled down,
> Effrontery may sink drawbridge, open gate,
> Welcome and entertain the conqueror?（943-47）

反語的で、喩えは明瞭だが、意味はどこか判然としない、それでいて二人の間の性愛の可能性を仄めかしているのだとは分かる──心に澱が溜まるような不快を覚えさせられる。同じような仄めかしが、カステルヌォーヴォの場合に再び出現する。

宿に着いた時のポンピリアの状況は、Other-Half によると、「積み上げられたカードのように、弱い肉、すべてのもろい組織がとつぜん指の一触れで崩され、魂もまたひれ伏す、…」ということになる。

> Sudden the weak flesh fell like piled-up cards,
> All the frail fabric at a finger's touch,
> And prostrate the poor soul too, ... (1143-46)

これは、たとえグイードが近くまで迫って来ているとしても休まなければ、というほどに限界に達していたポンピリアの心身の状態を指すものである。しかし、"flesh," "fell," "frail," "fabric," "finger" の [f] 音による 5 つの頭韻を伴って音声上からも際立つこの比喩には多くの批評家が奇異な感じを受けている。これは馬車の中でポンピリアが口にしたとされる言葉 "I talked with my companion, told him much, Knowing that he knew more, knew me, knew God And God's disposal of me," (1134-36) の*"knew" の繰り返しと結び付いて、セクシュアルなものを仄めかしているように思える。ちなみに、旅の途上のポンピリアは、たとえばカポンサッキによれば、疲れ果てて眠っていることが多い。だが Other-Half の想像では、疾走する馬車の中でポンピリアはしゃべり続けているのである。

もともと死を前にしたポンピリアの言葉を無条件に信じて、「真実であり、すべて真実そして真実のみ…彼女は徹頭徹尾純潔である」"'T is truth," "All truth and only truth; ... she was pure from first to last." (799-803) と言うのは、貧民療院備え付けの日用品である修道士チェレスティーノで、Other-Half の認識では、「自分の名誉を守ることすらできないポンピリアがどうして真実の解明に役立つことができようか？」となる。

> ..., she the helpless, simple-sweet
> Or silly-sooth, unskilled to break one blow
> At her good fame by putting finger forth,—
> How can she render service to the truth? (805-08)

---

* "know" の古形には異性を性的に知るという意味があります。

頭韻で引き立てられた"simple-sweet"と"silly-sooth"は、端的には「愚か」ということである。その彼女が潔白と告白しても、そしてそれが死の床のものであっても、Other-Half にとっては真実の保証にはならないのである。

一方、カポンサッキに関しては、「聖職者といっても結局は男で、ポンピリアを見て、憐れんで、愛したのだ（our mere man the Canon here Saw, pitied, loved Pompilia）と言う以上に一言でも付け加える必要があろうか？」（880-82）という彼の結論を述べるのに、93行を費やしている。その中で、カポンサッキが宮廷にも出入りして貴婦人たちの寵児であったことを詳述するし、また、下天では赤味を帯びる星が上天では冴え冴えと銀光を放つ現象をとらえ、今はアレッツォで修行中だがいずれはローマで高位につく人物として、カポンサッキをそのような星に喩えた精緻な比喩もある（846-51）。しかし Other-Half はカポンサッキに対して、「もしポンピリアの若さと美しさに動かされ、人にありがちな弱さに負けたとすると…」"if the priest Moved by Pompilia's youth and beauty、gave Way to the natural weak-ness. . . ."（834-36）と言わずにはいられなかった疑惑を持っており、この星の喩えはそのような認識を正直に表明していない。感情母体を持たない理詰めの比喩が自慰に堕している。あるいは、カポンサッキに対する彼の興味を示唆するものなのだろうか。

そのカポンサッキを Other-Half が猛然と非難するところがある。前述のとおり、逃亡の打ち合わせをどのようにしたかは、Other-Half が執拗にこだわる点で、出会いの前に行き交った手紙のこともまた問題になる。カポンサッキは、ポンピリアの名を冠した手紙を受け取って行動した、と証言しているのだが、Other-Half にとっては、先に働きかけたのがポンピリアであることをカポンサッキが隠さなかったことが大問題なのである。カステルヌォーヴォで逮捕され、ローマの法廷の一室で尋問されたとき、「今のポンピリアと同じように、そのとき彼は静かに揺るぎなく断言し、その断言を繰り返したのだ」"And he, calm, constant then as she is now, For truth's sake did assert and re-assert"（928-29）と、いかにも心外そうである。騎士たる者は貴婦人の方から言い寄ったなどとは、たとえ真実でも言ってはならぬはずだ、というのが彼の所信だからである。

> Why should this man,—mad to devote himself,
> Careless what comes of his own fame, the first,—
> Be studious thus to publish and declare
> Just what the lightest nature loves to hide,
> So screening lady from the byword's laugh
> "First spoke the lady, last the cavalier!" (932-37)

「狂ったほどに献身的で、自身の名誉がどうなろうと気にも掛けないこの男がなぜ、軽率この上ない人物でも隠して貴婦人をもの笑いから守ろうとすることを、ご苦労様にもこのように公言するのか。貴婦人が先に話した、騎士はあとでなどと！」

　それでは、Other-Half はポンピリアを貴婦人として処遇したかと言えば、そうではない。グイードの策略で一つしかない出口から逃れ出たポンピリアが、そこでカポンサッキを見つけたことを是とする論拠として、Other-Half は、街路で飢えている者は困窮の果てには最初の通行人をとめて「奪い取る」 "rifles"（1054）、それと同じようにポンピリアはカポンサッキをとめたのだ、と言う。救助の要請を略奪と等価にするのも問題であるが、比喩に使われている "a starving wretch i' the street"（街路で飢えている恥知らず）（1053）はポンピリアの実母の素性である "a street girl"（売春婦）を連想させる。前にさかのぼるが、ヴィオランテが偽子を告白する箇所で、彼は想像上の告解聴聞司祭に「淫売婦のあの私生児」 "that bastard of a whore"（596）という言葉を口にさせている。どちらもポンピリアの騎士たるべき Other-Half には予期し難い無情な言葉である。

　カステルヌォーヴォの宿で、グイードが宿の部屋に踏み込んだ時、彼の予測にまったく反して、ポンピリアはグイードの刀をとって立ち向かった。そのさまを Half-Rome でさえ "terrible as truth"（真実のようにすさまじく）と語ったのだが、Other-Half の想像力によるポンピリアは次のように言う。

> "I sprang up, reached him with one bound, and seized
> "The sword o' the felon, trembling at his side,
> "Fit creature of a coward, unsheathed the thing
> "And would have pinned him through the poison bag

"To the wall and left him there to palpitate,
"As you serve scorpion, ... (1162-67)

「私は跳ね上がった、一っ飛びで彼に迫り、臆病者に相応しく、その脇腹で震えている敵の剣を摑んだ、そしてさやを払い、彼の毒嚢を」——さそりの毒嚢（poison bag）はいわゆる尾部の末節にある、グイードの毒嚢とは何を指すのだろうか、ともかくそれを——「串刺しにして壁に釘づけし、さそりにするようにピクピク震えるままにしておきたかった、…」。「脇腹で震えている」や「さやを払って」などは、そのままで性的なイメージになる。騎士のはずの Other-Half が貴婦人のはずのポンピリアの口にさせる言葉としては、とても奇妙である。

その時、「グイードが呻くように言った」と Other-Half が伝える言葉は、引用符を用いた直接話法の形式をとりながら、"my" であるべき代名詞が "his" になっていて間接話法なのである、

..., "the restif lamb
"Used to be cherished in his breast," he groaned—
"Eat from his hand and drink from out his cup,
"The while his fingers pushed their loving way
"Through curl on curl of that soft coat—alas,
"And she all silvery baaed gratitude
"While meditating mischief!" —and so forth. (1300-06)

「その強情な子羊は彼の胸に抱かれ、——彼の手から食べたり彼のカップから飲んだり、その間彼の指が情愛を込めて軟らかい巻毛をまさぐったものだった——ああ、そして彼女はメェーと銀鈴の声で感謝しながら、裏で悪さを企んでいた！」。気がつくと気になるのだが、解釈のみつからない奇妙さがある。

Other-Half が物事を綿密に考える人物であることに気づくのは、このカステルヌォーヴォにからんでいる。彼によると、グイードは追い付いてもすぐには踏み込まず、明け方抱擁のうちに眠る二人を成敗し、「全世界よ、つるみあったこの二つの死体を見よ」""Take notice all the world! "These two

第 3 巻「残りの半ローマ」　83

dead bodies, locked still in embrace,—"（1239-40）と叫ぶために隠れて待っていたのである。そのような記述はどの資料にも他の語り手たちの話の中にもない。この場合でも、結局グイードは庭で武装のカポンサッキに出会うのだが、自ら戦うことはせずに援軍を呼び入れる。その際、警察がすぐに現れたのは、グイードが予告をしておいたか、あるいは署が近くにあったかのどちらかだ（I suppose, Apprised and ready or not far to seek—）(1271-72)、とOther-Halfはコメントをしている。この点に言及した語り手は彼だけである。

　このあと、ローマのパオロが、グイードの代理人として、知恵と地位を使って有利な解決を得ようと策動をしていたこと、ポンピリアの修道院滞在の食費がグイード側の負担であったこと、ピエトロ夫婦のもとへポンピリアが戻った時点で、その負担を免れたことなど、Other-Halfはその後の情報を要領よく伝えてくれる。そして、子どもの誕生を知らせて殺人を唆し、自分はローマを離れてその住まいを殺人実行者たちに提供するのが、Other-Halfによると、パオロである。ローマ到着後殺人までに9日間を空費した事情を、また「カポンサッキの手紙」という言葉でコンパリーニ家の戸口が開かれたことが姦淫の罪の証明にはならない理由を述べるとき、Other-Halfの思考は再び綿密である。しかし、たとえばグイードが手下を集める時のことなど、Half-Romeが「怒りに任せて執事を遣わし、畑にいた最初の四人を呼び込みアピールした」としているところを、Other-Halfの語りでは、ものものしく次のようになる。「彼の手飼いの獣四人、土くれの中の一つの火花が魂の働きをなし、彼を見上げて、フランチェスキーニを生命とも死滅とも天国とも地獄とも呼ぶ者たち、至上の王者はそのような者どもを集めて、熱弁を振るい、武器を与え、方策を授け、それぞれの土の塊に彼の意志を刻印した」[6]

  Brutes of his breeding, with one spark i' the clod
  That served for a soul, the looking up to him
  Or aught called Franceschini as life, death,
  Heaven, hell, —lord paramount, assembled these,
  Harangued, equipped, instructed, pressed each clod
  With his will's imprint;（1576-81）

実はこの男達は欲得づくで荷担したもので、約束の金を貰えないためグイードを殺す手筈もできていた連中である。そのことを知ってか知らずか、Other-Half が教養も世間知も場合によっては論理的に綿密に考える能力も持ちながら、配下たちのあり得べからざる忠誠心を誇大な表現で語るのは、ポリンピア擁護とは何の関係もない。ほかの多くの場合と同様に奇妙でうさんくさく、このような彼に比べると、酷薄で教養も低い Half-Rome の方がはるかに正直で誠実であったとさえ思えるのである。

V　倒錯

　ユングによると、ダンテの『神曲』に典型的に見られるように、女性崇拝は男性の魂を強める（p. 221）という。それは女性の魂の崇拝を意味するからであり、ダンテはベアトリーチェのために天界と幽界への英雄的な冒険に乗り出している。Other-Half もまたポンピリア崇拝を開始するつもりであったようである。語りの冒頭部がそれを示しているし、心からグイードを許した（And—with best smile of all reserved for him—Pardon that sire and husband from the heart.）(32-33)、と信じ難いほどに崇高なポンピリアの魂を語ってもいる。また「なぜ私でなくてポンピリアが…」という問いを発したあとで、多分そうした苦悩が聖性をもたらすのだろう（Thus saintship is effected probably; No sparing saints the process!）(111-12) と述べて、聖女と見る姿勢を示している。しかし彼にとって女性崇拝は自分の魂にかかわるものではなく、騎士物語の型、もしくはマナーの問題のようである。貴婦人の方から働きかけたなどとは真実でも言ってはならぬと考える辺りにそれがうかがえる。結局彼はポンピリアのために首尾一貫した擁護というほどの冒険を果たすこともなく、実は、共同相続に関する昔の些細なこだわりから反グイードに回ったに過ぎないことを露呈して終わる。

　彼の想像力がポンピリアの内面に働くことはほぼ絶無で、ピエトロとグイードに若干の洞察を持つにとどまる。もっぱら人物達を外的な行為によって語っているのだが、それが時に、「意識の流れ」に対する「行為の流れ」のように思える特異な場合がある。パオロの訪問を受けた後のヴィオランテがその

一例である。ピエトロの反対にあってグイードとの縁組を黄金の夢とあきらめた後、「ヴィオランテは…夫の賢明さをたたえ、隣人たちが妬むのも自然なこととし、悪意のゴシップを笑い流し、高潔さでわが身を三重にしっかりくるみ、旬日を置かずその高潔の上にもう一枚の包装材料、すなわち既婚婦人らしく頭から足まで全身をかくす厚地のベールを引き掛け、やはりベールで包んだ娘の手を引いて、12月の夕暮れ時に聖ロレンツォ教会の聖壇に立った」

> Violante ....
> ....
> Praised much her Pietro's prompt sagaciousness,
> Found neighbours' envy natural, lightly laughed
> At gossips' malice, fairly wrapped herself
> In her integrity three folds about,
> And, letting pass a little day or two,
> Threw, even over that integrity,
> Another wrappage, namely one thick veil
> That hid her. matron-wise, from head to foot,
> And, by the hand holding a girl veiled too,
> Stood, one dim end of a December day,
> In Saint Lorenzo on the altar-step—(438-50)

被害者と刑死する加害者を合わせて結局八人の人間を死に追いやることになった悲惨な事件は、この時にヴィオランテが実質上の第一歩を踏み出したのである。しかも夫の意見に殊勝に従うだけでなく褒めたたえさえしながら、実は一顧を与えることもなく秘密裡に結婚の既成事実を作ってしまう。事件の重大極まりない展開点であるこの裏切りを、Other-Half は一連のするすると続く行為の中に埋没させている。わずかに隠喩としての "integrity"「高潔」が自分の行為の是認を必要としているヴィオランテの内面に触れているに過ぎない。このような "するする" とも "ぬるぬる" とも形容したい感触は、先に詳述したパオロのヴィオランテ訪問の場合にもあり、論理的に綿密に考えることもできる Other-Half の人間性が持つ別の奇妙な側面と感じられるのである。

Other-Half の外面描写的な語りが、論理もしくは文脈上の必然ではなくてもそれなりに卓抜な場合と、グロテスクな場合とがある。前者の典型がパオロのヴィオランテ訪問であり、後者は主としてポンピリアとグイードの描写に起こる。とりわけポンピリアのグイードに対する「さそりの串刺し」のイメージは奇妙に性的な色合いを帯びていた。「ロマンチックな理想主義者」"the romantic idealist" (Slinn, p.137) というような概括を許さない Other-Half のこのような人物像は、教養のある年輩の彼が教会に反感を持つ独身者であることと、どの様に結びつき、また何に由来するのだろうかと考え込まずにはいられない。

フロイト (1856-1939) は無意識の領域に抑え込まれた意識が人の夢の中に象徴として表れると言う。そして象徴と意味との間にかなり固定的な関係を見いだしている。一方ユング (1875-1961) は固定的なものも認めはするが、象徴の意味は文脈によって多様に変化すると主張している。劇的独白の語り手の場合、夢の象徴に当たるものは繰り返し使用される比喩、とりわけ隠喩ではないだろうか。可能性としてのさまざまな比喩の中からあるものを選ぶのは、意味伝達の巧拙だけでなくその人間のある面を語ることになるだろうし、その選択が繰り返される場合にはなおさらである。比喩の中でも隠喩は使用と解釈のどちらにも直感的な要素が強いのだから、それだけその人間の隠された世界の象徴になる機能は高いはずである。酷薄な Half-Rome は現実と紙一重の意地の悪い隠喩を多用した。Other-Half の使うイメージは枢機卿を実成りのよい木に喩えた場合のように生産と結びつき、それがさらに水の流れとかかわってくることが多く、それが彼の語りの全体に浸透しているのである。

ピエトロが所有していて年々現金をもたらす用益権は、相続人がいない場合には他家のものになる。この事情が Other-Half のイメージでは次のようになる。

    Prosperity rolled river-like and stopped,
    Making their mill go; but when wheel wore out,
    The wave would find a space and sweep on free
    And, half-a-mile off, grind some neighbour's corn. (165-68)

「裕福は川のように流れて、よどんでは水車を回してくれた。しかし水車がすり切れるとき波は気ままに流れ去って、先の方で誰か他人の穀物を挽く」。跡継ぎの出生は、古い挽臼が朽ち衰えても石切り場から切り出された石がみごとに流れに突き出して従前通りの穀粉をもたらすことを意味する。

> Let the old mill-stone moulder,—wheel unworn,
> Quarts from the quarry, shot into the stream
> Adroitly, as before should go bring grist—
> Their house continued to them by an heir, (174-77)

パオロがヴィオランテに縁談を持ち掛ける時、彼の口車は次のように回る。ローマで30年を費やして何者にもなり得なかったグイードがアレッツォへ帰ろうとするのは、ホームシックのせいであり、ローマにいればいずれパトロンの恩恵があふれて洪水ほどにもなるのだが、むしろ遠くまで水を引いて灌漑しアレッツォを肥やすことが望みだから（Irrigate far rather than deluge near, Go fertilize Arezzo, not flood Rome.）(289-94) ということになる。ポンピリアを追い出して婚資だけを取り込む算段とは、「憎悪の念を暴発させ、水門の栓を抜きはなって残酷をとうとうと流し出し、まず胸のつかえを下ろして、それから畑を肥やしに行く」ことなのである。

> Make the very hate's eruption, very rush
> Of the unpent sluice of cruelty relieve
> His heart first, then go fertilize his field. (715-17)

語りの終わりの方で、グイードが男児誕生の知らせを受け、3人を殺せば財産はその赤子のものになり、父親の自分のものになる、と殺人を決意するに至る思案の過程に、Other-Half の想像には、やはり「流れ」のイメージが顔を出す。

> Before, why, push he Pietro out o' the world,
> The current of the money stopped, you see,
> Pompilia being proved no Pietro's child;
> Or let it be Pompilia's life he quenched,

　　　　Again the current of the money stopped,—
　　　　Guido debarred his rights as husband soon,
　　　　So the new process threatened;—now the chance,
　　　　Now, the resplendent minute!（1555-62）

「以前に、彼がピエトロを殺せば、ポンピリアがピエトロの子でないと証明されているから金の「流れ」は止まった、そうだよね。ポンピリアの命を消えさせたとしたら、そのうち夫としての権利を奪われて、再び金の「流れ」は止まったろう、そうなると手の打ちようがなくなる、——しかし今ならチャンス、今こそ絶好の時！」

　フロイトによれば川は神話の誕生に不可欠の要素だが、ここでは流れに植えられた木が豊かな実りをもたらすように、川は生産と豊穣が、それも流れ去るのでなく継続するイメージとして用いられている。このイメージが"fertilize"（肥沃にする・受精させる）を伴って繰り返されると、それと対極をなす"sterilize"（不毛にする・断種する）への語り手のこだわりを嗅ぎとらずにいられなくなる。前述の「串刺し」"pin"される奇妙なイメージの「さそり」は夢の象徴言語としては去勢への抗議（Freud、p.295）をあらわすという。さらに、"pin"という語がイメージさせるような先の尖った武器を、フロイトは男子性器の象徴と解釈する。

　教養もあり、論理性もあり、しばしば「カポンサッキとポンピリアの揺るぎない支持者」"staunch supporter of Caponsacchi and Pompilia"（Woolford, p.183）とされる Other-Half が、実は二人の間に性的な関係を疑ってポンピリア崇拝に徹することができないでいる。そればかりか彼の想像の中ではグイードはもとよりポンピリアにもカポンサッキにも、奇妙な感触がつきまとう。それが何に由来するのか、答えの鍵を彼の隠喩の使用に求めてみる。

　Other-Half は性的欠陥もしくは何らかの倒錯を背負わされた人物ではなかろうか。彼の隠喩に見られる性へのこだわり、とりわけ生産と肥沃へのこだわりは、肥沃な生産が不可能な生理的構造と、その支配下に不可避的に置かれる精神の構造を示唆すると考えるからである。性の倒錯は旧約聖書がきびしくその忌避を命じており、17世紀のキリスト教会の容認するところではな

かったから、彼の教会への見過ごせない反感はその辺りに関係があると考えられないだろうか。新約聖書中、「ローマ人への手紙」のほとんど冒頭（第1章26-27節）で不自然な性交を糾弾し、「不品行」の概括のもとに繰り返し警告を発しているのはパウロである。たとえばグイードの弟パオロのヴィオランテ訪問の描写にある奇妙な感触は、まともな聖書理解があるだけに、パウロという名に屈折した反応をせずにはいられなかった Other-Half の精神構造に由来するもの、と考えれば一応理解できることになる。

One Word More

ここに示唆したような人物像はブラウニングが意図したものなのか、それとも詩人の造形の失敗なのかという論議が起こり得る。Other-Half は語りの冒頭で "Another day"（1）もしくは "these two days"（16）という自身の言葉によって事件から3日目であることを明白にしながら、後に "Pompilia on her deathbed since four days,"（867）の一行によって4日目とし、単純な日数計算に信じ難い混乱を露呈している。詩人の間違いであれば訂正の機会はいつでもあった。注意を受けても彼は訂正をしなかった。問題のある人物として設定されたことをうかがわせる一事ではないだろうか。無責任な噂話も単純率直であればまだしも救われる。そうでないところにブラウニングの人間観察の深さと人の世の悲しさを思わずにいられない。

注
1. "... to the other half of Rome, Pompilia seemed a saint and martyr both!" (I. 908-09)
2. ホナンはこの巻の動物イメージと色彩イメージの分析から、物事を単純化する話者の傾向を抽出し、また音声面から物事をセンチメンタルにぼかして見る傾向があることを論証している（pp.181, 193-94, 259, 269-70, 296）。サリヴァンは乏しい判断材料を前にとつおいつ考量する姿に注目し（p.55）、クックはそこに第10巻「教皇」"Pope" のタイプを予見してさえいる（p.53）。オルテイック＆ラウクスは強烈な感情に関する問題に論理と心情の半々ず

つでしか対処できない男と見て第4巻「第三の男」"Tertium Quid"の先駆けとする（p.42）。バックラーはこの人物に極めつきの上品さを装った不誠実を見いだしている（p.75）。
3．サリヴァン「若い独身男性である残りの半ローマ…」"Other Half-Rome, a young bachelor...."（p.40）。渡辺清子「感受性の強い独身の若い男であったらしく…」（pp.13-14）。
4．ブラウニングは結婚当時のグイードの年齢を13歳のポンピリアに対して4倍の52歳と設定している。
5．クックは独白全部をこの抜け目のない聖職者にやらせたいくらいだと言っている。"―it makes one wish that the wily ecclesiastic had been given a whole monologue―"（p.35）
6．訳語の選択には、小田切米作訳『ブラウニング悲劇詩　指輪と書物』に負うところがある。

第4巻「第三の男」
"Tertium Quid"
——野心家の本音と本性

　事件をめぐる噂話も第3弾となる。タイトルに用いられている＊"tertium quid" とはラテン語で、「ある第三のもの」を意味する。第1巻でブラウニングは、この巻の語りを「筋道の立った論述」"a reason's statement" と称し、語り手を「清澄にして不偏、歴史の魂、要するに批判精神の持ち主」"Clarity of candour, history's soul, The critical mind in short:"（I. 926-7）と紹介して、そのあとを以下のように続けていた。

> What the superior social section thinks,
> In person of some man of quality
> Who,—breathing musk from lace-work and brocade,
> His solitaire amid the flow of frill,
> Powdered peruke on nose, and bag at back,
> And cane dependant from the ruffled wrist
> Harangues in silvery and selectest phrase
> 'Neath waxlight in a glorified saloon
> Were mirrors multiply the girandole:（I. 927-35）

「さる上流の士が、レースと錦織物の衣服から麝香(じゃこう)の香りをただよわせ、フリルの間に宝石、鼻の上にせり出した粉つきのかつら、背中には小袋を背負ったいでたちで、フリルに包まれた手首で杖に身を預け、銀鈴（silvery）の粒選りの言葉でとうとうと上流社会の考え方を代弁する、鏡がシャンデリアを幾重にも連ねて見せる豪華な客間の燭火の下で」。そして6行を置いて、"How Quality dissertated on the case."（942）としめくくる。冠詞も代名詞の所有格も伴わない場合の "quality" の意味は「並はずれて性質のすぐれて

＊　発音は [tə́ːrʃiəm kwid, ターシャム・クイド] です。

いること」で、その頭文字を大文字にした主語"Quality"がものものしい動詞"dissertate"（学問的に論述する）と結びついて、この1行「優れたる者がこの事件について如何に論述したか」は印象に残る。

　実は、予期に反して第4巻「第三の男」"Tertium Quid"[1]は成り上がり者による偏向に満ちた語りである。第1行から19行までの冒頭部分が、語りと語り手（Tertium Quidと表記する）について、多くのことを物語っているのに気づくことになる。この冒頭部の展開に即し、ただし12—14行を省いて、各詩行あるいは詩行群の意味や働きを、以下に解明していく。

I　第1行　呼び掛け

　「本当ですよ、閣下、殿下がおっしゃるとおり」

　　True, Excellency—as his Highness says,　(1)

Tertium Quidの語りは高位の二人の人物への呼び掛けで始まる。すると第1巻で紹介されていた高価な衣服と香料で身を飾った人々がさんざめく華やかな客間のイメージが浮上し、この呼び掛けが彼の語りに確かな舞台装置を提供するものとなる。そして、この後、そのような呼び掛けが、聞き手の動向と語り手Tertium Quidの性癖をうかがわせる働きをする。

　Tertium Quidは、事件後4日目のポンピリアに接近し、死期が迫っていることを見届け、さるサロンにやってきたようである。彼を事情通と知って声を掛けてきた殿下（Highness）の言葉をきっかけにして、傍らの閣下（Excellency）を聞き手に取り込んだ様子が第1行から見て取れる。「カード卓子に気をつけて——枢機卿の肘を押してカードを動かしたりせぬように」(4-6)、と注意を促しながら窓際の席に人々を誘っていくと、侯爵（the Marquis）なる人物も居合わせている(7)。枢機卿（Her Eminence）が耳をそばだてている気配もあり、Tertium Quidは大いに意気込むことになる。「ちょっと私にお付き合いください」と侯爵にも声を掛け、「これほどの聴衆に恵まれながら、分かっております！——事態を正さないならば、人の心の理解者としては下層民に分類してくださっていい！」というのが次の引用である。

Indulge me but a moment: if I fail
—Favoured with such an audience, understand!—
To set things right, why, class me with the mob
As understander of the mind of man! (57-61)

ただし侯爵は早々と席を外したようで、Tertium Quid に呼び掛ける機会を与えていない。王子（Prince）と呼ばれる人物が仲間入りしたのは、Tertium Quid が、ポンピリアの出生にからんで「醜い行為も時間が手当をしてくれる」"So, time treats ugly deeds:"（240）、つまり子どもを買ったおかげでピエトロは喜んだし、その妻は和らいだし、子どもは清らかに育つし、善い結果をもたらしている、とヴィオランテ擁護を始めた頃のようである。それは、「根底に虚偽があるではないか」"There's a lie at base of all."（306）という聞き手からの異議に対して、「なんとまあ、王子も堅いことをおっしゃいますな」"Why, thou exact Prince, ..."（307）と切り返しているところから分かる。もう一度、料理人が伊勢海老の脚をはずして飾りなしに食膳に供したら、とマナー上よろしくない比喩を述べるところで「ご免をこうむって、王子──」"(With your respect, Prince)─"（546）と断る他は、632行まで閣下（7回）と殿下（5回）への呼び掛けが頻出する。したがって Tertium Quid の意識上この二人が当初の主たる聞き手であったと推測できる。しかし、結婚に関してだまされたのは自分の方だというグイードの主張を、Tertium Quid が理詰めでなかなか力強く代弁するのを聞いた後、二人は連れだって離れていったようである。それは次のようにして推測できる。偽子の事実の暴露に関して Tertium Quid が、「刑罰を受けずに報復することはできません。残された手段は…いやな考えですが…」"You can't do some things with impunity. What remains ... well, it is an ugly thought ..."、と言う時に間合い（...）が入り、続けて「ポンピリアを姦通罪に追い込むこと」の意を述べる時には、以下の引用のように、わずか3行に"herself"を4回、"disgrace"を3回、やけを起こしたようなリズムで繰り返す。このような転調は、大切な聞き手を失った際の動揺を示唆すると受け取れるからである。

But that he drive herself to plague herself—

Herself disgrace herself and so disgrace
　　　Who seek to disgrace Guido? (682-84)

「しかし彼女自身が彼女自身を苦しめるように彼が追いこみ——彼女自身が彼女自身の名誉を汚し、それでグイードの名誉を汚そうとする者の名誉を汚すというのは？」。この時、貴族であるグイードの擁護をしていて聞き手の貴族たちに受けると自信していたであろう Tertium Quid が、殿下と閣下の離脱で受けたショックが察せられる。

　ほどなく空いた席に大公（Duke）が腰を下ろした様子。このあとしばらくは王子（3回）と大公（2回）への呼び掛けが続く。Tertium Quid は、グイード派の論として、コンパリーニ夫婦がポンピリアをあとに残したのは怪物の気をそらして自分たちの逃亡の時間稼ぎをするためだった、という説を紹介し、結婚の神に祝福され双方が正直で誠意があった場合とちがって「これはやっぱり、難しい問題ですよ、王子」"Still, this would prove a difficult problem, Prince!" (715) と語り掛ける。続けて、若く美しい妻と老いて醜い夫がうまくいかないのは、「合わない材料からでは料理人が秘術をつくし、香料と塩と甘味料を最良の間合いで使用したとしても、人の口にあう料理を供することは難しいでしょう！」と食物比喩を展開している下の引用の途中に、大公への呼び掛けが入る。

　　　'T were hard to serve up a congenial dish
　　　Out of these ill-agreeing morsels, *Duke*,
　　　By the best exercise of the cook's craft、
　　　Best interspersion of spice, salt and sweet! (726-29)

そのあと、ポンピリアの出生の秘密の暴露も料理にたとえ、ソースどころか肉そのものも雉にはあらず腐肉をつつく鳥であったと言い、「王子、嫌悪も無理がないとは思いませんか？」"Prince, what will then the natural loathing be?" (738) と王子に呼び掛ける。

　続いて、ポンピリアがパオロ宛に書いたとされる手紙の問題、逃亡に追い込むためのグイードのポンピリアいじめ、大司教・知事・托鉢修道士へのポ

ンピリアの空しい訴え、危機一髪の所でカポンサッキの救助、という一連の出来事を Tertium Quid は物語る。そのいずれも、「…と言われている」"'t is said" (767)、「彼等が言う」"they say" (769, 787, & 797)、そして倒置形の「彼女の友人たちが尋ねる」"ask her friends" (850) を伴っていて、ポンピリア側の考え方の紹介になっている。それに対する反論は、伝達文なしだから Tertium Quid 自身の意見ということになるが、披歴されるのは皮肉で意地の悪い女性観である。イヴは「蛇にそそのかされて食べた」""The serpent tempted me and I did eat."" (855) と言うのだが、イヴの娘たちときたら「蛇が突き出した林檎をいそいそと受け取ったのはアダムがひどく飢えさせたから」""Adam so starved me I was fain accept "The apple any serpent pushed my way."" (858-89) と男に責任を負わせるし、さる名流夫人などは黒人の小姓と情を通じているのがばれると、「夫が善良すぎるせい」""Because my husband was the saint you say," (882) と仰せられる始末、と言い立てる。そして、グイードが残酷になったのはカポンサッキに対する彼の嫉妬のせいだというポンピリアの話と、そのカポンサッキをグイードが囮(おとり)に使って逃亡へ誘ったという告発は「どう辻褄が合うのですか、王子？」"How suits here This with the other alleged motive, Prince?" (915-6)、と問い掛けている。しかし返事をしないまま王子は席を立ったと思われる。次の引用の終わりのダッシュは再び大切な聞き手を失った語り手の一瞬のたじろぎを示唆していると思えるからである。

　　Consider too, the charge was made and met
　　At the proper time and place where proofs were plain— (920-21)

Tertium Quid は、この時、ローマではなく証拠が十分にあるアレッツォの法廷が、時を移さずポンピリアを終身刑に処す判決を出したことを考えればグイードが正しいと分かるはず、と自分自身の意見として言おうとしていたところであった。

　残った大公は、「大公、もつれた点にご注目を！」"Duke, note the knotty point!—" (930) と注意を促され、妻と修道士の逃亡を夫が企むのは技術的に不可能だとするグイードの主張を聞かされている。そしてその大公もほど

なく立ち去ったと推定できる。なぜなら、問い掛けながら、珍しく相手を特定しない箇所が現れるからである。Tertium Quid は皮肉っぽく、カポンサッキが自他にとって重大な結果を招く手段を採ったのが単なる憐れみからであったとは、よく事情を知り得る立場にあったのだろうか、と述べたあと、さらに皮肉に以下のように続ける。

> Not he! the truth was felt by instinct here,
> ―Process which saves a world of trouble and time.
> There's the priest's story: what do you say to it,
> Trying its truth by your own instinct too,
> Since that's to be the expeditious mode? (1006-10)

「とんでもない！ 真実を感じとったのはこの本能――手間も暇もかからぬ方法によってだそうですよ。このカポンサッキの言い分の信憑性を、同様に迅速に本能に従って計ってみて、何と言われますかな？」と言いながら呼び掛けがないのである。おそらく "instinct here,"（この本能）と "Process"（方法）の間のダッシュが大公の退座を示唆しているのである。この辺りしばらくは、後に彼が「紳士諸氏」"Sirs" とひとからげで呼ぶ人々ばかりの時があったと思われる。

　間もなく妃殿下と閣下夫人とが加わる。彼の話が、姦通の証拠となる恋文にグイードが言及し、カポンサッキがそれは偽造だと反論するくだりになったところで、Tertium Quid は「誰の利益になるかを考えなくては」"*Cui profuerint!*"（原文斜字体）と古くて新しい推理の基本にラテン語を使って言及する。ただし「Highness のお言葉を借りて」"(I take the phrase out of your Highness' mouth)"（1055）と断りを入れるので、殿下が戻ってきて口出しをしたのだな、と思う。そして、グイードが殺人行為に走ったのは子どもの誕生で財産相続が可能になったからだとカポンサッキが主張するくだりになったところで、Tertium Quid が「殿下、お決め下さい！ はっきりおっしゃってください！…」"Highness, decide! Pronounce, Her Excellency!"（1112）と言う時には、二人目への呼び掛けが女性形の "Her Excellency" になっているから、閣下夫人がいるのだと気がつく。さらに語りの終わり近く

で（1634）、"Highness"にも"Her"が付けられていて、こちらも殿下でなくて妃殿下であったことが明白になる。この閣下と殿下の両家は親しい間柄で、奥方同士も誘い合わせて姿を現したと考えるのが自然であろう。この二人は最後まで残ったのだが、最終的な判断を求められると、閣下夫人はゲームに加わらなくてはと逃げ、妃殿下はもう遅いから帰ると言う。「何ですって？」"What . . . ?"（1633）と驚いたものの、「お心任せに、ただ、お話ししたことは無駄ではなかったでしょうな？　お二人ともローマ中の人が知っているほどのことは、いまやご存じなのですから。いえいえお礼には及びません！」とTertium Quid。

> I am of their mind: only, all this talk talked,
> 'T was not for nothing that we talked, I hope?
> Both know as much about it, now, at least,
> As all Rome: no particular thanks, I beg!（1635-38）

これに続く2行の傍白が彼の語りの最後で、「これだけ教えてやって、結局、俺の立身にはつながらなかったようだ」"(You'll see, I have not so advanced myself, After my teaching the two idiots here!)"（1639-40）と言うので明らかになるように、彼の狙いは自らの昇進を計るところにあり、その役には立たなかったと思い知ったTertium Quidは、「ここの二人の馬鹿者に！」と腹の中で悪態をついている。失望が露わになるTertium Quidに興ざめして、その他大勢の紳士たち（Sirs）もゾロゾロと霧散していったことであろう。後に残されたバツの悪そうな語り手の姿がおかしくもあり哀れでもある。単なる呼び掛けが、ドラマの進行を担っていることに気づくのは、驚きである。

II　第2-3行　シンメトリー

「女はまだ死んでいないが、先の二人と左右対称に並べて張り伸ばされているのと同じ」

> Though she's not dead yet, she's as good as stretched
> Symmetrical beside the other two; (2-3)

　Tertium Quid が上記のように言う際の「対称の」"symmetrical" という語の使用は象徴的である。なぜなら左右のバランスを保とうとする語り手の意識がいろんな面に認められるからである。

　語りの展開の仕方では、たとえば、ヴィオランテの偽子の欺瞞の罪を先ず厳しく糾弾し、次いで不毛の石にも長い間には苔が生えて花も咲くように夫の喜び・妻の善行・何よりも娘の救い、という善い実をもたらしたと弁護をする。ヴィオランテが赤子の買い付けに出かけるのを描いたのと同じ調子で、フランチェスキーニ家の下男が食料の買い出しに出かけるのを描く。ポンピリア側の抗議に対してはグイード側の主張を、さらにそれに対する反論を、とブラウニングの紹介の辞に恥じぬ公正不偏（こうせいふへん）(clarity of candour) の精神で語ろうとした姿勢はうかがえる。それにもかかわらず、22ヶ所の傷に耐えて辛うじて余命を保っている若妻を「張り伸ばされた死体」としてイメージする容赦なさが示唆するように、彼がポンピリアに敵意を持ち、グイードには共感を抱いた偏りが次第に明らかになってくる。

　カポンサッキが、姦通の証拠とされた恋文をグイードの偽造だとするのに対して、殺人を犯すほどの人間がそのような迂遠（うえん）な方法をとるはずがない、とグイードに反論をさせる――ここではバランスがとれている。次いで、カポンサッキが、跡継ぎの出生と殺人との関連性を指摘し、自分にとってはすべてが不利であることは最初から分かっていたと言い、「しかし自分の義務が何であるかもまた分かっていたから、そうしたのだ。人の心を読むのにもっとも優れた人々に期待せざるを得ない」と続けた言葉を伝える。

> "But, knowing also what my duty was,
> "I did it: I must look to men more skilled
> "In reading hearts than ever was the world." (1110-12)

――これも公正と言える。そしてその「もっとも優れた人々」とはあなたがた、と言わぬばかりに、Tertium Quid は "Highness, decide! Pronounce,

Her Excellency!"（1113）と二人の貴婦人に発言を促す。それでいて「もっとさまざまな問題を考量してから取り上げるのにふさわしい問題としてこのままにしておきましょう」"Or . . . even leave this argument in doubt, Account it a fit matter, taken up With all its faces, manifold enough, To ponder on—"（1114-17）と、話を先に進めてしまう——これは偏りである。なぜなら、男児の出生はコンパリーニ家の遺産相続がグイードにとって可能になる唯一の契機であり、[2] グイードの殺人の動機に貪欲を結びつけるとしたら欠かせない問題である。この時この問題をうやむやにして、後でも取り上げることをしていない——それは明らかにグイード寄りの偏りを示すものである。

　不義者に追いついた時点で処断しなかった人間が、後になって怒りに駆られたなどとは「通らぬ話」"Oh、let us hear no syllable o' the rage!"（1151）と、一座の面々が「なあ、諸君？」とばかりに同意して皮肉な笑いを浮かべているらしい論点（1125-65）には、法律に従った遵法精神と屈辱をしのぶ忍耐心を臆病呼ばわりするのは怪しからぬ、とグイード側の反論を紹介する。それに、なんと、自分自身の弁護論を二つも添えるのである。一つは後知恵のある傍観者と違って、渦中にあって一瞬の迷いが断罪の機を失わせたというもの。

　　　. . . : he's in smother and smoke,
　　　You outside, with explosion at an end:
　　　The sulphur may be lightning or a squib—
　　　He 'll know in a minute, but till then, he doubts.（1187-90）

「端のほうで爆発があり、彼はくすぶりと煙の中にいる、あなた方は外側にいる。硫黄は稲妻かも知れぬし、あるいは爆竹かも——彼にもすぐに分かるのだ、だがそれまでは疑うのだ」。もう一つは、一歩譲って臆病風に吹かれたのだとしても、それこそ「宗教と法律が椅子から身を乗り出して、よくやった、汝忠実なるよき僕よ！　ああ、よくぞ世間を軽蔑したと彼を賞賛するだけでなく、万一別の方法をとったら」、つまり世間の期待に応えて刀を振るったら、教会と法律は「罰するのだ」と言う。

Religion and Law lean forward from their chairs,
"Well done, thou good and faithful servant!" Ay,
Not only applaud him that he scorned the world,
But punish should he dare do otherwise. (1208-11)

　前者の「一瞬の迷い説」は警察をあらかじめ呼び入れていたとも思える状況下では説得力に欠ける。後者は、そうなったらどうしてくれるのだ、と言わぬばかりの逆ねじであるが、殺人は違法行為なのだから罰せられて当然という論法になって、犯行後のグイードのためには墓穴を掘ることになる。このような詭弁を弄してまで、グイード擁護の論陣を張ってしまうところには、Tertium Quid の本音が透けて見えるように思われる。
　ポンピリアが即死をしなかった事実を、その奇跡こそ神の嘉したもう潔白の証とする声に対して、それこそ「罪の意識によるものと容易に説明できる」"explicable As easily by the consciousness of guilt" (1444-45)、すなわち告白せずに死ぬには大きすぎる罪を犯している証拠、とする意見を伝える。ポンピリアが、妻として一点の汚れもないと告白したことと、教誨師のチェレスティーノが苦痛に耐えるポンピリアの忍耐をたたえるのに対して、Tertium Quid はグイードの友人たちに次のように言わせる。その並外れた絶対の平静さは、天を物ともせず地をだまして生きてきた当然の成果で、それはまず、罰せられるかもしれない不倫の相手を救う最良の方法なのだ ("What better way of saving him than this?") (1469)。「それから」と肩をすくめた友人たちの言葉が続く。

"Then,—thus she dies revenged to the uttermost
"On Guido, drags him with her in the dark,
"The lower still the better, do you doubt?
"Thus, two ways, does she love her love to the end,
"And hate her hate,—death, hell is no such price
"To pay for these,—lovers and haters hold." (1470-75)

「それから、——このように極みの極みまでグイードに復讐をして彼女は死ぬのさ、彼を一緒に暗闇へ引きずり込む、深ければ深いほどなおよい、疑う

のか？ このように、二様なのだ、終わりまで愛する者を愛し、憎む者を憎む、——そのためなら死も地獄も物の数じゃない、この手の者たちはそう思うのさ」

死の床で告白された潔白は真実だと叫ぶ声に対しては、それは表向きの告白で、犯した罪を認めて免責を受けた秘密の告白がある、と「そう人々が言う」"so people say"話を持ち出し、Tertium Quid は「どちらの告白のことを仰せなのですかね、賢明な諸子は？」"Which of them, my wise friends?"（1480）といなす。ポンピリアが4日の余命を保った事実とポンピリアが示した忍耐の解釈、あるいは秘密の告白の件は、いずれも自分の意見ではないという立前を取っているが、そのような険しい見方を提示し得ること自体に驚かされる。

次にグイードの受けた屈辱を列挙し、続いて、アレッツォの法廷ではポンピリアに死刑に次ぐ恥ずべき終身刑の判決を下したことに触れる。そして太公（Granduke）が認可もしているので迅速で確実な刑の執行を妨げるものはないのだが、「（ローマへ逃走しているので今はトスカーナ法の執行を免れている）」"(flight to Rome Frees them from Tuscan jurisdiction now)"（1512-13）と補足するのは、Tertium Quid 自身である。ポンピリアが終身刑に服すればグイードには婚資だけが残り厄介払いが出来て好都合となるのだが、Tertium Quid はそのことには触れない。それどころか、刑の執行権を持つローマの法廷がアレッツォのような厳しい処罰をしなかったために殺人が起こったのだと言わぬばかりである。

> Here, she deserves—remitting with a smile
> To her father's house, main object of the flight!
> The thief presented with the thing he steals!
> At this discrepancy of judgments—mad,
> The man took on himself the office, judged: (1518-22)

「ここローマでは、逃亡の主たる目的であった父親の家に愛想笑いと共に送り返すのが判決、泥棒は盗むはずだったものを贈呈されたのだ！ この判決の違いに――逆上して、グイードは司法の役目を自ら引き受け、処断をした

のだ」

　カステルヌォーヴォで犯さなかった殺人を今になって敢えてするのは、肉体の傷と違って、心の傷は手当てが遅れるほど大きくなるもので、こんな風に苦しめられると、こんな風に暴発する（Men plagued this fashion, get to explode this way,）（1541）と、Tertium Quid は殺人行為を是認する。これに対して、怒りが暴発した場合に人は暗殺者を雇ったり、計画を練ったりするものだろうか。「怒りに狂った牡牛が、草を食む群れの中から4頭の仲間を選び、敵を見つけるまで山坂越えて旅をするものか？」（1559-62）、とポンピリア派に反論はさせている。しかし Tertium Quid は、直ちにこの牡牛の比喩をとらえて、グイードがヴィオランテに最初に襲いかかったのは、牡牛が「最初に苦しめた者、戦いへと駆り立てる傷を最初に与えた者」"the first tormentor, first Giver o' the wound that goaded him to fight:"（1569-70）を倒すまでは他には目もくれないのと同じで、グイードはまさに牡牛となったのだ、とグイード弁護にすり替える。ヴィオランテが最初の犠牲者になったのは戸口を開けたのが彼女だったからに他ならないのだが。

　結局のところ、ポンピリアを聖女としグイードを悪魔とする主張は、単純に白黒をつけたがる子どもの知恵であると彼は言い、続けて「悪意では取り戻せない悲劇が此処で演じられ、罪なきグイードと罪なき四人、合わせて五人が、今日のわれわれが世界正義を一度に満喫して啓発されるためだとか称して、罪のあった三人に加えられるとしたら、どんなものでしょうか？」と言う。

> What if a tragedy be acted here[3]
> Impossible for malice to improve,
> And innocent Guido with his innocent four
> Be added, all five to the guilty three,
> That we of these last days be edified
> With one full taste o' the justice of the world?（1612-17）

三人とは殺害されたポンピリアとコンパリーニ夫婦のことである。確かに、犯人等が処刑されたとしてもその三人を取り戻すことは出来ない、それはそ

のとおりである。しかし、この言い方によると、グイードらに死刑判決を下すことは「悪意」である。さらには、グイードらを「無実の」"innocent"、ポンピリアらを「有罪の」"guilty" と形容することは普通には考えられないことである。したがって、被害者と見える者にも罪があり、加害者にも無理からぬところがあるのだということを逆説的に述べたものだと思わせる。だが、Tertium Quid には、灰色の分かる大人の知恵を装って、実はそれを隠れ蓑に、本気でグイードを白に、ポンピリアを黒としている気配がある。シンメトリーとかバランスとかの話ではなくなってしまう。

Ⅲ 第4-11行 失敗の原因

「彼はまだ裁かれてはいないが、裁かれたも同じこと、そういう具合に事実関係は豊富で溢れるほどなのだから、われわれがこの事件を日陰から日向へと取り出し、上流人士に最終宣告をしていただく、いや、ローマを無茶苦茶にしている馬鹿者どものたわごとに権威あるお言葉をさしはさんで戴くのを、妨げるものがあろうはずはない」

> Though he's not judged yet, he's the same as judged,
> So do the facts abound and super abound
> And nothing hinders that we lift the case
> Out of the shade into the shine, allow
> Qualified persons to pronounce at last,
> Nay, edge in an authoritative word
> Between this rabble's-brabble of dolts and fooIs
> Who make up reasonless unreasoning Rome. (4-11)

この場合、「日陰から」"Out of the shade" と「日向へ」"into the shine"、「上流人士」"qualified persons" と「馬鹿者ども」"dolts and fools" の対比、前者の「権威あるお言葉」"an authoritative word" と後者の「このたわごと」"this rabble's-brabble" の対比に、彼のシンメトリ、つまり左右対称感覚が見てとれる。同時に、こうした言い方は、彼の上層階級へのおもねりと庶民階級への侮蔑とを端的に表すものでもある。語り手 Tertium Quid はこの機

会に自分を聞き手に印象づけ、その好意を得てますます階級の段階を上ろうと企てたものである。しかし閣下と殿下の興味をつなぎ止めることが出来ず、王子が去り、大公が去り、閣下夫人と妃殿下も積極的な反応を示すことなく散って行った。つまり彼はその企図に失敗したのである。

　バックラーはこの語り手をいつの時代にも存在する「新興階級」"social-climber"と位置づけ、失敗の原因を聞き手の古い上層貴族には受けない議論を展開した点に帰している。そして目的にそぐわなかったものとして7ヶ所を挙げ（p. 94）、偽子の虚偽がよい実をもたらしたとするヴィオランテ擁護論に対して王子が異議を唱えた場面を、その一つとしている。しかし実はその時、その擁護に入る前にヴィオランテには憐れみの必要がないことをTertium Quidoはかなり毒々しいいやみ（sarcasm）を用いて述べていたのである。

> How long, now, would the roughest market man,
> Handling the creatures huddled to the knife,
> Harass a mutton ere she made a mouth
> Or menaced biting? Yet the poor sheep here,
> Violante, the old innocent burgess-wife,
> In her first difficulty showed great teeth
> Fit to crunch up and swallow a good round crime. (127-33)

「屠殺場に集められた動物たちを扱うもっとも手荒な商人でも、よほど長くいじめない限りは、羊が歯を剥いて噛みつこうとするなんてことはないもの。ところがこの哀れな羊、罪を知らぬブルジョワの老妻女ヴィオランテは早々と、大きな罪の塊をバリバリと噛み砕いて呑み込めるほどの大口を開けて歯を剥きだしたのだ」。この様子からヴィオランテの本性を判断していただきましょう、というわけで、あとでは、この罪は神と人と自然と社会に対してあらゆる点で虚偽であり、告白しなかったのは神に対して盗みを働いたも同じ、と痛烈に糾弾している。もっとも、「翌日にも家に食事に来るような付き合いの司祭にほかの些細なことは告白できても、こういう大事は言えないものですわなあ、不得策だし、無作法だし」（225-26）と、付け加えてはい

るが、言い方は皮肉っぽい。そのような糾弾のあとで、別の観点としてヴィオランテの擁護論を付け加えているのだから、王子が異論を投げかけたにしても、議論の内容そのものがさほどの不快を招いたとは思えない。

　失敗の原因として2点を指摘することができると思う。(1)は、異論も投げ掛ける王子のような人物に対して、「どう思うか」と問うだけで返事をさせないで話を進めてしまう癖。(2)は、語り手自身が深く軽蔑している「市民」"burgess"にかかわるこの事件の解説の過程で、貴族社会の出来事を引き合いに出す傾向である。

失敗の原因 (1)

　殿下と閣下が立ち上がって去ったと思われるのは以下の引用の後、ほどなくである。

> I anticipate however—only ask,
> Which of the two here sinned most? A nice point!
> Which brownness is least black, —decide who can,
> Wager-by-battle-of-cheating! What do you say,
> Highness? Suppose, your Excellency, we leave
> The question at this stage, proceed to the next,
> Both parties step out, fight their prize upon,
> In the eye o' the world? (628-35)

この引用に先立つのは、アレッツォの貧しい暮らしに夢破れたコンパリーニ夫婦がだまされたと騒ぎ、結局ローマへ逃げ帰ってポンピリアを実子にあらずと訴え出たのに対し、グイードが自分こそ被害者なのだと主張したという話である。続けて Tertium Quid は、「私には予測するところがありますが——とりあえずお尋ねしたい、いずれの罪が重いかと？ 微妙な点であります。どちらも茶色だが黒味が少ないのはどちらか、だまし合いのこの勝負に決着がつけられる方はおつけ下さい。殿下のご意見は？」と問い掛けるのだが、「閣下、この問題はこのままにして両者が外に出て衆目の見るところで争い合った段階へと進んではいかがでしょうか？」と言う。この論法は相手が異論を唱えそうな時に対決を避けるために使った巧みな戦術であったと解

釈する論もある。しかしこの場合に問われているのは、突き詰めると、偽子の欺瞞と婚資目当ての結婚のいずれが罪が深いかの問題で、この段階ではまだしもグイードに分がある。したがってグイード派が多かった上層階級の聞き手が、Tertium Quido の望まない反グイード論を唱えるとも思えない。いずれにせよ、答えさせないのなら問い掛けない方がましである。失礼でもあり、相手に腹ふくるる思いをさせることになるのだから。主だった聞き手たちが立ち去るのは決まってそうした問いかけの後と観察されるのである。

　王子も、カポンサッキに関して、グイードの嫉妬説と囮説とがどう辻褄が合うのかと問いかけられ (916)、返事の機会は与えられないまま、そのあと数行で立ち去った気配である。妃殿下と閣下夫人も類似の処遇を受けている (1114-17)。しかしそれは彼女たちが席を立つ契機とはならず、むしろ本気で意見を求められた時に逃げ出している。女性の心の機微には通じていないということかと思える。

失敗の原因 (2)

　事件の解説の過程で貴族社会の出来事を引き合いに出す癖は、まず、ヴィオランテの偽子の行為を是認する論法の過程で顔を出す。さもなければピエトロの相続人になり得たはずの複数の親族に言及し、ヴィオランテが彼らに対して盗みを働いたことにならないのは、閣下の宝石の場合と同じであると言う。閣下はサファイアの周りをギリシャの美神が取り囲んだデザインの美美しい装身具を身につけているのだが、それは彼が葡萄畑の小径で拾い、どうせ田舎者には値打ちが分からないのだから、とくすねた物である。

> The story is, stooping to pick a stone
> From the pathway through a vineyard—no-man's-land—
> To pelt a sparrow with, you chanced on this:
> Why now, do those five clowns o' the family
> O' the vinedresser digest their porridge worse
> That not one keeps it in his goatskin pouch
> To do flint's-service with the tinder-box? (261-67)

「話はこうです、誰の土地でもない葡萄畑を通る小径であなたが雀を撃つ石を拾おうと屈んで、たまたま摑んだもの。その葡萄を栽培する家の五人の田舎者たちは、そのうちの一人が、それを火打ち石代わりに、火口箱(ほくち)と一緒に山羊皮の腹掛けの中に入れていないからといって、彼らの粥がまずくなりますかね？」。粥の味は変わるまい、とはなかなかの名言だが、閣下にとって面白くなかったことは言を待たない。

　ポンピリアのせいでピエトロ夫妻が善行を積むことになったという弁護に、王子が「根底に虚偽が」と異論を投げると、Tertium Quid は同室の公女（Principessa）の頸を取り巻く真珠に注意を促す。

> That great round glory of pellucid stuff,
> A fish secreted round a grain of grit!
> Do you call it worthless for the worthless core?
> (She doesn't, who well knows what she changed for it.)
> So, to our brace of burgesses again! (309-13)

「透き通るような材質のあの立派なまぁるい粒は、貝が砂粒の周りに生み出したもの！　その核のところに無価値なものがある、だから真珠には価値がない、と言われますかな？」と彼は反駁する。「（そうは言うまいよ、それを手に入れるために何を引換えにしたか知っている当の公女は。）」の辛辣な１行は傍白だから問題はないとしても、「それではわれらが番(つがい)のブルジョワに戻りまして！」と続けられては、公女と下種(げす)な市民とを同じ土俵に乗せている感じで、王子にとってよい気のするものではなかったろう。

　ポンピリアとカポンサッキの逃避行が愛欲によるものではないというきれいごとの主張を一蹴するために、由緒正しい名流夫人の不倫話を持ち出す。

> Look now,—last week, the lady we all love,—
> Daughter o' the couple we all venerate,
> Wife of the husband we all cap before,
> Mother o' the babes we all breathe blessing on,—
> Was caught in converse with a negro page. (872-76)

「いいですか、先週、誰もが愛する貴婦人で、誰もが尊敬する夫妻の娘で、

誰もがその前では脱帽する夫の妻で、誰もが祝福を唱える幼子たちの母である人が、黒人の小姓と情を通じているところを捕らえられたのですよ」。つまり、現場を押さえられたということである。

　肉体の傷と違って、心の傷は時間が経つほど深くなるものだと主張するために、「あなたのことを、ごろつき、下司野郎、嘘付き、悪党、と言ったのがこの１回だけでなくて、今じゃあ500回にもなるかも知れない、しかし傷は時間の経過とともに小さくなるはずです、と説明すれば、あなたの慰めになりますか？　不当は不当で、どれも永遠不滅で、しかもあなたはそれを500回も受けた。復讐せずに500回分を500年疼(うず)かせておいたら、まさに500の不当はそれだけいっそう不当の度合いを増す！」という論陣を張る。

> Shall I comfort you, explaining— "Not this once
> "But now it may be some five hundred times,
> "I called you ruffian, pandar, liar and rogue:
> "The injury must be less by lapse of time?"
> The wrong is wrong, one and immortal too
> And that you bore it those five hundred times,
> Let it rankle unrevenged five hundred years,
> Is just five hundred wrongs the more and worse! (1533-40)

この場合、話としてであっても、高位の人物に公然と罵(ののし)り言葉を浴びせるのは、話し手にとってはどこか溜飲の下がるところがあろう。一方聞き手にとっては、怪しからぬとも言えず、話として受け取るほかないから面白くないはずである。「俺の立身にはつながらなかった…」"I have not so advanced myself, . . ."と最後に傍白する羽目になったのは、一言で言えば十二分に利口でなかったということになる。

Ⅳ　第15—17行　出自

　Tertium Quid の出自を暗示すると思えるのが、法律を芝居のイメージの中に位置づけている15-17行である。「法律とは、群衆を楽しませるために、劇の第５幕で真理なる神が降りてきて事態を解明しなければならぬ＊"machine"(マシーン)である——そうなんだ!」

> Law 's a machine from which, to please the mob,
> Truth the divinity must needs descend
> And clear things at the play's fifth act—aha! (15-17)

この場合の"machine"とはアテネの劇場のクレーンのことで、劇の大詰め近く事態がもつれ果てて超自然の力によってしか解きほぐせなくなった時、まるで天からのように神様役の役者を乗せて降ろしてきて、一挙に解決をもたらすものであった。Tertium Quid はこの殺人事件の「クレーン」は「法律」"Law"だと言うのである。

　サリヴァンはこの作品について驚くべきことの一つとして、比喩的描写(imagery)の使用が先の2巻よりも少ないことを挙げている (p.65)。確かに第1巻で"silvery"「銀鈴の」と紹介されて、華やかな比喩もと期待したのが裏切られたような印象を抱く。それにもかかわらず、実際に陰喩と直喩を抜き出す作業をしてみると、意外に多いのに驚くのである。たとえば、教皇を神にピエトロらを鳥に喩えた114-115行に続いて、116-120行にかけてはナメクジに初生(はつな)りの果物を与えている教皇のイメージ、数行おいて127-130行には市場の羊商人の喩え、それにヴィオランテを羊に擬したものが134行まで続く。ここには動物にかかわるイメージが連続して次々に現れる。またランプの油と灯芯と明かりのイメージは73行に始まり、途中にかがり火や火籠といった関連イメージ、また提喩(ていゆ)としてのワインとレースが混じるが、とにかく99行まで揺らめくように続く。それが消えたと思っていると103-106行に再燃してきて、その息の長さに驚く。真実を裸にたとえた比喩が519-523行に展開され、それに交易のイメージと逸話を含んだ15行が続き、その後に「それぞれの虚偽が取引の本体からはぎ取られ」"Had each pretence ..., stript From off the body o' the transaction."(539-41)とあって、裸のイメージがまだ続いていたのかと、ここでも驚くのである。それだけ語り手が修辞の使用に意識的だということであろう。しかしイメージというもの

　＊　舞台の機械からくりのことです。

が複数の言葉によって形成される一枚の絵で、同時的・直覚的に把握されるものだとしたら、このように尾を引きすぎるイメージは、絵を構成し得なくなるのではないだろうか。これがイメージが少ないという印象を醸成する因ではないかと思う。全体的に多いのが天国と地獄の比喩、動物では犬が圧倒的で、羊がそれに続く。

　フェンシングの比喩が多いことと狩りのイメージをからめて、ホナンは語り手の背景に豪農（gentleman-farmer）を想定している（p. 182）。バックラーは一つひとつは異なる23個のイメージを挙げ、それをつなげてみると、暴力と欠乏が支配する中で育った子どもの生活体験が読み取れると言う（pp. 90-92）。その23個の例に付け加えることができるものがなお2例ある。まず、弱い者は、ナメクジのように踏みつけられるのである――「利己的で価値無き人間ナメクジを即座に踏みつける」". . . putting a prompt foot On selfish worthless human slugs . . ."（116-17）。次いで、グイードが暴力に訴えることを Tertium Quid が比喩的に語ると次のように具体的で無惨なものになる。「彼女の細くて白い華奢な手を、あなたの荒く骨張って粗野な拳と一緒に炎の中に突っ込み、1秒後に引き出した――男のあなたの手は少しざらつき、彼女の手は焼けただれている。あなたの傷は薬をつけて直ちに癒えるだろうが――」

　　　"You plunged her thin white delicate hand i' the flame
　　　"Along with your coarse horny brutish fist,
　　　"Held them a second there, then drew out both
　　　"—Yours roughed a little, hers ruined through and through.
　　　"Your hurt would heal forthwith at ointment's touch—（1098-102）

どちらにも体験をふまえたような生々しさがあり、バックラーの説に同意が出来る。

　バックラーの分析は更に進んで、「市民階級の安逸な暮しに対する Tertium Quid の怒りや軽蔑は彼自身の過去の感情に根ざすものであり、グイードに対しては向上しようともがいてきた者同士として共感を持つ」と続き、説得力がある。ただし、ポンピリアに対して敵意が働くのは同じような卑賤

の出自を分け持っているからだろう、とバックラーは推測するが（p.93）、もしそうだとすると仮にも貴人たちと同席をするような身分にまで這い上がるには相当の才覚を要したはずである。それにしては余り利口でない面もうかがえるから、そこまで落とすことには同意できない。

　グイードのように落ちこぼれることもなく Tertium Quid がともかく社会的に上昇してきた経緯は、彼の芝居への興味と戯作者向きの才能が暗示しているように思われる。彼はすでに冒頭部分で、「法律」をギリシャ劇の「クレーン」に喩え、しかし法律には解決を導入する力はない旨を、馬鹿者どもに教える形の台詞もどきで表現していた（20-32）。法律の裁定を語りの中に導入する時には、法廷を舞台とみなしそれを見物する仕立てにしている。「かくて、ともかく、事件は法廷という舞台に登った。ここから明晰に見るとしよう！」"Thus, anyhow, it mounted to the stage In the law-court, — let's see clearly from this point!—"（1213-14）。

　その「法律」は、三方一両損で誰も決定的な損をすることがないように「中道」"the golden mean"（1278）の裁決を下し、白黒をはっきりさせることを望むのは子どもの知恵であると諭す。この後に Tertium Quid が「さあ、例証を！」"an instance, now!"（1281）として持ち出すのが、「パンチと女房」"Punch and his mate" が大立ち回りをする人形芝居であることは示唆に富む。

> 「笛が鳴って、衣装替えをして、金ぴかに塗り直した杖を持った役者たちが再びピョンと跳び上がってくる、そしてもう一つの最後で最悪の戦いに再び従事する。それで悲劇と見えたものが茶番劇であったと分かる。いいですか、クライマックスと物事の頂点には、必ず悪魔自身が武器と黒衣に身を固め角とひづめと尻尾をつけて現れる！ まさにそのとおりになった――のですよ、殺人へ脇目もふらずまっしぐら！」（1291-99）

この和訳部分に従うと、クレーンが降ろしてくるのは神様でなくて決まって悪魔である。たぶん、Tertium Quid は、法律が殺人を必然にしたのだと言いたいのである。そして彼がこの人形芝居の終幕を「茶番劇」"farce" とし

ていることは、酷薄だった Half-Rome との同質性をうかがわせる。ともあれこの話者 Tertium Quid には芝居への関心が強いことは間違いない。

そうした彼の語り口には戯作者向きの才能を思わせるものがある。反対していた結婚が既成事実になっていて、その許しを乞われたピエトロの反応とその場の状況を Tertium Quid は次のように伝えていた。

      Whereupon
 Quoth Pietro—"Let us make the best of things!"
 "I knew your love would license us," quoth she,
 Quoth Paulo once more, "Mothers, wives and maids,
 "These be the tools wherewith priests manage men." (500-04)

「できてしまったことは仕方がない」"make the best of things" というピエトロの考え方は先の二人の語り手と同じで表現も類似しているのだが、[4]状況描写がなくなってピエトロとヴィオランテとパオロの簡潔な科白仕立てになっているのが Tertium Quid の場合の特色である。そして繰り返される伝達動詞が、「言った」"said"でなくて、古形で常に主語の前に置かれる"quoth"であることが荘重な趣きを加え、最後のパオロの言葉「母親、女房、娘たち、これらは聖職者が男たちを操る道具である」がコーラス風で、ギリシャ劇を思わせる。

科白仕立てとは、誰が言うのかを示した上で、直接話法で表現されることになるだろう。そのような部分を行数で数え（ただし、明白に強調のためなどであるものは省いた）、対照的な第2巻と4巻を比較すると、第4巻では伝達動詞が倍以上の数に達し、しかもその多くが現在形である。それは過去の出来事を直接話法で伝達したというよりも、出来事を眼前に再現してみせる、つまり劇の台本として書かれたような性質があることを示唆すると言える。[5]

	総行数	直接話法行数（％）	伝達動詞 総数	現在形
II. Half-Rome	1547	288（19％）	14	2
IV. Tertium Quid	1640	483（29％）	34	24

叙述の部分にも現在形の動詞が多いのが Tertium Quid の語りに顕著な傾向である。とりわけ目立つ3ヶ所がある。その第1は、ヴィオランテが跡継ぎがない場合に年々現金をもたらす用益権が他家に移ることを思い巡らすところから、お腹の大きい、いわゆる洗濯女の部屋に入るまでの動きを追ったところである。その一部をとりあげると、「家計簿を閉じる、祈禱書を抱えて晩禱に出掛ける、教会を通り過ぎ小路を左に折れる、名前を言わない方がよい住居群の迷路に入って姿が見えなくなる、下が暗くて天辺でろうそくが外向きにまたたいている──何の標識かはお互いに分かっている──建物を選ぶ、ロープを頼りに薄汚い階段を最上階まで上る、暗闇の中で戸口を手探りし、もちろん少し開いている、ノックをして開けて入る」

> And so, deliberate, snaps house-book clasp,
> Posts off to vespers, missal beneath arm,
> Passes tbe proper San Lorenzo by,
> Dives down a little lane to the left, is lost
> In a labyrinth of dwellings best unnamed,
> Selects a certain blind one, black at base,
> Blinking at top,—the sign of we know what,—
> One candle in a casement set to wink
> Streetward, do service to no shrine inside,—
> Mounts thither by the filthy flight of stairs,
> Holding the cord by the wall, to the tiptop,
> Gropes for the door i' the dark, ajar of course,
> Raps, opens, enters in: (146-58)

これはそのままで映画（ただしモノクロが似つかわしい）のシナリオの印象的な一場面のト書きになるのではないだろうか。

2番目はグイードの家の下男が土曜日ごとの食料の買い出しに出掛けるところから始まる。「頭上に紋章のある大きな戸口から忍び出る、ほどなく市場に現れる、子羊の一番小さい脚もしくは四つ割りの鶏、それよりも少ない内臓や爪や鳥冠も値切っている、それからおまけにねだったレバー1個とくすねた砂肝をご褒美に持ち帰る。煮豆の味付けにこれを刻んでいると、ノッ

クをする音が聞こえ、下男は煮えているスープをそのままに、まだ濡れている手にナプキンをもって物好きな他所者(よそもの)、つまり客を迎え、部屋部屋を案内し、古びた絵を指さして値段がつけられないほどだと言う…」

> Out of the vast door 'scutcheoned overhead,
> Creeps out serving-man on Saturdays
> To cater for the week,—turns up anon
> I' the market, chaffering for the lamb's least leg,
> Or the quarter-fowl, less entrails, claws and comb:
> Then back again with prize,—a liver begged
> Into the bargain, gizzard overlooked.
> He's mincing these to give the beans a taste,
> When, at your knock, he leaves the simmering soup,
> Waits on the curious stranger—visitant,
> Napkin in half-wiped hand to show the rooms,
> Point pictures out have hung their hundred years,
> "Priceless," he tells you,— . . . (359-71)

この場合は先の例ほど単純でなく、分詞・不定詞も使われているが劇的な効果は同じである。刻んだ砂肝が煮豆の味付けになるところは、つましい暮らし向きが如実で、スープをそのままにして濡れた手を拭きながら、というのは、貧窮の家には召使いが一人しかいないことを巧みに映像に語らせている。

　第3は男児出生にかかわる語りで、「事実だけを申し述べる」"I simply take the facts,"(1353)のが前提になっているからとりわけ現在形が多くなるのだが、殺害の場面に入ると科白も混じってこれはまさに芝居の台本の趣きとなる。以下はその終わりの部分である。

> And last, Pompilia rushes here and there
> Like a dove among the lightnings in her brake,
> Falls also: Guido's, this last husband's act.
> He lifts her by the long dishevelled hair,
> Holds her away at arm's length with one hand,
> While the other tries if life come from the mouth—
> Looks out his whole heart's hate on the shut eyes,

> Draws a deep satisfied breath, "So—dead at last!"
> Throws down the burden on dead Pietro's knees,
> And ends all with "Let us away, my boys!" (1382-91)

「最後に、ポンピリアが藪の中で稲妻に追われる鳩のように、ここかしこと逃げまどう、彼女もまた倒れる。グイードの、夫としての最後の行為。長い乱れ髪を摑んで引き起こす、片手で、腕いっぱいに伸ばして肩の高さに持ち上げ、もう一方の手で息のないのを確かめる、憎々しげに閉じた目を見やる、大きく満足の息をついて"とうとう死んだか！"、絶息しているピエトロの膝の上に投げ落とす、"者ども、行こうぜ"で幕」。ポンピリアを引き起こして憎々しげに見遣るまではメデューサ退治仕立ての大見得で、そしてその死体を投げ出すまで、仕草の指示も懇切である。ここには語り手のグイードへの肩入れと芝居気とが透けて見えている。

細かいところでは、パオロがヴィオランテに持ちかけた結婚話は、Tertium Quid の解説に従えば、ピエトロ一家のために天国の門を開ける鍵をグイードが枕の下に持っていて、ポンピリアの手が彼の頸の下に滑り込んで、それをくすねる可能性を意味した。

> Outside a gate to heaven,—locked, bolted, barred,
> Where of Count Guido had a key he kept
> Under his pillow, but Pompilia's hand
> Might slide behind his neck and pilfer thence. (480-83)

この表現を可能にしているのは人間の具体的な生活に根ざしたリアリズムともいうべき想像力と、「くすねる」"pilfer" という語の使用が暗示する彼の出自と、ポンピリアらへの敵意であろう。そして「その鍵は妖精であった」"The key was fairy;"（484）と、事態を一変させる力を持つものを妖精に象徴させる。そのようなイマジネーションは演劇的ではないだろうか。

Tertium Quid によるグイードは、ポンピリアとカポンサッキの関係はありふれた不義密通にすぎないと主張し、二人の言いつくろいは「悪魔が物見遊山に出掛けるときに乗る使い古しの便利な椅子籠みたいなもの」"the hackney chair "Satan jaunts forth with, shabby and serviceable"、けばけばしい

が下から見ればはげちょろけ (1021-24)、と言う。この場合の椅子籠のイメージは芝居の小道具で、ここでも語り手 Tertium Quid の演劇とのかかわりを思わずにはいられない。

V 第18—19行 想像力の効用

> Hammer into their noddles who was who
> And what was what. (18-19)

「誰が誰で、何が何であったか、連中のドタマに叩き込め」とは、Tertium Quid の現実把握の自信と驕慢とを具現する2行である。

　彼の想像力は、現実の観察に根をおろした演劇的なもので、例えばピエトロ家の良好だった財政状態は、次のような夫婦それぞれについての情景として把握されている。ピエトロは、友人たちに酒を振る舞い、その面々がにやにやしながら「こんなワインは他にはないねえ、しかもピエトロはこれを毎日飲んでるんだから！」"“No wine Like Pietro's, and he drinks it every day!" (90-91) と言う声を心の底まで満たされる思いで聞いたのだった。一方ヴィオランテの方は、教会堂でお祈りに来たはずの隣人達がうらやましげに振り返って、彼女の身を飾るレースの重なりにため息をつくと、「得意で胸が盛り上がったのだった」"His wife's heart swelled her boddice, joyed its fill." (92)。

　そのような Tertium Quid の想像力は、しばしば第2・3巻の二人の話者によってすでに語られた事柄をいきいきとした現実感あふれるものに再生したり、あるいは現実的で納得できる説明を補足する働きをする。

　ポンピリアの出生の秘密に関して、第1巻では "Both her putative parents"「彼女の親と思われている二人」(I. 797) と暗示されているだけである。第2巻で初めて、ヴィオランテの欺瞞が16行にわたって語られる (II. 558-73)。Half-Rome のヴィオランテに対する嫌悪を反映して、"filth-heap"（ごみ溜め）、"beast-fellowship"（けだもの仲間）などの毒気を含んだ用語が散在するが、要するに、洗濯女とは名ばかりの卑しい生業の女がたまたま掃き

第 4 巻「第三の男」　117

だめの宝石のように子どもを身ごもり（found by chance Motherhood like a jewel in the muck）、誕生の 8 ヶ月前にヴィオランテに売った（She sold this babe eight months before its birth To our Violante）、という事実関係を述べたものである。第 3 巻ではヴィオランテのその行為は当の赤子にとって慈悲慈善以外のなにものでもない、という見地から Other-Half が次のように述べていた。「見てご覧、娘を！ 肉体はもとよりおそらくは魂も、二重の死に運命づけられていたのだ。そこらの売春婦なら私生の子は商売の邪魔になると腹を立て、直ちにティベル河が昔から知っている有効な方法で始末するのは確かなのだから」（III. 205-11）。これは状況と女の思考についての Other-Half の洞察を示すもので、このままでは芝居にも映画にもなりようがない。

　一方第 4 巻は、現在形動詞多用の例に挙げたように、その問題を事実としてでも、事情や思考としてでもなく、行為として扱う。細かいところまでくっきりと描き出し、リアリズムと呼びたい手法をとっている。家を出る前のヴィオランテは家計簿の留め金を慎重に掛けているが、それは出来事が経済問題であることを象徴すると同時にヴィオランテが家計を取り仕切る立場にあったことを表現する。晩禱に出かけるのは口実だから、教会の前は素通りして、小路を左側に折れるというのは特殊地域のある方向を暗示しているのであろうか。問題の部屋の戸口が薄く開いているという指示は、おそらく先客なしの表示であろう。それに続くのが以下の引用である。入ってきたヴィオランテをヒモの男と勘違いし、必要あって裸になっている「もの」がぎょっとして起き上がり、「何だって、このごろつき、お前さんかい？ 帰っておくれ、まだ一文だって稼げたはずはないじゃないか、かわいそうだと思っておくれよ、あたしゃ哀れな罪人なんだから！ ここじゃ…おや、突然にこんな所へ絹の衣裳のうねり、マドンナ様かと思いましたよ、奥様なんのご用でしょうか？」と言う。

　　. . . : up starts a thing
　　Naked as needs be— "What, you rogue, 't is you?
　　"Back,—how can I have taken a farthing yet?

"Mercy on me, poor sinner that 1 am!
"Here's . . . , why, 1 took you for Madonna's self
"With all that sudden swirl of silk i' the place!
"What may your pleasure be, my bonny dame?" (158-64)

女がヒモと間違えたのは、ヴィオランテは「戸を叩いて、開けて、入った」"Raps, opens, enters in:" (158) のであって、客なら戸を開けた時点で声を掛けるのにそうしなかったからだと推測できる。「まだ」"yet" と言うのは晩禱の時刻では稼ぎ終わりの時ではないのだろうし、「かわいそうと思っておくれよ」"Mercy on me," と言うのは妊娠を匂わせており、それでもなおも無言で近付いてくる気配と衣擦れの音 "all that swirl of silk" に初めて間違いに気づくのであって、言葉が全て事象と結びついている。さらにこの女が泉のそばで膝をついた姿勢で洗濯しながら、通常どのようにして商談を成り立たせるのか、細やかに描き出す。

. . . : her ostensible work
Was washing clothes, out in the open air
At the cistern by Citorio; her true trade—
Whispering to idlers, when they stopped and praised
The ankles she let liberally shine
In kneeling at the slab by the fountain-side,
That there was plenty more to criticize
At home, that eve, i' the house where candle blinked
Decorously above, and all was done
I' the holy fear of God and cheap beside. (168-77)

「彼女の表向きの仕事は、お天道様の下、チトリオのそばのため池で洗濯をすることだった——そして泉の側の石の上に惜しげなく露わにした踝(くるぶし)を褒めるのらくら男に囁くのだ、褒める部分は他にもありますよ、ろうそくが上品にまたたいている家で、誠心誠意、それもお安くね、と」。ヴィオランテは、かがんでいる女の体の線のふくらみ "her propitious shape" に気づいて、跡をつけて住居を突き止め書き留めておいた "Tracked her home to her house-top, noted too," (180)、とヴィオランテの訪問が可能になったいきさ

つを余すところなく伝え、Tertium Quid の現実的な想像力をよく伝えるものになっている。ヴィオランテとの話がついて、女が口にする「それじゃ、今から6ヶ月して」"Then, six months hence, ..."（187）の言葉から、商談の成立は出産の6ヶ月前と知れる。Half-Rome は8ヶ月前としているのに Tertium Quid が2ヶ月ずらす設定をしているのは、妊娠2ヶ月の時点では外見上に変化は現れず、このシナリオを成り立たせるための必然としてきちんと想像していたのである。

　第2巻の Half-Rome は、ヴィオランテが先ず微笑みを浮かべ、次いで頬を赤らめ、そんな場合に適切な興奮の気配も交えて、最初に妊娠を告げたときのピエトロの喜びを想像してくれ（Conceive his glee When first Violante, 'twixt a smile and blush, With touch of agitation proper too, Announced that, ...）（II, 219-22）、と語った。2ヶ月のこの時点ではヴィオランテは悪阻の症状を演じるだけで夫をだますことが出来たろう。第3巻の Other-Half はそんな話を鵜呑みにした男の愚かさを難じながら、「それがピエトロを有頂天にした」"The act had gladdened Pietro to the height,"（III, 186）とだけ叙している。妊娠4ヶ月の場合どのようにして欺いたかは想像が困難である。すると Tertium Quid はピエトロが有頂天にはなったけれど、「それよりもっと困惑した」"But puzzled—more when told the wondrous news—"（201）とありそうなことをつけ加えるのを忘れない。したたかに現実に根を下ろした想像力である。生まれた赤子をどのようにして連れ込んだかに関しては Tertium Quid のみが「あなたが信頼なさるあの方が連れにこられるのですね」"" ... that person whom you trust, "Comes, fetches whatsoever babe it be:"（187-88）と言う女の言葉として仲介人のあったことを伝えている。[6]

　結婚の既成事実に怒るピエトロを丸め込むのにパオロの仕える枢機卿が一役買い、万遺漏なきよう書類に眼を通しさえしたことを第3巻で Other-Half が述べていた（III, 475-83）。この枢機卿がけちな世俗の問題に頭を突っ込んできた経緯は Tertium Quid の語る次のパオロの言葉が伝えてくれる。「兄さん、あなたは私の枢機卿の控えの間で1時間ばかりうっとりしていらっしゃい、卿はそういう求婚者たちにうろうろされるのがお好きなのです、その間

に私が御しやすい雌馬——実に巧い言葉があるものだ——のヴィオランテさんと話をつけてきますから」

  "Go, brother, stand you rapt in the ante-room
  "Of Her Efficacity my Cardinal
  "For an hour,—he likes to have lord-suitors lounge,—
  "While I betake myself to the grey mare,
  "The better horse,—how wise the people's word!—
  "And wait on Madam Violante."（469-74）

ローマでの些末な仕事にも失職したグイードは、弟パオロの入れ知恵で婚資目当ての結婚を志し、ポンピリアの名が浮かび上がった。勇み立つグイードを制してパオロが、女の扱いに慣れている聖職者の自分に任せて「兄さん、あなたは…」と言ったのである。こうしておぼろだった事の成行きと些末な人物にもくっきりした線が付与されて、納得とある種の安堵を覚えるのである。

 ただし Tertium Quid の想像力は現実を読みとる段階に留まって、それによって心を動かされたり、救いの手を差しのべたり、という方向へは進まない。彼の想像では、先の洗濯女は12歳の時にメロン1個と5ポンド程のお金で身を売っている。その最初の取引よりも、ヴィオランテとのことは、はるかに恥ずべきことだった（A bargain far more shameful than the first Which trafficked her virginity away For a melon and three pauls at twelve years old.）（178-84）、というのが彼の認識である。また、生まれた子がポンピリア・コンパリーニにならなかったら、むさ苦しく育って14歳になり放埓をして病気になって死ぬ運命、と見通している（—some fourteen years of squalid youth, And then libertinage, disease, the grave—）（251-52）。母なる女は、その14歳にも満たない年で身を売り、その後もヒモの男の取立ておびえている。そのような無知と貧困を罪ととらえて、彼には一かけらの憐れみもない。そして子売りの事実をそれよりももっと大きな罪と断じる語り手の無情が、胸に痛い。想像力を欠いていた Half-Rome とは種類の違う情動欠如である。

第 1 巻においてブラウニングは、Tertium Quid の語りを紹介して、「並はずれてすぐれた性質がどのように事件を論述したか」"How Quality dissertated on the case." と締めくくった。結局、われわれがこの語りを通して出会うのは、優れた気質の持ち主ではなく、グイードの貪欲と殺人行為には寛容だが、赤子を売った哀れな女には容赦ない断罪を浴びせる人物、つまり外の現実はよく見えても、自らの内面の現実には盲目な嫌悪すべき人物である。ブラウニングの"Quality"（並外れて性質のすぐれていること）の使用がアイロニーを含む意味深長なものであったことに思い至る。

One Word More

"Tertium Quid" というのは、プラトンの『詭弁家』Sophist に初出のギリシャ語にもとづくラテン語で、「二つの明瞭なものにかかわりがあって、その二つのものとは明白に異なりながら、それ自体としては曰く言い難いもの」"Something (indefinite or left undefined) related in some way to two (definite or known) things but distinct from both." と OED が定義している。その使用例の中で印象的なのは、コールリッジ（1772-1834）の『友』 Friend (1818) からのもので、「この結合の有害な産物、即ち Tertium Alquid は何世紀にもわたってヨーロッパの文明化を遅らせてきた」"The baleful product or Tertium Alquid, of this union retarded the civilization of Europe for centuries" となっている。ブラウニングが "Tertium Quid" をこのコールリッジの文脈で使ったことは間違いない。

注
1. タイトル "Tertium Quid" の訳には、小田切米作「折衷説」、中島文雄「第三の或るもの」、土屋潤身「第三者のある者」、大庭千尋「第三のある男」がある。Chesterton がこの長詩には上質の推理小説の特質があると述べたことに同意を表する意味を含めて、私は「第三の男」とした。
2. ピエトロは非実子暴露後の遺言書に、「ポンピリアがローマに帰ってきて純潔を守って生きるなら、自分とヴィオランテの死後、その全財産をポンピ

リアに相続させる」(OYB, pp.160-61) と記しているから、ポンピリアに相続権はある。同時に彼女は離婚を提訴していて、それが認められればグイードは夫でなくなるから、コンパリーニ家の財産とは無縁になる。だから、確かに「今」しかない、「今」が絶好の機会であったのは事実である。

3. "What if…?" には、「ならどうだろう」と「かまうもんか」の2様の解釈があるが、"He will in that case have been wronged indeed." の1行が付加された草稿 (Ohio VII, p.247) があることから判断して、前者の意であることに疑問の余地はない。

4. 第2巻 "Half-Rome" の場合：

    Once the clandestine marriage over thus,
    All parties made perforce the best o' the fact; (380-1)

第3巻 "The Other Half-Rome" の場合

    Transfer complete, why, Pietro was apprised.
    Violante sobbed the sobs and prayed the prayers
    And said the serpent tempted so she fell,
    Till Pietro had to clear his brow apace
    And make the best of matters:... (469-73)

5. 第3巻の場合は総行数1694、そのうち直接話法のものは286行、伝達動詞総数32、うち現在形は13である。

6. 資料 *The Old Yellow Book* にはこのことは言及されておらず、第3資料の中に仲介人の存在が伝えられているが、その発見はブラウニングの死後のことで、詩人と Tertium Quid の現実の出来事に対する想像力の確かさが証明される一事と思われた。

第5巻 「伯爵グイード・フランチェスキーニ」
"Count Guido Francheschini"
── 延命のレトリック

　法廷となる小部屋にグイードが呼び出された──事件主役の登場である。彼を悪の権化と決めてかかる論が多いのだが、サリヴァンは古典弁論術に則って伯爵グイードの語りを丁寧に記述している。オルティック＆ラウクスは聖書との関連を詳述し、グイードを悪魔の化身 (the devil incarnate) とするが、彼はこの世のコメディアンでもあるという洞察を示す[1] (pp. 52、53)。イェットマンはグイードの話は宮廷愛文学・古典恋愛詩・中世韻文世間話・野卑な世俗喜劇をよせ集めて固めた嘘で (p. 1094)、グイードにとってポンピリアが「物品の域」"the status of an object" を出ることはなかったと指摘する (p.1097)。この指摘が論の主軸になっているのがブラディの女性論的読みで、当時の法律を引用して、グイードの弁論は伝統的父権社会の反映であると結論する[2] (p. 32)。バックラーは、グイードはたえず他者を裁くわれわれの拡大鏡であり、彼を特殊なものとせず創造的に読むように勧めている (p.101)。

　今日「修辞法」と訳されることの多い「レトリック」"Rhetoric" は、古代世界において法廷闘争の技術として始まったものである。逃亡途上で捕らえられ、ほとんど現行犯であるグイードが、死刑を免れるため、あわよくば無罪放免をかち取るために裁判官たちを前に展開した第5巻の弁明は、レトリックを原点に立ち返って使用したことになる。そのようなレトリックの規範であり批評の規準とされるアリストテレスの*『弁論術』に基づき、サリヴァ

　＊　アリストテレスの弁論術に関するテキストは ARISTOTLE: *THE "ART" OF RHETORIC* trans. J. H. Freese（The Loeb Classical Library、193）及び『アリストテレス全集第6巻』山本光雄訳「弁論術」です。引用に関するローマ数字の大文字はテキストの章を、小文字は節を示しています。頁の指示がある場合は The Loeb Classical Library の英文部分のものです。

ンの分類を参考に、伯爵としてのグイードの弁論を以下に分析する。なお、ブラウニングがアリストテレス全集を所有していたことは、蔵書がオークションに掛けられた時のカタログ（catalogue of the Sotheby sale）によって疑いの余地がない、とオルティック＆ラウクスによって報告されている（p.152）。

I 分類

　アリストテレスは法廷弁論の大切な要素は「事件の陳述」"Statement of the case" とその「立証」"Proof" で、「序論」"Exordium" と「結び」"Peroration" は場合によっては必要がないし、細かい分類立ては無用と言っている（III. xii, p.427）。
　サリヴァンは「語り」"Narration" と「論駁」"Refutation" という項目を設け、次のように分類しているが（p.144）、2点において問題がある。

序　論	Exordium	1－120
語　り	Narration	121－1738
論　駁	Refutation	1739－1939
結　び	Peroration	1940－2058

「さあ、これから真実を！」"Now for the truth!"（120）とあるのを序論の終わりにしているのだが、それに続く19行の詩節（verse paragraph）も序論扱いが妥当と思われる。その詩節は祈願（invocation）を思わせる1行「分割すべからざる三位一体の神のみ名において！」"I' the name of the indivisible Trinity!" で始まり、「教会に尽くしてきた私が、青草の中でぬくぬくしていたのではなく、夜中まで働いていた科で、今、背中をみみずばれにしている、この間に何が起こったのか十分に考量していただきたい」という趣旨を述べたもので（121-39）、明らかに語りには入っていない。また法廷弁論の序論は叙事詩のプロローグに似ていると言うアリストテレスに従えば（III. xiv, p.431）、祈願は序論に必要な項目でもあるから、この詩節も序論扱いが妥当であろう。これが第1点で、ホナンも139行までを前置き（preliminary）として言及している（p.297）。

サリヴァンが「語り」と分類した箇所にも、結婚の契約時にグイードが年収を高額に偽ったことや、コンパリーニ夫妻がローマに逃げ帰った後で文盲のはずのポンピリアがパオロ宛てに出したとされる手紙のことなど、論駁に相当するものが含まれてはいる。それでも、そのあとの1739行からを分類上の論駁とするのは妥当である。なぜなら、それまでとはトーンが変わり、魂が癒されたから生きたいという本能が戻ってきた、だから「自分を守り、弁護するのだ」"I take my stand, Make my stand." (1745-46) と前置きして、自分の人生を総括し、自分に罪がないことを順を追って論証していくからである。ただし、終わりの箇所の設定には問題があり、これが第2点である。「ともかく、ここで罪が、罰されたのだから、終わる」"Anyhow, here the offence, being punished, ends," (1939) とあるのをサリヴァンは論駁の終わりとするのだが、それはポンピリアの逃亡に関する裁判のことで、このあとに最も肝心の殺人に関する自己正当化の熱弁 (1940-2011) が続く。この弁明も論駁に組み入れるのが正当であろう。

結果的に、結びは2012行から終わりまでになる。[3] 先ず自分の家族に言及し、続いて遺された赤子に関して感情的な訴えを繰り広げる。したがって以下のように分類するのが妥当ではなかろうか。用語はアリストテレスに準拠する。ただし、用語の使用に関してアリストテレス自身が一貫していないため、翻訳者もそれに従って同一概念に複数の用語を使い、テキストを読み難くしている。本論では敢えて統一し、分類上の名称としては、「序論」「陳述」「立証」「結び」を一貫して使用することとする。

序 論	Exordium	1 – 139
陳 述	Statement of the case	140 – 1738
立 証	Proof	1739 – 2011
結 び	Peroration	2012 – 2058

グイードの弁論で目立つのは並置と疑問文と反復の多用である。並置は序論と陳述の部分に際立ち、疑問文の過度の使用は序論から結びまで一貫して続く。反復は陳述の終わりの部分にとりわけ多く、立証の終わりにもう一つの山がくる。拷問への言及が彼の独白の初めと終わりを占め、途中にも散在

する。聖書への言及も多く、旧約・新約の両書にわたり、大部分の場合に文脈上は適切な使用である。「神」"God"をしばしば引き合いに出す。直喩と隠喩の割合はほぼ1：3、合わせて76例で結構多いのだが、圧倒的な並置・修辞疑問のせいで影が薄れている。アイロニー（irony）が少し、当てつけ（sarcasm）はほとんどない。

Ⅱ 「序論」"Exordium"（1—139）

　アリストテレスによる序論の役目は、弁論の目的を明白にし、語り手の人品が卑しくないことや主張が重要であることを訴えて聞き手の注意を引くことにある。ただし法廷弁論で立場が悪い場合には事件に触れずに、いわば脱線によって聞き手の友情もしくは同情をかき立てるようにし、その必要がなければ序論はなくてもよいとしている（Ⅲ, xiv, pp. 431-7）。

　グイードは拷問にかけられて、そこから呼び出されて出てきたばかりである。「徹宵」"Vigil"の拷問とは、眠らせないで自白に導くものであるが、やすりや、ねじ棒や、やっとこなども使われたことが、グイードの語りから推測される。本来風采が上がらない上に、アレッツォを出立するとき「手近にあった野良着を着て来た」"Donned the first rough and rural garb I found"（1565）と言い、刑死するまで同じ姿であったと伝えられているから、犯行時の返り血を浴びたままで、拷問の苦痛もとどめ、好感を与えるにはほど遠い姿であったはずである。したがって陳述に入る前に言語によって同情を取り付け、威信（respectability）を回復しておくことが必要であった。

　同情を引くために彼が徹底して取った方法は、貴族であるにもかかわらず拷問を受けた事実に言及して聞き手に自責の念が起こるのを期待しながら、同時に犯行までの4年間の精神的苦悩に較べれば拷問など物の数ではない、と被害者は実は自分であったことを印象づけようとするもので、以下の3例がそれである。

1.「この肉体だけを苦しめられることは、私の場合にはほとんど気晴らしになる、繊細に気難しい私が対極の扱いを過ぎるほどに受け、（駄洒落をお許しあれ）、やすりの刃が私のこの頭脳を弄ぶことに慣れていたのだ

から」

> This getting tortured merely in the flesh,
> Amounts to almost an agreeable change
> In my case, me fastidious, plied too much
> With opposite treatment, used (forgive the joke)
> To the rasp-tooth toying with this brain of mine. (23-28)

2.「あれこそが、諸公が今私に掛けているこれではなく、あれが徹宵の拷問だった、意外でしょうが!」

> That, and not this you now oblige me with,
> That was the Vigil-torment, if you please! (37-38)

3.「貴公方の与えるような、肉体に対する少々の拷問など、魂が地獄の業火をあのように生きて味わわずに済む限り、なにほどのものでもないのだ」

> A trifle of torture to the flesh, like yours,
> While soul is spared such foretaste of hell-fire,
> Is naught.... (75-77)

前記3の例は以下に引用する2つの合わせて13行に続くもので、5個の疑問文が反復されて最後に「それじゃあ申し上げましょう」、と開き直りの勢いをつけて述べられたものである。

> ... Oh, sure, he beats her—why says John so else,
> Who is cousin to George who is sib to Tecla's self
> Who cooks the meal and combs the lady's hair?
> What! 'Tis my wrist you merely dislocate
> For the future when you mean me martyrdom? (62-66)

「確かに、彼は彼女を打つのだ、としよう」と相手の論法をいったん受け入れて、その上で質問によって相手の論理矛盾を衝くことは弁論の一つの方法である。もっとも、グイードがかかずらったのは論理ではない。ポンピリア

を虐待したという主張に譲歩してみせて、「料理をしたり奥方の髪を梳いたりするテークラの親族であるジョージにとって従兄弟であるジョンが言うのだから、そうに違いないではないか？」と、下僕の代名詞のような固有名詞を先行詞にした3個の関係節をつなげて、感情的で皮肉な修辞疑問に転換する。この時、グイードはテークラが奥方の髪を梳く身振りを真似たようである、すると彼の手首が露わになる、「何と！ 手首を脱臼させただけなのは私を将来殉教させるつもりのためですか？」と、十字架刑で死期を早めるために脱臼させることにからめて、拷問の事実を突きつける。続く老伯爵夫人の家計のやりくりに関する3個の疑問文は、質問ではなく、世間に言い触らされた内情をなぞったおうむ返しの形をとる。

> —Let the old mother's economy alone,
> How the brocade-strips saved o' the seamy side
> O' the wedding-gown buy raiment for a year?
> —How she can dress and dish up—lordly dish
> Fit for a duke, lamb's head and purtenance—
> With her proud hands, feast household so a week?
> No word o' the wine rejoicing God and man
> The less when three-parts water?　Then I say, (67-74)

「どうすれば婚礼衣装の裏地の切れ端で並みの衣類の1年分をまかなえるのですかね？」「奥方はどうすれば、その誇り高い手で子羊の頭と内臓という代物を下ごしらえして盛りつけて——大公にふさわしい食器に——、1週間家族をもてなすことが出来るのですかね？」「4分の3が水では、神と人を喜ばせるのもそれ相応のもの、ワインとは言えないのでは？」となる。ただし、裏地の切れ端で1年分の衣料をまかえるか否かの話は、表地の本来の豪華さをちらつかせる。また、フランチェスキーニ家では土曜日ごとに子羊1頭を購入し、頭も内臓も含めて1週間分に分割したというのだが（OYB, p.52）、「子羊の頭と内臓」は、実は壮大な歴史のイメージを喚起する。旧約聖書の民はエジプト脱出に際して、子羊1頭を頭も内臓もつけたまま丸焼きにして食べるように神により命じられたのだった（出エジプト記12章9節）。さらに、"dress" "dish" "duke" の頭韻を主とする短音節語群の中で "lordly"（大公

に相応しい）の長母音には威風堂々の勢いがあり、現状の困窮が多少とはいえ貴族としての栄光と並置されている。その上で、「それじゃあ、申し上げる」となったので、好印象を醸成するのには役立ったと思える。

　彼は言う、最悪の場合絞首刑あるいは斬首になったとして、「ただそれだけ、単なる斬首や絞首なら、最期の瞬間に優しさと分かるのだ——それに対応するものはそうじゃない」

> When I am hanged or headed, time enough
> To prove the tenderness of only that,
> Mere heading, hanging,—not their counterpart, (84-86)

「対応するもの」つまり、彼の精神的苦悩とは、雌犬にも等しい女と結婚させられ、修道士に寝取られ、その不義の子の否認もできないことを世間に喧伝されることである（87-93）。これはグイードの側の問題点を余すところなく述べて、事件の陳述へ導入する役目も十分に果たしていると言える。

　威信の回復は、「ほほう、これはこれは上等のぶどう酒、…だが一口で結構、首を助けるためには頭が要りますからな」（3-8）という言い方が表しているような雑駁なトーンが続くところに、「見られたくないと願いながら、かつてはフランチェスキーニ家の豪華な衣装であったぼろを身に引き寄せている、哀れな古い貴族の家」、という修辞色の強い表現を盛り込み、不運にも落ちぶれた貴族の哀切さを際立たせる。「それを引きはがせ！　ひっくり返して、緋色が如何に褪せるものか、口さがない町の者たちに教えてやれ！」

> The poor old noble House that drew the rags
> O' the Franceschini's once superb array
> Close round her, hoped to slink unchallenged by,—
> Pluck off these! Turn the drapery inside out
> And teach the tittering town how scarlet wears! (39-43)

古く［ould］高貴な［noubl］の母音反復、外見はぼろでも裏地はなおも栄光の緋色を残しており、それがさらに色褪せているという時間と空間にわたる対比を、自嘲と無念を込めたアレゴリーに乗せ、聞き手の感情に強く訴え

るものにしている。

　序論に関してグイードは、アリストテレスが望み得るとした以上の雄弁を発揮したと言えるのではないだろうか。グイード自身「雄弁家の策略」"rhetorician's trick"（77）という言葉を使い、弁論術を意識していたことを示唆している。

III 「陳述」"Statement of the Case"（140—1738）

　「陳述」に関してアリストテレスは次のように言う。判決が問題となる法廷弁論の場合、情景を再現してみせるより、聞き手を自分にとって望ましい精神構造に導くことが大切である。なぜなら相手に好意を持てばその悪行も軽く感じられるし、憎悪を抱けば重い刑を科すことを考えるからである。したがって自分が「善い性格」"good character"の持ち主であり、相手が「悪い性格」"bad character"の人物であることを言語によって説得しなければならない。その際、善い性格とは「思慮」"practical wisdom"、「徳」"virtue"、「善意」"goodwill"を持っていることである。技術としての気の利いた言語表現（smart sayings）のためには、自分には良い形容詞、相手には悪い形容詞を使い、隠喩（metaphor）、対比（antithesis）、眼前彷彿たらしめる活写（actuality）を用い、好調音（euphonious）であることも有効であると言う（II, i, p.171 ; III, ii, pp.351-61 ; III, xvi.）。

　グイードの「陳述」はフランチェスキー二家が第一級の貴族であるという主張から始まる。

> I am representative of a *great* line,
> One of the *first* of the old families
> In Arezzo、*ancientest* of Tuscan towns.
> When my *worst* foe is fain to challenge this,
> His *worst* exception runs—not first in rank
> But second, noble in the next degree
> Only; not malice's self maligns me more. (140-06)

自らに「偉大な」"great," 「一流の」"first," 「最も古い」"ancientest" の最上級クラスを使用し、一流ではなくて二流だと異議を唱える仮想の相手には「最悪の」"worst" を繰り返して対比させ、「そのような異議ほど自分を中傷するものはない」と言う時には "*m*alice" "*m*aligns" "*m*e" "*m*ore" と頭韻を利かせて強調する。さらに、その一流か二流かの議論を、聖フランシスコと聖ドミニクのどちらが一流の聖者かという議論と並置するのである。「万に一つ、ドミニクに対して二流とされようとも、フランシスコはやはりフランシスコでキリストにも比すべき聖者である」

> Why, at the worst, Francis stays Francis still,
> Second in rank to Dominic it may be,
> Still, very saintly, very like our Lord; (154-56)

それに続くのは、自分たちが皇帝によって所領を与えられた封臣 (homager) の血筋でありながら、勇猛である以外に取り柄がなく、何もかも人に与えて貧乏になったのは、フランシスコや主イエスと同じなのだ、という主張である。「権威者引用」"apomnemonysis" という歴とした修辞法があるのは事実だが、神の子と、そして清貧と愛を旨とするフランシスコ修道会の創始者に自分たちを並置するのには、冒瀆の気配がある。"give, give, give," の畳語反復や、与えたものは「血と知恵」"blood and brain"、「家と土地と現金」"house and land and cash" と、念入りな提示で有徳の行為を強調し、冒瀆の危険を冒してまで、グイードは貴族の家柄を印象づけようとした。実はアリストテレスが、貴族であることは優れた性格どころか、往々にして「役立たず」"good for nothing" (II, xix, p.257) を示すに過ぎない、と断じたことだったのは皮肉である。

「〜であろうとも」といったん譲歩し「それでも」と続ける論法と、自分が現実にとった方法を仮想の方法と対比させて後者の策に頼らなかったのは馬鹿であった、と自認してみせる論法とは、退くと見せて厚かましく冒瀆になる点でも同根であると思われる。次の引用で「そうしていたら」"Had I done so," と言うのは、カポンサッキとポンピリアの間に色恋沙汰が始まった——と彼が仮想した——時に、毒を飲ませると脅したり逆上して刀を振り

回したりする代わりに、台所の鈍刀ででもポンピリアの指を一本、第一関節の所から切り落とし、その上で「この次おまえがテラスでバラをいじっている時に下をうろつく男がいたら、それだけでも今度は第二関節から切り落とすぞ！」(947-62) と言うことを意味している。

> . . . ―had I done so,
> Why, there had followed a quick sharp scream, some pain,
> Much calling for plaister, damage to the dress,
> A somewhat sulky countenance next day,
> Perhaps reproaches,―but reflections too! (962-66)

その際に起こるであろう騒ぎを、悲鳴や、膏薬を！ と叫ぶ声、衣服の汚れに到るまで生々しく描き、翌日のポンピリアのふくれっ面や非難も予測してみせたあと、グイードは「反省もまたあったろう！」と言う。それに続けて、ゲッセマネの園でイエスが逮捕される折に祭司長の召使いマルカスの耳を切り落としたペテロと、ユダの裏切りを知りながら最後の晩餐に同席させたイエスを対比させ、そしてグイードは自分をイエスの側に並べて置くのである。

> I don't hear much of harm that Malchus did
> After the incident of the ear, my lords!
> Saint Peter took the efficacious way;
> Malchus was sore but silenced for his life:
> He did not hang himself i' the Potter's Field
> Like Judas, who was trusted with the bag
> And treated to sops after he proved a thief. (967-73)

「耳の事件のあとマルカスが騒ぎを起こしたとは聞いていませんよ、諸卿！ ペテロが賢明な方法をとったから痛い目には遭ったが、生涯おとなしくし、金袋を委託されていて盗みが露見したあとも葡萄酒に浸したパンにありついていたユダがやったように、首をくくったりはしなかった」。今ポンピリアがローマの人々を震え上がらせるような姿で横たわっているのは、自分がペテロと違って「馬鹿者の策」"the fool's" (980) を試みたからだと言う。だがそれはイエスは間違ったのだ、馬鹿だったのだ、と言うのに等しいから甚

だしい冒瀆である。あるいはユダの死に対してイエスに責任がないのなら、ポンピリアの死に自分は責任がない、と言いたいのかもしれない。しかしそのイエスが結局は十字架上で死んだことまで考え合わせると、グイードも死なねばならず、彼は非常に危険な弁論の火遊びをしたことになる。

　グイードは30年もローマにいて、結局何者にもなり得なかったのだが、それが思慮の欠如によるのではないと裁判官たちを説得しなければならない。ここでは彼は隠喩を使って感覚的に納得させようとする。お人好しの父親が困窮させた家に生まれたことは、深海に適したエラとヒレを持つ魚（born fish with gill and fin Fit for the deep sea）が浅瀬に打ち上げられたに等しいのであって、浅瀬でも育つ卑しい爬行動物の笑いものになる（a show to crawlers vile Reared of the low-tide and aright therein）――それは痛ましい不運であると思わせる（172-75）。

　また、軍人になることも宗門で名をなすこともできなかったのは、彼が長子として家門を守り子孫を残す必要のためであった、とグイードは言いたいのである。その事情を彼は、説諭する人物の修辞疑問による言葉として活写する。「何だって、長子で跡継ぎで一家の柱であるお前が？　自分の義務が分かっておるのか？　ここがお前の駐屯地だ」

　　　　"... ― "What, you?
　　　　"The eldest son and heir and prop o' the house,
　　　　"So do you see your duty?　Here's your post, (211-13)

「聖職者にだって？　どうすりゃ結婚が出来るのか？　時が終わるまでフランチェスキーニは存続せねばならぬ――それがお前の天職だ」

　　　　"You a priest? How were marriage possible?
　　　　"There must be Franceschini till time ends―
　　　　"That's your vocation.... (224-26)

その説得に応じた結果としてのグイードの状況が、次のような起伏のある内陸の風景に託されて、頭韻も過剰に堕さず、印象深いイメージを構成する。

> I turned alike from the hill-side zigzag thread
> Of way to the tableland a soldier takes,
> Alike from the low-lying pasture-place
> Where church men graze, recline and ruminate, (236-40)

「台地へ至る山腹の兵士が辿るジグザグ道からも、聖職者たちが草を食(は)み横になり食い戻している低く広がる牧草地からも、私は外れたのだ」。聖職者達が「食い戻している」"ruminate"図は聞き手にとっていやみに響く恐れはある、しかし、あがいてきてその果てに今苦境に立つグイードの避け難い心の有り様として、読む者には、しみじみと同情の思いが湧く。

　不徳の証明となるから、降りかかる非難の露をグイードは払いのけておかねばならない。結婚に際して年収を偽った件に関しては、その通りだとしよう（grant it all!）、と相手の主張を受け入れたあと、堅固な現実には [b] 音を、偽りには軽やかな [f] 音を用いて、音声上の対照をさせて言う。貴族の身分と市民の富との交換がこの「あるがままの取引」"this same *b*argain, *b*lank and *b*are" の「本質」"the veritable *b*ackbone" なのだから、「そのような偽り」"such *f*raud" は「数字の周りに格好をつけるための飾り」"A *f*lourish round the *f*igures of a sum For *f*ashion's sake" であり、「ご愛嬌」"*f*ancy-*f*lights" に過ぎず、行商人が「おまけにつける幾たらしかの油」"*F*lecks of oil *F*lirted" みたいなもの（494-504）。こうした感覚の遊びめいた処理の中に問題点を埋没させている。

　コンパリーニ夫婦がアレッツォから逃げ出したあと、ポンピリア名でパオロ宛てに出された手紙に関しては、自分がポンピリアに強いて書かせたものであったとしても、妻としてとるべき態度、口にするべき言葉を教えたことになるのであって、瀕死の病人の手をとって額に正しく十字を切らせる司祭や、もの言えぬ子どもに代わって洗礼式で信仰告白をする親の行為と同じ、諸卿が勧めることではないですか（Would not my lords commend...?）、と例証を用いた質問による論法をとる（861-67）。この病人と赤子の例は、聖職者である裁判官たちにとって咎め得る筋合いのものでないのは確かである。

一方、ヴィオランテやポンピリアに対して、グイードは噂話の語り手たちより激しく非難告発をするものと読者は予測をし、かつそのような印象を持ってもいる。しかし調べてみると実質的には意外に少なく、サリヴァンが「ポンピリアを含めて事件関係者に対するグイードの感情表出が少ない」(pp.137-51)と指摘したのがうなずけるのである。非難のための主な論法は、ポンピリアとの結婚後に味わった精神的苦悩が途方もなく大きなものであったことを強調し、それをそのような苦悩を与えた人間の途方もない邪悪さの論証としようとするもので、拷問との対比で更なる強調を図るのは序論以来のやり方である。修辞疑問と頭韻を多用し、多くの場合に感情に訴える力は強い。ただし、彼の苦悩には心打たれるのだが、その原因者の悪に思い及ぶわけではないのである。

　逃亡事件に関してカポンサッキは3年の謹慎、ポンピリアは改悛者修道院預けという軽い判決が出て、グイードが踉踉(そうろう)としてアレッツォへ帰る。城門での嘲笑をくぐり抜け、通りの当てこすりを横切って家に帰り、「母や弟たちとの話の後で、…（家族の慰めの）言葉は役に立たぬ！　全身を死人のように硬直させ、そして地獄へ向かうほどの覚悟をして広場へ出て行ったのだ。"やっとこ"や"ねじ棒"をわびるだって？　玩具並みの拷問具などご遠慮なくと申し上げる。硫黄や毒入りぶどう酒の苦痛を味わった人間を信じられるがよい！」

> And after a colloquy . . . no word assists!
> With the mother and the brothers, stiffened me
> Straight out from head to foot *as dead man does*,
> And, thus prepared for life *as he for hell*,
> Marched to the public Square and met the world,
> Apologize for the pincers, palliate screws?
> Ply me with such toy-trifles, I entreat!
> Trust who has tried both sulphur and sops-in-wine! (1270-77)

ここでは"as dead man does"（死者のように）と"as he for hell"（地獄へ向かうように）が上下の行末つまり押韻位置に、どちらも短音節語4個の集落で関連するイメージとして現れ、相手の邪悪さはともかく、世間の愚弄に

さらされる寝取られ男の苦悩を十分に感じさせる。

　殺人者たちは犯行後わら小屋で寝ているところを捕らえられたのだが、安らかに眠っていたのは、魂が蛇から自由になったからである、とポンピリアらが眠りをさえ奪う苦悩を与えたことの実証としている。「私は自分を取り戻していた。再び正気になり、私の魂は蛇から自由になった。私は眠ることができたのだ」

> 　　I was my own self, had my sense again,
> 　　My soul safe from the serpents. I could sleep: (1677-78)

実はこれに先立って感情に訴える修辞疑問が繰り返されていた。「罪が最初にして当然の激しい悔恨に襲われていた？」、「赤子のように眠っていた、そうではなかったか？ そうでない訳があろうか？ 他にどんな在りようがある？」(1670-76)。確かに、ぐいぐいと心に迫ってはくる、しかしそこから蛇の姿のポンピリアやピエトロが立ち現れてくるということにはならない。

　グイードはしばしば「神」"God"を引き合いに出す。殺人も偉大な医師である神ご自身の処方であり、彼は悪しき潰瘍"the bad ulcer"の切開を敢行したのである。

> 　　. . . ; and the rage abates,
> 　　I am myself and whole now: I prove cured
> 　　By the eyes that see, the ears that hear again,
> 　　The limbs that have relearned their youthful play,
> 　　The healthy taste of food and feel of clothes
> 　　And taking to our common life once more,
> 　　All that now urges my defence from death. (1703-12)

「すると激怒が和らぎ、自らを取り戻し、今や健やかである、見える目、聞こえる耳、若々しい動きを学び直した四肢、健やかな食物の味わい、衣服の感触、日常生活への復帰、それらによって癒やされたと分かるのだ」。健やかな状態の列挙は、現在の彼の喜びに共感させるものがあるのは確かである。だからと言って、その「悪しき潰瘍」に喩えられるポンピリアらの悪しき性

格に思い至ることにはならず、だから死にたくなくなった、と言わぬばかりの終わりの1行、「今やそのすべてが死から自分を守るようにと促す」に興ざめを覚えるところがある。

　ポンピリアが私生児であったことは、"*by-*b*lowb*astard-*babe*"（770）と有声破裂音［b］の過剰な繰り返しで、大変毒々しく語られる。そのあとに「娘だと？　犬小屋の汚物だ！　婚資だと？　通りの塵芥だ！」、と続く。

> .... Daughter? Dirt
> O' the kennel! Dowry? Dust o' the street! Nought more,
> Nought less, nought else but—oh—ah—assuredly
> A Franceschini and my very wife!（772-75）

"Daughter" と "Dirt"、"Dowry" と "Dust"、どちらも同じ有声破裂音で頭韻を踏み、統語上も平行する短い自問自答の繰り返しが激した感情を伝える。それに加えて、「正にそれが」を強調する回帰反復 "Nought more, Nought less, nought else"（それ以上でも、それ以下でも、他の何ものでもない）に、さらに「おお」"oh"、「ああ」"ah" の感嘆詞が続いて、その後で（正にそれが）「フランチェスキーニ家の一員で私の他ならぬ妻なのだ！」となると、グイードの激しい怒り、もしくは痛切な嘆きに感応してしまう。その結果、このような熱弁にもかかわらず、彼が意図したであろう相手の邪悪さには思い至らずじまいになる。

　鳩は美神ヴィーナスのペットである。ポンピリアはそのような鳩ではなくて鷹だった、とグイードは言う。そして鷹はポンピリアには適合しない隠喩であると常に問題にされてきた。しかし彼は、ポンピリアを鷹のような女だったとしているのでない。「鷹の値段で鷹を買い、鷹の用をさせるために連れ帰った…、だから、目隠しをし、飢えさせ、適切に訓練する、それで万一馴れなければ——首をひねる！」 "a hawk I bought at a hawk's price and carried home To do hawk's service ... So, hoodwink, starve and properly train my bird, And, should she prove a haggard,—twist her neck!"（703-10）。これはグイードのポンピリアに対する態度を示すものであって、妻を人間扱いしない夫の側の問題は示しても、その妻をおとしめるものとはなり得ない。そ

れに続くのがグイードによる夫と妻の義務に関する定義である。それによると、夫の義務は支配権の行使であり、妻であるポンピリアのそれは服従で、夫に喜びを与え、不機嫌を癒すものでさえある。

> The obligation I incurred was just
> To practice mastery, prove my mastership: ―
> Pompilia's duty was―submit herself,
> Afford me pleasure, perhaps cure my bile. (716-19)

このあとグイードは、厳しく訓練するのは見習い修道士が訓練されるのと同じ、と聖職者である裁判官たちに有無を言わせぬ例証を用いる。そのような妻としての義務に背き、白く清らかな卵が孵(かえ)したものが慰めでなくて怪物だったら、踏みつぶしても驚くべきことだろうか、と言う。この修辞疑問は、結婚後1ヶ月で夫の家を讒訴(ざんそ)するような妻は、それこそ神と人とにとっての疫病であって踏み潰されて当然、という答えになる。それは13歳のポンピリアが心身に対するグイードの虐待をアレッツォの大司教や知事に訴え出たのを、途方もない中傷だと主張しているのだが、鷹の比喩や妻の義務の定義など、グイード自身の言葉によって、それが中傷ではなく実態だったのではと思わせる。事実、グイードはポンピリアとコンパリーニ夫婦を踏み潰したのである。

> . . . : how I was mad,
> Blind, stamped on all, the earth-worms with the asp,
> And ended so. (1667-69)

「どれほどに怒り狂ったか、盲目になり、全員を、エジプトコブラと共に地虫らを踏みつぶした、そのようにしてけりをつけたのだ」。小型の蛇であるエジプトコブラはポンピリア、地虫はコンパリーニ夫婦で、そのようなものに等しいとされても、踏みつぶされて当然の悪を思うより、無残の思いが消し難い。

鷹の隠喩と同じように物議をかもしてきたものに、ナイチンゲールの比喩がある。木を買えばその枝の中のナイチンゲールの歌も買うのだ、とグイー

ドが言う。それは、結婚したら女の魂も自分の所有物になることを意味し、グイードの非人間的な本性を示すものとして、しばしば引用される。当時にあっても「結婚が肉体と金袋との交換であるとして、そこに巻き込まれる魂なるものはどうなのか？」(575-76)、あるいは「心や魂が家財なのだろうか？」(429) という問いを発する精神の土壌もあるのである。それなのに、とりわけ情緒的なナイチンゲールを隠喩として、グイードはわざわざマイナスのイメージを売り込むこともあるまいと思われる。

　実は文脈上、「きみは45歳にもなっていて、その上ハンサムとも言えない。若い女は若い男のものなのだよ」""The fact is you are forty-five years old, "Nor very comely even for that age: "Girls must have boys.""(585-88)と勧告する声に対して、グイードが「違う！ 俺は女性をもっと高貴なものと考えるのだ、魂が肉を纏う短い期間のために男を受け入れ、その魂のために、戦いによってすり切れた鎧のきずを理解するのだ」と答え、それこそが思わず漏れた自分の真情で、「ええ、言わでものことを言った」"Tush, it tempts One's tongue too much!"(601)と糊塗するために強いて偽悪ぶって口にしたのが、ナイチンゲールの歌も、という言葉だと思わせる仕組みになっている。「法は法だ、妻に関してはまったくの妻らしさを求める、幹と枝もろともに木を買う時には、その中のナイチンゲールの歌も買うのだ、それと同じだ」

  I'll say—the law's the law：
  With a wife I look to find all wifeliness,
  As when I buy, timber and twig, a tree—
  I buy the song o' the nightingale inside.(601-04)

ただし、妻の魂を所有物視することが許される「法」"the law" としてグイードがあげていた聖書の言葉 "Father and mother shall the woman leave, Cleave to the husband...:"(581-82) は歪められている。「女は父母を離れ、夫と結びあい…」とグイードが言うのは、聖書では旧約・新約を通して徹底して夫を主語とし、「人はその父と母を離れて、妻と結びあい、一体となる」"Therefore shall a man leave his father and his mother, and shall cleave unto his wife: and they shall be one flesh."（創世記 2：24、マタイによる福音書19：5、エペソ人への手紙 5：31）という記述になっている。聖書への言及が正確な場合が多いグイードだが、これは小さいが大きい問題を内包する嘘である。ナイチンゲールの隠喩は、偽悪ぶったと見せてそれが実は本音であるという、ねじれた構造を持っている。

　グイードは自分を修辞家（rhetorician）と呼ぶ。彼が自己弁護の技術としての弁論術を可能な限り駆使しようとしたことは、疑う余地がない。その巧みさに、この時裁判官席にいたとしたら無罪放免に一票を投じていただろう、と言った大学教師の話が伝えられているが（OYB, p.279）、一個の人間として共感や同情を覚えるところは確かにあるのである。

　アリストテレスが勧める気の利いた言語表現（smart sayings）の一つに「眼前彷彿たらしめる活写」"actualization"（III, x, xi）がある。それは生動しているような巧みな比喩表現を意味しているのだが、それを劇的な表現法と拡大解釈すると、グイードが犯行を決意するくだりにこの技法の巧みな使用で人の心を打つ一例がある。グイードがローマから届いた手紙を読んでそれに反応をする情景として再現されている箇所である。「君たち、俺のことはもういいんだ、婚資と財産と離婚の訴訟の結論がもうすぐ出るって？　負けるだろうって、そうに決まっているじゃないか？　どうなるかだって？　俺の妻の出生が恥ずべきものだと彼女の望み通りに証明されているって？　腰を悩ます帯をゆるめて彼女が練り歩いているだって？」と言った調子で、おうむ返しと自問自答の混在する疑問文が続く。

　　　　"I am done with, dead now, strike away, good friends!
　　　　"Are the three suits decided in a trice?
　　　　"Against me,—there's no question!　How does it go?
　　　　"Is the parentage of my wife demonstrated
　　　　"Infamous to her wish? Parades she now
　　　　"Loosed of the cincture that so irked the loin?（1441-46)

そして、弟たちは聖職者だし、フランチェスキーニの名を引き継いで悲しみや屈辱を未来につないでいく子どもの無いことが救い、"thank God"（有り

難いことに)、とグイードは悲痛なあきらめの心境にある (1462-66)。その彼が「火のように立ち上がり、火のように呻(うめ)いた」"Then I rose up like fire, and fire-like roared."(1483) と言うのは、その手紙には、男児が出生したこと、ポンピリアの出奔後8ヶ月だから、その子は法的にグイードの息子で跡継ぎであること、しかしグイードの手が届かぬようにすでに隠されていること、などが書き綴られていたのである。

　グイードの懊悩(おうのう)が始まり、敵の嘲りの種となる振る舞いをした兄弟・友・隣人をすべて殺せ、というモーセの命令を意味する「主の側に立つ者は誰か」(出エジプト記32章36節) まで、1484-1549の66行に、反復表現や列挙や修辞疑問が密集し、感情の激発を納得させる。狂った奇跡によって自分の子どもであったら、夢にでも見られるものなら死んでもと思った子どもであったら、その子のためなら苦悩困難の海も抜き手を切って泳ごうもの、しかし町の人の噂、自分の内奥の思いが本当で、「不義のカポンサッキの子であって俺の子じゃない!」"the priest's bastard, none of mine!"、だからこそあの出奔になったのだ、その私生児が害虫のように俺の肉の中に巣くうのだ——。それに以下の引用が続く。

> Shall I let the filthy pest buzz, flap and sting,
> Busy at my vitals and, nor hand nor foot
> Lift, but let be, lie still and rot resigned?
> No, I appeal to God,—What says Himself,
> How lessons Nature when I look to learn?
> Why, that I am alive, am still a man
> With brain and heart and tongue and right-hand too—
> Nay, even with friends, in such a cause as this,
> To right me if I fail to take my right.
> No more of law; a voice beyond the law
> Enters my heart, *Quis est pro Domino?* (1539-49)(原文斜字体)

「俺がその汚い害虫にぶんぶんはたはたと飛び回らせ、俺の急所に群がるままに、手も足も上げず、そのままで、じっと横たわり、あきらめて朽ち果てるというのか? いいや、俺は神に訴える、——神ご自身はなんと言う、俺

が教えてくれと目をやるとき自然はどのように答えるのか？　俺は生きていて、これでも男だ、頭脳も勇気も舌も右の手もある、いや、友さえある、こんな問題に俺が俺の義を行わなければ、俺を正してくれる友が。もはや法ではない、法を超えた声が俺の胸に響く。主の側に立つ者は誰か？」

　グイードが葡萄畑に行っての話半分で、復讐を妨げる者は公爵といえども腹を切り裂くと、いきり立つ農夫たち。その中から視線の合った決然たる若者四人を選び、手近にあった武器をとり、そして「飛び出し」"out we flung"、「走り続け」"on we ran"、あるいは「よろめき」"reeled"、ローマへ向かったのだった。「途上の記憶はなく、ただ時折私を取り巻く恐怖の雲が切れて命が射し込み、聴き入ったのだ…」

>..., I have no memory of our way,
>Only that, when at intervals the cloud
>Of horror about me opened to let in life,
>I listened to, ... (1568-71)

彼が聴き入ったものが列挙される。「耳に聞こえる歌」「ある伝説の断片、宗教の名残」、「原初の良心の強く古い記録のはぐれた断片」、「神の人類に対する贈りものである先立つ正義」、「地獄の敵対する火花を鎮め悪魔と悪魔の悪意を地中に踏み込み、一つの法、義は義なのだと世界に宣言したい衝動」"some song in the ear," "some snatch Of a legend," "relic of religion," "stray Fragment of record very strong and old Of the first conscience," "the anterior right, The God's gift to mankind," "impulse to quench The antagonistic spark of hell and tread Satan and all his malice into dust, Declare to the world the one law, right is right." (1571-78)。最後の「一つの法」が何を指すのか論理的には不明なのだが、「聞こえるもの」が次々に反復され、それが漸増法で長さと強さを増していく所に、彼が或る「義」によって立っていることを感得する。そして確かにグイードが言うように、殺人が計画的な犯行なら逃走の手段を講じておくはずである。「言えば貰える手形一つあれば、黙っていても馬は手に入り、トスカーナの領地に入り、その夜は安全に眠っていたのだ」

No man omits precaution, quite neglects
Secrecy, safety, schemes not how retreat,
Having schemed he might advance.　Did I so scheme?
Why, with a warrant which 't is ask and have,
With horse thereby made mine without a word,
I had gained the frontier and slept safe that night.（1720-25）

「俺はそのような手を打っていたか？」"Did I so scheme?"、そうしなかったのは不義の子の出生の知らせに逆上したからだ、というのは受け入れ得る論理である。それも、どんな屈辱も自分一代で終わるのがせめてもの慰め、と悲痛に断念していたところに跡継ぎ出生の知らせであったのだから、無理もないと思えるから尚更である。さらには、暗殺者に任せることも、もともとは家族だったのだから使える毒薬もあった、それなのに「なぜこんな騒ぎを？」"Why noise?"—「明らかに私の命は無価値であったのだ」"Clearly my life was valueless."（1738）という陳述最終行の言葉に胸を打たれ、無罪放免とまではいかなくても、減刑には一票を投じたい気持になる。

Ⅳ　「立証」"Proof"（1739—2011）

　グイードの場合、殺人の行為を否認することは不可能で、したがってその行為がいわゆる法律（written law）には抵触しても道徳的には許容され得る衡平法（equity）の適用を主張することは、十分予想されたことである。衡平法とは、例えばイギリスにおいては、各事件の個別性を考えて、一般法の欠点を道徳律に従って補正した法体系で、良心の命令や正義の原則が考慮される。序論においてグイードは居直ったような率直さで犯行を認めていた、「ポンピリア・フランチェスキーニを殺しました。周知の虚言によってその父母であると称し私を破滅させようとしたコンパリーニ夫婦も、殺しました」（109-12）と。ただしその犯行を「例外の行為」"the irregular deed" と呼称し、それを２度（99、113）繰り返していて、衡平法が念頭にあることを予知させた。
　アリストテレスによれば、衡平法が許される為には、行為そのものでなく

意図もしくは道徳的目的、部分でなく全体、現在のその人間でなくこれまでのことのすべて、忍耐を持って不正に耐えたこと、暴力よりは法律に訴えようとしたこと、などが考慮されねばならない (I, xiii, p.147)。[4] 論証の方法としては省略弁証法（Enthymeme）と例証（Example）の二つがあるが、前者の方が有効でそのあとにエピローグのように例証を一つ付け加えるのがもっとも効果的であるとし、もし例証だけを用いるなら数を多くするように勧めている。なお、省略弁証法とは、三段論法の前提の一つあるいは結論が暗黙裏に示され、明確には述べられないタイプの論法である。対比はとりわけ並べて置かれた場合、理解が容易で、かつ三段論法（Syllogism）に似てくるから立証のためには適切な修辞であるとする。

　グイードは「立証」の導入を、肉体の健康と魂の正気と防御本能の三者のかかわりから始める。

> 　　　　　　　　　But now
> Health is returned, and sanity of soul
> Nowise indifferent to the body's harm.
> I find the instinct bids me save my life;
> My wits, too, rally round me; I pick up
> And use the arms that strewed the ground before,
> Unnoticed or spurned aside: I take my stand,
> Make my defence.... (1739-46)

ローマに向かうグイードにとって、自分の命は無価値であった、「しかし」悪の根絶を果たした「今は、健康が戻り、肉体の害に無関心ではいられない魂の正気も戻っている。本能が私に自らの命を救えと命じるのに気づく。知恵も私の周りに集まる。以前地面に投げ捨て、気もつかず、はね除けていた武器を拾い上げ、そして使う」、つまり魂が癒されたら、生きたいという本能と、投げ捨てられていた武器を生きるために取る正気も戻ってきた、だから「反撃し、防御するのだ」と言う。二段重ねの三段論法である。

　暴力よりは法律に頼ってきたことは、カステルヌォーヴォでポンピリアとカポンサッキを処断せず、官憲に引き渡した事実が示している、とグイードは強調する。弟のパオロが、グイードとポンピリアの離婚、婚資およびピエ

トロの財産保有の問題について、法廷を跳び越えて直接教皇に一括審議の方法を願い出たのだが、結局「私の裁判官に」"Ad judices meos"と差し戻された (1757-61)。結果的に、この件も在来の法に頼ったことになる。「教皇の方がよくご存知なのだから」"The Pope Knew better"、あるいは、それが「きっとよかったのだ」"doubtlessly did well" などと、自分を納得させようと強いているような言葉もあり、それだけに「だから、ここで、私は私の裁判官諸公にしがみつく」"Here, then, I clutch my judges"（1761）と言う言葉には本音の響きがある。

　グイードの定義では、神は評決を話すのではなくて呼吸する、聞こえないその声が感得されて伝えられていき、それを固定化したのがいわゆる法律である。その際に漏れて空中に高々と雲のように掛かり、すぐれた感覚の持ち主には法律学者が溶接し固定した法律と同じほど明白なもの、それが衡平法なのである (1771-80)。そしてグイードは、アリストテレスの言葉そのままのように、「最後のこの行為だけでなく、全生涯をそこから反射する光に照らして見てくれ！」と訴える。

> Take my whole life, not this last act alone,
> Look on it by the light reflected thence! (1786-87)

これに続くのが、「社会は俺に何の罪があるというのか」"What has Society to charge me with?"（1788）の1行である。それまでとはトーンが変わり、唐突で、問いかけなどではなく、むしろ「俺のどこが悪いと言うのだ」という叫びのように響く。後に、殺人の道徳的目的を列挙している途中に、類似の言葉がやはり唐突に飛び出してくるのと思い合わせると、グイードの内面を示唆する重要な1行と考えられる。

　さて、具体的にグイードが行う立証は3点に関してである。第1点は教会に尽くしてきたことであり、証拠は辞任したときに自分の仕えた枢機卿がそれまでの奉仕に対する感謝として結婚の立会人になってくれたこととする。ただしこの枢機卿は実は弟パオロの主人で、明白すぎて不可解な嘘である。第2点は、妻を虐待したというのはヒステリカルな女の中傷であり、証拠は、アレッツォの聖俗の権威者で、かつ目撃証人でもある大司教と知事が、いず

れもポンピリアの訴えを退けていることである。第3点はカステルヌォーヴォでポンピリアとカポンサッキの二人を処断しなかったのは、並外れた忍耐で法律に従った行為であり、この二人の件に関して自分は潔白以外の何ものでもない、なぜなら針の先ほどであれ二人が罰されたことは二人の側の有罪の証拠だからである。「これで終わる」" . . . ends."（1938）、と奇妙に迫力のない終わりかたをしたところから、「終わりだと言うのか？」との仮設疑問で始まるたいへん迫力のある弁論が続く。

　アリストテレスは、受けた不当が償われない時、あるいは十分でない場合には怒りが募る(つの)と述べている（I, xi; II, ii, iii）。グイードは、自分の受けた不当は何一つ償われていないと主張し、ポンピリアとカポンサッキに対するローマの軽い判決が自分の命の木を切り詰めていったと詰る(なじ)。

> Well then,—What if I, at this last of all,
> Demonstrate you, as my whole pleading proves,
> No particle of wrong received thereby
> One atom of right?—that cure grew worse disease?（1944-47）

「ほう、——それじゃあ、この土壇場で、私の全弁論が証明するように、受けた悪の一分たりとも正義のひとかけらも受けてはいない、と私が諸公に対して明白にしたらどうか？　その治療が病気を悪化させたとしたら？」。畳み掛けるようなその疑問に、さらに下の引用の2つが続く。

> That in the process you call "justice done"
> All along you have nipped away just inch
> By inch the creeping climbing length of plague
> Breaking my tree of life from root to branch,
> And left me, after all and every act
> Of your interference,—lightened of what load?
> At liberty wherein?　Mere words and wind!（1948-54）

「諸公が正義がなされたと言うその過程で、あなた方のいちいちの介入のあとで、私の命の木に巻き付き登り付き、根から枝まで窒息させようとするものをほんの1インチずつ摘みとったということが」を共通の主語として、

「どんな重荷を軽くしたというのだ？」「どこを解放したというのだ？」となる。蔦のイメージが生々しく、構文を乱した短い反語用法の疑問文が彼の激した感情を伝えていて、「ただの空しい言葉に過ぎぬ！」と叫ぶ彼の怒りを痛みの思いで受けとめる——それくらいの感情的説得力を持っている。

　先の命の木への言及は、楽園のイメージから蛇としてのポンピリアにつながり、それも、死んだふりをして命を長らえ、グイードを押しつぶすだけでなく、不義の子を生むことによって未来永劫にわたって地獄の苦しみをさせる女としてである。

> . . . . Why, scarce your back was turned,
> There was the reptile, that feigned death at first,
> Renewing its detested spire and spire
> Around me, rising to such heights of hate
> That, so far from mere purpose now to crush
> And coil itself on the remains of me,
> Body and mind, and there flesh fang content,
> Its aim is now to evoke life from death,
> Make me anew, satisfy in my son
> The hunger I may feed but never sate,
> Tormented on to perpetuity,—（1957-67）

実はこの11行は一続きで、しかもそれで終わってはいない。「背が向けられるや否や蛇がいた、最初は死んだふりをし、今やその厭うべき締め付けを次次に私の周りに新たにし、憎悪の非常な高みにまで登り、私を心身ともに押しつぶし、その遺骸の上にとぐろを巻き、そこで新たな牙を満足させるためだけでなく、目的は今や死から命を呼び起こすこと、私を新たに造り、私が給餌しても決して満たすことができず、永遠に苦しめられ続ける餓えを、私の息子において満たすことなのだ、——」。ポンピリアの死の確認を誤ったことはグイード側の致命的な誤算であった。その証言が逮捕につながり、そして死刑にもつながり得る。グイードにとって巧妙にも生き延びたポンピリアは、まさに巻き付き締め付けてくる蛇であり、どれほどの憎悪を感じていたかは想像に余りがある。反復される「らせん」"spire and spire"に付与

された転移修飾語としての「憎むべき」"detested"に込められたグイードの思いは十分に汲めるものがある。"Its aim"以下の「目的は今や…餓えを息子において満たす…」の部分は難解な表現だが、それが切れることなく子どもにかかわる同様に難解な10行につながり、さらにカポンサッキにかかわる一続きの５行が続く。1957─82の26行にわたる息の長さと入り組んだ構文と表現とは、激しく屈折した話者の思いを圧倒的なエネルギーで伝達する。

　グイードは、それほどの罪の命を完全に踏み潰してあげたのだから、私に感謝する気はないか、と裁判官たちに問い、自分の殺人は怠慢な主人に対する忠僕の行為なのだと主張する。その途中に先の叫びに似た言葉「俺のどこが悪いというのだ」"What is it they charge me with?"が２度目に飛び出してくる。「自分はあなたの小さい声を聞こえるようにし、打つつもりだけだった打撃を倍に強め、さもなければ地面に落ちたままだった指令書を実行してあげたのだ」、と３つの例証を用い、その上で、それは義務の行為で、主人の不注意を召使いが熱意によって補ったものなのだ、と総括をする。さらに「私は仕えることに慣れているから、単に…」と言い掛けて、「恒久的には書かれていなくて、正しく考えられたが、なぞりようがまるで弱すぎたあなたがた自身の法令を、墨を濃くして、もう一度読めるようにしてあげただけなのだ」と続けるはずが、その前に「俺のどこが…」の言葉が割り込んできていたのである。

> I have heightened phrase to make your soft speech serve,
> Doubled the blow you but essayed to strike,
> Carried into effect your mandate here
> That else had fallen to ground: mere duty done,
> Oversight of the master just supplied
> By zeal i' the servant. I, being used to serve,
> Have simply ... *what is it they charge me with?*
> Blackened again, made legible once more
> Your own decree, not permanently writ,
> Rightly conceived but all too faintly traced. (1990-99)

　これは自己正当化の真っ最中にも抑えられずに吹き出してくる内心の弱さ、

真実に反するが故の弱さのあらわれと思わずにはいられない。このあとグイードは激しくあからさまに助命を乞う。

> Absolve, then, me, law's mere executant!
> Protect your own defender,—save me, Sirs!
> Give me my life, give me my liberty,
> My good name and my civic rights again!（2003-06）

「だから、私を許してくれ、法の単なる執行者なのだ！ あなたがた自身を守る者を、守ってくれ——助けてください、生命をください、自由と名誉と市民権とを返してください！」と。それに続くのが立証の締めくくりである。「神のための私が、ここで負けたら、あまりにもお人好しの、あまりにも独りよがりの悪魔への譲歩になる。私は命を賭けて巣を守り内臓の飛び出た神の戦士蜂（a soldier-bee）なのだ。私にはその命が要る」（2007-11）。これらはもはや立証ではなく感情である。

アリストテレスはそれまでの弁論が論証を軽んじ、感情どころか激情に訴える傾向になったことを批判している（I, i, p.5）。したがってアリストテレスは立証の方法としての質問の仕方は詳述しているものの（III, xiii）、感情に訴えるのに有用な修辞疑問については言及しない。しかしグイードは序論から立証に至るまで修辞的な疑問文を多種多様に使用した。グイードはアリストテレス以前に逆行し、アリストテレスによって批判されたタイプの立証を行ったと言える。さらにこの感情的説得力が一つの大きな問題を生み出す。

命の木にからまる蔦や蛇のイメージで、ポンピリアがグイードにとって「泥棒・毒を盛る者・姦通者」"thief, poisoner and adulteress"（1975）であって、「極悪な」"heinous" 女以外の何者でもなかったと納得した。すると、にわかに論理矛盾として立ち返ってくるものがある。陳述において、配下四人と共に襲った家の戸を開けたのがヴィオランテでなくてポンピリアだったら犯行を思いとどまっていたろう、とグイードが述べた、その言葉である。

> Had but Pompilia's self, the tender thing
> Who once was good and pure、was once my lamb

> And lay in my bosom, had the well-known shape
> Fronted me in the door-way—stood there faint
> With the recent pang perhaps of giving birth
> To what might, though by miracle, seem my child,—
> ....
> ..., I had paused.（1638-48）

「かっては善良で純真で、私の胸に子羊のように横たわっていた、たおやかなポンピリアが見慣れた姿で戸口に立っていたのなら、奇跡によっては私の子かも知れぬ赤子を産んで産褥(さんじょく)にやつれた姿で立っていたのだったら…、犯行を思いとどまっていた」と、グイードは述べていたのである。人間が論理だけに従うのではない厄介な生き物だということは認めても、慈しんだ過去の思い出に由来し死をもとどめるこの憐憫(れんびん)の情が、犯行後に示す絶対の憎悪とどう結び付くのか大きな疑問となって残る。

Ⅴ 「結び」"Peroration"（2012-2058）

　アリストテレスは結びに関して、重厚な構造のものを提示している。それは4つの部分、(1)聞き手の好意を引き出すこと、(2)自分を持ち上げ相手を引き下ろすこと、(3)聞き手を感情的にすること、(4)要約すること、からなるとしている (p.467)。しかし、グイードは相手を感情的にすることのみを意図したと思われる。
　彼は無罪放免を先取りして、まず家族の平穏をどのように回復するかに言及した後、唐突に「息子をくれ」と言う。

> Give me—for last and best gift—my son again,
> Whom law makes mine,—I take him at your word,
> Mine be he, by miraculous mercy, lords!（2026-28）

「私に下さい──最後で最良の贈りものに──私の息子を、法律が私の子としているのですから、──彼が私の子であるなら、あなた方の言葉に従い、奇跡ともいうべき慈悲によって、私は彼を引き取ります、諸卿よ！」。子ど

もの出生の知らせが殺人の動機であったことは、彼の劇的活写の手法によって読む者の記憶に確実に入力されている。そのまさに動機であった子どもを、与えてくれ、と言う。これは何としても受け入れ難い非論理である。だがそれが確かにグイードの言葉であってみれば、不義の子の出生の知らせに逆上したという先の話は白々しいものとなり、グイードに対して抱いた同情や痛みの思いは雲散霧消する。グイードはさらに、その子の若さ・あどけなさによって暗かった館を浄め輝かせ、よりよい日の目にも会うだろう、と言うのだが、「よりよい日」"the better day" とは、いろいろ勿体らしいことを言っても要するにその子が相続するコンパリーニ家の財産によってうまい汁を吸おうということではないか、という苦々しい勘ぐりを誘う。自分を無罪放免にしたらローマは再びユートピアになり、正直な女と強い男、それに裁判官諸公のような聖化された聖職者で満ちるだろう、とグイードは打ち上げたあと、いずれその子を右手に据えてこの殺人の出来事を語って聞かせると続ける。そしてその締めくくりとして、「人間業ではできぬことであった。それでも、神と法とを信じて敢行した。そしてよしとされた、神と法とをたたえよう！」と言うのだと言う。

> ..."The task seemed superhuman, still
> "I dared and did it, trusting God and law:
> "And they approved of me: give praise to both!" (2050-52)

子の実母と養祖父母を殺した経緯、その有り様を叙するのに、どんな言葉が使われ得るのだろうかと、いぶからずにはいられない。さらに次のように、その子が接吻をしようとしてグイードの手の傷を見てぎょっとした時に、笑いながら言って聞かせると約束する言葉が、この弁論の最後のものとなる。

> And if, for answer, he shall stoop to kiss
> My hand, and peradventure start thereat,—
> I engage to smile "That was an accident
> "I' the necessary process,—just a trip
> "O' the torture-iron in their search for truth,—
> "Hardly misfortune, and no fault at all." (2053-58)

「それは裁判官たちが真実の探求にちょっと仕掛けた拷問の鉄輪が滑ったもの、不運とも言えず、科(とが)などというものではさらさらない」。それは、大いなる許しを示したつもりの言葉であって、明らかに、掌に残る十字架の傷跡によって神の全き許しを象徴するイエス像を、なぞっている。すると子どもを右に据えたグイードは、イエスが右に座す神ご自身をなぞってさえいるのだと分かる。かくてこの最後の6行は、すでにグイードが人として許されない領域に入り込んでいることを一挙に明らかにする。グイードがしばしば神を引き合いに出すことは既に述べた。自分をその神の戦士蜂になぞらえるのもよい。しかし仮にも教会に連なったことがあり旧約聖書からの引用もほぼ的確にできる人間が、偶像を作ることさえ許さぬ唯一絶対の神と自分とを同一視することは狂気の沙汰である。

　殺人のためにローマに来ながら9日間を空費した経緯を、グイードは「陳述」において、クリスマスの喜びを告げる鐘の音と聖なる御子の顔が決意を鈍らせたせいだと説明した。「しかし次第に喜びがうすれ消え去った。御子の顔が、早くも盛り上がって荒れ、皺だらけの荒廃した老年と苦悩と死へと沈み、それから霧のように消えた、そして最後に十字架だけが現れ、私と恐るべき義務との間に介在するものがもはや何も残らなかった。天使たちの歌"地に平和を"に代わって、次第次第に大きく響きわたったのは"おお主よ、いつまで、いつまで復讐はなされないのですか？"だった」(1602-10)。この時、ここに、なぜ十字架の出現なのかは解き難い判じ物であった。だが、グイードが拷問の傷跡とイエスの十字架の傷跡とを同一視することを知ってみると、その場合のグイードはゲッセマネの園のイエスに自分を重ね合わせていたのだと分かる。祈るイエスから離れて眠りこける弟子たちは、グイードにとっては行動に出ようとしない主人をいぶかりつつ暖炉を囲む配下たちである。イエスが出来ることなら免れたいと願った「恐るべき義務」"the dread duty"とは、すべての人の罪を背負って十字架に死ぬことであり、グイードにとってのそれは、妻とその老養父母を殺すことであった。それはまるで違うことである。何に喩えようもないほどに違うことである。それにもかかわらず、十字架を持ち出すことによって、その二つを似たものにしたグイードの恐るべく歪んだ意識が浮かび上がる。

このようにして結びの最後においてグイードの言葉と精神構造に対する不信は決定的になる。そして「陳述」において十分にポンピリアらを非難することができなかったのは、非難するべきものが実はあまりなかったことの反映ではないのかと思うに至る。正気の域を越えたエゴが憎むべきでない者を憎み、相手の抹殺を願う心と利得の欲望とが結びついた結果の事件であったと、確信するに至る。

アリストテレスは弁論術が有用であるのは、真実なものと正しいものとが本来それらの反対のものより優れているためである、と言う (I, i)。真実と正義とに悖り、その基本的な力の要素を欠いているのだから、グイードの弁論の失敗は必然であることになる。

One Word More

アリストテレスは、人生の盛りを過ぎた人間の特性を「過度に利己的」"unduly selfish" で高貴なもののためでなく利得のために生きると述べている (p.253)。ブラウニングがグイードを実際よりもはるかな老齢に仕立てたことは、グイードの犯行の利己的動機をいっそう明確にするためではなかったかと推測される。

注
1. 非常に鋭い洞察である。"As a satanic character, Guido is the most human in literature, and by that very fact, one of the most terrible. On the other hand he is also portrayed ... as a comic anti-hero. Strikingly unhandsome, indeed contemptible in appearance and manner, this inexpert schemer is also mean, cowardly, failure-prone. Many of the situations in which he figures have their comic side: the penuriousness of his family, his inability to make headway in the church, his Boccaccian May-December marriage, his Byronic pursuit of his escaped wife and her friend the priest across the Italian countryside, his discomfiture at Castelnuovo, his climactic ill-luck when his flight to Arezzo after the murders is foiled by "the one scrupulous

fellow in all Rome."
2. "a long-lived, well-preserved sacredly guaranteed tradition of patriarchy."
3. バックラーは2026行からの赤子に関する部分を「大げさに感情的な結び」"an unctuous peroration"として言及している (p.132)。実は、いずれにせよ、この辺りに境界となるべき詩節としての切れ目がないのである。アリストテレスは、結びの1要素として「要約すること」を挙げているから、グイードが自分の人生を総括する部分を要約とみなし、サリヴァンの名付ける論駁と、立証の箇所すべてを結びに組み入れることも不可能ではない。しかしアリストテレスは事件の陳述と立証が大切で、他のことは些事だとしているくらいだから、大切な部分を縮小するこの考え方は廃さざるを得ない。
4. (I, xiii, p. 147) "And it is equitable . . . to look . . . not to the action itself but to the moral purpose; not to the part but to the whole ; not to what a man is now、but to what he has been、always or generally; . . . to bear injury with patience; to be willing to appeal to the judgment of reason rather than to violence; . . ."

第6巻「ジュゼッペ・カポンサッキ」
"Giuseppe Caponsacchi"
——人間的なヒーローの造形

　『指輪と本』の一巻ずつが、それぞれ一冊の小説世界を構成すると指摘されるのだが、米国生まれの英国作家である*ヘンリー・ジェイムズ（1843-1916）は、自分が小説にするとしたら、カポンサッキの意識を中心に据えた一巻ものにすると言う (p.30)。ジェイムズにそのような光栄ある位置を約束されたカポンサッキであるが、実在した人物としては資料の『古い黄表紙の本』に供述書を残していて、その概要は次の通りである。「用事でローマへ行くことにしていたら、それを伝え聞いたらしいポンピリアから同行を求める手紙がきた。そのような危険を冒す気はないと、使いの女中を通して断った。しかし通りかかる折々に要求を繰り返す手紙が投下され、そのような手紙の一つが夫の手に入り、妻を殺し相手には復讐をすると騒いでいると聞き、自分の災いも払うためポンピリアの要求に応じる決意をした」(OYB, pp. 91-93)。
　作品上の人物像に関しては、出版当初から熱血果敢の青年僧とみるものと、王女を龍から救った伝説の聖ジョージを気取って失敗しただけの男とみる二つの流れがあり、現代の研究者の中では、理想像をみる側の極にブラディがおり、辛辣な側の極にスリンがいる。私自身はその両方の側に揺れ続けたが、結論的には弱さや滑稽な面を抱え右往左往しながらも、よりよく生きたいという願いを失わなかった、つまりきわめて普通の人間としてブラウニングはカポンサッキを造形したと考える。「ヒーロー」"hero" をさっそうとした人物の意味で用いるなら、カポンサッキはヒーローとしては造形されなかった、ということになる。

＊　ホラー気味の小説『ねじの回転』が1961年に映画化されています。医師・心理学者・哲学者としてプラグマチズムで知られるウィリアム・ジェイムズは彼のお兄さんです。

I 「本」から「指輪」へ

　カリフォルニアの判事であったゲストは法律の専門家の立場から資料を検証し、カポンサッキは副助祭（sub-deacon）で聖職にはあるものの供犠を執行する"priest"ではなく、貴婦人たちとかかわりを持つ頑健な街の若者に過ぎなかった、と言う（p.9）。ポンピリアの供述書では、カポンサッキが家の下の道をしばしば通り、また劇場で親族のコンティが砂糖菓子を投げてよこした時にコンティのそばに座っていたせいで、夫グイードの疑惑と怒りと虐待を招き、他に頼る人もないので、「決然たる人物」"a resolute man"と言われる彼に助力を乞い、やっとのことで応じさせることが出来た、となっている（OYB, pp. 91-3）。ポンピリア擁護のパンフレットでは、コンティとグイードの縁続きになるグイッリキーニとがポンピリアから助力を求められ、コンティが自分にはできないけれど友人であるカポンサッキならと推奨し、かつ本人に話してみたところ、当初は断ったけれど憐れをもよおして引き受けた、という事情で言及されている（OYB, pp. 72-82, 215）。このパンフレット上では、カポンサッキは正直（honesty）、慎み深さ（modesty）、廉直（integrity）の徳目と並置されるが（pp. 216, 246-7）、グイード擁護のパンフレットでは「猛々しい性格」"fierce nature"の持ち主などとされる（pp.121, 189）。本人の供述書だけから浮かび上がるのは、身分の低い副助祭に過ぎないこともはっきりと言う明快で実際的な人物像である。1773年5月26日生まれで、1797年4月の逃亡事件当時はまだ24歳に達しておらず、若かったことは事実である。容貌に関する資料はなく、誤解を招きやすい危険な仕事に推挙された点から、無骨なタイプではなかったかと推測される。

　このような資料の「本」から詩としての「指輪」に変換するに際して、ブラウニングはカポンサッキに対して3点の改変を行った。(1) 身分と容貌を格上げし詩と音楽の才能を付与、(2) その家系に有徳の司教を配置、(3) 男ばかりの兄弟の末子で母の命と引き換えに生まれたという出生事情の案出。このような設定からは、彼がロマンティックなヒーローになる可能性は大である。しかし、流刑地から呼び出されてグイードの犯行を告げられ、衝撃のう

ちに裁判官たちを前にして語る時、それは、彼を混乱させ、滑稽の方向にさえ向かわせる要素となる。

（１）身分と資質の格上げ

コンティは貴族であることが資料のなかで明記されている（p.81）。カポンサッキはそのコンティと血脈があるとされているから、いちおう貴族ではある。そのカポンサッキを、ブラウニングは第１巻で第一級の貴族とし、それもハンサムで詩才に富む若者として、念入りに紹介をした。

「若くフランクでハンサムな宮廷向きのカノン（司教座聖堂参事会員）」"The young frank handsome courtly Canon"（I. 383）

「聖ジョージのように輝く鎧に身を包み、再び飛び出してきたのは、若く善良で美しい聖職者」"in a glory of armour like Saint George, Out again sprang the young good beauteous priest"（I. 585-86）

「さらにいっそう高貴な生まれの聖職者にして、またアレッツォの人」"a priest, Aretine also, of still nobler birth"（I. 792-93）

「若くフランクで容姿端麗の聖職者」"the young frank personable priest"（I. 1022）

「ソネットを作り、リュートを弾く人々の中の貴公子」"A prince of sonneteers and lutanists"（I. 1030）

容貌の良さを示す形容詞 "handsome," "beauteous," "personable" が繰り返され、それと並んで "frank" が繰り返されると、普通は「率直」を意味する形容詞が「奔放」の気配を帯びる。また、宮廷夫人たちに詩歌でお相手をする者として、聖俗相反する役目に操られる人形（puppet）である、とも紹介されていた（I. 1019-26）。

第６巻に登場したカポンサッキは、名門で聞こえたローマのサルヴィアーティ家も一分家に過ぎないほどの「古く立派でアレッツォに並ぶもののない家柄だ」"Oldest now, greatest once, in my birth-town Arezzo, I recognize no equal there—"（223-24）と出自を誇る。ブラウニングが愛読したダンテの『神曲』天国篇に「当時すでにフィエゾーレから市場の辺りへ／カポンサッコは降りてきていました」（第16歌、p.306）というのがあり、それをカポンサッキの先祖に流用したと考えられる。第5巻のグイードも貴族の身分を強調したが、それは裁判官から同情と赦免を引き出すためであった。カポンサッキは、自分の真実を、引いてはポンピリアの真実を示すための一つの可能な武器として身分を使うのだ（225）、と断る感覚の持ち主である。例えば、カステルヌォーヴォで逮捕された時のことがある。次の引用は逮捕の警官に向かって彼が用いた弁舌である。

  ".... What I say,
  "Slight at your peril! We are aliens here,
  "my adversary and I, called noble both;
  "I am the nobler, and a name men know.
  "I could refer our cause to our own Court
  "In our own country, but prefer appeal
  "To the nearer jurisdiction. . . . "（1571-7）

「私の申すことを軽んずるなら危険を覚悟するがよい。グイードも私もこの土地の者にはあらず、共に貴族と呼ばれているが、私の方が上位で人に知られた名前の者である。故郷の法廷に申し立てることはできるのだが、近い方の法域に訴えることを選ぶのだ」。実際、アレッツォの法廷は欠席裁判をしてポンピリアを監獄への終身刑とし、妻を追い出してその婚資だけを取り込みたいグイードにはもっとも好都合な判決を下している。したがってこの時どちらへ連行されるかは運命をわける問題であった。ブラウニングはカポンサッキを高位の貴族にすることで、官憲に対して圧力を掛ける材料を適切に彼に提供したと言える。

（2）有徳の大叔父像
 ブラウニングは、カポンサッキの家系に有徳の司教（Bishop）がいた、という設定をした。大叔父に当たる人で、司教としての歳入を貧しい人に与え

尽くし、一方、市民に銅像を引き倒された大公が町を廃虚にすると憤激しているのを宥(なだ)めて、平和的解決をもたらす政治力のある人でもあった。このような人物像を聖職の原点として与えられたカポンサッキが、司教の卵と呼び慣らわされて聖職者になるのが当然ではありながら、いざ誓願を立てる時がくると、自分にそのような高潔な生き方ができるかと怯(ひる)まざるを得なかった、というのは想像できることである。それを「案ずることはない、今の時代は殉教者など必要としてはいないのだ」——つまり教会にとって必要なのは、高位の家の女性たちの心を捉え金と力の援助を引き出し得る者であり、だから容姿と作法と詩才があれば重畳(ちょうじょう)、と先ず62行を費やし、誓願の後になお40行、計102行を費やして懇切に指導したのが教会の長老たちである。以下は比喩を用いて華麗に展開されたその詭弁の一例である。

"Saint Paul has had enough and to spare, I trow,
"Of rugged run-away Onesimus:
"He wants the right-hand with the signet-ring
"Of King Agrippa, now, to shake and use. (317-20)

「聖パウロには、むさ苦しい逃亡奴隷のオネシモなどはもうたくさんだ、と私は思う。彼が欲しがっているのは、握手すれば役に立つアグリッパ王の指輪をはめた右手なのだよ」。ローマの獄中にあったパウロが、彼に仕えていたオネシモをコロサイへ送り返したのは聖書の事実である（ピレモンへの手紙 10章18-19節）。またパウロはアグリッパ王の前で熱弁を振るってもいる（使徒行伝 26章1-18節）。したがって長老の話の筋は一応通っているようにみえる。しかしパウロは病気になったオネシモにピレモンに宛てた添え書きを持たせ、「愛する兄弟として迎えて欲しい」と珍しく自筆で切々と頼んでいるのである。またアグリッパ王に弁明を許されると、イエスの出来事と自分の回心の経緯[1]を語った。それは宣教の熱弁であって、世俗の金力と権力を利用しに掛かったものとは、天と地ほどの違いがある。ほんとうの意味が分かっていながら、際どいところで論理をねじ曲げ、本来誠実な若者を操って踊らせた教会の姿には慄然とさせるものがある。ダンテは『神曲』に「もしこの世で一番道を踏み外した人々が」いるとすれば、それは「教会の人々

だ」(『神曲』煉獄篇第 6 歌91行・第16歌129行) と記している。『神曲』のこの詩行がこの時ブラウニングの脳裏にあったのではないかと思われる。[2] かくてカポンサッキは「役立たずの洒落者」"A fribble and coxcomb" (340) として生きることになる。

(3) 出生の事情

　ローマへの旅の途上でポンピリアは、カポンサッキの優しい心遣いはどのような女性に囲まれて育った結果だろうかと、とつぜん尋ねる。

　　"Have you a mother?" "She died, when I was born."
　　"A sister, then?" "No sister." "Who was it—　(1230-31)

「お母様は？」「私が生まれた時に死にました」。「それじゃ、お姉様が？」「姉妹はいません」。「それじゃ、誰が——」。　この問答から、カポンサッキが男ばかりの兄弟の末子として母の命と引き換えに生まれたことが知られる。ブラウニングによるこの設定は、彼がポンピリアの姿に啓示を受けたという作品上の事実をかなりよく説明するものになる。

　カポンサッキにはある種の直覚力が働くことがある。ポンピリアからと称して届いた手紙を彼は直ちに偽造と断ずるのだが、彼女がほんとうに文盲であるとしたら、[3] 彼はその事実を知らないし、知らないからこそ、その直感の正しさは疑問の余地がないと言える。その鋭い直覚力があって、そして聖職の原点に高潔な大叔父像があるから、教会の操り人形にはなったものの、役立たずの洒落者 (a fribble and coxcomb) としての生き方に心の深層で疑問を持ち続けたことは想像できる。その疑問が 4 年の潜伏期間を経て、同じ 4 年を苦悩のうちに生きてきたポンピリアの姿を触媒として顕在化したのだ、と解釈することは十分に可能となる。そのポンピリアが亡き母のイメージと重なるならましてやである。

　ある夜、修道士仲間のコンティと劇場にいた時に、ポンピリアが入ってきて席に着く姿を見た。その体験の質を伝えるために彼は次のような比喩を用いる。「昔、教会であくびをしながら朝のお勤めをしていた時、ポーターたちが大荷物を運んできて祭壇の上に置いた、板が取り払われて、中のものが

高々と残った。すると見よ、次に目を遣るとそこにはラファエルがあった！」

> It was as when, in our cathedral once,
> As I got yawningly through matin-song,
> I saw *facchini* bear a burden up,
> Raise it on the high-altar, break away
> A board or two, and leave the thing inside
> Lofty and lone: and lo, when next I looked,
> There was the Rafael! . . . (400-06)（原文斜字体）

ポンピリアがラファエルの描く聖母と見えたのなら、それは彼がついに会うことのなかった母への強い思慕を誘うものであったろう、と納得することができる。

II　奔放な若者たち

　当時の退廃的な上流階級の姿が、第4巻「第三の男」"Tertium Quid" の語りに折々うかがわれた。ここでは、貴族出身で食うに困らぬ若い聖職者たちの奔放さが、ポンピリアと出会うまでのカポンサッキと、そしてとりわけコンティの姿を通して生き生きと提示される。資料から、コンティは兄嫁の実家であるグイードの家に出入りし、ポンピリアの苦境も熟知して同情しているが、自分の立場と能力を弁えて、救助のためには信頼できる人物としてカポンサッキを推薦した、と読み取れる（OYB, pp. 81, 215）。コンティはグイードの殺人行為のあった1月に死んでおり、いたずらっ気はあるものの心優しい病弱な人だったと考えられる。

　作品上のコンティは、「ちびでぶのカノン」"Fat little Canon Conti"（589）とロマンティックでない体型を与えられていて、若気の至りの奔放さに満ちている。彼はカポンサッキが初めて見るポンピリアの「若く、丈高く、美しく、不思議で、悲しげな」"young, tall, beautiful, strange and sad"（399）姿に心を奪われているのに気がつくと、振り向かせてやるよ、と砂糖菓子を紙にひねってポンピリアの膝に投げて命中させ、同時にカポンサッキの後ろに

回って肩越しに頷(うなず)いている敏捷さである。「やあ、グイードがいるよ、色黒で陰鬱で小さい奴だ、こっちを見てる——お前は眼を移しておくれよ、あっちの尻軽女たちの格好のよい下肢の方に、気晴らしにさ！ 砂糖菓子を投げたのはまずかった。よい考えよ、浮かんでおくれ！ よし、明日は挨拶に行って、嘘も交えて、なろうことならお前を連れていく手段も探ってこよう」

  "Hallo, there's Guido, the black, mean and small,
  "Bends his brow on us—please to bend your own
  "On the shapely nether limbs of Light-skirts there
  "By way of a diversion! I was a fool
  "To fling the sweetmeats.　Prudence, for God's love!
  "Tomorrow I'll make my peace, e'en tell some fib,
  "Try if I can't find means to take you there."　(427-33)

頭文字が大文字で前景化している「尻軽女たち」"Light-skirts"は、このような場面でコンティとカポンサッキが使う3例がブラウニング全作品中の用例のすべてである。傑作は、翌日の晩禱時、ラテン語の讃美歌を歌いながら、その合間に事の首尾をカポンサッキに報告する仕方である。「Inex-cel-sis——ダメだったよ、下手に出たんだけど、お前が見つめてたのを知っててさ——quia sub——…やりようがない訳じゃないけど、あの人がひどい目に遭うんでね——jam tu——あっちの小柄な尻軽女で間に合わせておいてよ——in secula Secu-lo-o-o--orum.…ご立派な奥方とも付き合いがあるってのは衆知のこと、うまくやって両方を手にお入れよ」(438-50)。ただしカポンサッキがこの部分を裁判官を前にして再現してみせる場面を想像するのは相当に困難である。

 カポンサッキの方も、貴夫人の扇の合図に招かれ、祭壇の前で熱心に祈る修道士につまずいて罵ったり、聖職者仲間の一人にお勤めを押しつけ、相手がむくれていると下僕から非難されたりしている。また届いた恋文を偽造と見破り、相手の手に乗ると見せて実は逆にとりひしぐべく、口上を用意し棍棒を片手に近づいて行く。こうした場面から、野放図で腕白な、社会的に甘やかされたエリートの卵たちの姿が浮かび上がる。

第6巻「ジュゼッペ・カポンサッキ」　163

　カポンサッキはこの頃の自分を「役立たずの洒落者」"a fribble and coxcomb"と後に自嘲することになる。彼をそのような生き方へと導いたのは、前述のとおり教会の詭弁であった。しかし、その詭弁に屈したことは彼の知性の弱さを示すものでもある。事実、彼の弁明はたびたび論理的説明でなく感情的な喩え話になる。グイードの家の女中がポンピリアからだと恋文を届けに来ると、彼は直ちに、それがグイードの仕掛けた罠で、女中はグイードの手先であると決めつける。そしてグイードの鼻を明かす態の返書をしたためたと言う。裁判官の一人が「もしポンピリアの書いたものだったら？」"What if she wrote the letters?"（666）と、もっともな質問をする。それに対する彼の答えは次の通りである。「博学の諸氏よ、われわれの教会に一枚の絵があると申し上げた。もし野卑な会堂守がすり寄ってきて、棒の先に突き刺したさそりをのたくらせ、この毒虫はラファエルが描いたマドンナの口から出てきたのですよ、と言ったとする。そしたら私は、おまえの魂がおまえの尻から出てきたものであろう、似たものが似たものから出てくるのだ、と言ってやりますよ」

> Learned Sir,
> I told you there's a picture in our church.
> Well, if a low-browed verger sidled up
> Bringing me, like a blotch, on his prod's point,
> A transfixed scorpion, let the reptile writhe,
> And then said "See a thing that Rafael made—
> "This venom issued from Madonna's mouth!"
> I should reply, "Rather, the soul of you
> "Has issued from your body, like from like,
> "By way of the ordure-corner!" （666-76）

これは質問に込められた批判もしくは揶揄に対するしっぺ返しで、自明のことだと感情的に突っぱねているのであって、説明になっていない。しかも使用する比喩が野卑であるのは否みようがない。
　比喩を、それもしばしば野卑に堕すものを用いて答えるのがカポンサッキの常套手段のようになっている。法廷に提出された恋文がポンピリアの書い

たものか否かに関して、供述書のカポンサッキは「慎み深い女性がそのような不謹慎なものを送ったと言い立てる相手方に驚嘆する」(p.98)と実直に述べている。それに対して、ブラウニングのカポンサッキは「パスキン[4]が作って町中に張られているあのひどいものを教皇が書いたと言えるのなら、彼女がそれを書いたのだ」、という答え方をする。

"She wrote it when the Holy Father wrote
"The bestiality that posts throu' Rome
"Put in his mouth by Pasquin." (1656-58)

自分のものだとされる二通の手紙に関して、一つは筆跡を真似ているが、もう一つは似てさえもいない、という言い方は供述書に準拠している。しかしその後に聖ヨハネと、異端の文書でモーセ、キリスト、モハメッドの三人を詐欺師とするものとを組み合わせてみせて、それが成り立つなら「私は（異端の文書に）似合いのこれを書いたのだ」、と肯定の形で言い迫る。

" . . . When Saint John wrote
"The tract *De Tribus,*' I wrote this to match." (1666-67)

（原文斜字体）

この辺りのカポンサッキは嫌味である。

III　豹変するカポンサッキ

　劇場でポンピリアをマドンナと見た体験が契機となって、彼はコンティが唆す人間の「軽いスカート」"Light-skirts" よりも寺院の中で尖塔窓のステンドグラスを夕日が神の衣の「藻裾」"a skirt" に変えるのを眺めているほうがよい、と思うようになる。教会の長老からは「伯爵夫人たちの所へも行かず、一日中祈禱にうつつを抜かして、ずるけているとは何事か、異端のモリノ教徒にでもなったのか？」と叱責を受ける。「クリスチャンになったとしたらどうでしょうか？」と皮肉を返した後、ローマへ、「考える司祭だと言われる不思議な教皇」"a strange Pope,—'t is said, a priest who thinks"

(478)のいる所へ行こうと決心をする。この「不思議な」"strange"を本人は自分に向かって本気で使っているので、いわゆるの皮肉ではない。それだけに「普通の教皇は考えない」という本人は意図しない劇的アイロニー（dramatic irony）となり、哀切な思いを誘う。

「不思議な」"strange"という形容詞はポンピリアのいわばキーワード[5]でもある。以下の引用は、ポンピリアがカポンサッキに向かって自らの生涯を総括するときの言葉で、見ず知らずのカポンサッキが救助者なのも、いわれのない夫の憎悪や虐待も不思議（strange）なのである。上下の押韻位置とその直前の1個と合わせて3個の"strange"が圧倒的である。

"That it is only you in the wide world,
"Knowing me nor in thought nor word nor deed,
"Who, all unprompted save by your own heart,
"Come proffering assistance now,—were *strange*
"But my whole life is so *strange*; as *strange*
"It is, my husband whom I have not wronged
"Should hate and harm me.... (755-61)

「私を思いにおいても言葉においても行為においてもご存じなく、あなたご自身の心の他には促すものがまったくなく、今助力を申し出てくださるのが広い世界にあなた一人だということは——不思議なことでしょうね、もし私の全生涯が、私が傷つけたことのない夫が私を憎み虐待するのが不思議なのと同じほどに、不思議というのでなければ」。ポンピリアは続ける、「グイード自身の魂のために虐待は止めさせなければ！　でもそれ以上の、しかももっとも不思議なことがありますの（But there is something more, And that the strangest）。それは私のためでもあって、しかも私のためでなく、——これは謎（a riddle）なのです——あなたと同様に私にもはっきりしない、それでも呼吸するのと同じくらい確かな、何かのため（for some kind of sake）なのです——私は喜んで生きますわ、死ねない、ああ、そうなの、死ねないのです！（I would fain live, not die—oh no, not die!）」(761-68)。これは妊娠がまだ明確になる前の段階で時に女性が持つ不思議な予感もしくは母性

の本能を言い当てている。

　この語 "strange" を、カポンサッキ自身も初めて見たポンピリアの印象として繰り返し用いる。

> 「若く、丈高く、美しく、不思議で、悲しげな貴婦人」
> "A lady, young, tall, beautiful, *strange* and sad"（394）、
>
> 「美しく悲しげで不思議な微笑を浮かべていた」
> "smiled the beautiful sad *strange* smile"（412）
>
> 「その美しく悲しげで不思議な微笑を一度も変えなかった」
> "And not once changed the beautiful sad *strange* smile"（436）
>
> 「グイードの悲しげで不思議な妻」
> "the sad *strange* wife Of Guido"（493-4）

カポンサッキがポンピリアの本質に対して、不思議な直感と洞察を持つという印象がある。ポンピリアの名前で届いた恋文を、彼は同様の不思議な直感でグイードの偽造と断じて取り合わない。ところが、次々に舞い込む手紙のトーンがある日変わり、「あなたの身の危険となるから近づかないように」とある。するとカポンサッキは、供述書のカポンサッキが公道を通るのがなぜ悪いかと反発したように、道路は万人のものだと腹を立て、気が向けば今夜にも出掛けていく、と返書する。その手紙は手先の女中を介してグイードに届くはずで、したがって当然待ち伏せるであろうグイードを意識して彼は近づく。その家の窓に、黒く四角い枠に縁取られ、ランプを手にしたポンピリアが立っていた。

> ...—and there at the window stood,
> Framed in its black square length, with lamp in hand,
> Pompilia; the same great, grave, griefful air
> Stands i' the dusk, on altar that I know,
> Left alone with one moonbeam in her cell,
> Our Lady of all the Sorrows....（702-7）

それは再び悲しみの聖母のイメージである。「私が知っている祭壇の上に、一筋の月光を浴びて取り残され、薄闇の中に佇む悲しみの聖母と同じように、気高く、ゆゆしく、悲しみに満ちて」。いったん姿を消したそのポンピリアが今度はテラスに現れて、全身を目と耳にしている彼に、苦境を語り、彼の真実を信じて救助を頼むのだと訴える。この時、誰に妨げられることもなく彼女が長い話を語り得たのは、後にカポンサッキが言うように神のご意志と言うほかはない。グイードと渡り合うことのみを考えていたカポンサッキは、直ちに救助を請け合う者に変貌する。

　その夜、衝かれたように街を彷徨したあと会堂に戻った彼は、「おまえは石の教会と結婚したのではなかったか」と言う声を聞く。それは彼の内心の声であり、要するに自問である。そしてポンピリアに仕えたいという思いを犠牲にすることこそ真実の犠牲の行為なのだ、という答えを出す。彼は再び変貌し、逃亡の準備をする約束を反故にして2日間を無為に過ごす。水晶の魂（the crystaline soul）だと彼が称するポンピリアは彼に対する訴えの終わりに、「失われる1分が命にかかわります」"Each minute lost is mortal."(880)と言ったのである。彼女のこの言葉を何と受け取ったのか、彼の話の辻褄の合わなさぶりには呆然とさせるほどのものがある。2日間の出立の遅れがあったのは史実で、供述書のカポンサッキは馬車の手配ができなかったためとしている。ブラウニングのカポンサッキの言うところはこうである。「私は聖職者である。神に仕えることは彼女に仕えること、私がしなくても彼女の創造者である神が、何か新しい方法で、もう一つ奇跡を起こして彼女をお救いにもなるだろう。たぶん私は祈っていればよい」

　　　" . . . . I am a priest.
　　　"Duty to God is duty to her; I think
　　　"God, who created her, will save her too
　　　"Some new way, by one miracle the more
　　　"Without me.　Then prayer may avail perhaps."(1029-33)

そのあと、世間やグイードが怖くて約束を違えていると彼女が誤解をしたらどうしよう、と心配にはなる。しかしそれも神に任せよう、と考えて動かな

い。また、何もしないことによって彼女をスキャンダルから救っている、これは知恵ある行動であるとも考える。このように念入りに描かれているのは、実はブラウニングが『男たちと女たち』中の一編「彫像と胸像」で糾弾した延引（procrastination）の行動様式に他ならない。カポンサッキに似て、ブラウニングもその実人生で手紙を通して交渉の始まったエリザベス・バレットをただちに真実と認め、愛した。そして父親のバレット氏が11人の子どもたちの誰にも結婚を許さず、エリザベスの健康上必須の転地さえ認めようとしないのを知ると、秘密裡に結婚と駆け落ちとを敢行した。経済的にエリザベスの財産に頼らざるを得ない事情にためらいはあり、後にエリザベスの兄弟たちからお金の為に結婚したという非難を浴びさえした。しかし延引はしなかった。したがって、ブラウニングが彼のカポンサッキにさせたこの奇妙な竣巡が何を意味するのかは、非常に大きな問題と思える。ブラディは教会が聖職者の意識に叩き込んだ女性を悪の化身とする教理のせいだとしている（p.75）。しかし、彼が男性としての欲望も含めてポンピリアへの恋に落ち、知力の不足に加えて聖職者としての意識が働くため、自分の状況に十分な省察が持てず混乱したのだ、と考える方が劇的必然性を持つ。

　救助の役割を引き受けるに至った出来事に関する彼の認識は、次のように感覚的かつ神秘的、ないしは不可解なものであった。「突入してくる新しいものに対して受け身に私は横たわった、私を閉じこめていた外側の壁も、私を引き下ろしている世界の内部の重みも、古いものは押し流された。死とは大地を蹴って天空へ飛翔すること、立派に死ねばそれができるのだ。*死とは命の心臓であり、いままで危害と思い愚かにも蹲（うずくま）って避けようとしていたものが、実は知恵を尽くして摑もうとしていた良きものを隠すヴェールであることが分かった」

> By the invasion I lay passive to,
> In rushed new things, the old were rapt away:
> Alike abolished the imprisonment
> Of the outside air, the inside weight o' the world
> That pulled me down. Death meant, to spurn the ground,
> Sour to the sky, —die well and you do that.

Death was the heart of life, and all the harm
My folly had crouched to avoid, now proved a veil
Hiding all gain my wisdom strove to grasp:（947-56）

砕いて言えば、供述書のカポンサッキと同様に、そのような危険に身を晒したくはないと思っていたが、世間的には死を意味するその危険の中に、生命があり天駆けるほどの喜びがあると分かった、というようなことだろうか。もっともらしいが意味不鮮明である。例によっての喩えが以下の引用である。

As if the intense centre of the flame
Should turn a heaven to that devoted fly
Which hitherto, sophist alike and sage,
Saint Thomas with his sober grey goose-quil,
And sinner Plato by Cephisian reed,
Would fain, pretending just the insect's good,
Whisk off, drive back, consign to shade again.（957-63）

ろうそくの火に飛び込もうとするのが蛾ならともかく、「献身的な蠅」"that devoted fry"というのは変である。[6]ギリシャの哲学者プラトンは世俗の知恵を代表する"sophist"（学者）で、トマスは中世ローマ・カトリック教会の大神学者だったトマス・アクィナス、信仰の知恵を代表する"saint"（聖者）である。「そのどちらもが蠅の身のためを装って、実は天国である炎から遠去けて、陰の世界に押し戻そうとしていたのだ」と言う時に、前者はセフィス河で採れた葦のペン、後者は灰色の鷲ペンで、と蠅を追った筆記具にまで言及するのは理屈に過ぎると思う。しかし、考え直して実際に蠟燭を点して、よく考えてみた。薄く広い羽を持った蛾がヒラヒラとその火に飛びこめば直ちに焼け焦げるだろう。だが蠅なら炎に突入して、中心部分の暗くなにかありそうなところまで辿り着けるかも知れない——しかし、そこでも温度は摂氏400-600度、とても生きて悦楽を味わえるところではない。

ともあれ、カポンサッキは続けて、先触れの苦痛によって新しい世界に入

＊　死はまさに命を成り立たせている、そのもの…という意味です。

りかけているのが分かった、と言い、常套手段の比喩を添える。

> As when the virgin-band, the victors chaste,
> Feel at the end the earthly garments drop,
> And rise with something of a rosy shame
> Into immortal nakedness: so I
> Lay, and let come the proper throe would thrill
> Into the ecstasy and outthrob pain. (958-73)

「処女帯ともいうべき純潔の勝利者たちが、ついに地上の衣服が脱げ落ちるのを感じ、薔薇色の羞恥に染まって不死の裸身へと立ち上がる時のように、そのように私は横たわり、震えつつエクスタシーとなり、より大きな苦痛で苦痛を消し去る正しい痛みが来るに任せた」。これはまるで女性の初体験のような性的イメージではなかろうか。

　もう1例「腰帯」のことがある。2日間延引していた後、ブラウニングのカポンサッキは、せめてポンピリアに慰めを与え、絶望せずに他の方法を探すように勧告するのが聖職者の勤めではないか、と考えた挙げ句に出掛けていく。その時、再び奇跡のようにポンピリアが一人でテラスに立っていた。彼女の叱責と、「私をお救い下さるか否か」"Shall I be saved or no?"（1073）の凜然とした問いかけに、まるで腑抜けていた操り人形の糸がピンと張られたかのように彼は答える。「物思いも、私への許しの言葉も無用。私の気遣いのみを気遣いとし、今は私の申すことに黙従されよ！」と。

> I answered—"Lady, waste no thought, no word
> "Even to forgive me!　Care for what I care—
> "Only!　Now follow me as I were fate!" (1074-76)

続けて、脱出のためのすべての手筈(てはず)を一息に述べる。後でその手筈が可能なものかどうかを検証しに廻っていて、常識や供述書のカポンサッキとは順序が逆である。そして自室に帰り着いた彼は、もはや揺るがない自分を、昇天する聖母から「腰帯」を与えられて信仰を揺るぎないものにした疑いのトマスに喩えるのである。

"A gift, tied faith fast, foiled the tug of doubt,—
"Our Lady's girdle; down he saw it drop
"As she ascended into heaven, they say:
"He kept that safe and bade all doubt adieu.
"I too have seen a lady and hold a grace." (1101-05)

「しっかりと信仰に結びつけ疑いの引き綱を切った贈りもの——聖母の腰帯、聖母が昇天するときにそれが落ちてくるのを彼は見た、と言われている。彼はそれを大切にしすべての疑いに別れを告げた。私もまた、そのような女性を見たのであり、祝福を得ているのだ」。「腰帯」というのも性的なイメージになり得る。バックラーはカトリック教会がその教理を分かりやすくするためにしばしば性的なイメージを使うところであり、カポンサッキの素直率直な使用をむしろよしとしている (p.145)。しかし素直率直なカポンサッキだからこそ、性的なものに向かう無意識の意識が吹き出しているのだと受け取るほうが自然なのではないだろうか。

カポンサッキが見せるのは、上記のように右に左に豹変する滑稽な姿ばかりではない。奇妙な竣巡を脱した後、高揚した気分で今は障害と映る日常の仕事をきびきびと片付けていった様子を、自ずと道を開いたしがらみのイメージと緊迫した叙情に乗せて的確に語る。

And thus
Through each familiar hindrance of the day
Did I make steadily for its hour and end,—
Felt time's old barrier-growth of right and fit
Give way through all its twines, and let me go. (1124-28)

「昼間のきまり仕事という障害を一つずつ切り抜けて、終わりの時間に向かって私は着実に進んで行った——正しく適切に為すべしと昔から時間に対して立ちはだかる茂みが、そのからまりの中に道を開けて私を通してくれるのを感じた」

門の前でポンピリアを待つ間の霊的な (spiritual) 夢見心地と、「一点の白光が白さを増して近くなり、ついに彼女となった」"Began a whiteness in the distance, waxed Whiter and whiter, near grew and more near, Till it was she:" (1139-41) 情景、ポンピリアに続いて馬車に飛び乗り、「ローマへ、報酬は心ゆくばかり、この首に賭けても！」"Reach Rome, then hold my head in pledge, I pay The run and the risk to heart's content!" (1148-49) と御者にはっぱを掛ける現実処理能力など、1151行まで28行間のカポンサッキは情熱的でさっそうとしていて、いわゆるヒーローの名に値する。

IV 抑圧された恋心

　本人の否定にもかかわらず、カポンサッキが恋する男であることは至るところで読み取れる。旅に関してカポンサッキは、その様子自体が事の真実、つまり恋の逃避行などではないことを証明している、と主張する。初め二人は車上にあってただ黙っていた。その状態を彼は墓で最後の審判を待つ二人の殉教者に喩え、「彼女もまた傍らに横たわっているから私は安らかに怖れなく横たわる」"..., in safety and not fear, I lie, because she lies too by my side." (1191-92) と言う。そして彼の考えでは、これは愛ではなくて信仰なのである (You know this is not love, Sirs, ―it is faith,) (1193)。しかしこの主張は説得力を欠く。彼が初めてポンピリアの姿を見て啓示を受けた後、禁欲の聖職者である自分と悲しげで不思議なグイードの妻との間に横たわる越え難いギャップに言及して、「なんと完全に切り離されていることか」"How utterly dissociated" (492) と言ったことがあった。それは人間がこの世で為し得ることと為したいと願うこととのギャップの大きさの喩えだと言い張るのだが、読んでいる優れた神学書の頁から絶えず彼女の微笑が輝き出てきた (How when the page o' the Summa preached its best, Her smile kept glowing out of it,) (500-01) と言うのだから、これは明らかに恋する男の状態であった。車上の場合でも、ポンピリアから「もし途上で襲われて死んだとしたら、私は罪の中で死んだことになるのでしょうか？」といういたいへん重要な神学にかかわる質問を受ける。その時、「師」"a priest"ではなくて「友」"my friend" (1383) と言われたのが嬉しくて何と答えたか忘れた、と言う。これは信仰ではなくて、恋である。

カステルヌォーヴォに着くと、ポンピリアは、これ以上旅を続けたら死ぬ、私には自分の命よりも助けなければならぬ別の命がある（Take me no further, I should die: stay here! I have more life to save than mine!）(1406-07)、と叫んで気を失う。宿に入り、人々が心配ないと請け合うのをよそに、カポンサッキは廊下で見張りに立つ。「それでもやはり、私は怖れ、怖れは増し続け、恐怖で体が震えるのが分かった。差し迫る悲しみの思いに耐えず、夜の僅かの白みを私は朝だと決めた」

> ... but I
> Feared, all the same, kept fearing more and more
> Found myself throb with fear from head to foot,
> Filled with a sense of such impending woe,
> That, at first pause of night, pretence of gray,
> I made my mind up it was morn. (1420-25)

上記引用の45語のうち4語を除いては全てが短音節語である。「頭から足の先まで」ポンピリアのために震えていた彼の姿が感得される。かくてカポンサッキは庭で馬車の用意を急がせ、ポンピリアを起こしに行こうと振り向いた時に、グイードと出会うのである。

　供述書ではカポンサッキも疲労の果てに同じ部屋の別のベッドで寝込んでいたのだが、庭に出ていたというこの改変は、資料のなかのポンピリア擁護のパンフレットでも行われているから、ブラウニングの創作ではない。この時、カポンサッキは剣を帯びていて、グイードに武力で立ち向かうことは可能であり、そうしなかったのを今になって激しく悔いているのはブラウニングのカポンサッキである。彼はグイードの口上を聞きながら、こんな男がポンピリアを自分の妻などと呼ぶのはモリエールの喜劇に等しい、と考えている間に、「おお情けない、時期を逸したのだ」"The minute, oh the misery, was gone!" (1499) と言う。このカポンサッキの意識は過剰である。対照的に、ポンピリアは剣をとってグイードに立ち向かった。

> That erect form, flashing brow, fulgurant eye,
> That voice imortal (oh, that voice of hers!)

> That vision in the blood-red day-break—that
> Leap to life of the pale electric sword
> Angels go armed with,—... (1600-04)

「真っ赤な夜明けの光の中、すっくと立ったあの姿、紅潮した額、不滅の声（おお、彼女のあの声！）、天使の武器ともいうべき青光の剣を取って命へと向かったあの跳躍——」。その時のポンピリアの姿がカポンサッキの脳裏に焼き付いている。その彼女が死に瀕し、二度と会えぬという思いに彼は耐えられない。激するかと思えば沈み、この辺りから彼の語りはとりわけ脈絡を欠く。口を閉ざしていても仕方がないのにこうしてすべてを物語り協力しているのだから会わせてくれ、せめて聖職者としてポンピリアの死の床に立ち会わせてくれ（Come, let me see her—indeed It is my duty, being a priest:）（1611-12）と身悶えしている気配がある。

　痛烈な皮肉をまじえて彼はなじる、「夫の留守に乗じる恋人同士なら逃亡して何の益になる、一直線にローマへ向かう必要がどこにある。あなた方も彼女を両親の所へ帰したのはあの旅の目的を是認したからではないか。明白に処断しなかったから、グイードに付け込む余地を与えたのだ。キリストの心どころか人間の心をさえ誤解するあなた方の無知など恐れはせぬ。はっきり言うが、私はポンピリアの啓示に頭を垂れ祝福されたのだ。あの修道士は恋をしているのだ、と言わば言え。聖職を剥奪（はくだつ）するならするがよい。陽気なアバーテや、ポケットに絹の仮面を忍ばせたカノンや麝香の香りをふりまくビショップなどにはもう用はない、あの騒ぎには、どこかに亀裂があり不健全なものがある！」（1826-80）。かと思えば、激した感情を露わにしたことで、ポンピリアのために誤解を招きはせぬかと心配になる。愛したのだと考えるなら間違いだと言い、その証明として旅の途中でポンピリアを30分も村の女に任せて離れていた事実を挙げる（1975-78）。しかしその間も実は一緒に居たかった、と後に告白しているから証拠にはならない。「のぼせているのではない、その証拠に彼女の顔立ちは画家たちが理想とするものでないことを知っている」（1989-90）、と言う。そこからその顔を傷つけること、つまり不貞の妻を罰するのが目的でそれ以上のものではない、と言うグイードの申

し立てに話は移り、「ただそれだけだって？ 名誉を守るためだと言いながら田舎者に身をやつし、現場から逃げようとした。見え透いているではないか」（2000-06）と、不貞の事実関係の話に移行する。そして先の姦通裁判の判決文について、当てつけもまじえて法廷をなじる。「証拠不十分と言いながら、それ以上の証拠を集めることをせず、証拠があれば無罪になるはずの自分に刑を科し、相手を喜ばせるための判決をしたのだ。あなた方を"誤審だらけ"と言えばそれは筆の誤りか言い損ないであるはずなのと同様に、流刑とは単なる書き損じだ、それでもその名が身につけられてしまうのだ」（2015-22）。さらに、ポンピリアが助力を求めてきたのは、コンティとグイッリキーニに求めてかなわなかった後のことだ、という自分では認めたくない事実も述べて色恋沙汰ではない証拠としている（2026-31）。前者は毒殺されたという噂があり、後者は、そもそもの最初にポンピリアの求める助力を拒否した知事によって、幇助の罪で奴隷船に落とされた。その気の毒な話を、それぞれが臆病のせいで受けた罰だと言うのが酷で、カポンサッキの嫉妬まじりの八つ当たりのように響く。グイードに関しては殺すだけでは飽き足りない、生かして孤独地獄に落とせ、と言いつのる。丘の上で孵化した蛇が絶対の無へとずり落ちていく比喩（1921-31）や、出会うのはイスカリオテのユダだけで、化け物同士が永遠に神の囲いの外側で嘗め合い汚し合うがよい（1932-54）、と言うのが執拗で、嫉妬がからんでいると想定すると納得できるところがある。「ローマでは魂の罪を問題にしたのだが、アレッツォでは押し入り強盗の話にされる、あなたがたよりひどい連中がいるというわけだ。ローマにはましな人々が、死の床のポンピリアの真実・純潔・美に心を打たれた修道士がいる。彼をいつか教皇にしたら如何」（2043-64）、などと言い立てたのを、カポンサッキ自身が「病的な状態と役にも立たぬ興奮」"distemperature and idle heat"（2072）と認めている。ここには、人を愛し、その思いを抑圧し、しかし抑えきれずに支離滅裂になっているカポンサッキの姿がある。

V　ポンピリアと不思議

　ローマを目指す旅の途中、ポンピリアは「女が女であることで苦しむよう

に、男の方も男であるだけで不幸だ、というようなことがあるのでしょうか」(1235-37) と問う。「弱さが免れている弱点を強さが持つことがあるかもしれませんね」と言うのはポンピリアで、カポンサッキは答えていない。恵まれた男という性の下に、母なしとは言え恵まれた家庭に生まれ育ち、恵まれた資質を持つカポンサッキに対し、ポンピリアは売春婦の胎内にある間に買い付けられ、老年に近いブルジョワ夫婦の子として育ち、養い親の愚かさから残酷な男の幼妻になり、読み書きの教育も受けていなかった。それにもかかわらず、弱点を露呈してくるカポンサッキと対照的に、ポンピリアは単純だが筋が通り、リアリティに富んだ姿をとってカポンサッキの語りの中に立ち現れてくる。それはほとんど不思議である。その意味でも「不思議な」"strange" という形容詞はポンピリアの実態であると言える。

　グイードの待ち伏せを覚悟して出掛けたカポンサッキが、ポンピリアと顔を合わせ彼女の長い話を聞き果せることができた。その話から、カポンサッキからと偽って女中がポンピリアに無理矢理読んで聞かせた愛の告白の手紙があったことが分かる。その時、ポンピリアはそれを双方にとっての致命的な邪悪と認識しながらも、窮境にあって、「生きるも死ぬもあなたの心のまま」とある文面から次のように考えたと言う。

> "You offer me, I seem to understand,
> "Because I am in poverty and starve,
> "Much money, where one piece would save my life.
> "The silver cup upon the alter-cloth
> "Is neither yours to give nor mine to take;
> "But I might take one bit of bread therefrom,
> "Since I am starving, and return the rest,
> "Yet do no harm: this is my very case. (739-46)

「あなたは、私が貧しく飢えているから、一枚のお金が私の命を救うのに、大枚をあげる、と言って下さっているようです。祭壇の上の銀の聖杯はあなたが与え私が取るべきものではありませんけれど、飢えているから、そこから一かけらのパンを取り、残りをお返しすることは許されているでしょうし、誰を損なうものでもありません。これが今の私のあり様です」。ここには乏

しい経験の中を手探りし、何を為すべきか、何が許されているか、を懸命に思索している姿がうかがえる。最初はそのような愛の手紙の送り主を悪者もしくは盗賊と思ったけれど、十字架上のイエスに最後に言葉を掛けたのも盗賊なのだから、盗賊にでもすがってと考えていた、しかし今はあなたの真実が読み取れる、どうぞローマへ連れて行って、とポンピリアは懇願した。「見知らぬ人」"stranger"にこのような依頼をするのは「奇妙」"strange"だけれど、私の境涯そのものが"strange"であり、グイードの憎しみも"strange"なのだ、という言葉には必死の論理がある。

　親であった人に子であることを否認されることや、夫である人物から受ける虐待などを彼女は夢（dream）になぞらえる。恐ろしい現実に耐えるための自己防衛の思考である。13歳の年齢で、ローマから旅をしてその終わりのアレッツォに待ち受けていた不幸が、そしてその結果の一部として親が親でなくなった体験が、彼女に変化を怖れさせる。彼女がカポンサッキに見い出した真実とは変化しない真実であって、単純にしか表現し得ない彼女が、時制による単純な繰り返しを用いた1行「あなたは真実で、これまで真実だったし、これからも真実でいてくださる」"And you are true, have been true, will be true."は、単純さのためにいっそう哀切である。変化への恐怖のもう1例がある。旅の途中、悪夢にうなされた夜が明けて、あと12時間足らずで旅が終わると聞かされると、「永遠にこの旅が続けばよいのに」". . . : if it might but last! "Always, my life-long, thus to journey still!"" (1311-12) とかなわぬ願いを口にする。「変わって不親切になる顔や声が嫌なのだ」"". . . I want "No face nor voice that change and grow unkind."" (1317-18) という表現は幼いが、痛ましい生活に根ざした確かな論理性を持つ。旅が続けばよいという言葉は、カステルヌォーヴォでの逮捕、さらにはグイードに22ヶ所を刺されて迎える死をも、予兆する働きをしている。

　怠慢のカポンサッキに対する凛然たる態度にはすでに言及した。旅の途中ではとにかく先を急ぐことで首尾一貫している。第二夜に眠ることを勧められると、顔色を変え、「ローマへ、休まずに早く、あなたが怖れているのでなければ、そんなはずはありません！」"On to Rome, on, on—"Unless 't is you who fear,—which cannot be!"" (1289-90) と叫んでいる。その日が傾い

た頃、カポンサッキは村の女にポンピリアを慰めるように頼んだ。30分ほどして戻ると膝に赤子を抱いて、何よりの休養になったと言う。それでも、すぐに出発しようと言う。そのとき傍らのミモザの木の名前を尋ねるのだが、それは巨大な「卵」"egg"（1338）のような太陽が照らしていたからであり、またその向きが北風から「巣」"nest"（1376）を守るようであったからであり、この逃避行を促すものが"unborn"（1372）という言葉で暗示されている彼女の母性の本能であることを示唆している。それだけに赤子に寄せる思いは深いにもかかわらず、「赤ちゃんを取って、そして行かせて頂戴！」"[Take] The baby away from me and let me go!"（1339-40）という言葉は、彼女の一途な決意を痛ましく示している。

　カポンサッキともっとも際立つ対照を為すのは、カステルヌォーヴォでの出来事である。寝込みを襲ったグイードと警官にポンピリアは毅然と対峙する。「私は神のもの、神は愛する。しかし愛を偽る悪魔にはもう我慢をしない、立ち去れ！」"I am God's, I love God, ... But bear no more love-making devils: hence!"（1530-31）と。そしてカポンサッキが捕らえられ押さえつけられているのを見ると、「私の友、私の守護の救助者をもか」"... Him, too, my sole friend, "Guardian and saviour? ..."（1541-42）と叫び、グイードが下げている剣に飛びついて、「死ね！」とそれを振るったのである。ここには遊離せず行動につながる健康な意識がある。

VI　カポンサッキの夢

　『指輪と本』の場合、語り手の本音や本性はしばしば語りの最後に露わにされる。それは棺を覆って初めて人の評価が定まるのに似ている。病的な興奮状態にあったカポンサッキが、人を動かすことができるのは真理だけのはずなのに、と許しを乞い、「落ちつきました」"I am quiet again"（2069）と、心を静めて締めくくりに入る。そこには人の心を打つものがある。

　「ポンピリアはやがて神のみもとに。私はこの世にあって無きが如き流刑の聖職者。追放が解けたら勤めを果たして長く生きる。私と彼女とは今は縁なき者に過ぎぬ」

第 6 巻「ジュゼッペ・カポンサッキ」　179

>   Pompiila will be presently with God;
>   I am, on earth, as good as out of it,
>   A relegated priest; when exile ends,
>   I mean to do my duty and live long.
>   She and I are mere strangers now: ... (2074-78)

カポンサッキの語りによれば、二人は2回言葉を交わしたあと、50時間ほどほとんど昼夜兼行の馬車の旅をし、[7]カステルヌォーヴォで捕らえられて別々の牢へ連行された。旅の途上でポンピリアは彼の配慮に感謝しているし、自分の人生と思いとを次第に多く語るようになり、信頼を深めたことは察せられる。しかし一方的でひそかな恋の思いが彼の側にあっただけで、旅が終わればグイードが殺人の口実としたような往来が二人の間にあるはずもなく、縁のない者になったのは事実である。しかし彼はポンピリアと共に生きることを夢見ずにはいられない。その際、格好付けのような理屈をつける。

>   ... : but priests
>   Should study passion; how else cure mankind,
>   Who come for help in passionate extremes?
>   I do but play with an imagined life
>   Of who, unfettered by a vow, unblessed
>   By the higher call,—since you will have it so,—
>   Leads it companioned by the woman there. (2078-84)

「聖職者も、情熱の虜(とりこ)となった人を助けるために情熱を研究する必要がある。だから私は想像をしてみる、誓いによって縛られず、昇進の望みもなく——そうなさるつもりでしょうから——ポンピリアに伴われて生きる生活を」。確かに、彼には教会における昇進はもはや望めない。また望みもせず、高位の貴族であってみればパンのために教会にしがみつく必要もない。だからもっと正直にさっそうとしていてもいいのだが、原点に高潔な大叔父像がある彼には、聖職者の意識が振り払えない。はっきり言えば愛であるものを、自分自身に対しても無意識に抑圧している結果のいじましさであって、むしろ彼の誠実さの証しとして理解してよいと思う。

彼の夢は、「低く卑しくけちな世間の外で、生きてあの人が学ぶのを見、あの人によって学ぶこと——あるいは、ただ一つの目的と意志がこの世に展開して悪を正義に変えるのを見ること」である。

> To live, and see her learn, and learn by her,
> Out of the low obscure and petty world—
> Or only see one purpose and one will
> Evolve themselves i' the world, change wrong to right:（2085-88）

ポンピリアは文盲とされていたから彼女が学ぶのは大いにありそうなことである。だが女性が家具同然でしかなかった時代に、女性に学ぶというのは格別のことである。しかしカポンサッキの語りからは、心柄も知性も彼が学ぶに値するポンピリアの姿が浮かび上がってきていた。

彼の夢は続く。「真・善・永遠のもののみにかかわること、生全般の本流においてのみならず、日常の小さな経験、一つの家庭の団欒を気遣うことにおいても。彗星の疾走のみならず薔薇の花の誕生によっても、壮麗なる神によってのみならず慰めのキリストによっても、学びつつ」

> To have to do with nothing but the true,
> The good, the eternal—and these, not alone
> In the main current of the general life,
> But small experiences of every day,
> Concerns of the particular hearth and home:
> To learn not only by a comet's rush
> But a rose's birth,—not by the grandeur, God—
> But the Comfort, Christ.（1989-96）

真・善・永遠といった抽象的な男性性の世界のみでなく、日常的な女性性の世界をも、その本質において大切にして生きたい、とは人間のあるべき願いであって全幅の共感を寄せることが出来る。例によっての喩えも、天空を走り終局へと向かう彗星と地上で生まれたばかりで動かない薔薇の花との複層をなす絶妙の対比は、カポンサッキの詩人としての感性から自然に産まれたものと思える。対応する「壮麗なる神」"the grandeur, God" と「慰め主な

るキリスト」"the comfort, Christ"が、[g]音とその無声の[k]音によってそれぞれに頭韻を形成して対比を明確にし、どちらも短音節語である"God"と"Christ"のそれぞれの前にコンマによる中間休止（caesura）が入り、音によって意味が際立たせられている。そしてそれは技巧であるよりも、彼の聖職者としての魂と知識の深みから自ずと形をなしたと感じさせる。全体として変則の少ない素直な五脚弱強（blank verse）の韻律をとっていて、人に聞かせるよりは自分に語り掛けているような印象がある。

　しかしポンピリアの予想される死は彼の夢を二重に破る。悪が正に変えられず、ポンピリアが養父母ともどもグイードの刃に掛かったという現実と、共に生きることが不可能である事実とによって。したがって、「すべては何と遠いことなのだろう！　一瞬の夢に見合う一瞬の歓喜に過ぎぬ！」"... All this, how far away! Mere delectation, meet for a minute's dream! —"（2096-97）と、彼は言わざるを得ない。その一瞬の歓喜に満足して辛い現実に雄雄しく生きようという思いを、彼は次の直喩に託す。

　　　Just as a drudging student trims his lamp,
　　　Opens his Plutarch, puts him in the place
　　　Of Roman, Grecian; draws the patched gown close,
　　　Dreams, "Thus should I fight, save or rule the world!"—
　　　Then smilingly and contentedly, awakes
　　　To the old solitary nothingness.
　　　So I, from such communion, pass content ...（2098-104）

「あくせく学ぶ学生が」――互いに学ぶということが述べられていたから、苦学生の比喩は思考の流れとして自然である――「ランプの芯を摘みプルタークを開き、つづれのガウンを引き寄せながら、ギリシャやローマの人にわが身を置いて、"このように戦い、世界を救い、あるいは支配する"と夢を見、微笑みながら満足して元の何もない孤独に目覚める。そのような交感から私は満足して…」、しかしカポンサッキは言わずにはいられない、「ああ偉大で、正しく、善なる神！　私は惨めです！」と。

　　　O great, just, good God!　Miserable me!（2105）

最後のこの1行は 無韻詩には異例の強勢で始まり、短音節群が続き、それが強勢で途切れた後に、強弱々々の3音節（dactyl）が来て、強勢で終わる。それまでとは破格のリズムが痛切な感情のうねりを運び伝え、カポンサッキに対して哀憐の情を抱く方向に人を押し出す。

　一般的には、カポンサッキはポンピリアへの愛によって優れて道徳的な感覚を持つ人物"a man of the great moral perception"へと成長したと理解されがちである（DeVane, p.332）。しかし、綿密に見るとその人物像は啓示を受けたのちにも、好悪両様の感情をかき立てる要素を持っていた。最終的にはカポンサッキを同情に値する人物と位置づけた。単純に、真実に、純一に、柔和に、というのは美しく生きたい人間の望みである。だがそのようになり得ないのが人間の現実であり、カポンサッキもまたそのような人間の一人として造形されたと考えることが出来る。作品の配列の上でも、悪の度合いの強い第5巻のグイードと聖性の高い第7巻のポンピリアとの橋渡しの役割を、いじらしくも果たしているように思われる。

One Word More

　カポンサッキは、第1巻で、宮廷夫人のお相手を勤める聖職者という二様の役割を演ずる「操り人形」"puppet"と紹介された。彼は教会の長老たちの操るままにその役割を演じた点で、またポンピリアの決意の糸に動かされて聖ジョージの役割を果たそうとした点でも、彼には パペット（puppet）の要素があった。しかし実はポンピリアを輝かすために、格好の良い外観を与えられて、格好の悪い内実を露呈した、何よりもブラウニングの パペットと言えるのではないか。

注
1. 「イエスの出来事」とは、神を冒瀆する者として処刑されたイエスが、3日目によみがえり、弟子たちとも共にいて、40日後に父なる神のみもとへと昇天したこと。「パウロの回心」とは、サウロと呼ばれて熱心なユダヤ教徒

であった彼がキリスト教徒たちを迫害するためにダマスコへ向かう途中、「サウロよ、サウロよ」と呼び掛けるイエスの声を聞き、広く遠く世界に伝道をする信仰者パウロへと大転回を遂げたこと。
2．『神曲』はブラウニングの愛読書で、いつも座右にあったと言われている。
3．ポンピリアが文盲であったか否かは、恋文の問題やポンピリアの人間像を解く上で重要であり、アレッツォ脱出までのある時期に読み書きの能力を獲得したと言われる。この件をブラウニングは明快にせずじまいである。
4．パスキンは15世紀の仕立屋で、短い風刺詩（epigram）を書く人物であった。
5．"strange" の出現頻度の多いのは、ポンピリア派の語りといわれる第3巻が8、第6巻のカポンサッキが12、第7巻のポンピリア自身が8である。
6．Honan は蠅の使用を、ポンピリアによって浄化を経験したカポンサッキの自己卑下（humiliation）とみなしている（p.184）。
7．二人が決行前に言葉を交わした回数はポンピリアの供述書に従えば3回、カポンサッキのによれば1回である。途中14の駅舎があった旅に関しては両供述書とも、馬を替え食事をとる以外は休みなく旅を続けた、とだけ述べている。食事をとった主体をポンピリアは「彼らが」"for them to take refreshment"（OYB, p.95）とし、カポンサッキが「われわれ」"for refreshing ourselves"（OYB, p.97）としている差があるだけである。

ポンピリア
Pen Browning による胸像
Ohio Wesleyan University 蔵

第7巻「ポンピリア」
"Pompilia"
——永遠への飛翔

　1698年1月2日の夜、ローマのコンパリーニ家でポンピリアに襲いかかったのはグイードで、3角形の刃にフックがついたジェノバ・ナイフで罵声とともに刺し続け、その死を確認して立ち去った。息絶えたピエトロの脚の上に投げ出されたポンピリアは、しかし22ヶ所の傷を負って、なお生きていた。聖アンナと呼ばれる修道院の付属医療施設に運ばれたとすると、救急車もないその時代に、出血死もせずに4日の余命を保ったのは奇跡であり、恩寵によると言う以外には言葉が見つからない。

　1670年に、英国人リチャード・ラッセルズが、5回にわたるイタリア旅行の見聞を『イタリア紀行』と題して出版した。彼は、イタリアの夫たちが妻に対して嫉妬の域に達するほど厳格なのに驚いた、と記している（p.11）。17世紀イタリアの女性史関連の資料で入手可能だったものは少なく、もし15世紀のフィレンツェ（フロレンス）と余り変わっていないとすると、状況は次のようになる（前之園、pp. 53-73）。20歳までに結婚しない女は一家の災いとみなされ、女たちは15歳前後で14歳程年長の男性と結婚する。結婚は家と家との政治・経済上の結び付きで、花嫁の婚資が重要な要素となる。新郎新婦が結婚まで顔を合わせないのは普通のことで、[1]新妻は次々と子どもを生んで疲れ果てて若死にをし、残った夫は再び20歳に満たない女性と結婚する。そうなると夫婦の年齢差はますます拡大し、老いた夫の若い妻に対する嫉妬という構図が出来上がりそうである。史実上36歳のグイードと13歳のポンピリアの婚資がらみの結婚も、社会的にはさほど奇異なものではなく、むしろ妻が夫の家から逃亡したという事実が瞠目に値することではなかったかと思われる。[2] そのような時代と、そして個人の状況が与える過酷な制約の中にあって、なお高く飛翔した一個の精神としてポンピリアが作品世界に生きている

ことを、以下に論証したいと思う。

I　ポンピリアと資料

　『古い黄表紙の本』に残るポンピリアの供述書（pp.90-95）は、かなりの点で逃亡の旅に同伴したカポンサッキの供述と食い違い、修道士のカポンサッキが率直に事実を述べているのに対して、ポンピリアは真実も真情も吐露していないという印象を受ける。たとえば、自分は文盲だと述べた点である。カステルヌォーヴォの刑務所からポンピリア名で送られた手紙が、殺人事件後にコンパリーニ家から発見されている。「アレッツォを離れるまでに読み書きの学習を終えており、これは本当に私からの手紙だから、信じて会いにきて欲しい」（OYB. p.160）というのがその趣旨である。この手紙をグイード側が偽造することは考え難いから、ポンピリアは偽証をしたことになる。一方、グイードの虐待が始まったのは結婚後1年半も経って子どもが出来なかったからだ、と述べていて、それまでは平穏であったかのように思わせる。だがコンパリーニ夫婦がローマへ帰った2日後に、ポンピリアが大司教の館に駆け込んで、接見が許されなかったにもかかわらず階段に座り込んで動かなかった、という証言をアレッツォの紳士が残している。またグイードの叔父もその頃のポンピリアのただ事でない様子を伝えている（OYB, pp. 54-55）。この騒ぎは「性」にだけかかわることだったとしても、ローマのコンパリーニ夫婦はポンピリアの出生の秘密を暴露し、加えてアレッツォで受けた劣悪な処遇をパンフレットにしてローマ中にまき散らした。ポンピリアは実子ではなく、出生前に買い付けて夫と世間を欺したというヴィオランテの告白は、婚資の契約を危うくし、仮にも貴族であるグイードの家の名誉を傷つけ、この結婚から得るものはマイナス以外に何もない、という状況にグイードを追い込んだことになる。そのような状況下で、グイードが穏和であったとは想像し難い。1900年1月にローマで発見された第3資料が、この時期にポンピリアの命を脅かす程の虐待があったとしている（OYB, p. 273）。ポンピリアを擁護するはずの第3巻の語り手 Other-Half が、ポンピリアは自分の名誉を守ることもできない、"simple-sweet Or silly-sooth" とその愚を難じた

が（III, 805-07）、供述書に見る限り彼に同感するところがある。

　しかし、人は生きてきたように死ぬ、とアウグスティヌスの言葉にもある。ポンピリアの死に至る4日間に立ち会ったのは、最初にポンピリアを抱き起こしその後一度も離れなかったという隣家のダンディッロ、終始付き添って教誨師（comforter）となったチェレスティーノ、治療と薬剤を担当したギューテンス、告白を聴き一晩付き添った神学博士のバルベリート、他6名の男性たちである。彼等は揃って、苦痛のさなかにあってもポンピリアが慎ましさを保ち、神慮に身を委ね、心安らかに喜びさえ持って最期を遂げたことをそれぞれに宣誓証言している（OYB, pp.57-58）。それは長い歳月によって培われた徳であって取り繕ってできるようなものではない、と述べているのがもっともと思える。資料のポンピリアを放埒な女性に過ぎないと断じた論もあるが、筋の通った自己弁護をする知的教養には欠けるとしても、健気な気質は持ち合わせていたと推測される。ブラウニングはポンピリアの人生をその最期の4日間が放つ光によって照らし、ポンピリアの供述書をそのまま受け入れて、[3] ポンピリアの側に立ち通す形で第7巻を創出したと考える。

II　ポンピリアと言語

　ポンピリアの語りは細かな計算による生存日数の記述で始まる。「私は17歳と5ヶ月、そしてあと1日生きたら、まる3週間」

　　I am seventeen years and five months old,
　　And, if I lived one day more, three full weeks;（1-2）

多くの場合に、それは彼女の思考の単純さを反映していると解釈される。そのような趨勢の中で、バックラーが冒頭の"I am"（私は…である）を語りの最後の"I rise."（私は登っていく）と呼応させて、永遠への成長をはらんだ自己認識の姿と読みとり、細かい日数はポンピリアがその短い生を能う限り引き延ばそうしているのだとする理解（pp.163-6, 173）は、新鮮である。しかし15世紀フィレンツェのある女性の死亡記録が新たな解釈を可能にする。「母は、優れた、やさしい、立派な女性であった。彼女は、われわれの主の

1349年、すなわち1349年10月1日に夫の許に嫁いできた。そしてわれわれの家に62年2ヶ月と26日の間留まったのであった」。このように細かな日数を書き記すことは、当時の女性たちの婚家ひいては社会における寄留者としての不安定な立場を示す、と報告されている（前之園、p. 58）。そのような文化が17世紀に引き継がれている可能性はあり、[4] この場合ポンピリアが自らの死亡記録を作成しているのだとすると、「17年5ヶ月と3週間」という小さい数字は家庭と社会において際立って脆弱であった立場と、看取る家族のない寄る辺なさを痛ましいまでに示唆するものとなる。

　ポンピリアもグイードと同様のブラウニング語を語っているという嘲笑がある。『指輪と本』の注解を著述したクックは、たとえば『テンペスト』のどの人物にもシェイクスピアの文体があるのと同じで、ポンピリアも冠詞を省略し、関係代名詞の主格を省略する点でグイードと変わりはない、しかし深いレベルで思考の単純さが言語表現上の単純さと結び付いている、と弁護を尽くしている（p.140）。

　丁寧な言語分析をしたホナンは、ポンピリアの多用する形容詞は、"good, poor, little, happy, kind" の5語で、いずれも英語に最もありふれたものである点では、語り手の子どもらしさが表現されていると言う（p.216）。その一方で、教育のない思春期の段階の人物の使用には適切でない "unperverse"（頑迷でない）、"perquisite"（役得）などの語が40例近くあるのを指摘し、そのうち他者の言葉の引用でないものは、経験に属さず超越的で説明不可能なポンピリアの資質、言い換えれば「時を超えた特別で希(まれ)なもの、聖母であり、聖者である部分」"she is ... partly something timeless and special and rare; part Virgin and saint." を示唆すると説明している（pp.240-42）。しかし、論理の介在を許さないこのような観点より、極めて日常的で単純な語が彼女の生の軌跡や思考を内包している点に注目するほうが、より実りの多い読みを可能にすると考える。"strange" と "smile" の2語がそれで、もう一点、行末に置かれて印象的な "slept" と "safe" がある。

（1）"strange" の場合

　カポンサッキは、"strange" という言葉を最も多く12回用いた語り手であ

る。彼がポンピリアに対して感じたある神秘的なものを「不思議な」"exceptional to a degree that excites wonder"（OED）の意味で指すのが圧倒的な印象で、ほかには、ポンピリアの逃避行に同行した自分の行為に「妙てけれんな」の意味でやや自嘲的に使い、聞き手の裁判官たちを揶揄したのが2回ある。イノセント12世を「考える不思議な教皇」と呼び、考えない教皇が普通という本人は意図せぬ劇的アイロニーを生み出してもいる。また、彼の語るポンピリア自身に4回この語の使用が見られる。一つは説明不能の意味で、見ず知らずだったカポンサッキが救助者であるのも、夫であるグイードが憎悪し虐待するのも共に"strange"であり、自分の人生そのものが"strange"であると総括し、妊娠の予感に神秘の意味合いで最上級の"the strangest"を用いていた。このような第6巻の「カポンサッキ」に次いで、8回の頻度数を分け持っているのが第3巻「残りの半ローマ」と、そして第7巻「ポンピリア」である。

　第7巻の場合、新しい命の受胎に神秘の意味で使用される1例（1191）を除いては、形容詞"strange"の使用は独特である。「なじみのない、未知の」"unfamiliar, not known or experienced before"の意味で使われたものが「恐ろしい」"terrible"というニュアンスを帯びる場合が多く、それは語りの早い時点で、"terrible"と"strange"が並置されることから始まる。

> The reason must be, 't was by step and step
> It got to grow terrible and *strange*.
> These *strange* woes stole on tiptoe, as it were,
> Into my neighbourhood an privacy,
> Sat down where I sat, laid them where I lay;
> And I was found familiarised with fear, (117-22)

冒頭の「その理由」とは、異様な運命を異様と意識せず受け入れて生きてきたわけを指し、それは"terrible and strange"になるのが少しづつだったからに違いないというのが彼女の思惟である。次行のこれらの「悲しみ」"woes"を修飾する"strange"は直前の"terrible"との並置の影響を受けて「（老夫婦のひとり子として育ち）それまでは知らなかった」の意味に「恐

ろしい」のニュアンスが加わる。さらに、そのような悲しみがつま先立ちで私室に忍び寄ってきたと擬人化されると、「よそよそしい」の意が生じる。それが同じ所に坐り同じ所に伏したのだ、だからいつしか慣れたのだ、と言う時には「悲しみに」とあるべきところが「恐怖に」"with fear"と言い替えられていて、"strange"は結局"terrible"と同義だったのだと分かる。日々是好日とはほど遠い状況を、日々是好日に属する語彙で語ろうとするとこうなるのか、と思われる苦渋と意味の充満がある。あえて訳すとしたら、"terrible and strange"の場合は「異様な」、そして"strange woes"では「奇妙な」くらいだろうか。[5]

　グイードが剣で脅すのを「私にとってはそれほど"strange"ではなかったので」と言う所がある。

>   All this, now, ―being not so *strange* to me,
>   Used to such misconception day by day
>   And broken-in to bear, ―I bore, this time,
>   More quietly than woman should perhaps; (1031-34)

この場合の"strange"に恐怖の意味を読み込んで「恐ろしくはなかった」とすることはできる。事実ポンピリアがこの種のグイードの脅迫行動を「つまらぬ悪ふざけ」"poor jest"(1252)と軽くあしらうところがあって、驚きでさえあるからである。しかし、誤解されることには「慣れており」、耐えることに「慣らされていたから」と続くから、この"strange"は「目新しくはなかった」の意味になる。それは良きにつけ悪しきにつけ、経験が新しいか否かで検証される「若さ」を示唆しており、「私は、このとき、おそらく普通の女の方がなさるよりも、もっと静かに耐えました」と言うところには、経験に呑み込まれずに見つめている自己という「個」の存在があったことを、不思議な確かさで伝えている。

　グイードは婚資だけを取り込むために、ポンピリアをカポンサッキとの姦通の罪に追い込むことを企んでいた。ポンピリアの認識ではそれは自分とカポンサッキの「自己を自己でなくする」"make . . . unself"(707)ことであり、正常の域を越えた「どこをとっても悲しくて"strange"な謀略」であ

る。その「"strange"な謀略」は直ちに「グロテスクな陰謀」"the grotesque intrigue"（706）と言い替えられるから"strange"は「グロテスク」のニュアンスを帯びる。そうなると訳語は「奇怪な」だろうか。同様にグロテスクを含意する例は、グイードと夫婦になった運命をポンピリアが"strange"を用いて形容する場合に見られる。「彼には神さまに対して償いをさせてください。私に対しては何も、何も、私はむしろ感謝しているのです。"strange"な運命が嘲るように彼を夫とし私を妻としましたけれど、少なくともこんな形で彼自身が離婚を宣言したのですから」

> Let him make God amend, —none, none to me
> Who thank him rather that, whereas *strange* fate
> Mockingly styled him husband and me wife,
> Himself this way at least pronounced divorce, （1712-5）

その"strange"な運命は、結局アレッツォとローマの町の双方に、貴族の家の内情とブルジョワ家庭の親子関係のスキャンダルをまき散らし、加えて果てしない裁判沙汰を生み、その挙句、一方には老親を含めて妻側三人が無惨な死を遂げ、他方の夫側には若い農夫を含めて五人が刑死するという事態を招いている。さりげない響きの"strange"がこの場合は実に恐ろしくグロテスクな意味を持つ。したがって「おそろしい」と訳したいところだが、「嘲るように」とあるから、ここは素直に「不思議な」だろうか。[6] ブラウニング全作品中、名詞"fate"（運命）の使用回数は282、それに付与した性情形容詞の種類は28で、このような場合に適用できてポンピリアの語彙としても通用しそうなものには sad, ghostly, ghastly, piteous, ill などがある。[7] にもかかわらず"strange"という情緒的には中立で評価を含まない語の使用は、出来事を虚心に受容しようとするポンピリアの心の向きを示唆するものと考える。

　衣類にすっぽりと包まれて秘密の結婚式に連れて行かれる自分を"something strange"と言い、密売品（contraband）と並置するのは、結婚の意味もその後の運命を知る由もないままに自分の姿形をおかしがっていた少女らしさを伝える。

>   ..., —cloaked round, covered close,
>   I was like something strange or contraband,— （428-29）

　15世紀のカテリーナ・コルネールはキプロスの王妃となるため修道院からヴェネツィアの父の家に呼び戻された。その政略結婚がどんなに凄惨で空疎な人生をもたらすのか知る由もなかった14歳の少女は、花嫁の着付けに人々が騒ぐのがおかしくてならなかったのだった（塩野『ルネッサンスの女たち』p.328）。身分と状況はまるで異なるものの同じ少女の反応と、女としての悲しい姿が重なって見える。カポンサッキが逃亡の車上で彼女のおびえる思いを察して気を紛らわせようとしてくれたのを振り返って、「なんて"strange"だったのでしょう」"How *strange* it was…"（1532）と言うのだが、ありがたいと思うというような反応ではなくて、それまでに見知ったことのない配慮の深さに驚いている気配が独特である。この場合は、「不思議な」でよいだろう。命終わる日にポンピリアがいわば人生の幸不幸を総括した言葉の中で、"strange"がそのキーワードとなっていることは意味深い。「たしかに"strange"ではありましたけれど、惨めだったとはあまり思えませんの。もうそれも終わって、もはや危険はないのです」"I do see *strange*ness but scarce misery, Now it is over, and no danger more."（348-49）。この"strangeness"をどう訳せばよいのだろうか。小田切は「不思議なこと」（後偏 p.89）、村岡は「奇妙さ」（p.16）と訳している。あえて選べば、「奇妙」だろうか。

（2）「微笑む」"smile" の場合

　「笑う」"smile"という行為が、軽蔑や嘲りを含むことがあるのは人間社会の現実である。ポンピリアの場合、全13回の"smile"の使用のうち現実の明るい笑いを指示するものはついにない。結婚したことを告げれば、幼友達のテークラはにっこりするだろうな（480）、とは彼女の物思いの中でのこと。「赤ちゃんが笑う」という本来幸せな情景を示唆する配語で3回使用されるが、実はいずれも悲痛な事態を背景としている。生まれたばかりの赤子は「笑って身を守るには幼すぎる」"too young to smile and be saved"（45）から、母親から引き離されることになる。そして連れていかれる時に乳母を

引き受ける女が、「赤ちゃんが笑いはじめるのは1ヶ月も経ってから、この先3週間はおっぱいを飲んで眠っているだけなのですから」""These next three weeks he will but sleep and feed, "Only begin to smile at the month's end;"(51-52) と、悲嘆にくれる若い母親を慰めるために口にした言葉として、さらに夜の戸口を叩く音に、乳母が赤子を連れてきたと思ったポンピリアが、「思ったよりも早く笑いましたからご覧に入れなくてはと思って」""Since he smiles before the time, "Why should I cheat you out of one good hour?"(61-62) と、その口上を想像した時のものである。その想像は誤りで、実はグイードによる一家惨殺の悲劇開幕の合図でしかなかった。

　グイードに引き合わされた時にポンピリアが受けた印象は、老いて、背丈は自分と同じほどしかなく、鷲鼻にもじゃもじゃ髭が黄色で、少年が手首に載せているのを見たことがあり、彼が梟(ふくろう)と呼んで鳥を捕まえるのに使っていた「もの」"a thing"に、とても似ているというのだった。

> ..., —old
> And nothing like so tall as I myself,
> Hook-nosed and yellow in a bush of beard,
> Much like a thing I saw on a boy's wrist,
> He called an owl and used for catching birds,— (394-98)

そのグイードがポンピリアの手をとって微笑みを浮かべた（he took my hand and made a smile）(399) ときに、グイードがその"smile"にどんな感情や意図を託したかは不明である。ポンピリアの方は、夫の機能にとって外貌は重要なことではないのだろう、と自ら納得している由縁を比喩に託すのだが、それがグイードの醜さを生々しく伝える働きをする。

> Why, the uncomfortableness of it all
> Seemed hardly more important in the case
> Than,—when one gives you, say a coin to spend,—
> Its newness or its oldness; if the piece
> Weigh properly and buy you what you wish,
> No matter whether you get grime or glare!
> Men take the coin, return you grapes and figs. (400-06)

「手を取られて心地悪くても、それはほとんど大事なことではないと思われた。丁度、お小遣いを貰った時にその硬貨が新しかろうと古かろうと問題でないのと同じだった。その硬貨に相応の値打ちがあり、望みのものが買えればそれでいい、貰ったのが汚れものであろうとぎらぎら光るものであろうと！人はその硬貨を受け取って、引き替えに葡萄といちじくを渡してくれる」と、彼女は言う。しかし"glare"（ぎらぎらする光）と頭韻を踏む"grime"という語には、音［グライム］にも「汚れもの」のイメージにも不快を感じさせるものがある。さらにポンピリアは考える。昔彼女が診てもらった医師のマルピーキは、黒ずくめの装束に白髭をはやし、ひどく痩せていかめしい顔をしていた。しかし直ちに病気の苦痛を取り除いてくれた。だから「すさまじい髭や恐ろしい顔は問題ではなかった。その人を美しくしているのは医術で、ローマに並ぶ者のない医者だと人々は言った——」

> What mattered the fierce beard or the grim face?
> It was the physic beautified the man,
> Master Malpichi,—never met his match
> In Rome, they said,—so ugly all the same! (421-24)

だが、「それでもやっぱりとっても醜かった！」"so ugly all the same!"と言う時、その平易な５語の持つ衝撃は、マルピーキ先生を超えてむしろグイードを直撃する。ポンピリアにとって実はそれほどに醜かったグイードの顔に浮かんだ「微笑」は、意味不明なだけにいっそう不気味である。

　残り８回の"smile"の使用は、"sneer"「嘲笑、嘲笑する」とほぼ同義的である。兄のために婚資つきの花嫁を手に入れてほくそ笑むパオロのものであり、あるいは性の暴力から逃れようとするポンピリアをグイードのもとへ押し戻した大司教や知事、そして引き取りにきたグイードが、それぞれの顔面に浮かべたものである。コンパリーニ夫婦の困窮を救うために、ポンピリアはもともと彼等のものであった宝石を返してあげたいと、そのための取りなしを懇願した時、知事の答えは「薄笑い一つ」"a smile" (1627) であった。事実は、宝石はすでにグイードのものであり、それを奪うなら牢に入れるぞ、という脅迫でさえあったのだから内包する意味は嘲笑どころではない。また

"smile"は好意的な人々でさえカポンサッキとの間に恋愛関係を見ていることを示すものだった（910）。ただ1度だが"a sneer or smile"（1333）としているから、ポンピリアは"sneer"（嘲笑）という語を知らなかったのではない。しかし分析的かつ意地悪く物事を見る世間知も、受けた不快を相手にぶつけ返す方策も身につけていないポンピリアの、幼さと清らかさを"smile"の使用が示唆している。

そのような彼女は皮肉には遠いところにいる。彼女は神の人と頼んだ大司教を、たとえ3倍大司教であっても間違っている、と死を前にして明晰に判断している。その上で「神さまの代理」"he stands for God"（726, 748）と繰り返せば、普通は皮肉になる。ポンピリアの場合には、彼女がそのとき相手に認めていた権威を、あるいは助力を求めた根拠を説明した言葉となっていて、悲痛ではあっても皮肉の気配を帯びていない。性による結婚の完遂を迫るグイードをポンピリアは拒む、そのポンピリアを諭すために大司教は、一粒の種を鳥に対して惜しんだ無花果の実が結局は蜂の大群に食い尽くされる、という喩えを用いた。「たとえ（parable）によらないでは語られなかった」イエスに倣っているのだが、その話のおぞましさは諭しよりは脅しに近い。その上、「ここで造物主を登場させるとなると、無花果でなくて林檎でなければ」（826-29）、などと言葉遊びの思案をしている不埒さで、聖職者としてあるべき姿との間に自ら皮肉を成立させている。だがポンピリア自身はその言葉のすべてを抗い得ぬ力として受け取っただけであった。恐怖に震えながらの初体験であったろう。カポンサッキとのかかわりも彼女にとっては自分が既婚者であり、相手が不梵を誓った聖職者であるという一事で、それ以上の関係はあり得ない。それを信じ得ない人に向かって、「心が違うと、心を見る目も違うのですね！」と言えば辛辣な皮肉になり得る。だが、"So we are made"の短音節のみの4語が「神様がお造りになった通りに私たちはさまざまで」を表意し、「どうしてあなた方をひどく咎めなくてはなりませんの？」という言葉と共に、高度の受容を示すものとなる。

  . . . : wherefore should I blame you much?
  So we are made, such difference in minds,

Such difference too in eyes that see the minds! (917-19)

（3）行末の"slept"と"safe"の場合

　単純な語が単純な構文をとって行の末尾に繰り返されるのが、かなり離れているにもかかわらず、こだまのようで強い印象を残すものがある。"slept"と"safe"である。

　グイードが、カポンサッキが近づいたら剣で刺す、と脅すのに答えた場面をポンピリアが語る詩節に、最初の"I slept"がある。「彼のためでなく、あなたと私のために祈りに行きます。それから眠ることにします。死がこようと、もっと悪いことに生がこようと。そうして、私は眠った」

> "I shall go pray for you and me, not him;
> "And then I look to sleep, come death or, worse,
> "Life." So, *I slept*. (1048-50)

そこから83行も跳ぶのだが、女中のマルゲリータが、カポンサッキからの手紙を文盲のポンピリアのために読み上げようとするのを、ポンピリアが取り上げて破り裂き、あなたになにも悪いことをしていないと思うのに、なぜ私の敵になり罠を仕掛けるのか、となじる。それに対して「マルゲリータが、好きになさるがいい！ とつぶやいた。私は眠った」

> She muttered "Have your wilful way!" *I slept*. (1133)

　下記は"safe"の例である。逃避行を語り、カステルヌォーヴォの出来事を語り、結局、静かな改悛者修道院の暮らしに入れられたことを、「私は申します、天使が救ってくれたのです、私は安全です！」

> I say, the angel saved me: *I am safe!* (1643)

こだまは63行あとに"They are safe"の形でかえってくる。「神は休息を与えてくださったのです、二人は安全です」

> He had granted respite: *they are safe*." (1706)

「二人」とはポンピリアが愛したコンパリーニ夫婦を指し、「安全です」とは、あやまりを数え上げるのに急ではなく、休息を与えてくださる神のみ許にあるから、を意味している。

"slept"と"safe"がかかわるこのような例は、受け身のポンピリアが行動に移ると毅然として思い煩わない姿を感じさせる言葉遣いであり、"strange" "smile" と共に、同じ [s] 音で始まる語であることは、第7巻の雰囲気に寄与しているところがあると思われる。

そのような言語環境の中にブラウニングは、端的に、さりげなく、ポンピリアの低い知的教養の指標を滑り込ませている。多音節の形容詞の比較級には"more"を用いるのだが、語りの早い時点でポンピリアに"carefuller"(105),"beautifuller"(358) の文法違反の形を口にさせている。また、最期を看取ってくれた修道士のチェレスティーノ（Celestino）を、ポンピリアは敬称を付けて「チェレスティン様」"Don Celestine" と呼ぶ (31, 371, 596, 627, 991, & 1511)。"Don"を付けたからといって名前に語尾変化は生じないのがイタリア語で、これも彼女の無学さの指標となる。しかしそれは、同時に、チェレスティーノに対する彼女の敬意と感謝の精一杯の表現として、とても愛おしく感じられる、これまで評者たちに気づかれてこなかったようであるけれど。

III　ポンピリアと家族

「結婚までの13年間、日々は長く幸せだった」" . . . , up to my mariage, thirteen years Were, each day, happy as the day was long:"（373-74）というポンピリア本人の言葉にもかかわらず、バックラーは、その子ども時代が幸福であったわけがないと言う（pp.169-70）。それは次の詩行が「親の賛辞をあがなうことだけが子ども時代の関心事であった」と要約され、母親ヴィオランテの顔色を見るのに汲々としていた、とバックラーは読み取るからである。

　　Here, marriage was the coin, a dirty piece

Would purchase me the praise of those I loved:
　　　About what else should I concern myself?" (408-09)

そしてその点を指摘する研究者がいないことに不満を述べている。彼の優れた研究に負うところは多いのだが、この点に関しては同意ができない。

　結婚式が済んでも何も変わらぬ日が3週間続き、苦い薬をくれた怖そうな医者と同様に、夫なる人物も二度と姿を現さないものなのだ、とポンピリアは推論する。そのような折から、グイードとパオロがやって来て花嫁の引き渡しを要求する。既成の事実の前には父親として激怒するピエトロも屈する他はない。その時からの4年間はポンピリアにとって夢となり、死となり、空白となる。したがって、死の床で教誨師に強いられて、努力し、思い出し、語ろうとする時、材料はそれ以前の子ども時代の記憶の中にしかない。そのようにして立ち現れてくるポンピリアの子ども時代は、とりわけ刺激的ではないけれど平凡に幸せなものであったと思われる。

　アレッツォの劇場では、ポンピリアの思いは音楽に乗って高く飛翔し、屋根を抜けてローマへと戻っていった（962-73）。高位の聖職者や貴族の家が立ち並び、祭の時にはとりわけ賑わう大通りコルソに近いヴィットリア通りの端に、コンパリーニ家はあった。思い出の中でコンパリーニ夫婦が「昔のカーニバルはもっとよかった」とぼやいているのは、その頃一家の内情が苦しくなっていた状況を暗示している。だからこそ、この夫婦が「早く良縁を得て娘の将来を安心したいものだ」と願うのも、ごく自然なことと思われる。そんな情景を思い出しているポンピリアの夢を破ったのが、膝に飛んできた砂糖菓子であった。その時の自分を彼女は高く飛ぼうとした蜂が投げられた一握りの土に触れて落ちてくるのに喩えている。それは別荘にいる時にピエトロから聞いた話だ（So Pietro told me at the Villa once）(978)と言う。その短い言及は、賑やかな町の暮らしの他に、自然に囲まれた親子の静かな明け暮れもあったことをさりげなく、しかし印象的に伝えている。また夫と両親の間の応酬が際限もなく続くのを「こだまなら止むのに…」"Echoes die off, scarcely reverberate For ever, . . . " (650-1) と嘆くところがある。たぶん山間に立ち、ピエトロと共に、こだまを呼び出してはそれが

消えて行くのに耳を澄ました、平凡で幸せな時間があったことを想像させる。

　子どものことを「大きな耳のついた小さな水差し」"a little pitcher with big ears"と言うが、自然にしろ、人間のことにしろ、ポンピリアにはしっかり観察して心に留めていたところがうかがえる。人の好いピエトロは、秘密の結婚が知れてグイードと言い争う場面にポンピリアが現れると、犠牲を前にしてその血の値段の交渉はできぬ、と抵抗を断念する。

　　　　"She is not helpful to the sacrifice
　　　　"At this stage,—do you want the victim by
　　　　"While you discuss the value of her blood?
　　　　"For her sake, I consent to hear you talk:
　　　　"Go, child, and pray God help the innocent!"（523-27）

ポンピリアに部屋で神の助けを祈れと命じ、「娘のために話を聞こう」と腰を落とす。結局は屈服せざるを得なかったピエトロを、ポンピリアは、命運が尽きたのを感知してもはや足搔かず喘いでいる牡牛（the cast panting ox That feels his fate is come, nor struggles more,—）（578-79）と、見て取っていた。幼い日に屠殺されようとする牛をじっと見ていたポンピリアの眼を感じさせる。

　ポンピリアの出生の秘密をヴィオランテが告白し、それを公にすることをピエトロは是認した。それは子煩悩なピエトロにとっても、ポンピリアに対する配慮より財産を取り戻す物質的必要が優先したことを示す。ポンピリアが自身の子どもへの愛とコンパリーニ夫婦の自分への愛を同列に置こうとして、「ほぼ同じように、まったくと言うわけにはいかないけれど」"(—Nearly so, that is—quite so could not be)"（137）と注釈を付けざるを得なかったのはもっともである。しかしポンピリアが修道院から戻されて、一つ屋根の下で暮らす喜びのうちに出産を終えると、ピエトロは嬉しさに有頂天になっている。しゃべり止まないピエトロを、それではポンピリアが疲れるから教会巡りでもしていらっしゃい、と訳知りの女房らしくヴィオランテが押し出している。遅く雪まみれになって帰ってきたピエトロを見て二人の女はおかしがり、ピエトロは暖炉に大きな薪を継ぎ足して、言いつけに従ったのだから

ワインを振る舞えとせがみ、見てきた教会のクリスマスの飾り付けを話して聞かせている。その時戸口を叩く音がした――when at the door, A tap: (266-67)、惨劇の幕開けだった。ブラウニングの想像力によるこの場面設定は、無惨な殺りくとの並置によって、束の間の家族の幸せをいっそう哀切に浮かび上がらせる。

　ヴィオランテもこのような場面では、産後のポンピリアの脇をピエトロと共に抱え、ベッドから椅子へと移動をさせ、それをポンピリアの行進と称して他愛なく笑い合い、家庭の団らんとポンピリアの幸福の一翼を担っていた。しかしバックラーは、ポンピリアに読み書きを教えなかったのは相手を思う真実の愛に欠けると言い、ヴィオランテがグイードとの結婚をポンピリアに言い聞かせた時の次の言葉の中に、老いた者が若さを食い物にしようとする強欲を見ている。

　　　　"We lose no daughter,—gain a son, that's all:
　　　　"For 't is arranged we never separate,
　　　　"Nor miss, in our grey time of life, the tints
　　　　"Of you that colour eve to match with morn.（558-61）

「娘を失うのではなくて息子を手に入れるってことなのですよ。私たちは人生の灰色の時にもあなたと一緒にいて、夕べを朝の色に染めて貰うのよ」

　確かにヴィオランテにとっては自分が第一で、他者の幸福のために自分を犠牲にするタイプではない。しかし自分がそこそこ幸福である限りは、他者の幸福にも寄与し得る、つまり普通の愛情と寛大さは持っていた人物と言えると思う。雨の日には遊び友達をポンピリアのために家に呼んでいる。結婚式を済ませて雨上がりの夜道を家に帰ると、今にも迎えに行くところだったと饒舌なピエトロに、ポンピリアは、結婚してきたのよ、と言いそうになる。つないだヴィオランテの手に力が入って、彼女は口をつぐむ（469-70）。秘密の共有者として二人の心が掌を通して通い合っている様子がやはり母と子なのだと思わせる。実子でないと分かった後も、ポンピリアはヴィオランテを「母」と呼び、学んでしまったものを学ばなかった昔に返そうとしても無理なのだから（you must let me . . . Nor waste time, trying to unlearn the word . . .) (182-83) と言う。それは呼び方だけではなく、母として愛するという心の部分も含むのではないだろうか。「あさはかな」"unwise" (98)、「まるで思慮のない」"silly-sooth" (1603) と愚かさをヴィオランテの名に冠し、あるいは「確かに彼女は誤りを犯しました。間違ってました。他にどう言いようがあるでしょうか」"Certainly she erred—Did wrong, how shall I dare say otherwise? . . ." (270-71) と言ってさえも、彼女のヴィオランテに対する態度は審判的 (judgmental) では決してない。ピエトロはもとより、「ヴィオランテもそれほどの復讐を合法にするほどのことはしていない」"Nor even Violante, so much harm as makes Such revenge lawful." (269-70) と言うポンピリアの弁論には迫力がある。

　そのように審判的でないポンピリアの語りが、悪意を持って語るほかの誰よりも生々しくヴィオランテの負の側面を浮かび上がらせるのも事実である。その最たるものはポンピリアが修道院から親元に戻されて、母子が抱擁し合い、これまでの辛さを涙で洗い去った時のことである (318-19)。これはアレッツォで別れて以来の再会で、その間に非実子の事実の暴露があったのだから、釈明がなされることになる。まず、ヴィオランテはポンピリアの実母が死にかけていた、ということにする。これは自己正当化のささやかな偽瞞で、ポンピリアに対する配慮ともなり得る。しかし、結婚話にからむ嘘は事の重大さに鑑みてあまりにも誠実さに欠ける。真実は当時すでにピエトロが家産をすり減らしていてヴィオランテに先行きの不安があり、その経済問題に加えて、彼女の虚栄心がグイード側の貧困を見抜く目を曇らせた結果の話であった。だがこの老女は、真実の親子でない事実がいつも心に咎めていて、結婚によってグイードと一身同体になることでポンピリアが真実の自己を所有できると考えた、「ただそれだけ！」"simply this!" (321) と語る。この結婚がなければポンピリアの出生の秘密を暴露する必要に迫られることもなかったはずで、不幸の源泉がこの愚かな結婚の選択にあったことに疑問の余地はない。しかしポンピリアは筋の通りにくいヴィオランテの釈明を疑わず、自分が買われたことが一家の不幸の源泉で、倫理上のみならず結果論からも子買いの行為が間違いであったのだと痛感している。自分を売った代価が死にかけている哀れな実母の束の間を豊かにするのに役に立ち、赤子の

自分によりよい生活が保証され、子どもを望むピエトロを幸せにしたにせよ、「間違い、間違い、ずーっと間違い、とっても明らかに間違ったことだった！」 "Wrong, wrong and always wrong! how plainly wrong!（312）と"wrong"を繰り返し、いわば自分の存在理由を否定するポンピリアの叫びが哀切である。

　ポンピリアにはわがままであったり、両親に対して反抗的であったりするところが見られない。秘密の結婚式のあと、事態の取り返しようのなさに加えて、パオロの口車とヴィオランテの嘘泣きとにピエトロが屈服すると、ヴィオランテは別室のポンピリアに、この結婚は結局みんなにとっての幸せなのだ、と言い聞かせる。ポンピリアは、「低劣で野卑で陰険で虚偽のことが起こり、それは母のせい…」"Something had happened, low, mean, underhand, False, and my mother was to blame, . . ."（517-18）と察知していたが、ヴィオランテの「だから、どうか許しておくれ」"Therefore, be good and pardon!"（70）という言葉に、優しくいじらしい返事をしている。「何を許せとおっしゃるの？　母さんは何でもご存知、私はまるで無知、母さんが泣かずにさえいて下さればいいのよ！」"Pardon what?　You know things, I am very ignorant: All is right if you only will not cry!"（71-73）。こうした対応はヴィオランテの抑圧に屈したというよりは、もって生まれた受容的な性格の上に、老年期の夫婦の一人子として育ったために、反発力を生まない祖父母と孫のような関係が成立してしまっていたせいではないだろうか。

Ⅳ　ポンピリアと他者

　ポンピリアはローマの家の近くのスペイン広場で、山羊の曲芸を見たことがあった。棒をぎっしりと立てて作った足場に山羊を乗せ、その棒を1本ずつはずしていって最後に山羊は4本の棒の上に立つ。その足場以外には「空」"blank"しかない状態のその山羊の存在様式を、ポンピリアはアレッツォの自分に重ね合わせる。ポンピリアの足場は、新しい命の啓示と、神への祈りと、それに応えて与えられたカポンサッキの助力の3本でしかなく、しかもそれがアレッツォでの4年の生活のまさに終わりに起こったことを考えると、拠って立つべきものを持たずに生きたポンピリアの実態、それを「空」と言

うほかなかった痛ましさが胸を打つ。

　不幸は、ピエトロが婚資だけでなく全財産を投げ出して共にアレッツォへ行く決定をしたことで、増幅された。市民が貴族の生活に抱いた空疎な期待は裏切られ、気ままな暮らしの中で老いてきた二人には、形式張ってその実は貧しいグイードの家の暮らしに堪える能力がなかった。ポンピリアを後に残してローマへ帰った二人は無一物で、ポンピリアの出生の秘密を暴露しても婚資その他を取り戻す必要に迫られたのだった。このような状況の中で、ポンピリアが立たせられた苦境は察するに余りある。しかしポンピリアにとって4年間を「空」と意識させたのは主としてグイードの性の行為であったようである。

　バックラーは思春期と結婚とが同時になったポンピリアに対して、性の初体験が優しく配慮に満ちて行われていたら事情は違っていたろう、と推測している (p.170)。ブラディはグイードによる強姦であったと明言している (p.44)。性の暴力が女性に及ぼす影響が研究対象になったのは近年のことに過ぎないが、年齢が少ないほど問題は大きいと言われる。ポンピリアの場合は必ずしも幼すぎたとは言えない。グイードが性的に妻であることを要求しはじめた時に、両親ではなく大司教に助けを求めているから、コンパリーニ夫婦がローマへ帰った後、まだ非実子の問題は起っていなかった時期と想像される。14歳に近い年齢であったはずである。第3巻の語り手の想像では、ポンピリアの実母は12歳で身を売っている。したがって、「考えてもみて下さい、結婚のとき私は12歳になるかならずの子どもでした」"Remember I was barely twelvle years old—A child at marriage:" (734-35)、という彼女自身のやや正確さを欠く言葉にもかかわらず、必ずしも年齢的に幼かったとは言えない。

　しかしポンピリアが「ほかのことには堪えても、堪えることを拒否する」"Refused to bear, though patient of the rest:" (751) と言うのは、次の引用が明確にしているように、それは魂の問題としてである。

> I felt there was just one thing Guido claimed
> I had no right to give nor he to take;

> We being in estrangement, soul from soul:（721-23）

「グイードが要求しても、私に与える権利も彼に取る権利もないことがたった一つある、と感じていました、私たちは魂と魂がかけ離れていたのですから」。その心の砦(とりで)を打ち砕いたのは、大司教の微笑 (the Archbishop's smile)（788）であり、おぞましい喩え話による脅迫であった。いよいよせっぱ詰まった時、ポンピリアは頼みにはならぬと思い知っていた知事にさえすがろうとした（Yet, being in extremity, I fled to the Governor, . . .）（1275-76）。もとより、ただ押し戻されただけであった。生涯にわたって肉をひさがねばならなかった実母への憐みを深めつつ、人ではなくて神に（858）、と言ったポンピリアが、その神にさえ絶望しかねなかった状況が察しられる（1285）。無惨な方法で命を奪われることすら、グイード自らが与えてくれた離婚の宣言として感謝できると言ったポンピリアであった。

> Himself . . .
> Blotted the marriage-bond: this blood of mine
> Flies forth exultingly at any door,
> Washes the parchment white, and thanks the blow.（1715-18）

「彼自身が結婚の契約をこすり消したのです。私のこの血は歓喜してすべての家の戸口へ飛び、契約書を洗って白紙へ戻し、攻撃に感謝するのです」。家の門口に塗られた血は、出エジプトに際して死の天使からイスラエル人の家を守ったものであった。この場合は死そのものを意味しているのだからイメージの誤用である。しかし死による解放を神の救いとすらするポンピリアの思いが、おそらくは聞きかじりであろう知識に託されて痛いように伝わってくる。まだ続く。

> His soul has never lain beside my soul:
> But for the unresisting body,—thanks!
> He burned that garment spotted by the flesh.（1733-35）

「魂を彼に添わせたことはありませんでした、しかし肉体は抗い得なかった

──有り難いこと！ 肉によって汚された魂の外衣を、グイードが焼いてくれたのです」

　それほどの否定的な思いにもかかわらず、ポンピリアは、グイードが冷酷ではあっても正直に冷酷で、猫をかぶった偽りがなかったことを、むしろよしとしている。結婚によって得るはずの利得を得られなかった点でグイードがだまされた側であったこと、自分とは合わぬ彼の魂も彼が造ったものでなく、自分には愛せなくても彼の母は愛したのだ、という認識において透徹している。そのようなポンピリアがグイードを風貌のせいで拒否したのでないことは認めてよい。不気味な医者がくれた薬に癒された幼い経験から類推して、夫の機能は姿形ではないと納得していた。もっとも、当初はその機能が何なのかは知らず、その後にかき集めた知識が次のように夫を定義させる。

> Everyone says that husbands love their wives,
> Guard them and guide them, give them happiness;
> 'T is duty, law, pleasure, religion : ... （152-54）

「誰もがおっしゃるのは、夫とは妻を愛し、守り"guard"、導き"guide"、幸せを与える"give"ものだと」。そう言う時の [g] 音による頭韻が統語上も並行して際立ち、「それが義務であり、律法であり、喜びであり、宗教でもある」という過剰な言い替えがポンピリアの精いっぱいの抗議を伝えている。すべての物をグイードに与えて争わぬように、両親に勧めたらどうだったろうかという思いはあり、性的に夫を満足させよという世間知があることも知っている。しかしそうしたことによって仮にも定義に沿った夫にグイードがなり得ると考えるのは、世間も自分も結局は盲目であって、グイードの真実が「憎悪」"hatred"であったことを、22ヶ所の傷による死を前にして明白に確認をしているポンピリアである。大司教とは、ポンピリアにとって、燃え盛る炭を呑めと言われても従わねばならぬ神の人であり、その指図に従ってグイードに身を投げ出した結果は、事実、事態を改善するのに何の役にも立たなかったのである。彼女はグイードの行為をグイードの次のような言葉に翻訳する。

　　　　. . . —"Since our souls
　　　　"Stand each from each, whole world's width between,
　　　　"Give me the fleshly vesture I can reach
　　　　"And rend and leave just fit for hell to burn!"—（781-4）

「われわれの魂は全世界を間にいれたほどにも離れているのだから、手を伸ばせば届く肉の衣を与えよ、引き裂いて焼いて地獄へ捧げるために取りのけておく！」。しかしそのようなことは神の名にかけて、グイード自身の魂のためにも抵抗せねばならないことだった、「負けなければよかった！」"I did resist; would I had overcome!"（787）というのがポンピリアの感覚である。とりわけ許容度が高く、愛情深いポンピリアの魂は憎悪を真実とするグイードとは相容れないものであったことは想像がつく。

　普通強姦の結果の妊娠には否定的な感情と対応が働くものである。ポンピリアにとって眠りは死の一形態であり、一日が終わることは死に近づくことであり、それが救いであったのだが、妊娠の予感は未来への希望の、神からの生命の啓示として歓喜の源泉となる。ここには確かに、妻とその養父母を惨殺することができたグイードとの、魂のあり方の相違を明瞭にするものがある。「私は生きて跳ね上がった、私の内にも外にも光が溢れ、あらゆる所に変化がある。幅広の陽光の帯が天から地上に投じられて、突然の跳ね橋が掛かり、それに沿って無数のゴミが陽気に行進し、同じく新しく生まれた仲間である蠅が行きつ戻りつ負けじと踊るのをからかっている。家の軒先ではしとどに濡れた一群れの雑草が、暗い灰色の格子のそれぞれにダイアモンドの露を振りかける。それは鳥が一羽また一羽と飛び過ぎて光が遮（さえぎ）られたかと思うといつも一鳴きの声を伴ってまた戻ってくる、そんな時のことなのだ——他に比べ得る喜びがあるだろうか？——幸せな家雀たち！　私は歩みを進めてテラスに立った——屋根の向こうにはなんという空！」

　　　　. . . . Up I sprang alive,
　　　　Light in me, light without me, everywhere
　　　　Change!　A broad yellow sunbeam was let fall
　　　　From heaven to earth,—a sudden drawbridge lay,
　　　　Along which marched a myriad merry motes,

> Mocking the flies that crossed them and recrossed
> In rival dance, companions new-born too.
> On the house-eaves, a dripping shag of weed
> Shook diamonds on each dull grey lattice-square,
> As first one, then another bird leapt by,
> And light was off, and lo was back again,
> Always with one voice,—where are two such joys?—
> The blessed building-sparrow! I stepped forth,
> Stood on the terrace,—o'er the roofs, such sky! (1223-36)

　ポンピリアは、子ども時代に別荘のまわりの自然をじっと見つめていたあの眼で、アレッツォの地で今まわりを見つめ始めたのだと思われる。草の露と雀の動き、無数の微細なものが舞う光の帯に蠅が飛び交う有様まで、これはクックが全12巻中もっとも愛らしい詩行（loveliest lines）だと評した部分である。

　そして生きながら死んでいた彼女が、「目的と動機をも見い出し」命へ向かって行動を開始する。ローマへ行くことを決心する。それを「ローマへの私の行進、鳥あるいは蠅のように！」と言う。

> "I have my purpose and my motive too,
> "My march to Rome, like any bird or fly! (1245-246)

ここでの蠅の登場は、彼女の謙遜というよりも、蠅にすら生命と目的を認めて高まった彼女の心の歓喜を伝えるもの、と言うべきだと思う。

　饒舌な召使いのマルゲリータと対象的に、ポンピリアの命令や返事は端的である。「カポンサッキに来るように伝えなさい」"Tell Caponsacchi he may come!" (1358)。「アヴェマリアの祈りの時刻の後、たそがれ時に、私はテラスに立っている、と言いなさい」"After the Ave Maria, at first dark, I will be standing on the terrace, say!" (1377-78)。「彼は来ます」"He will come." (1383)。

　しかしそのあと、ポンピリアがどれほど神に祈りを捧げたかは"God"という言葉の単なる頻出——13行中6回——にもうかがえる。その時に彼女が

思い出した古い詩（An old rhyme）がある。追いつめられた信仰厚い処女は、摑んだ炎が冷ややかな剣となり、それを振るって窮地を脱して行くのである（1390-42）。この話は二重に象徴的である。なぜなら姦通の相手と擬されていて危険な「炎」ともいうべきカポンサッキを逃亡の保護者として摑んだ点で、そしてカステルヌォーヴォの宿で「剣」を振るってグイードに立ち向かった点で。

　追い剝ぎも出没したこの時代の街道を女が一人で旅することは不可能だった。その同伴者として彼女がカポンサッキを選んだのは主としてコンティの言葉による。彼女の語りでは受胎による啓示以前に、思い余って逃亡の助力をまず親族のグイッリキーニに乞い、痛風を理由に断られると、次いでコンティに求めたことがあった（1304-13）。コンティは、自分は非力だけれど、噂になっているあのカポンサッキならあなたのために聖ジョージの役目を果たせる、自分たちの聖マリア教会の祭壇画を見るといつもそう思うのだ（1323-27）、と語ったのである。それはグイードが姦通の相手として責める人物の名前で、その名前の持つ半ばグロテスクで半ば不吉な、まったく謎めいた意味（a half-grotesque Half-ominous, wholly enigmatic sense）（1329-30）のせいで、その時は逃亡の計画を捨てたのだった。

　カステルヌォーヴォの宿で寝込みをグイードに襲われ、カポンサッキが「悪に手を貸す警吏」に捕らえられているのを見た時の彼女の対応と、とりわけ言葉はその生得と言うほかはない高度の倫理性を示すものになる。

> And saw my angel helplessly held back
> By guards that helped the malice—the lamb prone,
> The serpent towering and triumphant—then
> Came all the strength back in a sudden swell,
> I did for once see right, do right, give tongue
> The adequate protest: for a worm must turn
> If it would have its wrong observed by God. (1587-93)

「私の天使が悪意に手を貸す警吏等によって捕らえられ無力であるのを——小羊が威丈高に延び上がる蛇に屈しているのを——見たその時、突然すべて

の力が湧き返り、今度だけは、正義を見て取り、正義を行い、正当な抗議を口にすることができた——受けた悪を神がみそなわすことを願うなら、うじ虫でさえ立ち向かうにちがいないのだから」。彼女にとって抵抗しなければならない悪とは自分に加えられたものではなく他者——小さい世界にしか住めなかった彼女には自分が大切に思う者——に加えられた悪をいう。その中にはコンパリーニ夫婦、まだ命の萌芽に過ぎない赤子、そして彼女が天使と呼ぶカポンサッキが含まれる。愚かにも信じ過ぎて騙され脅され裸にされて犬小屋に蹴り込まれた老親（my old kind parents, silly-sooth And too much trustful, for their worst of faults, Cheated, brow-beaten, stripped and starved, cast out Into the kennel:）(1603-06) のために、彼女はアレッツォの知事に訴え出た。しかし二人がローマへ去ってからは沈黙した。赤子のために「立ち上がれ」"rise" と命ずる明白な声に従って逃避行のための行動を開始した。神によって送られた助力のカポンサッキが悪魔によって汚されるなら、「それには私は堪えない、それだけには抵抗した！」"that I would not bear, That only I resisted!" (1621-22) と言う彼女の最初にして最後の抵抗は、グイードの剣に飛びついてそれを振るうという果敢なものであった。カポンサッキが剣を帯びていながら、過剰な意識に妨げられて一矢を報いることもなく、おめおめと取り押さえられたのと好対照をなす。「堪えよ！ ではなく——傍に立って、私の天使たちが堪えているのを見ることに堪えよ！ という命令には、たとえ義にしておそるべき神の声であっても従えません——それが罪を犯すことであっても」

> If I sinned so,—never obey voice more
> O' the Just and Terrible, who bids us—"Bear!"
> Not—"Stand by, bear to see my angels bear!"
> I am clear it was on impulse to serve God
> Not save myself,—no—nor my child unborn! (1597-601)

他者の苦しみを見るに堪えないという精神は殉教者でなくて革命家を作る、とバックラーは言う。ポンピリアは「確かなのは、それが神に仕える本能に基づくもので、私自身を救うためでも、胎児のためでさえもなかった！」と

続けるが、そうだとするとこの精神は20世紀のインドで貧に苦しむ他者たちのために働いた尼僧マザー・テレサのものである。

　ポンピリアは、カポンサッキの魂の汚れなさに神の照覧を求めた後で、自分のことに関しては人々の判断に任せる、とカポンサッキに寄せる思いを述べる。

> I did pray, do pray, in the prayer shall die,
> "Oh, to have Caponsacchi for my guide!"
> Ever the face upturned to mine, the hand
> Holding my hand across the world,—a sense
> That reads, as only such can read, the mark
> God sets on woman, signifying so
> She should—shall peradventure—be devine;
> Yet 'ware, the while, how weakness mars the print
> And makes confusion, leaves the thing men see,
> —Not this man sees,—who from his soul, rewrites
> The obliterated charter,—love and strength
> Mending what 's marred.... (1495-506)

この部分はこのままでは真意が測り難い。ブラウニングの原稿（Ohio, VIII, pp.217-18）では、"guide"は"friend"、"only such can read"は"such men only can read"であり、単数の"She"は複数の"They"であった。そのことが分かると次のように推測がつく。「私は祈ったし、祈っているし、祈りつつ死ぬのです、カポンサッキを私の案内者として下さい！　神が女の上に聖なるものであるべし——おそらくはそうあるだろう——とつけられた印を読む感覚を持って——そのような人だけが読むことができるのですから——、絶えず（そのような女としての）私に顔を向け、私の手を取って世界を渡っていく友として下さいと。しかし、同時に、どんなに弱さがその印を汚し、混乱させ、男の人たちの見るに任せたか、——この人はそのようには見ないで、彼の魂がその薄れた文字を書き直し、愛と力が汚されたものを繕ってくれる、そういうことに気づいてくださいと」。つまりブラディの言うグイードによる強姦に痛めつけられてきたポンピリアが、すでに汚されてはいるけ

れどそれを帳消しにして、神に選ばれた汚れなき者として肉の関係抜きの友であり導き手になって欲しい、とカポンサッキへの切なる願いを表すものと理解される。ここになお、単なる恋愛感情（a romantic attachment）を読み取ろうとすれば、カポンサッキが義務を尽くして生きるように、と願うポンピリアの最後の最期の言葉の説明が困難になるだろう。「彼には人が幾歳月と呼ぶ神の一瞬の時の間、待たせてください。その間、真理と彼のすぐれた魂によって堅く立たせ、つとめを果たし通させてください！」

> So, let him wait God's instant men call years;
> Meantime hold hard by truth and his great soul,
> Do out the duty!...（1841-843）

天国には「結婚する」ということがないのを何よりの喜びとしたポンピリアであった。

V　ポンピリアと超越者

　ポンピリアにはどんな精神生活があったのだろうか。文字は教えられず学問の機会は与えられなかった。教会の聖書朗読はラテン語でなされたから神の教えの知的理解も多くはその能力の外にあった。それでも彼女の知性は生き生きとして、別荘で触れる自然、町での暮らしの中の出来事をしっかりと見て心に留めていたことが分かる。それらを手がかりにして出来事の意味を推論し、自分に何をすることが許されていて、何ができるかを演繹していたと思われる。従って判断は経験的かつ現実的である。永遠の相を過去・現在・未来の連続として捉え、繰り返される"was, is, will be"は、このような彼女の思考様式を言語的に象徴していると言える。

　カーニバルの季節の劇場で膝に砂糖菓子が飛んで来た時、見上げた視線の先に真面目そうなカポンサッキの顔があった。この人が投げたのではない、ととっさに思うのだが、それを神秘化している風はない。そんなことをしそうな人物としては家に出入りする縁戚のコンティに心当たりがあり、太ってひょうきんなコンティとはカポンサッキがまるで違うタイプであることを、

彼女の視力と知性とがとっさに見分けていたと考えられる。

　そんな彼女が育ったローマはカトリックの世界である。われわれはとかく教皇庁を取り巻いた人々の宗教者にあるまじき政争と腐敗を見て、それをすべてとしてしまう傾向がある。しかし『イタリア紀行』のリチャード・ラッセルズは、貧窮のため肉体を売る危険のある女子を結婚あるいは修道誓願を立てるまで受け入れる施設や、養育困難な母親から赤子を受け取る窓口を持つ修道院、また貧しい家の男子に基礎的な教育を授けることに生涯を賭けるため自らの知識欲を断った人々の群れなど、イエスの愛が真摯に実践されている17世紀ローマの側面を伝えている（pp. 70-1, 170）。そのような町に住んだ人々の精神生活に神が入り込んでくるのは極めて自然なこととなる。

　ポンピリアは「神」"God"という言葉を12巻中もっとも多用した語り手である。[8]しかしポンピリアの聖書の知識は限られている。イエスが水をワインに変えた「カナの婚礼」の話は結婚式の時のパオロの説教として記憶をしている。湖を歩く新約聖書の奇跡物語はおぼろに知っていて、喧噪の人生の外側には月光に照らされた広がりがあり、「そこを誰かが歩いてくる」"Whereon comes Someone, walks fast ..." (370) とポンピリアが言うと、それはイエス・キリストご自身（Jesus Christ's self）だと教誨師のチェレスティーノが教えている。ポンピリアが「鳩の翼がわたしにあれば」（詩編55章6節）に言及し、「カポンサッキのような人が救ってくれたら」という思いはそれと同じで決して実現しないことを承知の願いだったのだ、と説明する（998-1007）。しかしこの詩はチェレスティーノが誦じるので知ったのであり、天国では人も天使と同じで娶ったり嫁いだりすることはない、というイエスの言葉も、彼に尋ねて教えられたのだと推察される。「そうおっしゃるなんて、なんてイエスさまらしいのでしょう！」と新らしく得た知識に雀踊りしている感がある。

　　　'T is there they neither marry nor are given
　　　In marriage but are as the angels: right,
　　　Oh how right that is, how like Jesus Christ
　　　To say that! ... (1827-30)

アレッツォでのこと。グイードの手先らしい召使いのマルゲリータがカポンサッキとの仲を取り持とうと執拗に迫るが、ポンピリアは助力は神に仰ぐと答える。その際に嵐を静めた奇跡に言及するが (1101)、その主語は "God" であってイエス (Jesus) と結び付いていた風ではない。創世記への言及 "Be fruitful, multiply, replenish earth"(生めよ、増えよ、地に満てよ) は、グイードに対して性を拒否し修道院で純潔を守って生きたいというポンピリアに対し、その願いを退けるためにアレッツォの大司教が用いた言葉の伝達である (758-68)。彼女は "God" を "ah, my God" (283) あるいは単に "God" (301) として本気の呼び掛けに用いており、"Thank God!" (1456) があるけれど文字通り感謝の意味である。多少とも不敬になる間投詞としてはむしろ "Jesus Christ" をその用に当てている (1483)。

彼女にとっては十字架も救い主もなく、ただ漠然とした全能の愛であり義である存在が「神」"God" という名をとって存在していたのではないかと察せられる。[9]洗礼はこの社会の日常のことだから、過去の罪を洗い去って新しくされるという概念は、何とはなく分かっていたことだろう。クリスマスの祝祭の行事を通して神の子の誕生の出来事は知っており、母となって初めて「生まれることによって如何に神がもっとも神らしくなったか」"How He grew likest God in being born."(1691) を悟ったと言う。この言葉はポンピリアが、神の受肉というキリスト教の概念を、神学としての知的理解ではなく、ほとんど身体的に感得したことを示唆している。また、この世でも次の世でも共に在ることは考えられなくても、グイードを造った全能の神はグイードにも出会い癒されるはずだ、とポンピリアは思考しており、「神様のいらしゃらない所があるでしょうか」"But where will God be absent?" (1720) という修辞疑問が、神の「遍在」"omnipresence" の概念を神学を通さずに伝えるものとなっている。そんなポンピリアは憎悪の対象であった自分が永久にいなくなることでグイードの心が安らぎますように、と願うことのできる人である。

> May my evanishment for evermore
> Help further to relieve the heart that cast

Such object of its natural loathing forth! (1728-30)

　他を許し、そして自らも許されるために思い出せ、と言うチェレスティーノに答えてポンピリアは、大司教や知事への絶望から神への信頼を失いかけたことがある、と言う。彼女は、ローマ人とあだ名される托鉢修道士を探し出し、「間違いなく彼等の罪から来た私の罪を告白した、神への絶望というおそるべきことを」"I ... confessed my sin which came Of their sin,—that fact could not be repressed,—The frightfulness of my despair in God:" (1282-85)。そしてコンパリーニ夫婦に救助の手紙を書いてくれるように頼んだのが、このときである。いずれにせよ、剣を突きつけ毒を盛ると脅すグイードに、死こそ本望と応じ、死に等しい眠りを唯一の慰めとして生き得たということは、死後の世界への確信、つまり神への信仰を失いはしなかったことを意味するだろう。その神は新しい命を送り、祈りに応えて助け手を送った。ポンピリアにとってはそれだけで十分な神と神の国の存在証明である。カステルヌォーヴォでグイードに追い付かれたことは彼女にとっては挫折ではない。静かな修道院での恵みの暮しとなり、両親の腕の中に戻っての出産となった。両親の死は「責めるに急ではない」"will not be extreme to mark their fault" (1705) 神のもとでの安らぎと安全を意味し、自分の死はグイードから完全に解放されることである。起死回生の原動力となった赤子は、グイードとは無縁の彼女だけの子である。赤子を主語とした"safe"と赤子を目的語とした"save"の使用が６回にも及ぶことは、ポンピリアがわが子の安全に心を労したことを示している。彼女の思念では神は赤子を害する罪を容易には許さず (44)、母のない子には一層やさしく身を屈めて下さる (1749-52) 方である。人はさまざまに画策し計画する、しかしいずれも挫折することを彼女はヴィオランテやグイードに見てきた。大切な子を何よりも確かな「神の手に委ねる」"God shall care!" (904) と決すると、彼女はもはや思い煩わない。

　第６巻のカポンサッキの語りには変化を恐れるポンピリアの姿が垣間みられた。ポンピリア自身の語りのなかでは変化しないものへの希求という形を伴って、より顕在化する。赤子の誕生は「今度こそ終わったり、嘲笑に変っ

たりせず、永遠に私のものであり続けることの始まり」"Something began for once that would not end, Nor change into a laugh at me, but stay For evermore, eternally quite mine."（203-05）のはずであった。しかし赤子は、安全のためとは言え、2日後には取り去られ、母の姿さえ知らずに育つ現実がある。後に、「私の赤子は過去・現在・未来にわたって私だけのもの」"my babe was, is, will be mine only"（897）と言うが、それはさらに後の「私の赤子は過去・現在・未来にわたって伯爵グイード・フランチェスキーニの子どもではまったくない」"My babe nor was, nor is, nor yet shall be Count Guido Franceschini's child at all—"（1762-63）という言葉が明白にするように、未来永劫にわたってグイードの関与を拒否するポンピリアの強い意志を表明するものに過ぎない。したがって生身の自分を知っていて変わらないことが求められ得る人間存在は、ポンピリアが逃亡の旅への同行を求めた時に、「私はあなたのもの」"I am yours."（1446）と答えたカポンサッキしかない。その返事を聞いて彼女は、「彼は過去、現在、未来にわたって私のもの」"He was mine, he is mine, he will be mine."（1457）と歓喜したのだった。2日の遅延の後に再び彼が姿を現し、「移り変わる世界の他のすべてが変わってもここには変化がないのだ」"...: no change Here, though all else changed in the changing world!"（1414-15）と確信して以来、ポンピリアの彼への信頼は揺るぎがない。

　そのカポンサッキに関しては、夫のもとから救い出したはずのポンピリアが、結局カポンサッキの名前を囮にした夫の手に掛かる結末になったことで、己の存在を害悪とし、己の行為を挫折として苦しむことが予測される。だから、ポンピリアはまず、彼のもたらしたものはすべて善いものであり、彼の名前になら地獄へであろうと飛びつくのだと伝えてほしいと言う（1806-14）。そして彼の行為は一点一画も失敗ではなく、彼の言葉と行為のすべてが花となって全身を覆い、そこから落ちた種が最期の時を花の芳香で満たす大樹に育っていることを伝えてほしい、と言い遺す。

　　　Say,—I am all in flowers from head to foot!
　　　Say,—not one flower of all he said and did,

Might seem to flit unnoticed, fade unknown,
But dropped a seed, has grown a balsam-tree
Whereof the blossming perfumes the place
At this supreme of moments!...(1816-21)

　短い人生にとって短くはない出産後の2週間が他者から注がれる愛と優しさに満たされたことは、彼女にとってはこの世の生の終わるところから始まるよりよい世界の試食（死後の幸せを前もって味わい知ること）である（1670）。神が身をかがめて与えてくださる光をたよりに、そしてカポンサッキにもまたそのような光が与えられ、いつの日にか共にありえることを確信しつつ、ポンピリアは永遠の世界へと上昇して行く。

....Through such souls alone
God stooping shows sufficient of His light
For us i' the dark to rise by. And I rise. (1843-45)

「そのような魂によってのみ神様は身をかがめて私たちが暗闇を登って行くよすがとなる十分な光を送って下さるのです。そして私は登ってまいります」
　そのようなポンピリアは、精神科医・心理学者としてアウシュヴィッツの強制収容所を体験した『夜と霧』のフランクル（1905-1997）を思い出させる。彼は発疹チブスの蔓延している別の強制収容所に医師として移る前に、妻への遺言を友人に暗記させた。「…第3に、彼女と結婚した短い期間、その幸福はここで体験しなければならなかったすべてのことを償って余りあったということ…」（p.151）。また彼が伝える一人の若い女性の言葉を思い出す。もとはブルジョワの令嬢であった人が悲惨なバラックの中で死を迎えようとしているのだが、快活で、窓の外に見えるカスタニエンの樹と話をするのだと言う。「あの樹はこう申しましたの。私はここにいる――私は――ここに――いる。私はいるのだ。永遠の命だ…」（p.172）。フランクルは、外的ないかなる困難のもとにあっても内的に勝利し、高い飛翔を可能にする小数の人間がいることを証ししている。私は、ポンピリアはそのような人間の一人としてブラウニングの作品の中に生きている、と位置づける。
　古い黄表紙の「本」からブラウニングの想像力が刻みだした「指輪」であ

るポンピリアは、所詮は手前勝手で雑駁な姿を露呈する三人の噂話の主たちや、心の歪みが狂気の域の感さえあるグイード、過剰な意識に揺れ動くカポンサッキ、このような男たちの上に、単純で愛と許しに溢れ静かに天を仰ぐ姿で屹立している。第7巻「ポンピリア」はポンピリアの死による上昇であると同時に、作品世界の上昇を担うものともなっている。

One Word More

ブラウニングの死後にローマの図書館からフランチェスキーニ事件の第3資料が発見されている（OYB, pp.269-81）。それは出来事の種々層、たとえばヴィオランテが出産に関して夫と世間を騙すのに助産婦の力を借りたことなどが具体的に描かれている。さらに、ポンピリアの実母は近所の貧しい未亡人 コローナ・パペロッツィ Corona Paperozzi であったという記録も報告されている（DeVane, p.345）。第7巻のポンピリア像には生得的な品性の高さがあり、この記録と結び付けると納得できるところがある。

注
1. ラッセルズも「彼らは眼でよりも耳で結婚する」という言い方で、同様の状況を報告している（p.14）。
2. フィレンツェの北西64キロに位置するアルトパスキオ（Altopascio）という地域についてなされた社会学的研究で17世紀を含んでいるのがある。McArdle によると、住民の 86％ が貧農に分類されるこの地域では、1625-1784年の女性の平均結婚年齢は 23.4、17世紀後半では 20.41 という。男性に関する記述はない（pp.31, 61, 141）。
3. カステルヌォーヴォ到着は夕方であったのだが、ポンピリアは朝だと言い張った。これに関してブラウニングは、疲労の極みにあったポンピリアが夕焼けと朝焼けを混同したという解釈で問題を解決した。識字の問題に関しては言及せずじまいである。
4. ベアトリーチェ・チェンチは1598年に斬首されたが、「22年7ヶ月と5日生きて処刑された」と報告され、兄のジャコモも同じ時にさらに残酷な刑に

処せられたのだが、その年齢は報告されていない。

5．"terrible and strange" に対しては小田切は「恐ろしく不思議な」(後編、p.80)、村岡は「恐ろしく奇怪に」(p.6) とし、"strange woe" は、共に「奇妙な悲しみ」と訳している。

6．小田切はこの "strange" を「奇妙な」と訳し (後編、p.135)、村岡は「不思議な」(p.70) としている。

7．"fate" の使用例中、そのような形容詞付きで用いる率は彼の年齢とともに減少しており、『指輪と本』以前には14%、『指輪と本』で11.7%、それ以後は 5.7% である。"strange fate" の組み合わせは *Pauline* にもう 1 例ある。

8．頻度数の多い順に 3 巻をあげると、「ポンピリア」57、「教皇」37、「カポンサッキ」22、となる。所有格としての神、つまり "God's" の使用は「教皇」が16と多く、「ポンピリア」と「カポンサッキ」が同数の 7、キリスト (Christ) への言及は「カポンサッキ」7、「ポンピリア」4、「教皇」13、イエス・キリスト (Jesus Christ) としてはポンピリアが 3 回口にしているだけである。

9．"God" に対してポンピリアが付与した形容詞は "good" "almighty" "strong" "beneficient" "ever mindful" "compensatory great" である。

第8巻「アルカンジェリ」
"Dominus Hyacinthus de Archangelis"
——息子と食物とラテン語と

　ポンピリアの哀切な語りの後に登場するのが、犯人側の弁護に当たったアルカンジェリである。ブラウニングに忠実であるためには、この巻のタイトルは「ヒアキントゥス・デ・アルカンゲリス殿」とでもするべきところである。"Dominus Hyacinthus de Archangelis" はラテン語で、弁護士の氏名に敬称をつけた勿体ぶったものになっているからである。「アルカンジェリ」"Arcangeli" はイタリア語での名前である。

　バックラーやサリヴァンなど、『指輪と本』全巻に取り組んだ評論では、第8・9巻をポンピリアと教皇の二つの深刻な語りの間の息抜き（comic relief）あるいは幕間狂言（interlude）と位置づける点で一致している。[1] ブラウニング自身も「おどけた法律家たちには作詩上の、また最後のぶちまけの前に皆さんに少し息を吐いていただくための、役割がある」[2]（Curle, p.167）と述べているから、構成上の意図があり、かつまた息抜きとしても計画されたことは間違いない。しかし2万1000行を越える作品について、出版以来規模縮小を提言する声に事欠かず、その際、いつも真っ先に削除の対象になるのが本巻と続く第9巻「ボッティーニ」の法律家二人の語りである。[3] オルティック＆ラウクスはブラウニングが自分自身と読者とを茶番劇で楽しませようとしたと言うが（p.59）、果たして読む側の息抜きとなり得ているのかどうか、以下は、その体験的な検証である。

I　可笑しさ

　アルカンジェリの職名はラテン語では "Procurator Pauperum"、英語で "Procurator of the Poor"、日本語では「貧民弁護士」と訳したい。フィラ

デルフィアの判事職にあって、ラテン語とイタリア語からなる資料を調べ上げたゲストによると、語源的には確かに古代における貧者のための制度に由来するのだが、17世紀当時の弁護士はすべて官選である。貧民弁護士とは、階層は上位の貧民弁護官（Advocate of the Poor）と組んで法廷闘争をし、そのほかに被告の身辺のことなど細ごまとした問題の処理に当たるのが職務であったと言う（pp.39, 41）。ブラウニングは上級の弁護官であるスプレーティを、「私の部下、若いスプレーティがいる！」"There's my subordinate, young Spreti"（275）とアルカンジェリに言わせて、その年若い後輩のように扱っているが、事実は異なるようである。ともあれ、ゲストは、スプレーティを高く評価している史実を示して、彼らが貧しい者にお情けでつけられる弁護士で、したがってあまり有能でない、といった印象を持つのは間違いであると言う。また検察側のボッティーニには、とりわけその人物・力量を讃える史的文書があることからも、資料の法律家たちは良心的に職務を果たしていたのだと主張している（p.43）。

　ホデール訳によるアルカンジェリの法廷弁論を見ると、「極めて重大な犯罪」"so great a crime"という言葉を繰り返して、被告の犯した罪の大きさは認めながら、情状酌量の余地もまた大きいことを述べていて、弁護人の態度として納得できるものである。さらに、「検事と共に、真実を求め、その真実の弁護人でなければならない」（OYB, pp.143-44）という言葉があり、現代にも通じることと、300年の歳月を超えた共感を資料のアルカンジェリに対して抱くのである。ただし、種々さまざまの先例を並べ上げ、イオニアの象が主人の不貞の妻をその相手もろとも踏み殺した、という話まで持ち出すのは、われわれには尋常でない。しかしゲストによると、それが当時の法曹界の慣行であった（P. 49）。資料には、グイード処刑の日に歴史上のアルカンジェリがフロレンスの法律家チェンチニに宛てた手紙があり、謙虚に自分の力不足を述べていて[4]（OYB, p.235）、まっとうな人物との印象を受ける。

　そのようなアルカンジェリを、ブラウニングはたいへん滑稽な人物に仕立て上げた。父性愛・食物への関心・非論理の3点を肥大させたのである。それは第1巻における語り手紹介で明らかになっていた。以下はその部分の和訳である。

博識だが脳天気の中年男…頬と顎は脂肪と法律の2段重ね、その彼が…尊きお方を一人ならず落ち着かせ、宥め、守り、何よりも民衆の不安を鎮めるために、グイードの弁護は我が確かな腕にあり、とどのようにして示すのか、またそのような重荷はいとも軽いと言わぬばかり、家族の祝宴を気遣っている。父性が笑みを浮かべて法律と抗（あらが）っているのは、一人息子の8歳の誕生晩餐会のことである。その彼が…法律用語をぜいぜいと、だがラテン語は軽やかに吐き出して、焼いた子羊肉など忘れたように、どのように論理をこすって大きい罪を小さくしたか、手をすり合わせ痒い足を足でひっ掻き、…大笑いすれば咽の奥に泡が立ち、まるで天ぷらを揚げている風情！（I, 1131-59）

　そのようなアルカンジェリの語りは、一人息子のラテン語学習がいかに進んでいるかの我が子自慢から始まる。

> Ah, my Giacinto, he's no ruddy rogue,
> Is not Cinone?　What, to-day we 're eight?
> Seven and one 's eight, I hope, old curly-pate!
> ─Branches me out his verb-tree on the slate,
> *Amo -as -avi -atum -are -ans,*
> Up to *-aturus,* person, tense, and mood,
> *Quies* me *cum subjunctivo*（I could cry）
> And chews Corderius wtih his morning crust!（1-7）（原文斜字体）

「ああ、うちのジャチント、もう子どもではないんだ、チノーネはね、何と今日で8歳だって、7足す1は8ですからな、巻き毛のおつむの愛しい奴！石版に動詞の変化を書いてみせてくれるのですぞ、*amo, -as, -avi, -atum, -are, -ans* から未来分詞の *-aturus* に至るまで、人称・時制・法、それに関係詞 *qui* には接続法が伴うことまで（泣けてくるーっ）、そしてコルデリウスのテキストなど朝飯前なんだから！」といった調子である。今夜はその子の誕生を祝う晩餐会で、「まず仕事、遊びはそれからだ」との自戒にもかかわらず、妻の老いた父親が極上のワインに気をよくして遺言書を書き換えてく

れるのでは、などと息子のために深慮遠謀をしている。それと結びついているのは、舅(しゅうと)はかくしゃくとしてはいるがころりと往生するタイプ (just the sort To off suddenly)（26-27）で、ごきげんを取り結ぶのもたぶん今度限りだろう（yet this one time again perhaps）（35）、と被相続人の早い死を予測する希望的観測である。その甘い期待と、そして手放しの我が子自慢は苦笑を誘う、10歳の天才が20歳でただの人になるのは人間の実相なのだから。最初にジャチント（Giacinto）として言及されたこの子は、その後の45行に8個の異なる愛称で呼ばれている。Cinone, Cinozzo, Cinoncello, Cinuolo, Cinicello, Cinino, Ciniccino, Cinuciatolo がそれである。アルカンジェリを子だくさんと誤解した論が伝えられているが（Cook, p.163）、それはこうした愛称の使用が想像の域を超えた桁外れのものであることの証左であろう。実は愛称の変種はこれにとどまらない。イタリア語の屈折のあらん限りを尽くして17にも及ぶ。極端な誇張によって、先ずは普遍的な父性愛が滑稽な戯画となり果てる。

　アルカンジェリはその太った体型が象徴しているように食べることに強い関心がある。ブラウニングの全作品中、揚げ物を意味する"fry"という語の使用頻度数は7であるが、そのうちの一つをのぞいてアルカンジェリの独占である。彼は余裕があれば詩も作りたいという人物で、法律が主体でラテン語はその飾りである、という趣旨を、彼が気取って比喩的に表現すると料理のイメージになる。

　　　"Law is the pork substratum of the fry,
　　　"Goose-foot and cock's comb are Latinity," ―（152-53）

「法律は豚肉を基底にしたフライ（つまりメイン）で、ラテン語は鵞鳥の足"Goose-foot"と鶏冠(とさか)"cock's comb"（つまり添え物）である」。鵞鳥の足や鶏冠まで食べるのかと驚くが、実はそのような形をした香草だという（Ohio, VIII, p.360）。

　一個の人間は職業人であると同時に、個人であり、家庭人でもあるのだから、個人として子煩悩であったりグルメであったりして一向に差し支えはない。しかしそれが人の命にかかわるような局面にさえ出張ってくるのは問題

である。ブラウニングのアルカンジェリの場合、グイード弁護の核心である名誉の問題に触れて、動物にさえ名誉の本能があるのだから、創造の華である「人間が無感覚な土くれであってよいわけがあろうか」"Shall man prove the insensible, the block, The blot o' the earth ...?" (536-37) と言って、詩的だ、とわれながら悦に入っているような時でさえ、料理への関心が仕事の法律を脇に追いやる。炒めたレバーにはパセリだけでなく刻んだネギも入れなきゃいかんのだが料理女は…と気にし始め、あれも馬鹿ではないのだから私は議論に戻ろう、と気を取り直してからもなお、「ネギは刻むものだ」"The fennel will be chopped." (544) と言わずにおれないのである。とにかく早く仕事を片づけて、とわれとわが身に言って聞かせるのも、ご馳走にありつくためである (1100)。そしてその極、次の引用のように法律と息子と食物が渾然一体となる。

>   Let law come pimple Cinoncino's cheek,
>   And Latin dumple Cinarello's chin,
>   The while we spread him fine and toss him flat
>   This pulp that makes the pancake, trim our mass
>   Of matter into Argument the First,
>   Prime Pleading in defence of our accused, (64-69)

「頬にえくぼのチノンチーノには法律を、団子あごのチナレッロにはラテン語を、その間にわれわれは彼のためにパンケーキの種を薄くのばしポンと投げて平らにする、つまりかさばる問題を刈り込んで被告弁護のための最初の弁論を作成する」。この話は結局、殺人を犯した貴族の弁護を担当することは、息子にパンケーキを焼いてやるようなもので、将来父親と同じ法律家になる子どものために教育上時宜にかなって有益である、ということになる。団子あごの子の父親の、あごはやはり団子であろう、そのような人物が、"pimple" と "dumple"、"Cinoncino's cheek" と "Cinarello's chin"、"spread him fine" と "toss him flat" のさまざまに並行する音が生み出す軽快なリズムに乗って、ポンピリアの命を呑み込んだ惨劇をフライパンに入れ、ポンと投げ上げているイメージは、グロテスクな時事漫画になる。

養父母の家とはいえ法の監視のもとにあったポンピリアをグイードが殺したのは法に対する挑戦、という検察側の糾弾は予想されるところである。途方もない非難だ、怒りが吹きあがってくる、怒りでものが言えなくなりそうだ、などと激している体の時にすら、防衛的になると針を逆立てるヤマアラシの連想で、アルカンジェリの思念は料理の気遣いにすりかわってしまう。

> (..
> Suppose the devil instigate the wench
> To stew, not roast him? Stew my porcupine?
> If she does, I know where his quills shall stick!
> Come I must go myself and see to things:
> I cannot stay much longer stewing here.)
> Our stomach . . . I mean, our soul is stirred within,
> And we want words. . . . (1385-94)

ひょっとして丸焼きにするはずのヤマアラシを料理女が「シチュウ」"stew"にしてしまったらどうしようか、そんなことをすればどこに針が突き刺さるかは知れている。こんなところで「やきもき」"stew"していないで、早く片付けて自分で見に行かなくちゃ、と考える。そうなると「魂」"soul"が疼(うず)く、というべきところで「胃袋」"stomach"が、と言ってしまう。ブラウニングの全作品中、「ヤマアラシ」"porcupine"を口にするのはアルカンジェリがただ一人、空前絶後の人物である。

真実を求め真実の弁護人になることを目指すのが資料のアルカンジェリで、ブラウニングのアルカンジェリにとっては、「真実を求めて熱く」"zealous for truth"(1781)と自画自賛するけれど、実は真実は問題ではない。たとえば、歴史上の辯護士は、グイードがカステルヌォーヴォで二人の逃亡者に追い付いたときに持っていたのは、旅行用の剣だけであったとしている(OYB, p.122)。検事側は、その時にグイードには復讐が可能であったとする論拠として、彼がピストルを所持していたと言う(OYB, p. 68)。その検事のラテン語を嘲(あざけ)って裁判官たちの笑い物にするために、ここはグイードにピストルを持たせておこう、たとえ裁判で負けることになっても(We'll let him have been armed so, though it make Somewhat against us:)、と考え

るのが作品上のアルカンジェリである（211-17）。彼はまた、「復讐」を「盾をもとの白さに戻す」と詩的に表現することにして、グイードの父親の戦功に言及するため「時と所を調べてここに挿入しよう」". . . here find out and put in time and place," (1096) と思う。ただし、「もし見つからなければでっち上げて」"Or else invent the fight his grandsire fought:" (1097) と、平然と言い得る人物である。

資料では、妻側の姦通が事実であることに疑いの余地はない、と歴史上のアルカンジェリがその根拠を6ヶ条にわたって挙げる。ブラウニングのアルカンジェリが開陳するのは、誤解であったと後で分かることになっても、その時に姦通だと思ったら最良と信じるところに従って行動し、それによって生じる結果については許されるべきである、という見解で、それはさらに次のように展開する。

  So casuists bid: man, bound to do his best,
  They would not have him leave that best undone
  And mean to do his worst,—though fuller light
  Show best was worst and worst would have been best.
  Act by the present light!—they ask of man. (437-41)

「そう決議論者たちは命じる。人には最善をなす義務があるのだから、最善をなさないままにして最悪をなすことになるのは許されない、白日のもとで見れば最善が最悪で最悪が最善であった、ということになってもである。現在手持ちの灯りによって行動せよ！——彼らはそう要求している」。ブラウニングが結果をおそれて行動に出ない愚を戒めたのは、『男たちと女たち』の「彫像と胸像」"The Statue and the Bust" の短詩によって、よく知られている。しかし、それは第10巻の教皇が言うように、「生きるとはまさに恐るべき選択である」"Life's business being just the terrible choice" (X, 1238) という認識があり、結果に対する恐ろしいばかりの責任を引き受ける覚悟を含むものである。アルカンジェリはと言えば、「最良」"best" を繰り返し、「最悪」"worst" との対比でいっそう強調しながら、それを「最良」＝「最悪」の図式にしてしゃあしゃあとしている。呆れるのを通り越して可笑しい。

それに続いて、名誉のための殺人に免罪を、と弁護の要(かなめ)の部分に入る時に彼が使うラテン語を、ブラウニングが添えた英語を省いてつなげると以下のようになる。それは正確に資料のもので、弁護側弁論の導入として筋の通った論述になっている。

"Ulta quod hic non agitur de probatione adulterii ad irrogandam paenam, sed ad effectum, excusandi occisorem, et ad illius defensionem; ..."（441-51）

ホデールによる対訳と、その和訳は次のようになる。

"Furthermore, we are not here arguing to prove adultery for the purpose of demanding punishment [upon the adulteress], but to excuse her slayer, and for his defense;"（OYB, p.13）（さらに、われわれは女に罰を求めるために姦淫を証明しようとここで議論しているのではなく、その女を殺した男を許すためであり、彼の辯護のためである。）

そのようなラテン語に常にブラウニングが添わせる英語訳を、それだけをつなぎ合わせ、その和訳を付けたのが以下である。

"besides it is not anyway our business here, to prove what we thought crime was crime indeed, and require its punishment: such nowise do we seek: but 't is our concern here to simply find excuse for who did the killing-work, and defend the man, just that!"（441-52）（なおまたわれわれが罪だと思ったものが実際に罪であったことを証明し、その罰を要求することは、とにかくこの場のわれわれの知ったことではない、そのようなことをわれわれはいささかも求めてはいない。そうではなくてこの場のわれわれの関心は、人殺しをした人間のために"simply"に言い訳を見つけ、その男を擁護する、ただそれだけ！）

ホデール訳がブラウニング訳ではどう変ったかを以下に示す。

「議論しているのではない」──→「とにかくわれわれの知ったことでは

「ない」
「姦淫を証明する」⟶「罪だと思ったものが実際に罪であったことを証明する」
「許す」⟶「"simply"に言い訳を見つける」
「彼の弁護のために」⟶「その男を弁護する、だだそれだけ！」

　「許す」を言い替えて「言い訳を見つける」も可笑しいが、そこに多義的な副詞"simply"を用いているのはブラウニングの巧妙さである。「ただ単に」とすれば無責任を示唆し、「実直に」と善意に解釈することも出来る。このように含みを残しながら、意味を変えず、少しのひねりを入れているだけである。しかし、最善だろうと最悪だろうと「現在手持ちの灯りによって」云云の先の怪しげな決疑論と相まって、まともな資料の導入部が笑える議論に変身する。資料にぴたりと沿いながら可笑しさを生み出すブラウニングの機知は讃えられてしかるべきではなかろうか。
　神聖なるべき住居における殺人という告発にも、アルカンジェリは弁護人として反論をしなければならない。資料では、ポンピリアの修道院収監中にグイードは貴族社会からも締め出され、屈辱はいや増して場所を問わぬようになっていたのだ（OYB, p.33-34）という弁護論になる。一方、ブラウニングの弁護士の言い方では、権利として要求している復讐を遂げるのに、収監中を襲って騒ぎを大きくし、「正直なところ、我が身を危険に晒すこともないではないか？（鼻を削ぎ頭を割るのに忙しくしている間に）金具付きの杖を持った警官という邪魔が入って、早速に自分の頭を割られたり、鼻を血だらけにしたいと誰が思うものか！」ということになる。

> Endanger ... shall I shrink to own ... ourselves?—
> Who want no broken head nor bloody nose
> (While busied slitting noses, breaking heads)
> From the first tipstaff that may interfere! (1279-82)

続く議論に使用されているラテン語"In quibus assistit Regum Rex per essentiam et nihilominus ex justa via delinquens excusatur" (1296-301)は、

資料のスプレーティの文章で、「正しい怒りからであれば王の王である主の本質が住みたもう教会で犯された罪でも許される」と、辯護の論拠を述べている。これにブラウニングが添えた英訳には、前例のようなひねりはなく至極穏当である。[5] しかしそれとは別に、聖句「きつねには穴があり、空の鳥には巣がある」（マタイによる福音書8章20節）を引用し、「不実な妻に枕するところがまだあるだろうか？」"Shall false wife yet have where to lay her head?" (1310) という議論につながると、穏当ではなくなる。聖書では主語はイエスで、神の子が人間救済のために人間として生きる苦難に言及して「人の子には枕するところがない」と言われたのである。論理の頭と脚をすげ替えて「姦淫の女には眠るところなくて当然」と話を別物にし、これで検事への反論は決定的、「奴も参ったろう！」"He's done!" (1311) と、自信満々なところが大変おかしい。

　アルカンジェリによると、各階層にはそれぞれに理解しうる言語があって当然で（Let Each level have its language!）(1508-09)、グイードの「名誉」"honour" は、農夫たちの言語では「金銭」"that piece of gold" になる。その命題の例証として、彼は神から蚤に至る階層を持ち出す。「天が最初に天使に話しかけ、天使がその言葉を飼い慣らしてトビトの耳に落とす、今度はトビトがメッセージを切り詰めて犬に伝える、最後に犬は腹が減っても血を吸ってはならぬと蚤に教えるためには舌でなめるか足を使えばよいと知る。そのようにさまざまの種類の言語があり、それぞれはその歩みに合わせた速度でそれぞれに従う。歩みはまったく等しからずなのだ！（*Haud passibus aequis!*）」(1509-19)。最後のラテン語は、資料ではなくヴェルギリウス（*Aeneid* II, 724）からの引用で、彼としては至極の勿体つきである。ここには「天」から「蚤」のレベルまで、先ず途方もないイメージの可笑しさがある。

　論理の面での問題点をブラウニングが戯画の極致にまで仕上げたのが次の議論である。「知らせてくれて有り難い」"I thank the Fisc for knowledge of this fact:" (1602) と、ライバルの検事にいやみの謝意を表している「事実」とはこういうことである。グイードの共犯者4人は彼の農園の農夫で、一家殺害を果した暁には、ローマを離れたら直ちに報酬を受け取ることになっていた。しかし支払いが実行されないので、彼らはグイードを殺して財布を奪

おうと話し合っていたのである。報酬を約束して人殺しに荷担させておいて、約束を守らない主人と、報酬が目当てで人殺しに荷担し、その報酬を手に入れるためなら主人を殺すのもいとわない農夫たち、この双方の態度を清廉潔白の証しとしようとするアルカンジェリの論法がこれである。

> What fact could hope to make more manifest
> Their rectitude, Guido's integrity?
> For who fails recognize the touching truth
> That these poor rustics bore no envy, hate,
> Malice nor yet uncharitableness
> Against the people they had put to death?
> In them, did such an act reward itself?
> All done was to deserve the simple pay,
> Obtain the bread clowns earn by sweat of brow,
> And missing which, they missed of everything—
> Hence claimed pay, even at expense of life
> To their own lord, so little warped (Admire!)
> By prepossession, such the absolute
> Instinct of equity in rustic souls! (1603-16)

「彼らの正直、グイードの誠実、それをこれ以上明らかにするものがあり得ようか。というのはこの貧しき農夫たちがその手に掛けた被害者たちに対してねたみや憎悪や悪意を抱いていたのでも、また無慈悲であったのでもないことは誰の目にも明らかではないか？ 彼らの場合、行為そのものが報酬であったのか？ すべては金を払ってもらえるから為されるのであり、田舎者が額に汗して稼いだパンを手に入れるのと同じで、そのパンが失われたらすべてが失われる——それ故、主人の命と引き替えても支払いを要求する。先入観によって歪められることのほとんどない農民魂における、そのような公平正義の絶対的本能は見上げたものである」。一方、われらの伯爵、洗練された知性の持ち主の場合には（Whereas our Count, the cultivated mind）、死を求める論拠は高貴な心の持ち主にこそ相応しい復讐のほかには夢にもない。その「彼が卑しい者たちを疑似餌をちらつかせて誘ったとしても何あろうか、彼らにはそれが咀嚼し得る唯一の動機であり、赤子には大人が求め

る堅い肉ではなくてミルクをあてがうのと同じではないか？　事は成就し彼らの荒れた手は十分に汚された、グイードはその手がこの上金銭で汚されることのないようにしてやったのだ」

> What though he lured base hinds by lure's hope,—
> The only motive they could masticate,
> Milk for babes, not strong meat which men require?
> The deed done, those coarse hands were soiled enough,
> He spared them the pollution of the pay. (1627-31)

この議論は、「汝、我が検事よ」"thine, my Fisc,"と呼びかけて、「お前さんの考えることは問題にもならず、この返事で十分であろう」(1632-35)とねじ伏せたつもりの挨拶で終わり、このあと裁判官に向き直って結論部に入るのだが、むちゃくちゃな論理と意気軒昂な姿は哄笑を誘う。

　アルカンジェリの仕事の段取りでは、今日のところは草稿で、明日それを練って、その後でラテン語化することになっている（Notes alone, today, The speech tomorrow and the Latin last;）(146-47)。そのような前提をふまえて、上記のような滑稽の部分はすべて英語である。したがって、ラテン語によらない多くのユーモアがあるのに、ラテン語の素養がなければ、と人をこの作品から遠ざけるのはほとんど残酷であるというクックの言葉(p.163)は、基本的に正当である。

II　ラテン語の問題

　印象的にはずいぶん多いと感じられるのだが、実はラテン語を含む行数は400足らずで、全体の２割強に過ぎない。しかし、まったく無視して済ますことはできない。詩であり、とりわけブラウニングの詩を理解するためには朗読するのがよいという意見があるくらいだから（George, p.25）、まず発音を無視するわけにはいかない。羅和辞典の編者田中秀央によれば、いわゆる古典ラテン語は現在日本で行われているローマ字の発音にほとんど等しく、音量（母音の長短の区別）と音調（アクセント）を押さえれば用が足りる。

英国におけるラテン語は、アレンによると、初期の頃から英語の発話習慣に影響されてきた。16世紀にエラスムス（1466?-1536）が、ヨーロッパ各国それぞれがお国訛りで発音するラテン語の奇妙さを指摘し、古典的な発音にかえるように唱道した。ケンブリッジで果敢な改革に乗り出す若い学者も出たが、学長による弾圧や、旧教徒の女王メアリがからむ政治情勢、それに近世英語への移行期であったこととも重なって発音改革は頓挫し、結局20世紀に持ち越された。したがってブラウニングの時代にはラテン語の発音は極めて英語的な発音（Allen, p.105）であったことになる。ケンブリッジのラテン語が専門の*ケニー教授が1995年9月25日に筆者のために読んで下さったテープがある。先のアルカンジェリの名前のラテン語表記は教授によるヴィクトリア朝式の発音によると次のようになる。

[á:kəndʒèrəs prəkjuréitə pó:pərm]

しかし英国で現代のラテン語教育を受けた読者は、田中秀央によるものと大差のない読み方をする。その場合には、長母音が多くアクセントの位置が後位置に寄りがちになって英詩の韻律が成立し難い。たとえば Archangelus Procurator Pauperum（114）は次のような発音になる、

[arkángelus prōkjūrátor páuperum]

その方がラテン語部分が明瞭になってブラウニングが意図しなかった味が出て面白いということにもなる。ヴィクトリア朝の発音にこだわるなら英語の感覚で読めば近似値にはなるから、さほど難しいことではない。したがって、田中の羅和辞典で、解説を含めても2頁には納まるルールを学ぶ手間を惜しまなければ、発音に関しては問題がなくなると言える。

　意味に関してクックは、第8巻のラテン語にはほとんど逐語的に英語が添えられているし、ラテン語を知らないと通じない滑稽もあるが、それはわずかであるから損失と言うほどのものではない、と言う（p.163）。英語にはラテン語源のものも多く想像のつくものもなかにはある。しかしクックが逐語的という英語の添え方もラテン語に先行する場合があり、割り込みもある。

---

* Professor E. J. Kenney, Peter House, the (retired) Kennedy Professor of Latin

たとえば次の例である。

> ..., all the man one fire
> *Moriatur,* roared he, let my soul's self die,
> *Anima mea,* with the philistines!（650-52）（原文斜字体）

"Moriatur"を、逐語だから当然、と直後の"he roared"に照合させたが、実は次行の"Anima mea"とつながって、ペリシテ人と共に「わが魂を死なしめよ」という*サムソンの悲痛な言葉であり、その英訳は割り込みになっていたのである。"Moriatur"について、"Memento Mori"（死を覚えよ）を思い出すべきであったのではあるが。

複雑な英語の添え方を十全に装備しているのが次例である。

> *Asserunt enim unanimiter*
> *Doctores,* for the Doctors all assert,
> That husbands, *quod mariti,* must be held
> *Viles, cornuti reputantur,* vile,
> Fronts branching forth a florid infamy,
> *Si propriis manibus,* if with their own hands
> *Non sumunt,* they fail straight to take revenge,
> *Vindictam,* but expect the deed be done
> By the Court—*expectant illam fieri*
> *Per judices, qui summopere rident,* which
> Gives an enourmous guffaw for reply,
> *Et cachinnantur.*（783-94）（原文斜字体）

ラテン語では「寝取られた夫たちが自らの手で直ちに復讐を行わず、法廷によって行われることを期待するなら、法廷は返事に代えて念入りに嘲笑し、哄笑する、と博士たちは一致して主張する」の意である。ブラウニングの英語では、夫の「寝取られ」を意味する"cornuti"（角を生やして）を「額が華々しい不名誉を生やして」と婉曲に訳され、「そして哄笑する」"Et cachinnantur"が「途方もないげらげら笑いをくれる」と滑稽感を生み出す言い替えになっているが、すべてが確かに英訳されている。だが添え方は、断じて

単純ではない。1行目から3行目途中まで、また6行目などは、逐語的に英語が添えられていて問題がない。しかし8行目冒頭のラテン語1語のあとに長い英語がくる。羅英の順のものが、英羅に逆転していて割り込みである。ダッシュのあとにくる長いラテン語の逐語訳が、10行目末尾からの英語と思うが、11行目にラテン語が残っていて、あれっ、割り込みだった、と気が付く。これを追うのは気分的に楽ではなかった。

　1240行から3行にまたがるラテン語 "*Ex causa abscissionis partium;/ Qui nempe id facientes reputantur/ Natura inimica, . . .*"（遺体を損傷したことによってであり、それが明らかに自然の敵とみなされるのである）の場合の英語訳の添え方は、後半は逐語なのだが、前半のは6行もさかのぼった1234行にある。上記和訳で「遺体」とした "partium" には性器の意味があるようで、ブラウニングは "paramour"「情婦」とし、そのような残酷というよりも醜い殺し方をした場合と違って、鼻を削いだり、頬を切ったりしただけの男にはより人間的な裁定を、という話なのである。

　筆者のようにラテン語の素養に乏しい者が、きちんと押さえようとすれば、容易ではない場合が多いのは事実である。意味の上ではラテン語を無視して、英語のみを辿って読むのがおそらくは益であろう。

Ⅲ　ラテン語と興趣

　17世紀のイタリアの裁判は、法廷を開いて検察・弁護の双方が弁論をするのではなく、弁護側先攻の文書によるやりとりで、使用言語は当時の口語ラテン語である。ブラウニングは原資料のラテン語を借用して弁護士としてのアルカンジェリの仕事振りとその進捗状況を描き、資料のまじめでまともな言語に依拠しながら、滑稽な人物を造形した。その造形技術を跡づけることは第8巻を読む興趣の一つになり得る。その作業のためには、ラテン語の

＊　サムソンは旧約聖書士師記（13章-16章）の英雄です。愛したデリラに計られて、その大力の秘密の源である髪の毛を剃られ、両眼をえぐられてペリシテ人の捕虜になりました。髪の毛が伸びて力を回復すると、人々の集まる家（屋根の上だけで3千人の人がいたといいます）の中柱2本を両腕に抱えて折って、敵に復讐すると同時に自らも死を遂げた人です。

知識が不可欠であるが、若干の手ほどきを受ければ、辞書と変化表とブラウニングが添えた訳語をたよりに読み進めることは、不可能ではない。その際、ホデール訳の資料、クックの注解に加えて、オハイオ Ohio 版のブラウニング全集第 8 巻と、ペンギン Penguin 版『指輪と本』の注も参考にできる。それは努力を要するけれど、報われるところの大きい作業と言える。

　野心はあるもののエピキュリアンらしく「頭がさびない程度の仕事」"Just so much work as keeps the brain from rust"（54）をしていたい、と言うアルカンジェリは、息子の誕生祝いにからんで料理や舅の遺書のことにさんざん気を散らしたあとで、やっと仕事に取り掛かる。それまでは英語で、その部分を和訳すると次のとおりになる。

　　「あの刻んだハーブには最上級の折り紙をつける値打ちがある。それが皮状のレバーの切り身の味を和らげるのだ。そここに鷺鳥の脚や鶏冠の形をした香草を突き刺して多少のチーズで固めたあれだ。珍味の類が舅殿のためになるかどうかは疑わしいが、去年の 6 月には喉を詰めて死ぬところだった…馬鹿馬鹿しい！　舅殿は人の指図は受けないし、遺書もできていることだから。そこでレバーがシュー、法律がヒラヒラ、ラテン語が舞い上がる、食前の祈りに皿の上で手をすり合わせる時に。訴訟に負けるかもしれんな、これ以上余計なことを言っていると。――では切りたての鷺ペンでもって白い紙にインクで書く、ピー・アール・オー、*pro Guidone et Sociis.* グイードとその一味のために、さあどうだ！」
　　（117-28）

　やっと仕事に取り掛かると、ようやく本格的なラテン語の出番となる。資料と同じ出だしの「伯爵グイードが結婚した」"Count Guido married"」（129）を「妻を娶る」"*Duxit in uxorem*" とラテン語化する。そのラテン語を、「フム、平凡だな」"―commonplace!" と自己評価するのだが、実は現実の検事側が使っている表現で、したがってライバルをしっかりと貶しているのである。当然それには満足しないから、抒情詩人カトゥルス（AD 1 世紀中葉）を引用して「婚礼の松明をくぐった」としてみるものの今一つで、今度は叙

事詩のヴェルギリウス（70-19 B.C.）によって「結婚の固い絆でわが身を縛った」とする。「こうすると現代風のいやらしさはない。だが」、どうも散文を書く者にヴェルギリウスは役に立たない、と彼は思う。すると法律家の卵と信じるわが子の教育に思いがそれて、チヌンチーノには喜劇詩人のテレンティウス（c190-159? B.C.）に取り掛からせよう、などと考えてしまう。「いかん、仕事、仕事！」"Mum, mind business, Sir!" と自戒し、「而してわれわれは事実を順次に展開させる」"Thus circumstantially evolve we facts," (139) をラテン語化し、そこからのラテン語は現実のアルカンジェリの最初の弁論（Pamphlet 1）冒頭部からの借用で、「結婚する」は端的に "nupserat" となり、きびきびしてくる。

> He wedded,—ah, with owls for augury!
> *Nupserat, heu sinistris avibus,*
> One of the blood Arezzo boasts her best,
> *Dominus Guido, nobili genere ortus,*
> *Pompiliae . . .* (141-45)（原文斜字体）

上記のラテン語部分を直訳すると「彼は結婚した――ああ、不吉な鳥どもと共に！ 貴族の家に生まれたグイード殿が、ポンピリアと…」となり、テンポはあるが即物的である。それにブラウニングが添えた英語は「彼は結婚した――ああ、ふくろうを前兆として！ アレッツォが最良と誇る血筋のものが、ポンピリアと…」となって修辞的で華やぎ、その意味では忠実でないが、意味は正確で、かつ詩人を気取りたいアルカンジェリを伝え得て妙である。この段階では、英語が先で、つまり日常語で考えたものをラテン語に直していく順序になっているのが、まだ訴状作成に油が乗っていないという印象を醸成するものにもなっている。

　ブラウニングは創作に掛かるまでに資料を8回読んだという。その資料に関して全知である詩人は、前述のように彼のアルカンジェリに現実の検察側の文書を貶させて劇的な滑稽を生み出したり、また検察側の文書を正確に予測させたり、資料を存分に利用している。アルカンジェリの署名のある文書だけでなく、作者不明の文書やスプレーティのものも利用し、借用件数で言

えばスプレーティからのは本人のものとほぼ同数になる。したがって第 8 巻のアルカンジェリは弁護側の総体と言ってよい。

　*ラテン語に意味が添えられていないのが18ヶ所ある。よく知られていたりして説明するまでもないという感じのものが初めの方に 4 ヶ所、文脈から予測がつくのが 4 ヶ所、ヴェルギリウスからの引用が 2 例。筆者にとって推測不能だったのが 8 例あり、そのうち明らかに話の落ちに関わっている一つが "leno" であった。

> For if wronged husband raise not hue and cry,
> *Quod si maritus de adulterio non*
> *Conquereretur,* he 's presumed a—foh!
> *Presumitur leno*: so complain he must. (755-58)（原文斜字体）

「もし名誉を傷つけられた夫が叫び声を上げなければ、世間が彼につける名は——」とあって「ホッー」と言葉を濁す。ラテン語 "leno" によって、彼が口にするのをはばかった言葉は「女衒(ぜげん)」であったと分かる。

　もう一つ。終わり近くの "ne sit Marita quae rotundioribus Onusta mammis . . . baccis ambulet:"（1805-07）は、ピエトロが質に入れた真珠の首飾りを請け出して妻にと考えるアルカンジェリの言葉で、"Her bosom shall display the big round balls,"「彼女の胸に大きな丸い球を飾らせよう」と英語が添えられている。ラテン語はローマの詩人・風刺作家ホラティウスからの引用で、「妻に丸い真珠をかざって行進させよう」と言うつもりが、「真珠」"baccis" の代わりに口がすべって "mammis"（乳房）と言ってしまったところは、ラテン語を通してだけ可能なおかしさである。それが分かると、ブラウニングが真珠の「珠」の訳語として第 4 巻では公女の頸の真珠を "glory"（IV, 309）と表現しながら、ここでは「ボール」"ball" を用いているのが工夫と分かる。そして二度笑いが楽しめる。

　息子のことに脱線しては、「仕事！ 仕事！」とわが身を励まし、奇妙な論理を展開しつつ、いよいよ彼の草稿は結論部（Peroration）に入る。すると一気に筆が進む。ラテン語がすらすら出てきて、それに添えられたブラウニングの英訳は、アルカンジェリがラテン語で書きながら、それを日常語で意

味を確認しているという感じになり、太った頭を振り立て振り立て調子に乗っている様子が浮かび上がる。論法も、確かに殺した、と繰り返しながら、それは名誉のためであったと強調し、そのために断頭台に刑死することになろうとも名誉を回復するためにはこうする他なかったのだ、というところは説得力もあり、快調に読める。実はこの部分のラテン語は資料のアルカンジェリによる3番目の弁論"Pamphlet 8"の結論部をほぼそのまま持ってきたものである。そしてそれにブラウニングが添えた英語も変更は僅かである。その変更は理詰めの表現を感覚的にし、あるいは「古代の貴婦人」とあるところを「ルクレティア」と固有名詞で特定するなど意味を明確にするもので、読者への親切と配慮をうかがわせる。

資料『古い黄表紙の本』はブラウニングの死後にオックスフォードのベーリアル学寮に寄贈され、後年ホデールが忠実を期してそれを翻訳した。以下は、そのホデールの訳（H）とブラウニング訳（B）を比較して、ブラウニングの側で感覚的比喩的になったものの例である。

- H："his Honour, which had been buried in infamy, might rise again"（深く汚辱に埋もれていた名誉が再び立ち現れる）
- B："the honour of him buried fathom-deep in infamy might arise as ghost breaks sepulchre"（ファゾムの深さの汚辱に埋もれていた名誉が亡霊が墓を破るように立ち現れる）（1ファゾムは約1.8m）

- H："laughed at by all"（みんなに笑われ）
- B："turned a common fack-block to try edge of jokes"（みんなが冗談の刃を試すまな板になる）

- H："enormously wounded"（ひどく傷つけられ）
- B："gashed griesly"（ふかぶかと深手を負わせられ）（頭韻を踏む）

---

* 本書では、このあたりからラテン語の引用・説明など、詳細は割愛しています。興味がおありの場合には、黒羽、1996年、pp.188-92をご参照下さい。

さらに、弁論の締めくくりである部分に、ブラウニングは「神のおぼしめしならば」"please God" と「論外にも」"if you please" を独自に挿入していて、弁論を哀訴力の強いものにしている。ブラウニングの詩人としての面目躍如と感じさせる。

　このように、法律家の言葉を並べただけ、と軽くあしらわれるところで、詩人が原資料に忠実でありながら、読者に配慮し、僅かな変換で彼のアルカンジェリらしさを生み出している機知には幾重にも賛嘆の思いが湧く。この機知の味読はラテン語に通じていない読者に対して要求度の高いものになるのは事実である。行数としてはほとんど同じ長さのポンピリアとアルカンジェリの語りにつけられた注記の量を比べた場合、発刊の早いクックではポンピリアの14頁に対してアルカンジェリのは16頁の僅差だが、オハイオ Ohio 版では前者の12頁分が後者では23頁を超えてほぼ倍になる。大衆的なペンギン Penguin Classics 版では4倍にも達していることがそれを具象的に示している。しかしこうした注記が入手可能になっており、若干の自助努力とそうした先人の業績を利用することによって、興趣を味わうことは可能である。尽きせぬ興趣、と言っても決して過言ではないと思う。

IV　戯画化の素材

　本巻の弁護士と続く第9巻の検事が戯画として描かれた要因の一つに、ブラウニングの法律家に対する反感があるとされる。どんな職業でも、人の取り組み方はさまざまで、毀誉褒貶もさまざまである。しかし人の命と財産にかかわるために、恨まれる可能性の高い職業人は医師と法律家ではないだろうか。

　ブラウニングの父親は3年のやもめ生活の後にある未亡人と婚約したのだが、その女性の以前の結婚が違法であったと誤解した。名誉毀損と婚約不履行で訴えられ、有罪となり、慰謝料支払いのため全財産を失う瀬戸際に立たせられた。結局老人はフランスに逃れてその危機を脱したのだが、このときの処理をめぐる法律関係者との交渉がブラウニングに不信と嫌悪を植え付けたのだと、ライアルズは言う（p.165）。ブラウニングが「法律家は大嫌いだ」

"I hate the lawyers"と言ったと伝えられているし（Ward, p.51）、ジュリア・ウェッジウッドに宛てた手紙のなかで8・9巻の語り手に言及し、「知的にも道徳的にも私が知っている法律家にいささかも劣る者ではない」"not a bit, intellectually or morally, beneath lawyers I have known"（Curle, p.167）と実在の法曹関係者をこの程度以下と貶（おとし）めている。ゲスト判事の『古い黄表紙の本』研究と著書の出版が、こうしたブラウニングに対して、法律家の名誉回復を企図したものであることは想像に難くない。

　ポンピリアの側に立つ検事としてグイードを弾劾するのがボッティーニであるが、後に改悛者修道院がポンピリアは罪の女であったと申し立ててポンピリアの財産没収の権利を要求した時、その申し立てを擁護する立場にあったのがボッティーニであった。ポンピリアを永遠の女性と位置づけるブラウニングが、そのような彼に嫌悪感を持ったことはあり得ることで、とりわけボッティーニの戯画化が著しいのは、そうした個人的感情の反映であると推測することは可能である。

　論理をねじ曲げて戯画とする技法は、資料の巧みな処理からも生まれていることは、前述の通りである。しかしグルメと父性愛というアルカンジェリの属性はどこから生まれたのかは興味をそそる。前者について、ハロルドは『指輪と本』がコンメディア・デラルテ（Commedia dell'Arte）と深く関わっていることを指摘する。コンメディア・デラルテとは喜劇の即興劇団、もしくはそのような演劇形式を指す。10人余の俳優がそれぞれ類型的な役柄を受け持ち、座長の示すあらすじに基づいて即興で演じていく。16世紀中葉にイタリアで起こって急速に南ヨーロッパに広がり、モリエールに影響を与え、イギリスの人形劇パンチ、現代のパントマイムにもつながる。ハロルドは、ブラウニングが結婚前とイタリアを引き上げてからのロンドンで、しばしばその種の演劇にかかわったと言う（p.117）。この類型の人物の中に「ボローニャ出身のドットーレ」"the Dottore from Bologna"というのがある。このドットーレはボローニャ出身の医者または法律家で、ラザーニャで知られ食通の聞こえ高い出身地に恥じない肥満体である。[6] 彼のイタリア語の長広舌には、ラテン語とボローニャ方言まで混じるので、「ミネストローネ」[7]と綽名（あだな）され、事実を間違えて伝えてほとんど話の訳が分からなくなる人物、と

設定されている。このドットーレに17もの愛称の使用が象徴的に示す子煩悩振りを付け加えると、確かにブラウニングのアルカンジェリ像になる。ただし、『コンメディア・デラルテ：俳優の手引書』の著者であるラドリンによると、ドットーレは独身もしくはやもめである。同じくラドリンによると、おきまりの筋書きの中には、弁護士と検事の二人が交互に法律用語を競い合って事件をそっちのけにしたり、また相手役に新聞を読ませ、その話をさえぎっては一語一語、言わでもの定義や珍妙な解説をつける、というのがあるそうである（p.102）。アルカンジェリとボッティーニの語り手としての登用、資料のラテン語を持ち出していちいち英訳をつけるという形式は、このようなコンメディアに想を得ていた可能性はおおいにあると思われる。

　一人息子のラテン語が自慢の父親像は、創作当時のブラウニング自身と推測できる。ブラウニングにも一人息子があり、ロバート・ウィーデマン・バレット・ブラウニング（Robert Wiedeman Barrett Browning）と名付けられていた。バレットは母であるエリザベスの旧姓、ウィーデマンはブラウニングが愛した母、つまり当人の祖母の旧姓、それに父親の氏名がそのまま継承されている。まるで家族の系譜を背負ったような名前だが、ウィーデマンがこの子の呼び名とされた。この呼び名を幼い本人がペニーニと発音したためにこれが愛称となり、それが短縮されてペニ（Peni）、さらに短縮されてペン（Pen）が通称となった。アルカンジェリの方も、一人息子が父親と同じ名ジャチント・ヒヤチント（Giacinto Hyacinth）を受け継いでいる。ただしこちらの愛称は17の多彩さで、ブラウニングがわが子の場合の結果的には一つになった愛称を、ここではイタリア語の屈折のあらん限りに膨張させたと思われる。

　ペンは母エリザベスが文字どおり夫の腕の中で死んだとき、12歳であった。ブラウニングはエリザベス死去の直後に、彼女が溺愛した一人息子の養育と教育を自分の最優先課題にするという覚悟を、ハワース嬢 Miss E. F. Haworth に宛てた手紙に披瀝している。

「私は直ちに彼女がもっとも大切にしたことに心を尽くさねばなりません——彼女の子の世話をし、教育をし、きちんと身を立てさせること…

――まさにすべては彼女がここにいれば彼が求めるものです」

"You know I have her dearest interest to attend to at once—her child to care for, educate, establish properly...—all, just as he would require were she here." (July 20, 1861; *Letters*, p.65)

　ブラウニングが『指輪と本』の執筆に掛かったのは1864年10月と推測され、その翌年の11月1日までに15000行に達していたことが知られている。毎日午前中の3時間をこの仕事に当てていたから、第8巻の執筆は1865年の夏の終わりから秋に掛けての時期と計算される。その頃、イタリア滞在中になにかと世話になり、その後も月に1度の文通を続けたイサ・ブラグデンに宛てた手紙では、ペンと一緒にヴェルギリウスを読み、ギリシャ語の添削をしていて、まだ2年もあるから大丈夫、と息子の学問の進捗振りに安堵の様子である。

Pen is thoroughly good and honest—and after all, he reads without previous preparation, a hundred lines of Virgil in an hour: does so every day here—we have thus read together the ... Aeneid: and then he spends half an hour or more in producing a very fair Greek translation, which I correct: and he has two years more—oh, I am sure he'll *do*! (Sep. 19, 1865; Browning, *Dearest Isa*, p.224)

ブラウニングはペンをオックスフォード大学へ、それもベーリアル（Balliol）学寮に進学させる野心を持ち、ガウン（academic costume）を身につけた息子の姿を見るのが夢であったのである。

　作品第8巻では同じく一人息子を、こちらは仕事の跡継ぎに、それも父親を凌ぐ者にと夢を抱くアルカンジェリがヴェルギリウスのラテン語詩を息子と共に読んでいて、この頃のブラウニングを髣髴させる。ただし8歳のジャチントと違って17歳にも達したペンに関して悲観的な調子が見えるのは、翌1866年5月の手紙（Browning, *Dearest Isa*, pp.237-38）からで、「一人っきりで、どうしたらいいのでしょうか？」"—what shall I do, pray, when alone?"と悲痛である。ベーリアル学寮の教師であったジョウイットの最初の面接でペンの学力不足が明らかになり、試験の延期を願う一方でブラウニングの家

庭教師振りは、イサの言葉を借りれば「気狂いじみて」"maniacal" おり、ドヴェインによれば「必死で」"desperate" あった。さらにその翌年 2 月には、ペンの役に立つならオックスフォードの面々の靴を磨いてもよい (*Dearest Isa*, p.254)、と言うほどである。1866年のブラウニングの創作量は極めて不作で、1867年 4 月23日までにわずか1000行の成立であったという。在パリの父が病気で亡くなった時期ではあるが、事態の緊急性を悟らず十分な準備のできない未成熟な (immature) 子の現状に、頭を抱えていた時期でもあった (*Dearest Isa*, p.258)。ペンはジョウイットの好意でオックスフォードに滞在して入学試験に備えたが、1968年の試験に失敗した。

ブラウニングは『指輪と本』の出版までには、10歳の神童が20歳を過ぎるとただの人になる現実を身を持って体験していたはずで、今はまだ 8 歳の息子に夢を描いているアルカンジェリに、ブラウニングが抱いたであろうほろ苦さが察せられる。ペンは1869年 1 月にクライスト・チャーチ学寮に入学を許されたものの、6 月にはすでに問題学生になっていた模様である。アルカンジェリの語りの "Pen, truce to further gambols!"（柵に入れ、跳ね回りは中断！）(475) は、ブラウニングの原稿にはなくて1869年の印刷時に挿入された (Ohio, VIII, p.251)。アルカンジェリが、ともすれば息子の教育に向かう自分の意識を羊のイメージによって「柵に入れ」と戒めた言葉なのだが、ペンに呼びかけた詩人の切ない勧告ととれないでもない。*結局ペンは 1 年でオックスフォードから放校されている。

V 怖さ

ブラウニングにさえ見られたように、親の愚かともいえる子どもへの愛は、まずは普遍的人間的なものである。それが膨張させられて戯画になったものを、ドタバタと感じて笑っていた。バックラーはアルカンジェリを蛇と鳥とハイエナの合成種、その父性愛を職業上の不安と挫折からの逃避であって真正のものではないとし、その教育熱心を弱いものを食い物にして子どもに餌を運ぶ鷹にたとえている (pp.188-90)。この巻についてそうした厳しい見方をとることには組みしないのだが、次第に背筋に冷気を感じるようになるの

は事実である。それはアルカンジェリのグイードとの奇妙な類似が次第に明白になってくるからである。

　グイードのポンピリアとの結婚は婚資が目当てであり、そしてその殺人の真の動機はポンピリアの養父の財産を狙ったものであった。アルカンジェリには舅の財産とその遺書に対する強い関心がある。それだけではない。以下の引用は、彼が晩餐会の席で湯気を立てている皿を伯父にすすめるときに口にしようと思う言葉と、その思惑を示す。

>　（..."Fry suits a tender tooth!
> "Behoves we care a little for our kin—
> "You, Sir,—who care so much for cousinship
> "As come to your poor loving nephew's feast!"
> He has the reversion of a long lease yet—
> Land to bequeath! He loves lamb's fry, I know!）(1102-107)

「伯父上、子羊のフライは歯の弱い方のお口にも合います、貧しいが愛情深い甥のところへ心に掛けてお出かけ下さった伯父御に——ちっとばかりの心遣いをするのは当たり前でございますよ！」と言おうと思うのも、「伯父はまだ長期復帰財産と——譲渡できる土地まで持ってる！」を意識してのことであって、「子羊のフライが好きなんだってことは分かってる！」と言うのを聞くと、舅の財産の他に伯父のも狙うのか、と驚くのである。そのような貪欲は、語りの初めではもっぱら愛する息子のためなのだが、後には必ずしも息子のためでないかもしれないと思わせる。

　8歳の神童に期待を掛けるアルカンジェリが、17歳のペンに頭を抱えているブラウニングの後継者にならない保証はない。そして長じた息子が彼の期待を裏切ったとき息子のためのはずの彼の物欲が、どう変質しないものでもない。結論部を仕上げたアルカンジェリは、終わった、ざっとだが、とにか

＊　伝記を書いたベティ・ミラーは、ブラウニングの父親としての無理解を難じています。12歳まで、イタリアでイタリア語を使い、母エリザベスの溺愛のもとで髪型から着るものまで女の子のようにして育てられた子どもが、突然、髪を切られ、陰鬱な風土に移植され、英国紳士を要請された——そんな場合の問題を、人間観察に長けたブラウニングが理解していないのを不思議としています。

く終わった、後は削ったり加えたり、まずは聖職者たちに受けるようにして、次に全体を整え、それから強調をし、最後にキケロ風に仕上げればよい、というわけで心は「フライと家族と友人たち」"my fry, and family and friends"（1755）に飛んでいる。そのような彼は、再び舅が枕の下に置いているという遺書にこだわる。さらにグイードの手に掛かった哀れな老夫婦が半値で質に入れていたヴィオランテ自慢の真珠の首飾り（The very pearls that made Violante proud, And Pietro pawned for half their value once,—）を、「請け出せる」"Redeemable by somebody" と称して妻のために手に入れるつもりでいるのである。それも「彼女の骨折りと引き替えに」"for her pains"（1802）と言うところをみると、善良で太った小柄な妻（the good fat little wife）が老耄の父を言いくるめて問題の遺書の変更に成功したら、という条件付きのようである。二重にさもしい貪欲を示唆すると思えてしまう。

　アルカンジェリの語りは次の4行で終わりとなる。

　　Into the pigeon-hole with thee, my speech!
　　Off and away, first work then play, play, play!
　　Bottini, burn thy books, thou blazing ass!
　　Sing "Tra-la-la, for, lambkins, we must live!"（1811-14）

「棚に入れ、わがスピーチよ！ 行ってしまえ、まず仕事、それから遊び、遊び、遊びだ！ ボッティーニよ、汝真っ赤っかのうすのろ、書物なんぞ燃やしてしまえ！ 歌え、"トラララ、われわれは生きて行かねばならんのだからな！"」。原稿を棚に放り込んで、「トラララ」と退場するところは、いかにもコンメディアの役者風である。ただし、最後の行はシェクスピアの『ヘンリー5世』2幕1場の "For, lambkin, we will live." のもじりである。シェクスピアでは、賭事にかかわる2シリングの貸し借りで危うく決闘するところを思いとどまった三人の男のうちの一人ピストルが、「みんなであの騎士を哀悼しに行こう、おれたちは長生きするんだからな」"Let us condole the knight; for, lambkins, we will live."（122, 小田島雄志訳）と言う部分で、死にかけているという噂のフォルスタッフを見舞いに行こう、という話である。したがって、「俺たちは長生きするんだから」はそのような行動の説明であ

る。一方、アルカンジェリのは、「生きていかねばならんのだからな」と"will"が"must"に代わって言い訳になる。コンメディアのドットーレはけちだが、それはお金が無いからで、しゃべり止まないまま担がれて退場ということもある困り者だが、道徳的には無害な人物とされている。ブラウニングのアルカンジェリは、息子の誕生晩餐会を考えるいわば片手間で、いとも気楽に殺人犯の弁護をしようとしている。法の厳しさ、裁くことの難しさを意識せぬらしい彼が垣間見せる貪欲さから、この男は「生きて行かねばならんのだからな！」と言い訳しながら、人倫に反し社会の規律に反することも平然と犯すのではないか、と思われてくる。彼自身が裁かれる立場に立つこともあり得る。かくて、弁護する者が弁護されねばならない、という洋の東西と古今を問わぬ裁きと倫理のテーマにひそかにつながってくる。

　この巻は、ラテン語と資料の関係など努力を要求されるものの、その努力を惜しまなければ興味も深く、極めて可笑しく、楽しめるものであるとした。しかしこの可笑しさは単なる可笑しさでなく、人間の怖さを含む可笑しさであったと言える。そこにまた、この巻の興趣がある。

One Word More

　金目当ての殺人を清廉潔白の証しとするアルカンジェリの論理は戯画の極致であった。しかし、グイードの共犯の農夫たちに「金」という明確で揺るぎのない目的があったことは、現在のわれわれの社会に、そうした確固とした目的のない殺人事件が起こることに比べると、なるほど、健全と言えるのかもしれない。3世紀を超える昔の出来事に基づいて1世紀半も前に戯画として提示されたものが、現実味を帯びてくる。

注
1. 主な研究者のうち、Buckler はポンピリアと教皇の語りが直結されたとしたら、前者の雄々しさは損なわれ、後者は偉大さよりも秘された誤謬が目立つことになったであろう、と8・9巻を意味上欠くべからざる "comic relief"

としている。Sullivan は両書が読者の同情をポンピリアのために高め、グイードのために引き下げる働きをする、とその効用を特定している（p.119）。とりわけての意味付けをせず"comic relief"あるいは"interlude"と位置づけている論には、Altick & Louchs（p.282）、Cook（p.160）DeVane（p.333）がある。

2．"The buffoon lawyers ... serve an artistic purpose and let you breathe a little before the last vial is poured out."

3．出版当初に「当代に比類のない詩業」"*The Ring and the Book* is beyond all parallel the supremest poetical achievement of our time" と絶賛した Buchanan が、この2巻をなくもがなとしている（Heritage, p.317）。『指輪と書物』と題して邦訳出の労をとった小田切米作も、自分には興味がないし構成上の要件でもなかろう（後編 p.1）と、この2巻を省略した。

4．"Confessing my own shortcomings, I cannot deny feeling infinite regret, as I attribute the whole outcome to my inability in offering the valid grounds."

5．"in the churches where He dwells by means of His essence, all the same therein whoso dares to take a liberty on ground enough is pardoned," (1295-301)

6．ただしフランスへ移行するとドットーレはやせ形になる。

7．イタリア料理。肉・野菜・パスタなど、さまざまなものを煮込んだスープ。

第9巻「ボッティーニ」
"Jurius Doctor Johannes-Baptista Bottinius"
——「ぼろ雑巾言語」の究極のサンプル

　可笑しくもあり怖ろしくもあるアルカンジェリの後を受けて第9巻に登場するのは検察官ボッティーニで、巻タイトルは前巻と同じくラテン語の氏名に、こちらは「法学博士」"Jurius Doctor" の称号付きである。[1] ライバル意識のアルカンジェリが悔しがりそうだが、いっそう激しい戯画化にさらされているのは、こちらのボッティーニである（本書 p. 239参照）。

　第1巻で紹介されたボッティーニは、額の皺や荒れた髪の毛に老けが見られるものの、まだ若さの残る金髪碧眼長身の独身者である。アルカンジェリが初稿の作成中であったのと対照的に、完成した最終文書を仮想の法廷で読み上げているところで、その「頭から突き抜ける声と両眼を閉じて伸び上がった姿は、時を告げる雄鶏そっくり」(I, 1201, 1203-04) とのこと。文書の方は、「キャベツ畑を這っていた青虫の痕跡をとどめず、金箔の羽を広げ、ダイアモンドの粉を撒いて空中へ飛翔する完璧な蝶」(I, 1168-71) ということだった。[2] 実のところ、彼の語りは言語的にも論理的にも桁外れに不整合で、いわば呆然とするほどのぼろ雑巾振りである。ここでは、ポンピリアの潔白を証明すると言いながら、実はその姿も名誉もずたずたにしてしまうボッティーニの言語使用、つまり第10巻の教皇が言う「言語という汚いぼろ切れ」"filthy rags of speech" の究極のサンプルというべき様相を、戯画の手法に焦点を当てて観察する。[3] まず作品を映す鏡として資料の検察官の文書を、次いでブラウニングの「ボッティーニ」の場合を検討する。

I 資料のボッティーニ

　『古い黄表紙の本』にボッティーニの名前で残された文書は「パンフレッ

ト6、13、14」の3通で、数字は綴じ込み順を示している。ラテン語とイタリア語に通じたゲスト判事が弁護側の文書と照合して、作成順序は「6」、「14」、「13」であると特定した（pp.29-33）。第9巻のためにもっとも多くを提供しているのが「パンフレット13」で、長さと詳細さの点で最たるものである。以下、ホデール訳編のEveryman版をテキストとして、ゲストの特定した順に概説をする。

「パンフレット6」

11頁半にわたり、名誉回復のための殺人の義は成立しないことを簡潔に述べており、次のように要約できる。

> ポンピリアがアレッツォでの「命に関わる危険」"deadly peril"を逃れ、しかも道中で更なる危険に出会わないためには、修道士はもっとも安全な同伴者で必要かつ分別ある選択であった。二人の間に交わされたとする「恋文」"love letters"は善意に溢れたもので、気の進まない修道士を説得しようとしていると言っても通用する。「優しく情愛ある言葉で誘おうとしているとしても」"if with gentle or even with loving words she tried to entice the Canon,"（p.80）、許容される目的のためにはもっとも貞節な女性でさえ時に同様な手管を使うのは目新しいことでなく（Nor is it a new thing for the most chaste of women to use similar arts sometimes for quite permissible ends.）、聖書のユディトの場合がその1例である。グイードの弟は、二人が逃亡した後になって初めてカポンサッキのことを知ったとしているが、もしカポンサッキの接近が申し立てのとおりに頻回で、あるいは邪悪な目的のためであったなら、当然弟を含めた家族に目撃されている（p.82）。

「パンフレット14」

9頁で短い。刑の減免の要請に応じる必要無しとするのが眼目で、たいへんきっぱりとした文書になっている。

ありとする私的復讐の権利を放棄し、妻を逮捕させて公的な復讐を求めた場合、その後で、裁判所の公的権威下にあり、そのような怖れを夢にも持たぬ妻をぶった切って私的復讐を行うことはできない。そして貴族であろうと、ことにおぞましい犯罪の場合は拷問のされ方にも特典はない（p.207）。

「パンフレット13」

弁護側の「検察は真実の追求を怠っている」との非難に反発したもので、26頁にわたる長文。犯罪のおぞましさは既に詳述したから本論からは省くとして、判例をふんだんに引用して弁護側の以下の各論点に反駁し、妻および老夫婦の殺害に関してグイードが情状酌量を申し立てる余地はまったくないと結論する。

① **死の床におけるポンピリアの告白の信憑性**：

姦通は証明されておらず、かつ偽りの気配のないクリスチャンとして悔い改めのうちに死んだことは、利害関係のない複数の証人が証言している。「己の浅ましさを露呈しようと思う者はおらず、ポンピリアも例外ではない」という弁護側の説は、もう一つのたいへん妥当な説で置き換え得る、すなわち、「永遠の安全を心に掛けずに死ぬ者などあり得ない」" ... no one is believed to be willing to die unmindful of his eternal safety."（p.174）。

② **カポンサッキに対する判決文タイトルの問題**：

カポンサッキに対する判決はポンピリアに先んじて出され、タイトル（訴訟の理由を表示する前文）に「同女との罪ある交わり」"criminal knowledge of the same" とあるのは結果的には削除されるべきで、すでに申し立て済みである。いずれにせよタイトルではなく証拠と処罰に注目するべきで、証拠は不十分、流罪と養父母の家に軟禁という処罰は姦淫の罪に値するものではない（p.178）。

③ **パオロに宛ててポンピリアが書いたとされる手紙**：

夫に脅迫されたのでなければ、14歳にも満たない子どもが親の浅ま

い命令や勧告を平然と義兄弟に書き知らせることなどできるはずがない (p.179)。ポンピリアが読み書きの能力を持っていたことは死後に発見された文書によって事実であるが、文盲でグイードの文字をなぞったと言ったのは、おそらく脅迫に脅えたとはいえ両親をそのように中傷したことを認めるに耐えなかったからだ (p.180)。

④ 恋文の問題：

恋文のように見えるが、カポンサッキを誘い込むための手段 (the purpose of alluring this same Canon) で、疑いの余地があっても許される目的のためには許される手段である (inasmuch as the end is permissible, the means are likewise so considered, even though these are not without suspicion; for they are not considered in themselves, but because of their end.) (p.182)。

⑤ カポンサッキによるフランチェスキーニ家への夜間出入りの件：

証人は卑しい人物一名のみである。またそのような出入りがあったにしても、それは逃亡の打ち合わせであって、悪しき目的のためと見なされるべきではない。ある事柄に許容される理由がある時には、その事柄は非合法もしくは有罪とみなされてはならない (p.183)。繰り返して言うが、もし目的が合法であれば、その目的遂行のために採られる手段はとがめられないのである (And so this response recurs: "If the end is lawful the means ordered toward carrying it out cannot be condemned.") (p.184)。

⑥ カステルヌォーヴォ到着時刻の問題：

宿へ着いた時刻を明け方だとポンピリアが主張するのは、宿に長くいたことを隠そうとするものだが、「その嘘」"the said lie" から姦通の証明は引き出されない、曲解されるのを避けるためであったのだから (p.187)。

結局、名誉を言い立てるグイードがカステルヌォーヴォで復讐の挙に出なかったのは、法律によって不貞を証明し、婚資を取り込む算段であったと言える。しかし証明は不十分とされて目的を達しなかったため、世継ぎの誕生を待って三人を殺し、父親として財産を取り込もうとしたの

は確かである。老夫婦への憎悪は婚資とピエトロの財産をめぐって係争中の裁判にかかわるもので、ポンピリアの不貞すなわち名誉毀損に荷担したとの申し立ては、ピエトロとヴィオランテには成立し得ない。不法行為を目的とする仲間の召集、および禁じられている武器の準備と使用だけでも死罪に値する。パオロが同意しポンピリアの収監場所と定められた家屋（Home）における犯罪は権威に対する侮辱であって罪を増すものである。この場合と異なって姦淫が証明された妻一人の殺害であっても、時間が経過したあとでは、相当寛容な意見に従っても罪の減免の要求が可能なだけである（p.189-96）。

4日間であれ生き延びたポンピリアの証言と、その証言により逃亡途上で逮捕された犯人らの状況から、グイードの殺人行為自体は否定し得ない事実である。したがって、弁護側の弁護のポイントはポンピリアとその逃亡の同伴者となったカポンサッキとの間に違法な行為があったとして、殺人の正当化を計ることにあった。対する検察側は、色恋沙汰ではなく命にかかわる事情のための逃亡であったことを立脚点とし、それは語彙の使用にもうかがえる。「パンフレット6」に初出の語句「命にかかわる危険」"deadly peril"が「パンフレット13」では6回（pp.181、182、183、184, 184, 192）にわたって出現し、類似の「すべての助力を断たれ」"destitute of all help"（p.180）、「すべての援助を断たれ」"destitute of all aid"（p.181）、「差し迫った死」"imminent death"（p.180）,「差し迫った危険」"imminent peril"（pp.181, 182）、さらに「パンフレット14」でも「危険から同女を解放する」"free her from peril"（p.200）の形で出現し、全13の頻度となる。このような繰り返し（repetition）の手法は、文章のレベルでは、「永遠の安全を気に掛けない者はいない」"No one is unmindful of his eternal safety."が p.173 & p.174に繰り返され、論点上の強勢の在りどころを明示している。

識字に関してポンピリアが嘘をついたことは、論理的に事実となる。資料の検察官はそれを率直に認め、他にも男に誘いをかけた可能性や、カステルヌォーヴォの宿への到着時間のことなど、ポンピリアの言動に疑いを招く余地があることも否定しない。だからこそ「目的が正しければ手段は許容され

る」と繰り返し言明することになる。この場合、その論拠はマキァヴェリズムではない。マキァヴェリ(1459-1527)の『君主論』は1559年に教皇庁の禁書リストにあげられ、反キリスト教的・反道徳的なものとされていたからで、実は旧約聖書外典「ユディト記」"Judith"が出典である。

　美しいユディトは徳高く敬虔なユダの未亡人であった。彼女は、アッシリア軍が町々を壊滅させ、その神々を徹底的に破壊しつつ侵攻するのを押しとどめて国を救うため、敵の陣営に入り込む。一兵も失うことなくこの地方を占領する方法を教えるという言葉とその容姿の美しさで将軍ホロフェルネスを籠絡（ろうらく）し、泥酔したところを彼の剣でその首を跳ねた。この場合、アキオルという男が将軍に進言し、ユダヤ人らが正しく行動する限りは神が守られるから手を出さないようにと言ったため、アッシリア軍は飲料用の泉と糧道を押さえて兵糧責めの戦術に出ていたのである。彼女は、城内の人々が神の禁じた食物に手を付けようとしており、彼らが禁を犯して神が見放すその時を教える、と申し出たのである。

信仰が根幹になっているとはいえ、ユディトがホロフェルネスに対して信義を破ったことは間違いない。類似の裏切りは、シケムがディナを辱（はずかし）めたものの心から愛していて結婚を申し出たのに対し、ディナの兄であるヤコブの息子たちが行った復讐（創世記34章）にみられるが、その行為は旧約外典で繰り返し非難されている（聖書外典偽典1、p.258）。しかしユディトの行為は賞賛され、「神はご自分の民と共に居られ、民を見捨てられることがない。信頼してひたすら神により頼み、神に敵対する一切の力に抵抗せよ」とのメッセージとされる（新共同訳旧約聖書注解III、p.207）。

　1532年に発表されたマキァヴェリの論は、愛するイタリアを外敵の侵略から守り得る現実的な方法を考えたものであり、そのためには信義を破ってよいとした（Machiavelli, p.25）。彼が近代的政治学の始祖として理解されるのは遥かに後の時代に属するのだが、ユディトの行為は「戒めに背かない限り、神はイスラエルを守り給う」という信仰の一条が行動原理であり戦術ともなった点を除いては、マキァヴェリズム以外の何ものでもないと思われる。

明快で挑発的な論法の君主論に比して（塩野『わが友マキアヴェッリ』p.354）、物語として展開するから受容しやすいとは言え、同じ考え方が、聖書に基づくものとして17世紀ローマの法曹界に通用していたのに驚く。もっとも、ゲストに「ボッティーニの不適切な引証」"Bottini's unfortunate comparison"（p.176）と記され、弁護側からは「愛国者の義務として聖霊に導かれてなされた行為とは同一でない」と反撃され、場合によっては危険であり得るこの論法を検察官が繰り返し用いているのは、疑問の余地もある現実のポンピリアを擁護するため以外のなにものでもなかっただろう。

さらに、「パンフレット13」には「疑わしきは罰せず」の論旨が繰り返される。「ある行為の目的が善でもあり悪でもあると見なされるとき、悪しき目的と見なすことは常に排除される」"... whenever an act may be presumed to be for either a good or a bad end, the presumption of the evil end is always excluded."（p.185）。「ある行為が善き目的のためになされたと言われ得る場合にはいつでも、悪のすべての疑いは止む」"Whenever an act may be said to be done for a good purpose all suspicion of evil ceases."（p.186）。「このような状況下では、グラヴェッタの言うところによれば、たとえ、よりきびしい解釈がより妥当であると思われても、解釈は慈悲の方向に向かうべきである」"In these very circumstances, Gravetta says that the interpretation should tend toward lenience, even though the harsher interpretation seems the more probable."（p.186）。このような論点の強調が、悪徳商人や不正高官のためでなく、短く不幸な生涯を余儀なくされたポンピリアのためになされていることには、人間的な哀憐として、慈悲として、とりわけ心を打つものがある。ブラウニングはポンピリアのために感謝してもよいはずだと思う。

語法的には、「パンフレット14」の場合に譲歩的な表現が目立つ。「傷つけられた名誉心が人を復讐へと駆り立てる傾向を認めて、刑の減免を許す権威は多い、けれど許さない方がほんとう（the true one）で、真実から逸脱して刑の軽減などしないように、と慈悲と哀れみに富むので聞こえた人物が言っている」（pp.201-02）。「たとえ多数に従って考慮するとしても、グイードの場合はそれ一つでも死罪に値する状況がいくつもある」（p.203）。「たとえ

殺人行為自体が正当で、そして寛大な判断をするとしても、このような付帯事項のために罰が加算され、結局普通の刑罰が要求される」(p.206)。なお、この付帯事項とは、武装した男たちの集合、訴訟にかかわる憎悪、友情を装った侵入、である。こうした表現は、「どう考えてみても結論は変わらない」と、かねての主張のだめ押しをするもので、正面切っての論法との印象を受ける。

改悛者修道院がポンピリアを罪の女であったとして遺産の没収を求めた訴訟は、ポンピリアの名誉を確認する判決が出され、その財産はポンピリアの遺書が指定するティゲッティに委託された。これに関連して資料に残された文書には、Procurator General of Fiscという職名の検事であるガンビの名はあるが (p.253)、Advoate of Fiscのボッティーニの名はない。しかしゲストは、おそらく両者がかかわっていたと言う (p.11)。歴史上の検察官が、ブラウニングと違って、ポンピリアを永遠の女性と位置付けなかったのは確かである。しかし、円熟した年齢に達していたと思われるし、全体の論調から推しても、少なくとも憐憫の情を抱いたことは想像される。したがって、ポンピリアを罪の女と告発する立場に立たされたとしても、それにはあまり熱心になれなかったのではないか、とむしろ同情を覚えるのである。歴史上の検察官には、その人柄を称える史料もあり、[4] 学識・人格ともに賞賛されて然るべき人物だったと推測される。極端に戯画化された形で後世にその名が記憶されるのは、気の毒だと思えてくる。

II 作品上のボッティーニ

第8巻では、息子と食物と法律が渾然一体となった奇抜な弁護士の造形に、ブラウニングは400余行、全体の20%強の詩行に資料のラテン語を援用していた。本巻「ボッティーニ」でラテン語を含むのは、1579行中に39行、2.5%に激減する。資料からの借用はタイトル（判決前文）に関係する1ヶ所 (1531-38) にとどまり、その他は彼が教養をひけらかすための古典からの引用で、ヴェルギリウスとホラティウスが主体である。資料との関係では、言及項目と論旨の借用が主たるものになる。

ブラウニングが彼のボッティーニのために資料から借用した項目は、マキャヴェリズムの例証として登場したユディト、ポンピリア自身がパオロおよびカポンサッキ宛ての手紙を書いた可能性の問題、死の床での告白の信憑性、判決文とタイトルの関係、カポンサッキのフランチェスキーニ家への出入りの件である。論法として、旧約聖書版マキャヴェリズムは採用するが、「疑わしきは罰せず」には触れない。そして、譲歩の含みのある仮定法を途方もなく使用する。

　弁護士の非難に対する検察官としての反発は、ブラウニングのボッティーニの言葉ではこうなる。「肉の欲にふけり霊の栄養に飢えているどこぞのデブの輩 (some gross pamperer of the flesh And niggard in the spirit's nourishment)、…あのような弁護士に、私がなすべき攻撃をしていないと非難なぞさせてなるものか」(1401-06)。一方、弁論の立脚点は次のように極端に一面的で、いわば極論である。

> Yet though my purpose holds,—which was and is
> And solely shall be to the very end,
> To draw the true *effigies* of a saint,
> Do justice to perfection in the sex,—
> ....
> By painting saintship I depicture sin:
> Beside my pearl, I prove how black thy jet,
> And, through Pompilia's virtue, Guido's crime. (1397-413)(原文斜字体)

「私の目的は過去も現在も未来の果てまでも、聖者の真の似姿を描き、女性の完全性に義を尽くすことである、…聖者を描くことで罪を描き、私の真珠の傍らでは汝の黒石は何と黒いか、つまりポンピリアの美徳を通してグイードの犯罪を証明するのである」。野卑な言語使用に、このような極論が結びついた弁論は、当然の帰結として資料のものとは似ても似つかぬものになる。

　ボッティーニの語りには、冒頭3行目の押韻位置に"flower"がくる。反射的に一応のポンピリア派でやはり独身男の語りであった「残りの半ローマ」を思い出す。その語り手 Other-Half も冒頭部分にポンピリアの肢体を "flower-like"（花のよう）と形容していたからである。それは流音の多い静かなリズ

ムを伴っていたのだが、ボッティーニの場合は激越になる。

> ... many a flower
> Refuses obstinate to blow in *p*rint,
> As wildings *p*lanted in a *p*rim *p*arterre,—(3-5)

2行目の押韻位置から始まる4個もの頭韻が破裂音［p］で、相互の間隔が次第に詰まってくるのが激昂に似て、「活字では頑固に咲こうとしない花、気取った芝生庭に植えられた野草みたいに――」の意が如何にも忌々しげである。実はボッティーニが花のイメージを用いて言い表そうとしているのは、法廷闘争の形態にたいする彼自身の憤懣である。当時の方式は弁護側と検察側の文書のやりとりだけで、ボッティーニが自分を売り出すパフォーマンスの余地はまったくなかった。したがって、前面には50人の裁判官、左右にはローマ市民、教皇も身を隠して臨席していて、しーんと静まった中、いち・にい、と呼吸を計ってボッティーニが弁論を始める――というのは、彼の想像上の法廷の話なのである。

　その序論の論旨を単純化すると次のようになる。「もしある画家が宮殿の壁を飾るように依頼を受け、聖家族のエジプトへの旅を描くとしたら、丹念に50枚ものスケッチをし、その上で想像力を介して事実を芸術とする。同様に、これまで細々と証拠を提出してきたが最終のこの弁論ではピエトロ一家を描く、ただし家族全部は手に余るので、ポンピリアの肖像のみをお目に掛ける」。ポンピリアとカポンサッキとの間に違法な関係がないことを証明するのが彼の眼目だから、ポンピリアの汚れなさを説得できれば目的は達せられる。そして説得術としての弁論が人の心を動かすのは、単なる事実の羅列を超えたアートによる。「事実」"Fact"を「想像」"Fancy"によって「芸術」"Art"とするのが、ブラウニング自身の芸術論でさえあるのだから、ボッティーニのこの主張に文句をつける筋合いはない。この場合、ピエトロがヨセフで、ポンピリアがマリア、ヴィオランテのためにはヨハネの妻のアンナを導入しなければならないという難点はあるものの、満更おかしなものではない。しかし、結局、彼の語りを資料から隔絶したものにするのは、そのアートとしての弁論に認められる次のような様相である。（1）高踏（High Style）

と低俗（Low Style）の混在、（2）過剰な列挙（羅列）、（3）飲食行為の比喩、（4）マイナス価の頭韻、（5）不穏当な類擬、（6）陋劣な女性観、（7）仮定法の濫用、（8）融通無碍の言語観。

（1）高踏（High Style）と低俗（Low Style）の混在

　もっともらしい枠組みのなかに不謹慎なものが入り込んで、全体をふざけたものにする現象のことである。[5] たとえば、叙事詩の祈願（Invocation）という格調高い形式のものが、ラッパという物品の貸し借りのイメージになる類いである。「鳴りわたる名声よ、我が弱き声に汝のラッパを貸し与えよ！」"Lend my weak voice thy trump, sonorous Fame!"（186）。例証の材料は、序論部分だけでこと足りるほど潤沢にある。

　肖像画用のスケッチのために関節の動きや筋肉のつき方を研究するには、役に立つ死体、ユダヤ人かトルコ人か、ひょっとすると異端のモリノ教徒のから「切ったり、はったりする」"cuts and carves"――頭韻によって際立つこの手荒な行為は、「この画家」"This painter"を主語とする古語"Getteth"で荘重に始まったものに続いているのである。

　　　This painter, ...
　　　..
　　　Getteth him studies（styled by draughtsmen so）
　　　From some assistant corpse of Jew or Turk
　　　Or, haply, Molinist, he *cuts and carves*,―（29-33）

ポンピリアがグイードから逃れようと思うことは、ボッティーニの言葉では次のようになる。

　　　Laudable wish to live and see good days,
　　　Pricks our *Pompilia* now to *fly* the *fool*
　　　By any means, at any price, ...（413-15）

「生きてよき日を見ようとの讃えらるべき願いが」は大真面目な言説である。それが「馬鹿から逃れよ、と突っつく」になると、"Pompilia"と頭韻を踏

む"*p*ricks"、同じく頭韻を形成する"*f*ly the *f*ool"がおかしさを生み、「いかなる手段を使っても、いかなる犠牲をはらっても」"By any means, at any price"の端正な表現が無責任なけしかけになり、「何が何でも」くらいに訳したいと思うふざけに変質する。

　本論に入っての白眉はカステルヌォーヴォの宿の場面である。美徳が「妨害され」"barred"、なおもその「妨害」"barrier"を跳び越え、なおも取り囲む靄を突いて月のごとくに「驀進する」"burst"、と意味ありげな[b]音による過剰な頭韻が、「夜に、ですよ！」"on night, ye know!"と片目をつぶって見せている気配を伴って、"broad and bare"に収斂する。

> But virtue, *b*arred, still leaps the *b*arrier, lords!
> ―Still, moon-like, penetrates the encroaching mist
> And *b*ursts, all *b*road and *b*are, on night, ye know! (888-90)

すると、続く次の引用で、ポンピリアが「おそらく、真理の衣を身にまとっていた」"in the garb of truth、perhaps"ところを襲われ、妨害されると障害を振り払って跳び立ち、「人魚のように清らか」"Thallassian-pure"に立って敵に対峙し、それどころか「彼がこぼすのですが、剣をつかんで侵入者を殺そうとした」――その時、彼女は「丸裸」"broad and bare"どころか、「素っ裸」"*all* broad and bare"(890)であったことになる！

> Surprised, then, *in the garb of truth*, perhaps,
> Pompilia, thus opposed, breaks obstacle,
> Springs to her feet, and stands *Thallassian-pure*,
> Confronts the foe,―nay, catches at his sword
> And tried to kill the intruder, he complains. (891-95)

野卑が詩的なイメージを身にまとうと、極め付きの滑稽になる。疲れ果てて宿のベッドに倒れ込んだポンピリアは、上着を脱ぐことすらできたろうか、しかもローマまであと15マイルのところで逃亡の挫折を悟ったポンピリアのこの時の気持を察すれば、悲痛という以外にはないのだが。

（2）過剰な列挙（羅列）

　資料が用いた修辞の一つに、論点の強調としての語句あるいは文の繰り返しがあった。ブラウニングのボッティーニの場合は、そのような繰り返し表現よりも、言い換えや例など同格のものを積み重ねる列挙（enumeration）（佐藤、pp.209-16）が圧倒的に優勢な修辞となる。列挙は、理解の補強や強調のために人が日常的に用いるものだが、通常の正常域は2ないし3で、それを超えて過剰になると文脈次第で特殊な効果を生む。たとえば、前出の「ユディト記」"Judith"には属性としての「神」"God"、呼びかけとしての「神」"God"がそれぞれ5つ（下線付加）に言い換えられ、続けざまに10の出現を見る。

> . . . ; but thou art the <u>God of the humble</u>, <u>the help of the poor</u>, <u>the support of the weak</u>, <u>the protector of the desperate</u>, <u>the deliverer of the hopeless</u>. Hear, O hear, thou <u>God of my forefather</u>, <u>God of Israel's heritage</u>, <u>ruler of heaven and earth</u>, <u>creator of the waters</u>, <u>king of all thy creation</u>, hear thou my prayer. (The New English Bible, "The Apocrypha," p.77)

　これは敵陣に乗り込んでホロフェルネスを討つ決意をしたユディトが、「私の口の偽りを用いておごれるものを討って下さい！」と願う神への祈りとして、その必死さの度合いを伝えるものになる。

　ボッティーニの場合はほとんどが4項目もしくは5項目の列挙で、さらにどこか場違いのものが混在して滑稽や揶揄を生み、「羅列」というマイナス価の含みを持つ用語が相応しいものになる。たとえば、壁画の聖家族のマリアとしてモデルに必要なのは5項目で、女性らしい赤い唇、愛に溢れる目、愛をこめてかがめた額、それに首と胸とにも要件がある。

> Each feminine delight of florid <u>lip</u>,
> <u>Eyes</u> brimming o'er and <u>brow</u> bowed down with love,
> Marmoreal <u>neck</u> and <u>bosom</u> uberous,—（51-53）

首の修飾には、「象牙の」"marmoreal"という母音量の多い詩語が突如の採

用になる。追い打ちをかけて、5項目の「胸」"bosom"を形容するのは、ものものしいラテン語源の"uberous"で、意味は「オッパイたっぷり」"full of milk"のおかしさである。

　壁画用に50枚ものスケッチができ上がったあと、「そんなバラバラのスケッチではなくて1枚の絵を」、と言われて始まる行為は、まず「がさがさとスケッチをかき回して…キャンバスを広げ、糊を混ぜ、ここに頭あそこに尻尾を貼り付け」と4項目の列挙に駄洒落が続く――「その絵に*鳩尾継ぎにあらざるロバ尾継ぎをやらかし（ロバには一本尻尾がありますからな）…つなぎ合わせると、聖家族ができ上がるか？」(75-83) と言えば、「そうではなくて」と、話は生理学になる。

> Rather your artist turns abrupt from these,
> And preferably buries him and broods
> (Quite away from aught vulgar and extern)
> On the inner spectrum, filtered through the eye,
> His brain-deposit, bred of many a drop,
> *E pluribus unum*: and the wiser he! (84-91)（原文斜字体）

「画家が突然こういうものに背を向け（卑俗で外的なものから離れて）、思いを潜めるのは眼のフィルターを通った内面のスペクトル、多くの滴から生まれた脳味噌の沈殿物、ヴェルギリウスの言う"多から一"、彼はそれだけ賢くなる！」。何とも分からぬこの似非生理学はさらに続いて、単なるスケッチの寄せ集めを芸術へと高める画家の想像力が以下のように解説される。

> For in that brain,—their fancy sees at work,
> Could my lords peep indulged,—results alone,
> Not processes which nourish such results,
> Would they discover and appreciate,—life
> Fed by digestion, not raw food itself,
> No gobbets but smooth comfortable chyme
> Secreted from each snapped-up crudity,— (92-98)

「というのは、その脳――画家の想像力が働くのを見るその脳を諸卿がゆっ

くりのぞき見できるといいのですが——の中に彼等が見つけてよしとするのは、結果を生み出す過程ではなくて、結果だけ、——咀嚼されて養われる生命であって、生の食品ではない、ぱくりと食いちぎられたものではなくて、腸でこなされてなめらかになった心地よい＊＊"chyme"」、と息の長いものの羅列が、最後は快便の話になって噴飯ものの域に達する。

　序論に見られるこのような羅列の手法は、あらゆる場面に、さまざまな修辞とからんで出現する。

(3) 飲食行為の比喩

　グルメのアルカンジェリには食物への言及が多かったが、サリヴァンによるとボッティーニのそれはアルカンジェリを上回る頻度になる (pp.105-06)。ボッティーニの場合は、その言及が食物そのものではなく、比喩としての飲食の行為や現象である。序論の芸術論「ぱくりと食いちぎられた…」が、すでにその一例になっているが、気むずかしい夫に対する訓戒も同例である。

> All womanly components in a spouse,
> These are no household-bread each stranger's bite
> Leaves by so much diminished for the mouth
> O' the master of the house at supper-time:
> But rather *l*ike a *l*ump of spice they *l*ie,
> Morsel of myrrh, which scents the neighbourhood
> Yet greets its lord no lighter by a grain.（320-26）

「妻の女性的な魅力とは、他人が食べれば夕食時にその家の主人の口に入るのが減るパンのようなものでなく、香料のかたまりのように横たわり、近隣を潤し、さりとてその殿御に対していささかなりとも薄くなるわけではない少量の没薬(もつやく)である」。この場合、"*l*ike," "*l*ump" と頭韻を踏んだ上での "*l*ie"（横たわる）は思わせぶりである。

　結構な夢よりも手荒でも現実の行為の方を擁護する、というもっともな論

＊　先が鳩の尾の形になったほぞで繋ぎ合わせる技法のこと
＊＊　発音は[kaim, カイム]、生理学でいう糜汁（びじゅう）、つまり粥状のもののことです。

理は、知事や町のお偉方が、自らは肉を食べていながら無垢なる者を飢えさせるべきではない、と晩餐会の終わりにポンピリアに好意を示すつもりで骨を投げて——ただし夢の中で——そして床に就いたのと、カポンサッキが大麦のパンを彼女の口にねじ込んで救ったのと対比して展開される(1111-26)。この話はポンピリアの訴えをすげなく退けた知事らに対する風刺として痛快に読めるはずの箇所なのだが、気晴らしの脱線をしました(And now, this application pardoned, lords,—This recreative pause and breathing-while,—)(1130-31)と、仮想の聞き手に許しを乞うているので興ざめる。

この話に先立って、ユダヤ人がキリスト教徒のふりをして書いた「イエス誕生の物語」"Sepher Toldoth Yeshu"[6]の本の頁に「汚物の中に隠された宝石」"jewel hid in muck"(1028)のように生き延びてきた話がある、とボッティーニは次のように紹介した。

> ペテロとヨハネとユダが共に旅をして、着いた宿にベッドは三人分あったが、食べるものは一人分の鳥だけだった。ペテロの提案により、鳥が焼ける1時間を眠って、その間に見た夢が最も幸せな夢であった者が焼けた鳥を食べることにした。さて、ヨハネの夢は使徒たちの中で最も愛される者になったという夢。ペテロのは天国と地獄の鍵を預けられた夢。ユダの夢は二人が眠ったのを見すまして降りていき香ばしく焼けた鳥をすっかり食べてしまったというもので、あまりにも浅ましい夢だから鳥を食べる権利は放棄する、「しかし残ったものは下さい」とユダは言う。不安に駆られた二人が降りていって見ると、骨だけが残っていた。それ以来 *願いごとを占う鳥の胸の叉骨には "Merry-thought"（楽しい思い）(1107)という相応しい名前が付いた。

結論は「目をさましていることが人間の最上の夢である」"...to keep wide awake is man's best dream."(1108)ということなのだが、それが大変長い食の話として展開されていたのである。

タイトル（判決前文）の論点もボッティーニにかかると食の話にされてしまう。カステルヌォーヴォで逮捕された後の裁判で、カポンサッキに出され

た判決のタイトルには「フランチェスカ・コンパリーニの逃亡に共謀し、かつ同女と肉体的に交わったことにより、チヴィタ・ベッキアへ3年の流罪とする」[7] (OYB, p.106) と書かれていた。資料の検察官は、「肉体的な交わり」"carnal knowledge" は不適切で、削除の申請済みであるとした。ブラウニングのボッティーニは、タイトルとはやがて裁定されるであろう罪につけた札に過ぎない、とワインを飲む話にする。[8]

> I traverse Rome, feel thirsty, need a draught,
> Look for a wine-shop, find it by the bough
> Projecting as to say "Here wine is sold!"
> So much I know,—"sold"; but what sort of wine?
> Strong, weak, sweet, sour, home-made or foreign drink?
> That much must I discover by myself.
> "Wine is sold," quoth the bough, "but good or bad,
> "Find, and inform us when you smack your lips!"
> Exactly so, Law hangs her title forth,
> To show she entertains you with such case
> About such crime. Come in! she pours, you quaff.
> You find the Priest good liquor in the main,
> But heady and provocative of brawl;
> Remand the residue to flask once more,
> Lay it low where it may deposit lees,
> I' the cellar: thence produce it presently,
> Three years the brighter and the better! (1545-62)

「わたしはローマを横切って喉が乾き、いっぱい飲みたくて酒屋を探す。酒屋の印である小枝を見つけて、"ここに酒あり"――ということを知る。しかしどんな種類の酒なのか、強いか弱いか甘いか酸っぱいかホームメイドか外国産か、それは自分でみつけねばならん。それと同様に法律がタイトルをぶら下げて、ここにかくなる事件かくなる罪あり、さあ、お入り、と注いでく

---

* 胸骨の前の二またの骨で、食事の時に皿に残ったこの骨の両端を二人で引き合い、長い方をとると願いが叶うといいます。"merry" には、人をからかってよろこぶ、というニュアンスがあります。

れる。この修道士、だいたいは良い酒だと思うが、少々頭にきて取っ組み合いをしかねない、それでもう一度容器に戻して寝かせておこう、3年たてばもっと良くなっているだろう、ということなのだ」。ワインの話がいつのまにか修道士の話と綯い交ぜになっているのが絶妙であり、「強いか弱いか…」は6項目にわたって羅列の好例ともなる。

（4）マイナス価の頭韻

第9巻に頭韻として10回以上出現する音とその頻度数は多い順に次のようになる。

[f]=22、[p]=21、[s]=18、[d]=11、[b]=10

多い方の3音には、出現頻度としては1と数える場合にも "*p*ly my *p*apers, *p*lay my *p*roofs, *P*arade my studies," (154-55) のように個体数が多い現象が際立つ。最多の [f] 音によるものは、"false"（偽りの）、"feeble"（弱々しい）、"feign"（ふりをする）、"flaw"（欠陥）、"foible"（欠点）など、負のイメージの語が多数を占め、[s] は、[p] [d] [b] の破裂音にまじると、"sly sibilant"（ずるそうな子音）と呼びたくなる印象を生む。そして、これらがボッティーニの語りの音声上の*通奏低音をなしているのである。

脚韻が絶無に近いなかで、"faith"（信頼）や "feigning"（偽りながら）と頭韻を踏んだ上で、"she feigns"（彼女は偽る）が脚韻位置で繰り返されるのがある。

> Worst, once, turns best now: in all *f*aith, *she feigns*:
> *F*eigning,—the liker innocence to guilt,
> The truer to the life in what *she feigns*! (545-47)

「かって最悪であったものが今や最良となる、まったき信において彼女は偽る。偽りながら罪に対していっそう無実に似るのだ、偽っていることで生命に対してより真実なのだ」。弁護をしているようで、実は "she feigns"（彼女は偽る）を特別な位置に置き、さらにそれを繰り返すことによって、「彼女は偽る」と強烈な主張をしているのである。ほかに [f] 音によるものは次

のとおりで、マイナス価のものばかりである。"Of *f*eigned love, *f*alse allurement, *f*ancied *f*act" (528), "still no less a *f*oil, a *f*ault" (965), "*f*aultless to a *f*ault" (1177), "By *f*ancying the *f*law she cannot *f*ind" (1180), "*f*eeble *f*lesh" (1275), "*f*acile *f*eat" (1353), "the *f*irst *f*law, The *f*aintest *f*oible" (1484-85)。プラス価を持つような「欠けなき姿の中の欠けなき性質」"a *f*aultless nature in a *f*lawless *f*orm" (195) はポンピリアの肖像を指し、実は後で、欲望のきらめくオパールだと言い、弱き性よと嘆息して見せたりするために、仮に持ち上げたものに過ぎない。

　[p] 音によるものはポンピリアがらみのものを含むことになる。既出の *p*ricks *P*ompilia" の他に、"*p*aint *P*ompilia," "*P*om*l*ilian *p*laint," "*p*oor *P*ompilia," "*P*ompilia and *p*riest," "*P*ompilia, thine the *p*alm" がある。[s] によるものはカポンサッキとポンピリアの間に性的関係を仄めかすいやみの箇所に頻出する。次のように、破裂音 [b] による4個の頭韻がからんでいる例では、3個の [s] がずるそうな子音になる。"'T is love shall *b*eckon, *b*eauty *b*id to *b*reast, Till all the *S*amson *s*ink into the *s*nare!"、(愛が差し招き美が胸へと命じ、ついにすべてのサムソンが罠に沈む!) (518)。

　頭韻に引き立てられた羅列と駄洒落がある。「グイードは法に訴えながら、もつれてくると生まれ持った知恵に頼り、婚資を取り戻すために、刀を抜いたり、ピストルを詰めたり、手紙を偽造し、スパイを雇い、ずるい回り道をする」

> He would recover certain dowry-dues:
> Instead of asking Law to lend a hand,
> What *p*other of sword drawn and *p*istol cocked,
> What *p*eddling with forged letters and *p*aid spies,
> *P*olitic circumvention!—all to end
> As it began—by loss of the *f*ool's head,
> *f*irst in a *f*igure, presently in a *f*act. (1147-53)

---

* バロック音楽での演奏形態の一つなのだそうですが、「主旋律に常に伴う低音部分」というほどの意味で使わせてもらっています。

ここには5項目の羅列（下線付加）が、すべて［p］音による頭韻でつながれている。「そして始めたと同じようにして終わる、つまり馬鹿が頭を失う、最初は比喩的に、やがて事実として」。「比喩」*figure*で頭を失うとは自制心を失うこと、それが「最初」*first*で、「事実」*fact*上で失うとは、その結果として斬首の憂き目に遭うこと、それは「馬鹿」*fool*のすることだ、を表意するのが"—by loss"以下である。それは冠詞も含めて14語だが、そのうちの4語が軽やかな［f］音で頭韻を踏み、ほとんど駄洒落の逸品である。だが、その意味の重さにやがて戦慄を覚えさせられる。

（5）不穏当な類擬

　嫉妬が男に及ぼす影響は、ボッティーニによると「偽りを真実にし、目と耳を虐待し、霧にすぎないものを金剛石にし、静寂を音で満たし、何もないところに反乱の大軍団を送り込む」と5項目になり、羅列の好例であるのだが、そのような狂人には「鰻」"eel"が蛇に見えて当たり前（391-93）、という話になる。ボッティーニの話の鰻は*コマッキアの谷に住んでいて6フィートもあり、したがってヘラクレスによって退治されたレルナ（Lerna）のヒュドラ（hydra）と間違えられかねないのだが、パイにすると堪えられないご馳走になる、しかし狂人は贈り主の意を取り違え、珍味を土に踏み込んでしまう（394-402）。さて、そこから1000行以上も後になるが、ポンピリアが鰻に類擬される。以下のように、22ヶ所の傷に耐えて死を装い4日を生き延びた彼女は、ボッティーニの認識にとっては泥をかぶった狡賢い鰻である。

> For to the last Pompilia played her part,
> Used the right means to the permissible end,
> And, wily as an eel that stirs the mud
> Thick overhead, so baffling spearman's thrust,
> She, while he stabbed her, simulated death,
> Delayed, for his sake, the catastrophe,
> Obtained herself a respite, four days' grace,
> Whereby she told her story to the world,
> Enabled me to make the present speech,
> And, by a full confession, saved her soul. (1417-26)

「最後までポンピリアはその役割を演じ、許される目的のために正しい手段を用いた。泥を頭までかぶって槍の穂先をくじく鰻のように狡賢く、彼が刺している間、死んだ振りをして、彼のために破局を遅らせた。4日の恩寵を得て、世界に向かって物語り、私にこのような弁論を可能にしてくれた。そして何もかも告白し自らの魂を救った」。この鰻には、頭を1つ切ると代りが2つ生えたというレルナのヒュドラのイメージが重なってくる。ポンピリアをそのような鰻にすることと、一点の非の打ち所もないポンピリアの肖像を描く目的とが、どのように整合し得るのか不可解と言う他はない。

そのボッティーニがマリアであるポンピリアの「モデルにしとこう」というフリーネは、不敬の罪で裁かれた古代ギリシャの高等娼婦である。その愛人の一人であったヒペリデスのフリーネ弁護はロンギウスによって雄弁の手本と讃えられているのだそうだが、それをもってしても裁判官たちを説得できなかったとき、ヒペリデスはフリーネに胸をはだけさせ、それによって釈放を勝ち取ったという話になっている。それほどの美しいフリーネになされる中傷としてボッティーニが挙げるのは、やはり5項目で、頰のほくろ（mole on cheek）・顎のいぼ（wart on chin）・見えないところの言わない方がよいおぞましいもの（blind hidden horrors best unnamed）・がに股（knock-knee）・扁平足（splay-foot）である（161-70）。

そのような中傷をいちいち取り上げるより、「さっと掛け布をとって見てもらえばよい。彼女は美しく微笑んでいる！」と言ったあと、ボッティーニは、モデルとしては他にもっと適切なのがある、と父や夫の前で自害したルクレティアを思い付く。そして「コラティヌスより好まれた奴隷をどういう具合に捕まえたか、というタルキンのこの話はどうだろうか」"What is this Tale of Tarquin, how the slave Was caught by him, preferred to Collatine?"（177-78）と続ける。この言い方では、コラティヌスの妻であるルクレティアが奴隷と通じ、その現場をタルキンが押さえたという話になる。

また、「グイードがナバルのように死んでいたら」と言えば、ポンピリアはナバルの妻のアビゲイルに相当する。

---

*　コマッキア（Comacchia）の谷は、ラベンナの北にある沼沢地で、立派な鰻（great eels）がいるのだそうです。

> Was not the son of Jesse ruddy, sleek,
> Pleasant to look on, pleasant every way?
> Since well he smote the harp and sweetly sang,
> And danced till Abigail came out to see,
> And seeing smiled and smiling ministered
> The raisin-cluster and the cake of figs,
> With ready meal refreshed the gifted youth,
> Till Naval, who was absent shearing sheep,
> Felt heart sink, took to bed (discreetly done—
> They might have been beforehand with him else)
> And died—*would Guido had behaved as well!* (356-66)

「エッサイの息子（ダビデ）は見目よく、艶よく、あらゆる点で快活ではなかったか？ 巧みに竪琴を打ち鳴らし、美しく歌い踊ったので、アビゲイルが見に出てきて、見ながら微笑み、微笑みながらその才ある若者を馳走でもてなした。羊の毛を刈りに留守をしていた夫ナバルは、失意で床について（上分別だった、さもなければ二人に先んじられていたかもしれん）、死んだ——グイードも同じ振る舞いをしていたら！」。この言い方に従えば、勤勉な夫の留守中に若い男と肉体関係を持ちかねない妻という話になる。

　実は、このルクレティアとアビゲイルの話はどちらもねじ曲げられている。タルキン（正確にはタルキヌス）は、ルクレティアの夫コラティヌスの従兄弟で、意に従わなければ奴隷と共に殺して不貞の現場を押さえたことにする、とルクレティアに迫ったのである。名誉を守るためにルクレティアはその陵辱に耐え、そのあとですべてを告白し、父の復讐の誓いを糧に自害する他なかったという悲痛な話である（Loeb, pp.199-203）。アビゲイルの話は聖書サムエル記上25章を出典とする。裕福なナバルは羊をたくさん所有していたが、その羊や羊飼いたちを野原で守ってやったダビデが食料を分けてくれるようにと申し入れたとき、その使者を侮辱して追い返した人物である。その妻で美しく聡明なアビゲイルは、怒ったダビデが一家の男たちを全滅させようと進軍してくるのを知り、贈り物を携えてダビデに会い慈悲を乞うた。危うく殺されるところであったと知ったナバルは意識を失い、10日ほど後に死んだ。そのあと望まれてアビゲイルがダビデの妻になった、という話なのである。

不穏当どころではなく、歪曲である。

　類擬の事例ではないが、ユディトのことがある。アレッツォにおけるカポンサッキの夜間来訪に関して、資料の検察官は証言や状況証拠に信憑性がないことによって事実性を否定するのだが、ボッティーニは、深夜の密会を女性の不埒と解する者は異端の徒である、「そんなことをすれば、欲情の男を欲情による破滅へとおびき寄せ、女性の鏡と讃えられたユディトを傷つけることになるだろうから」と一蹴する。

> 　　　... —since
> 　　　So would he bring a slur on Judith's self,
> 　　　Commended beyond women, that she *l*ured
> 　　　The *l*ustful to destruction through his *l*ust. (568-71)

"lured"および"lustful"との頭韻によって"lust"（欲望）を強調するこの論法は、カポンサッキの問題の来訪を事実とする前提に立ち、同時に、歴史上の検察官がポンピリア擁護の論拠とした聖書の記述を逆手に取り、是とされるユディトの行為を辛辣に揶揄している。

　このようにボッティーニは、男性を魅了する力を持っていた女性たちの話を汚いものにし、ポンピリアの肖像に惜しみなくシミを付け足していく。ほかにポンピリアが類擬されるのは、愛児キューピッドを発見した報償にはキス以上のものを与えても不思議はないヴィーナス (536)、夫の財宝を使ってカルタゴの女王になったディドー (657)、裸で岩に縛り付けられたヘシオーネ (967)、蛇の言葉で木の実を食べて知識を得たイブ (449) や、もと売春婦のマグダラのマリア (938) である。

（6）陋劣な女性観

　「人類の額を宝石で飾るような」"As jewels here thy front, Humanity!" (198) とボッティーニが持ち上げた女性とは、幼年期の真珠から、子ども時代のサファイアを経て、成熟期には最後で最良のオパールとなる。それは「乳白の蒼白さ（貞節）がそこ此処で炎（欲望）を思わせる色合いで覆われた」代物なのである。

> Womanliness and wifehood opaline,
> Its milk-white pallor,—chastity,—suffused
> With here and there a tint and hint of flame,—
> *Desire*, . . . " (204-07)

もともとボッティーニにとってポンピリアも特殊ではなく「女」一般である（Know one, you know all Manners of maidenhood: mere maiden she.）(221-22)。乙女時代には跳ね回って、「おお、弱き性よ」"O' the weaker sex, my lords, the weaker sex!"（225）と吐息させ、行状は詮索すればきりがない。男性の槍や盾にかえて武具として女たちに与えられているのは「美」で、「他ならぬその付属物、いや特性は人をほろりとさせる悪知恵と、甘美なる欺瞞と忌まわしき愛の鎧である」

> And what is beauty's sure concomitant,
> Nay, intimate essential character,
> But melting wiles, deliciousest deceits
> The whole redoubted armoury of love? (229-32)

しかも「牡牛が角で、ライオンが歯で戦う」"With horns the bull, with teeth the lion fights;"のと並べて、自然が女に与えたものが「歯」"teeth"でも「角」"horns"でもなくて「美」"beauty"であるとなれば（429）、所詮女は牡牛やライオンと同列の野獣、ということになる。女性の義からは紛れようもなく離反していることが、何の衒いもなくこのように述べられると笑ってしまう。

　このボッティーニが女性を花にたとえた箇所がある。ただし、それは善良な庭師である夫の意に反して、どこにでも芽を出して咲く花のように、怪しからぬ妻のことになる。

> He dug and dibbled, sowed and watered,—still
> 'T is a chance wayfarer shall pluck the increase,
> Just so, respecting persons not too much,
> The lady, foes allege, put forth each charm
> And proper floweret of femininity

> To whosoever had *a nose to smell*
> *Or breast to deck*: what if the charge be true? (295-301)

「彼が」——とは正当で善良なる庭師のこと——「掘り返して穴をつくり、種を蒔いて水をやる——それでも産物をつみ取るのは通りすがりの者である、まさにそのように"The lady"は、たいして尊敬もせぬ人々それぞれに、女性性の魅力や小花を差し出す、嗅ぐ鼻、飾る胸さえあれば誰にでも。もしその告発が真実だとしたらどうだろうか？」。ボッティーニは、それが「敵どもの言い分だ」と言い添えているのだが、この文脈での使用はブラウニングの短詩「前の公爵夫人」"My Last Duchess" を想起させる。フェッラーラの大公は誰にでも微笑みかける夫人を肖像画に変えた人物である。その画に掛けたカーテンを開けることが出来るのは彼だけで、新夫人候補者の婚資の額を決めに来た使者に向かって、そのカーテンを引き、そして言うのである、「もちろん彼女は微笑みましたよ、私が通りかかるときには何時でも。しかし通りかかる人でそれと同じ微笑を受けなかったのは？ これがひどくなった。私は命令を出した。それから微笑はすっかり止んだ」"Oh, sir, she smiled, no doubt, Whene'er I passed her; but who passed without Much the same smile? This grew; I gave commands; Then all smiles stopped together." (Vol. 3, p.266)。女性を意のままにしてよい所有物とみなした大公の冷酷な傲岸さが浮かび上がってくる。

　ボッティーニの陋劣な女性観を示すのは、不穏当な類義も含めると、枚挙にいとまがない。バックラーは「代表的な例」"some representative examples"となるものが29例に達するとしている (p.208)。

（7）仮定法の濫用

　資料の検察官は、寄る辺もなく命の危険にさらされた哀れな女が力になってくれそうな聖職者を、優しい、あるいは情愛ある言葉で誘おうとしているとしても、同情されるべきである、というふうに仮定法を使う。

> And therefore this wretched girl, who was destitute of all aid and was placed in imminent risk of her life, should be judged worthy of all pity,

if with gentle and even with loving words she tried to entice the Canon, whom she believed was well suited to afford her aid. (OYB, p.80)

そして目的のためには最も貞節な女性でも使う手段である、とユディトの場合を引用した。

　ブラウニングのボッティーニの語り冒頭2行が、"Had I God's leave,..."　"If I might read..."と、共に仮定節であることは象徴的である。彼が、本論に入ってから多用するのが仮定法で、全部で32の詩節（verse paragraph）のうちに"if"による仮定をふくむのが14、接続詞・倒置形によるものを含めると出現頻度は30を越える。そのうち「そうだとしてもそれがなんだ」"What if...,""How if..."と反語的に開き直るのが7例で、仮定が事実であるような印象を作り上げる。そのうえ多くの場合に（そんなことは信じないが）とわざわざ断りを付ける。断り付きの仮定法使用は資料の検察官にもあった。しかしブラウニングのボッティーニの場合は濫用である。その中に羅列や、似非(え)生理学や、駄洒落が加わる。そして「比喩がこんがらかれば」、つまりイカロスである彼の「蠟の翼が溶けて墜落すれば」、それは太陽である法廷の微笑に誘われて舞い上った故である、と裁判官に世辞を贈る際にも仮定法が顔を出す（576-80）。続けて、「イカロスの災難となる熱の中でポンピリアの名声が蘇(よみがえ)るなら、私のことなど何あろうか？」（581-82）と言うのだが、ポンピリアのために何の益にもなっていない。

　本論に入っての最初の論旨は、「跳ねまわっていた乙女も結婚をすれば牝牛が作男に従うように夫に従わねばならない。それが自然の法則で、自由な時代からの移行期にありがちの問題に辛抱の足りない夫は間抜けだ」（251-57）、ということである。その「ありがち」の問題として、「女がわがままに些細なことで騒ぎ立てるとしても、それがなんだ」という言い方をするのだが、実際わがままに些細なことで騒ぎ立てたのだ、と思わせてしまう。このような論法のif-clause（仮定節）が「強情に」「うなり声やうめき声」「苛立たしい」「時宜を弁えぬ」「しつこい」など否定的な意義の語を満載して258-266行に四重ねで出現する。

　ポンピリアが誰彼なしに媚びを売ったという告発が本当だとしたらどうか

(what if the charge be true?)（301）、と仮定による問いを発してフェッラーラの大公を思わせたのがある。それに対して彼が提供する答えは、さらに仮定を内蔵したものになる。「ポンピリアが気むずかしく選り好みをしてあの人は駄目でこの人はと決めていたら、罪はより重いだろう！ 捧げるべく運命づけられた人はいなくて、早いもの勝ちだったと告発者は言うが、彼女のこの種の突飛な行動が多くて頻回で見境いがなかったとしたら、その行為が計画的で、贈りものは特別で、悪意によると言えますか？ 広い空のどの蝶がグイードより気に入られていたと広言を吐けるだろうか、彼ががぶ飲みしたそのカップは、明らかに、虻にもぶよにも蜜蜂にも蛾にも開かれている香しい胸の傍らに置かれていたのに。一つの聖杯は多くの人をもてなしたのだ、そしてもし気むずかしい夫がそれだけいっそう反対し、妻のそのような気前のよさを誤解し呼び違えるとしたら、われわれは急いで行って教える、頬の魅力、目の輝き、唇の許し、つまり妻たる女性の魅力とは、他人が味わったからと言って減るようなものではない、と」（302-19）。「がぶ飲み」は無作法な飲食の行為、「虻、ぶよ、蜜蜂、蛾」の羅列は蜜蜂を除いてはおぞましいイメージのものばかりである。

　ポンピリアの読み書きの能力についての議論では、単純な接続詞"if"に代って、ものものしく"grant""allow""concede"を使い、それは違うのだが、といちいち断りを入れながら言う。「夫の話が、それは嘘だが、（パオロへの）手紙に対して証明がなされて本当だとしよう——つまりグイードが発見してポンピリアと修道士のものだとした忌まわしいとしか言いようのない手紙のことだ——それを彼女のものだとしよう——というのはイブのような無垢の頃には書くことが出来なかったのだけれども、…しかし神聖な議論のために（とんでもない話なのだが）これやあれやの手紙を彼女が書いたと認めよう、——それがどうだというのだ？」

　　　. . . . *Grant* the tale
　　　O' the husband, *which is false*, were proved and true
　　　To the letter—or the letters, I should say,
　　　Abominations he professed to find
　　　And fix upon Pompilia and the priest,—

> *Allow* them hers—for *though she could not write,*
> In early days of Eve-like innocence
> ．．．
> Yet for the sacredness of argument,
> *Concede* she wrote (*which were preposterous*)
> This and the other epistle,—*what of it?* (443-474)

　事実でないことを認めながら、それを事実として議論することに、まず、何の意味があるのだろう、論理はほとんど無茶苦茶である。実はその「神聖な議論」を始める前に、「人とのつながりが欲しくて、おそまきながら、書き方を習ったこともあるだろう、事実、書けるようになっているのです、と親に宛てて書いた手紙が一通ある」(457-63) と紹介した上での話だから、まさに桁外れである。

　資料の検察官は、恋文らしく見える手紙も命の危険を逃れるための手段で、許される目的のためには許される手段である、と擁護した。ボッティーニも、上記に続けて、命を救うための「単なる手段だ」"all a mere device" (542)、と言う。そこのところまでは資料とほぼ同じなのだが、押韻位置に "she feigns"(彼女は偽る)を繰り返して、修辞によって実はポンピリアは「偽る」のだと主張するところが違う。その上で、ぼろを身にまとい、トロイの門をくぐったオデュッセウスと同じで、"grime"(汚れ)は "grace"(名誉)なのだと頭韻を利かせて歌い上げる。

> How if Ulysses,—when, for public good
> He sunk particular qualms and played the spy,
> Entered Troy's hostile gate in beggar's garb—
> How if he first had boggled at this clout,
> Grown dainty o'er that clack-dish?　Grime is grace
> To whoso gropes amid the dung for gold. (478-553)

「もしオデュッセウスが、──格別の心のとがめを押し鎮めて公益のためにスパイを演じ、乞食の装束で敵対するトロイの門をくぐったとしたら──どうか、もし彼が最初にこの衣服にたじろぎ、ひび割れた皿に気むずかしさを

募らせたとしたどうだろうか？ 黄金を求めて糞尿をまさぐる者にとっては、汚れは名誉なのだ」。そうするとオデュッセウスが夜間敵情視察のためにぼろを身にまとい確かにトロイの門をくぐったように、ポンピリアは汚い恋文を書いたことになる。このような「嘘であって嘘でない」という詭弁は、本論に入ってからの論法面での通奏低音である。

「急げ、時が過ぎる、機会は逃すと人を馬鹿にする。畝はできているか、とうもろこしを蒔かなければ、小麦の代わりに毒麦やあざみが生えて、夫から望みのものをだまし取る」(1237-44)。この中に、"fleets, fast, flown, flout, furrow, field, fail" の [f] 音を利かせた思わせぶりな科白を並べた後に、多層の「信じないが、もしそうだとしても…」構造が続く。「カポンサッキが流刑地のチビタ・ヴェッキアから忍んでくる（私は信じないし、彼が流刑地を一度も離れなかったことは証拠十分なのだから）と仮定しよう。彼の方も寂しいのだ、それに医者のトッツィに聞いても分かることだが、習慣を断つのは少しづつでなければ躰を損なう、夜ごとの交わりは（そんなことは信じないが）会話で少しづつ断つのだ、いやなものも慣れると魅力になり、苦リンゴも繰り返し飲んでいるとおいしくなり、古傷を掻くのも心地よくなり、ろばは軛の傷が痛むのに休日で閉まっている粉ひき小屋のドアを押す」(1249-89)、と羅列になる。古傷やろばまでが出てくる突飛な列挙のあとで、だから旅の途上の話に花が咲いたとしても驚くにはあたらない、となると、（信じられる話ではない）というもっともな前提はおぼろとなり、カポンサッキは親元へ帰されたポンピリアを訪ねたのであり、それは肉体の交わりの断絶を会話で癒すためであった、ということになってしまう。「ここで驚いてはいけない、衝動にそそのかされて折々のこと、希望や怖れ、停まったときのことや急いだこと───一度で食傷するほどの話題を昔語りするとしても」

> Nor must we marvel here *if impulse urge*
> *To talk the old story over now and then,*
> The hopes and fears, the stoppage and the haste,—
> Subjects of colloquy to surfeit once. (1290-93)

このような弁論からはカポンサッキとポンピリアの性的関係は当然のことと

なる。ここでもまた、飲食行為の比喩が顔を出し、女性との奔放な交際は紫の杯から痛飲することで、それを妨げられるとは、アダムがワイン代わりにした泉、すなわち水しか飲めないという話（1262-65）になる。

　仮定とは言いながら、このような話を持ち出した後で、"thee,""thine"の古形による荘重体で、「父よ、汝の子を受け取るべし、かの子どもは汝の子なればなり、疑うべからず」と言う。法律が、結婚で生まれたものに間違いはないと言うから、が根拠である。

> So father take thy child, for thine that child.
> Oh nothing doubt!　In wedlock born, law holds
> Baseness impossible: since "*filius est*
> "*Quem nuptia demonstrant*," twits the text
> Whoever dares to doubt.（1324-27）（原文斜字体）

ラテン語部分は通常の法律用語で、「結婚の契約によれば、彼は父親の息子である」の意、それを「疑う者は誰によらず、その条文を責めよ」となる。これに続く議論が次である。「誰の子かって？ 子を生まぬせいでグイードの家族からいたぶられていたのを自然が哀れんで、自らの力を示すため奇跡を起こしたのだとしたら。ヴェルギリウスが記録するあの奇跡の蜜蜂の話があるではないか。自然発生を証明する必要があろうか。疑う者は馬の毛を水に浸しておけ、蛇が生まれるであろう」（1333-55）。さらに赤子との関係で、グイードは「仮定の雄親」"the sire presumptive"、カポンサッキは「可能性の雄親」"the sire potential" であると称する。すると赤子はカポンサッキの子だという毒気に満ちた仄（ほの）めかしとなる。

　仮定法を使った嫌みな仄めかしの逸品がある。「さて、ローマは間近となった。彼女は気絶している、三重の鎖帷子（くさりかたびら）である貞節以外には身を守るすべもなく。それを抱いて馬車から（from coach）寝台へ（to couch）と彼が運ぶ。青ざめた美を見詰め、眠っているのか死んでいるのか確かめるために身をかがめ、突然抑制を失ったとしても、何と自然なことか。そしてポンピリアは、難問の解決に心を奪われたアルキメデスが国が襲われているのも知らず、白刃を突きつけられ、刺されて死んでも気がつかないのと同じように、

何が起ころうと眠りつづけるのである。こっちの解きがたい難問とは、そのような美が如何にしてそれほどの無邪気さと一致しうるのかということ！」(732-68)。この37行のなかに、5回"sleep"の音を響かせてポンピリアが眠っていることを強調し、さらにずるそうな子音（sly sibilant）である［s］音で始まる語を満載する。6回の"so"、2回の"sound"のほか、"swoon, soundly, slumber, save, stalwart, sweet, senseless, serviceable, strength, stooped, stole, saw, succeeded, sudden, sex, still, save, sword, surprised, stab, secure, solve"を使用し、その他、アルキメデスの話でさえ"sack"（略奪する）と"Syracuse"（シラキュース）の［s］音による頭韻にする。そして「憐れみ」"pity" →「愛」"love" →「無分別」"unreasonableness" とつなげてみせる。

> How can the priest but *pity* whom he saved?
> And *pity* is so near to *love*, and *love*
> So neighbourly to all *unreasonableness* !
> As to love's object, whether love were sage
> Or foolish, could Pompilia know or care,
> Being still sound asleep, as I premised?（753-58）

「どうすれば修道士は自らが救った者を憐れまずにいられようか？ そして憐れみは愛に近く、愛はすべての無分別にとても近しいのだ！ 愛の対象はと言えば、前述したようにポンピリアは尚もぐっすりと眠っているのだから、愛に分別があろうとなかろうと、彼女が知っていたり気に掛けたりすることがあり得ようか？」。すると、「先を急ぐ気持ちも疲労に勝てない」を意味したはずの先導行 "Spirit is willing but the flesh is weak;"（734）が、「欲望には勝てない」の意に変質する。

（8）融通無碍の言語観

「勧告や言葉が不適切で無駄になったとしても差し支えはない。法には惜しげないほど言葉の蓄えがあるのだから」"If such an exhortation proved, perchance, Inapplicable, words bestowed in waste, What harm, since Law has store, can spend nor miss?" (1208-10) と言い得るボッティーニにとって、言葉は破られるための約束の構成要素であり、より堅固なものは行為である。彼女が夫の家を離れ、両親の元へ戻る必要があったと証明した以上は、目的のために執る手段は許容される、「外形が策略に似ていてもそこにこっそりと策略が潜んでいるわけではない。ハシバミの鞘にハシバミの実が必ず詰まっているわけではないのと同じではないか」、という論法である。

> Must such external semblance of intrigue
> Demonstrate that intrigue there lurks perdue?
> Does every hazel-sheath disclose a nut? (563-65)

「言葉——ああ、雄弁の才よ！」"And language—ah, the gift of eloquence!" と第1巻の語り手に嘆声を上げさせたボッティーニの言語使用は、まさに手袋が善と悪の上を撫ですべって一つにする（Language that goes as easy as a glove O'er good and evil, smoothens both to one.）ように、融通無碍である（I, 1179-81）。

まず、ボッティーニは、資料の検察官が「ポンピリアが麻薬を盛るような（事実の確認はないが）用心をしなかったら愚かであろう」とした論法を借用する。それに少しのひねりを加えて逃避行の全行程の出来事を正当化してみせる。まず、夫への配慮という理屈のひねりが入る。若くて強い修道士を同伴者に選んだのは、道中の名誉と安全を守るためで、それは恩知らずの夫のために他ならない、ハンサムであったからといって仕事をし損なうものではない。昼間に太鼓を叩き旗を押し立てて堂々、の代わりに夜陰に密かに脱出したのは夫の嫉妬への配慮であり、麻薬が何であるかも知らずに麻薬を盛ったのも（作り話が本当であるとすれば）、夫のための分別ある行為である。「世慣れない妻に降りかかる旅の危険をどんな魔法が和らげますかね？ お金ですよ、諸卿！ そして作りごとが事実で、夫の蓄えの中から気前よく頂いたのだとしても、それは夫のお金の使い道としてこの上なく適切だったのではないですか？」というのが下記の引用である。

> . . . . What magic mitigates

Each plague of travel to the unpractised wife?
Money, sweet Sirs!　And were the fiction fact
She helped herself thereto with liberal hand
From out her husband's store,—what fitter use
Was ever husband's money destined to?（651-56）

　次は、夫のために夫に忠実という理屈になる。ポンピリアがカステルヌォーヴォの宿でグイードの剣をとってグイードに立ち向かった事情は、ボッティーニによるとこうなる。「今回は有徳の女性のやり方、すなわち正確な忠実さで彼に教訓のお返しをする。彼は剣を持ってきた、彼女はそれを抜いた、剣は抜かれるためにあるからである、というのは妻たる者は夫の導くままに従い、彼自身が命ずるように名誉を回復し、彼が救えと命ずる方法によって彼を救わねばならないのだ！ 沼に落ちたら、手をさしのべて引き出せというのに疑問の余地はない」（896-918）。「しかし…」と続く、

But Guido pleased to bid "Leave hand alone!
"Join both feet, rather, jump upon my head:
"I extricate myself by the rebound!"
And dutifully as enjoined she jumped—
Drew his own sword and menaced his own life,
Anything to content a wilful spouse.（920-925）

「彼は、手をのけて、両足をそろえて頭に跳び乗れ、その反動で自分自身を救うと仰せになる。彼女は命じられたとおり忠実に跳んだ——彼自身の剣を抜いて、彼自身の命を脅かした、気まぐれな伴侶のお気に召すままに」。奇想天外なイマジネーションである。
　ポンピリアの死の床での告白の証人10名の中に遺産相続人がいることを根拠にその信憑性を疑う弁論があった。資料の検察官は「死に瀕して永遠の魂の救いを気にかけない者はいない」という金言の投げ返しで片付ける。ブラウニングのボッティーニは、ポンピリアが生き延びたことは法律と自分自身を辱めるもので即死したほうがよかった、と思っている。". . . . Must I speak my mind? Far better had Pompilia died o' the spot Than found a

tongue to wag and shame the law, Shame most of all herself,—..." (1450
-53) つまりポンピリアが、正直かつ誠実なものとして通用する死の床での
告白で、カポンサッキとの関係は潔白であると言えば、カポンサッキを流刑
に処し、ポンピリアに改悛者修道院入りを言い渡した法廷は間違いを犯した
ということになる。法律が正しかったとすれば、死の床でのポンピリアは、
彼女自身の名誉のためだけでなく、修道士の将来のために、また夫が速やか
に悔い改めるためにまったく無実である振りをした、つまり嘘をついたこと
になるからである。カポンサッキとの間に肉体関係があったと信じているボッ
ティーニは、これを「穏やかな嘘」"the genial falsehood" (1493) と言う。
それで満足できないならば決定的なことを申し上げる、と開陳するのが以下
の引用である。

> We come to our *Triarii*, last resource:
> We fall back on the inexpugnable,
> Submitting,—she confessed before she talked!
> The sacrament obliterates the sin: (1494-7)（原文斜字体）

ラテン語 "Triari" は古代ローマ軍の第3兵列、つまり戦術上最後の手段の
ことを言う。「われわれは最後の手段、難攻不落にまで撤退し、申し上げる
——彼女は話す前に告白した！ 秘蹟が罪を抹消している」。実は、ポンピリ
アは犯した姦通の罪を事前に告白し、秘蹟によって罪なしとされたのだ、と
言うのである。この議論は、資料では弁護側が用い、先例は多いと主張して
いた（OYB, pp.121, 156）。20世紀の判事であるゲストも死の床での偽りはあ
り得る、と言う。『指輪と本』の中では、第4巻の Tertium Quid がこの考
え方に触れていた（IV, 1479-83）。噂話の主の中でも仮にも不偏不党のサン
プルとされる語り手が、「グイードの友人たち」"Guido's friends" や「人々」
"people" の言い分の紹介という立前でようやく持ち出し得た事柄である。
ポンピリアの潔白を証明するはずのボッティーニが、これほど明白に言明す
ることには Tertium Quid でも驚くに違いない。

　ボッティーニの暴露話の続きはこうなる。「今ないものは、なかったのだ、
白く洗われた魂も元が赤であれば、どことなくピンクに見えるものだ、など

と区別立てするのは異端のモリニストだ、われわれは廃止は無であり、無は頭も尻尾も、初めも終わりもない、と言う！」

> What is not,—was not, therefore, in a sense.
> Let Molinist distinguish, "Soul washed white
> "But red once, still show pinkish to the eye!"
> We say, abolishment is nothingness,
> And nothingness has neither head nor tail,
> End nor beginning! . . . (1498-503)

ポンピリアは純白であると、このような言い方で言い立てることで、彼は効果的にポンピリアを汚していくのである。

Ⅲ　結び

「かくは結びの言葉を申し上げる、目的通りにポンピリアを描き、同様にグイードを恐ろしきものとした。じっと見つめている世間をして法律に冠をかぶらしめ、わたしの無能にもかかわらず、法廷の眼識に助けられ、秘密を暴いて曝し、真理に勝利を得させた、真実以外に労苦に値するものがあり得ようか？」(1564-71) と、ボッティーニは自画自賛をする。「目的どおり」には、"tenax proposito" と古代ローマの詩人ホラティウスからの引用を用いて、格調も高めている。

　ポンピリアを泥をかぶった鰻にし、死に臨んでの言葉をさえ偽りとしたボッティーニであった。その彼の語りの中で共感できると思いつつ読んだのは、ポンピリアのために何もしなかった知事たちと、逃亡の同伴者となったカポンサッキとを対比した次の箇所だけだった。

> How it disgusts when weakness, false-refined
> Censures the honest rude effective strength,—
> When sickly dreamers of the impossible
> Decry plain sturdiness which does the feat
> With eyes wide open! (1011-15)

「洗練に見せかけた弱さが、正直で乱暴で有効な強さをあげつらうとき、不可能なことを夢見る病的な人が、目を開けて功をなす頑丈さを非難するとき、それはなんと不快なものだろう」。しかしこれに続くのが、眠って夢を見ているペテロとヨハネを出し抜いて、ユダがおいしく焼けた鳥で腹を満たした話である。このような話を長々となぜここで、と訝られたのだが、カポンサッキが目を開けてなした功とはユダがしたのと同じことだ、知事らを出し抜いて欲望を満たしたのだ、とボッティーニは言っているのではないのか。そうなると、先刻の共感は大急ぎで取り消さざるをえなくなる。[9]そして、より厳しい解釈が妥当と思われる場合にも、解釈は慈悲の方向に向かうべきである、と言った資料の検察官の温情と、作品上のボッティーニとのギャップの大きさをまざまざと実感する。

　ボッティーニの弁論は、思いついたことを何でも言えたイソクラテスらと違って、「こっちは切り詰めたり、削ったり、印刷したりせにゃならん。坊主どもが相手の時代に生まれるとこういうことだ」とぼやきつつ、「しかし金にはなる」"Still, it pays."（1579）と傍白して終わる。この時点では、ボッティーニの人としての姿や形は、時を告げる雄鳥そっくりというのも含めて、まったく失われている。「金にはなる」という金も、何のための金なのか具体的なイメージを喚起しない。つまり、良くも悪くも、ともかく生身と言い得るものはかけらもなく、抽象的に不快なもの、ショウが「下品が正装して演じるサーカス」"a full dress circus of vulgarity"（p.268）と表現したのに近いものだけが残る。ボッティーニのすべての言葉がまさに「汚いぼろ雑巾」"filthy rags of speech"であったと思える。あるいは「ボッティーニ」を「ぼろ雑巾言語の隠喩」"a metaphor of filthy rags of speech"と言ってもよい。そして抑え難いのは、ポンピリアのためにボッティーニに対して覚える強い怒りの感情である。

One Word More

　法律家の語り、とりわけ本巻の「ボッティーニ」は、単なる幕間狂言にとどまらない。少なくとも、ポンピリアに対する同情をかき立てる点で、構成

上の働きを持つことは確かである。

注

1. 「法学博士」の称号の根拠は、資料の Everyman 版には見いだせない。検察官にも弁護士にも "Signor" の敬称が添えられている。Photo-Copy 版の *The Old Yellow Book* には、検察官の文書の扉に "Iuris D. Advocati fiscalis" の文字が見える (LXXX, CXCIV)。しかし弁護士側にも "Iuris D. Advocati Pauperum" (CCXXXIV)、"Iuris Domini Procuratoris Pauperum" (CXXIV) がある。たぶんこの表記から思い付いて、そしてボッティーニにだけ "Juris Doctor" を用いたのは、ブラウニングの機知であろう。

2. この紹介の辞について、Lowe は次のような分析をしている。Although the results may be airy elegance, the foundation is contaminate. The gold imagery associated with fact also categorizes his language; the phrase "leaf-gold fans" suggests a thin layer of fact which covers the wings of his linguistic butterfly. And Bottini does lace his argument with only a trace of fact. (p.177)

3. 先行研究には、戯画の様相について十分に分析されたとは言い難い状況がある。Drew の "A Note on the Lawyer" は、戯画化された法律はその職業倫理を攻撃するもので、それを是とすれば人間の問題の解決を人間の善意に委ねることになる、したがってブラウニングの全作品中 "the most deeply optimistic passage" という結論に導くのが主眼になっている。Altick & Louccks は伝統的な批評の手法ではブラウニングのユーモアを正当に評価できないとし、ボッティーニの滑稽は多くの場合にアルカンジェリのこだまで、弁護士が肉食 "carnivore" であるのに対して検察官は甘党 "has the sweet teeth" のようだと指摘する (289-91) など、示唆に富むが全巻を縦断しての論には駆け足の感が否めない。Sullivan の分析はもっとも目配りが届いているが、"Bottini's most obvious belief is in Pompilia's guilt" と言うところに見られるように、検察官の忌まわしさに比重が掛かっている (113-19)。Buckler はボッティーニの語りを「女性の名誉を傷つけるための手引き書」と言い、15ヶ条の手法を列挙し、ブラウニングが検察官に対して行った戯画化を作品「ボッティーニ」に対して行うという稀有な手法をとっている。

4. この裁判で歴史上はアルカンジェリより上位の辯護官であったスプレーティが、少年時代から検察官ボッティーニを尊敬していた、と記述している文書がある (Gest, p.41)。また、ゲストが Dynus と Raynaldus による文書から次の記述を引用している。"Bottini, who was ... reputed in the judgment of scholars to equal the ancient and more modern lawyers or to surpass them." (p.43) さらに、Raynaldus がグイードの裁判のころに *Observations* という著書の改訂版を出版しており、それによるもう一つの記述も紹介している。
"... Bottini was a man of highest integrity and of most amiable traits of character." (Gest, p.43)

5. Blalock の言葉を借りれば、"the intrusion of the profane into the sacred" (p.85), "the Menippea juxtaposes points of view that combine the sublime with the crude, poetry with prose and mix levels of discourse." (p.100)。

6. "The Book of the Generations of Jesus" の意で、キリスト教に対するユダヤの攻撃の一つ、おそらく13世紀の作と Cook は言う (p.192)。ブラウニングの創作ではない。

7. "Joseph Maria Caponsacchi, of Arezzo, for complicity in flight and running away of Francesca Comparini, and for carnal knowledge of the same, has been banished for three years to Civita Vecchia." (OYB, p.106)

8. 「タイトルはワインありの印として宿屋の門口に下げられた枝に似ている」という記述が、「作者不明のパンフレット2」(OYB, p.223) にあり、ブラウニングはそれを利用した (Cook, p.197)。

9. Hines の次の警告は正しいと言える。"... they [readers] can hardly afford to laugh or rest for too long!" (p.49)

第10巻「教皇」
"The Pope"
——勇気ある老いの肖像

　教皇とは、聖職経験のあるグイードについて刑の減免を求める請願を却下し、死刑執行を命じたイノセント12世（1615-700、在位1691-700）である。それ以前に、グイードとポンピリアの結婚に起因する民事刑事のさまざまな係争を一括審議する機関の設置をパオロが要請していたのだが、それを「裁判官へ」と差し戻したのもこの教皇である。資料『古い黄表紙の本』で教皇に関するものとしては、この2点が作者不明の文書（p.150）と、フロレンスの法律家宛ての手紙3通によって間接的に知られるだけである。[1]

　ブラウニングは、このわずかな記述から長さでは第11巻「グイード」（2425行）に次ぐ2135行の「教皇」を生み出した。批評の分野では、ブラウニングの思想を代弁する高貴な語りと総括する傾向があり、裁判に対する最終的な判断とするものもある。[2] しかし、教皇の事件関係者に対する評価は必ずしも公正であるとは言えず、神学論議と言われる部分でも論考と言うよりは、むしろ福音が空しくされることへの怒りが本流をなしている。以下は、ブラウニングによって86歳と設定された教皇の老いの姿を映す語りとして、本巻を読み解くものである。

I ＊構成

　教皇イノセント12世による語りは、侍従への指令の言葉である最終の1行をのぞいては、現実的な聞き手はなく、簡素な居室における文字どおりの独白である。その全2135行は、次のように展開する。

＊　ブラウニングによる詩節を尊重した詳細な分析は黒羽（1998年）を参照してください。

序論：	1- 398	（398行）
事件の再点検：	399-1238	（840行）
神学の問題：	1239-1954	（716行）
結び：	1955-2135	（181行）

　グイードとその配下を併せて5名の死を確定した老教皇の語り、その「序論」の398行には「死」がみなぎっている。ブラウニングは彼のイノセントに、先達にならったり他山の石とするために毎日教皇列伝を読むという習慣を設定し、そのような日課として教皇は歴史書を開く。それは書き記した人の指にいたるまで彼の誕生のはるか昔に「土に帰している」"was dust"事柄である。このように冒頭の4-5行に「死」のイメージが現れ、第1詩節の締めくくりの語句は、「私自身の葬儀用の嚢胞（=棺）」"my own funeral cyst." (23) なのである。それにおぞましい死体裁判の話が続く。フォルモススの裁判を読む、と前置きして、教皇は年代記作者ジークバートらによる死体裁判の著述を朗読する。その119行（32-150）が短い10の詩節に分割され、しかもその分割が必ずしも論理的でない。そこからは老教皇の読み上げる労苦の息遣いが聞こえてくるように思われる。

　「事件の再点検」に入って、冒頭の470行（399-868）がグイードにかかわり、これも10の詩節に分割されている。婚資保有にかかわるグイードの企みとその成否を論じた84行（573-656）がもっとも長く、グイードの生育環境と責任を問う79行（399-477）がそれに次ぐ。男児の出生と殺人との関係を述べるのが74行（725-98）、通行権の不所持を神慮と結びつけたのが70行（799-868）、残る6つは17行から41行の間の短い詩節である。教皇が論点を整理し、大事な点をまとめて口にしていると感じさせる。次いで、グイードの家族や、共犯の農夫たち、知事らが116行にわたって糾弾され、ポンピリアを花として惜しみなく賞賛をした90行に、揺れのあるカポンサッキ評価の117行とコンパリーニ夫婦に対する厳しい25行が続く。

　「神学の問題」では、判断に迷いはないのに忍び寄る冷気は何か、と懐疑の問題が45行にわたって導入される。そして、"O, Thou,—"と神への呼びかけで始まった詩節が極端に長く、306行（1308-1613）に及ぶ。福音と罪と

不信と不信仰の問題に、聖職者たちへの糾弾が加わり、思いが堰を切って溢れたという印象である。続く46行では、途中に詩節の切れ目と見えるところがあるが、実は行末に近い位置の"I"の1語で成り立っている行（1631）で、福音を疑わない「私」を強く打ち出している。

「結び」では、人間性の哲学を受容するようにと、100行にわたって勧める仮想の声（1999-2098）に直ちに反発する形で、グイードら断罪の命令書を書き上げる。自室に閉じこもって高邁な瞑想に耽る（大庭、p. 23）というよりは、老年期にある人が重大な問題に取り組む苦渋の姿を映すと考える。

II 死体裁判

ローマ教皇庁の歴史は、教皇権の強化を図ったニコラウス1世の死（867年）と改革への礎石を敷いたグレゴリウス7世の即位（1073年）まで、およそ2世紀の間は、ローマ皇帝の座をめぐる世俗の君主たちの勢力争いで、50名を超える教皇がそれぞれの短い治世を多くの場合に暴力によって終えさせられた不幸な時代であった（Cook, p.204 ; Louchs 1979, p.362）。墓所から遺骸を暴き出され死体裁判の被告となったフォルモーススも政争に巻き込まれた教皇の一人である。891年に即位をして、翌年、イタリア支配を果たしたスポレート侯グイード3世とその子ランベルトゥス2世に戴冠をさせたものの、その強圧に耐えかねて翌893年にはドイツ国王アルヌルフの助けを求め、896年2月にアルヌルフの要請に応じて帝冠を授けている。その時スポレートのグイードはすでに亡く、4月にフォルモーススが死去してアルヌルフもドイツに去ると、ランベルトゥスは自陣営のステファヌス6世（7世とも称される、在位896-7）を教皇の座につけ、フォルモーススに対する報復としてその死体の裁判をさせ、フォルモーススによる全ての祭儀を無効と宣言させた。しかしこれに激昂した民衆によってステファヌスは投獄され、獄中で縊死したと伝えられている（キリスト教人名辞典）。イノセントが朗読する117行によって描き出される光景は、ステファヌスを操ったランベルトゥスこそ現れないが、この時代を活写していると言える。

ブラウニングの伝記によると（Griffith & Minchin、p.23）、ウォンリー著『小さな世界の不思議』がブラウニングの幼少時からの愛読書で、「教皇ステファヌス7世が故教皇フォルモーススの指を切ってティベル河の魚の餌にした」という単純な話として載っていたという。この異様な話は、さまざまな著述家に筆をとらせており、ブラウニングの細やかな描写はジークバートら[3]の記述を参照した成果と推測されている。そのフォルモースス（在位891-896）即位の年がイノセント12世（在位1691-700）即位の丁度800年前であったこと、またフォルモーススが対峙しなければならなかった勢力が、グイードの名によって代表されていたのも、不思議な一致である。

フォルモーススの名誉は後継の教皇3人によって回復された。とりわけヨハネス9世（在位898-900）は、前述のランベルトゥスによって皇位についたのであるが、フォルモーススに関してはラヴェンナに公会議を召集して正式に名誉回復を宣言した。ただし、904年に即位したセルギウス3世は死体を裁いたステファヌスの党派に属し、ステファヌスの死後一度は皇位についたものの反対派によって追放されていた人物である。この年スポレート候アルベリクの援助で目的を達すると、前任の教皇と対立教皇候補を捕らえて牢で絞殺しており、死体裁判の決議を蒸し返して「教会を混乱させた」と人名辞典が記述している。ブラウニングは105-150行にこの間の状況を盛り込んでいる。

このような蒸し返しはあったものの、ヨハネス9世の公会議は死体裁判に決着をつける大きな節目であった。それは898年2月のことでイノセント12世がグイードとその一味に関して決着をつけた時期と、これもちょうど800年を隔てて重なることになる。このような巡り合わせの一致があって、「そのように先人は働いた、さあ、私の番だ！」"So worked the predecessor: now, my turn!"（162）という導入が可能になる。そしてそのような日課から、イノセントはマタイによる福音書10章28節による「恐れるべきは神だけ」という教訓を得る。しかし、グロテスクな話が仮にも高邁と言われる語りの冒頭に配置されるのはただ事と思えないし、念入りな記述が悪趣味と思えるのも否み難い。

問題はもう一つある。「判断のいずれが無謬であったか」"Which of the

judgments was infallible?"（151）という問いは、「私の先達のいずれが神のために語ったか」"Which of my predecessors spoke for God?"（152）と続くから、ステファヌスとフォルモースス（あるいはラヴェンナ公会議のヨハネス9世）のどちらが正しいかと問うものであるのは間違いない。だが、その答えは自明と言ってよい。ステファヌスが死体に教皇の装束をまとわせ、その前で怒りに唇を振るわせる姿、また、死体の処刑を命じ、それを見届けるために自らその行進について行く姿が明らかに異常で浅ましく描かれているからである。一方、"infallible"「決して誤らない」という語は1860年代に全ヨーロッパの話題となっていた「教皇不可謬説」"Papal Infallibility"[4]を示唆し、ローマ教皇の判断を誤りなきものとすることが出来るかどうかを問うものともなる。そしてその場合の答えも同様に自明であるのは、死体裁判の記述が教皇の誤謬性を徹底的に意識させるからである。そうだとすると、イノセントはこの話を導入することによって、自分の語りを誤謬なしとして無批判に読んではならない、と警告しているのではないのだろうか。[5]

　この死体裁判の話はおぞましいだけではなく、喜劇的ですらある。ステファヌスによるフォルモースス弾劾の第一声は、小さな監督教区をローマという大きな教区に乗り換えたのはなぜか、侵犯である、というもの。死体の弁護役を押しつけられた助祭が、死んでいる教皇の顔と生きている教皇の剣幕とに脅えながらも霊によって力を得て、「あなたも同じことをしたのではないですか、アラゴをローマに乗り換えたのですから？」"And, Holy Father, didst not thou thyself Vacate the lesser for the greater see, Half a year since change Arago for Rome?"（59-61）と言ったのはほとんどコメディで、教皇不可謬説に対する強烈な揶揄の働きをしている。その不条理が分かりながら、「ハーイ、あなたがキリストの代理であって、彼ではありませーん！」"'Ay, thou art Christ Vicar, and not he!"という声が起こる由縁は追従であることが、「友であり追随者であるので」"being friends and followers"（68）と表現され、頭韻によって際立つ単純な語り口はジョークに近い。そんな次第で廃位されることは"unpoped"（73）、復権が成ることは"repope the late unpoped"（110）で、洒落の気配である。「死骸」"corpse"が、かつて洗礼を施した指と教皇冠をかぶった頭を切り落とされて、ティベル河に捨てられる

ときには「物」"the thing"になっているのも、もっともすぎてほとんどおかしい。フォルモススの復権を図った二人の教皇の在位は共に短く、折もよくフォルモススの遺骸が漁師の網に掛かって回収され埋葬され直したのだが、それは「20日の在位」"who reigned but twenty days"（108）とブラウニングが明記しているテオドールの時である。さぞかし忙しい治世であったろうと推測すると、帰還のフォルモススに対し先輩聖人たちの像が敬礼をしたという記述もブラック・ユーモアの気配を帯びる。

　歴史上のイノセント12世については、ハドウがランキの『教皇列伝』からコンタリーニの報告として紹介しているのがある（pp.179-82）。その人柄は、突然の極端な左遷に遭ったときにも慎み深く受けて、「超自然の静謐さ」"a supernatural serenity"で感謝を返しさえしたと言われ、教皇としての彼の選出は穏和な人物が求められたからであったという。彼は治世の面では前任者イノセント11世に習おうと努め、ただし厳格さに替えて仁慈を加え、貧しい人々に接見の機会を与え、彼らの困難の敏速な解決には至らずとも強い者の暴虐を防ぐことはできたという。また、親族登用（Nepotism）を排して教会の腐敗の改革を目指した。取り巻く者たちは彼の注意が貧者の方にだけ向かうように画策したので改革は進まなかったが、それでも濫費を押さえ相当額を蓄えたという。コンタリーニは「非の打ち所のない人物」"a man of the most irreproachable—nay, the most faultless character."と呼んでいるそうである。

　おぞましい死体裁判の記述は、教皇イノセントが「非の打ち所のない」と言われるほどの善人であったにせよ、彼もまた人間であり、その語りも誤り多い一人の人間の言葉である、と宣言する役割を担っているように思える。元来、イノセントにとって人間の言葉は、薔薇の花がどうだ、というような嘘をつく必要のないところでさえ嘘になる。「だから、このぼろ雑巾のような言葉、意見や批評や質問や答えのこのからまりは、まったく使うに耐えないぼろ切れで、新しくしようなどできないのだ。"真理"なる神が、また"言葉"なのだ」

　　Therefore these filthy rags of speech, this coil

Of statement, comment, query and response,
Tatters all too contaminate for use,
Have no renewing: He, the Truth, is, too,
The Word. (373-76)

これはかなり激越な言い方である。それをどう評価するにしろ、彼の言葉を神の言葉と同一視することを彼は許さないのではないだろうか。彼の語りを事件の最終的な判断とするのはできないことだと思われる。

Ⅲ　独り語りの意義

　フォルモースス と ステファヌス の二人の「先達教皇のどちらが正しかったか」"Which of my predecessors spoke for God?"（152）の問いは、答えが自明なのだからほとんど修辞疑問である。そのあと、自分に求められている裁決が如何なるものかを述べるのだが、その結論も決まっている。それは、「免罪にするのが囚人と教皇にとって可能であるかのように」"As if reprieve were possible for both Prisoner and Pope,"（201）と、現在の事実に反する仮定法過去形を用いていることで示唆され、「何世紀も昔のフォルモーススと同様、単なる死人なのだ、ここにいるグイードは」（210-1）という言葉から、さらには、「真実は私の手にしっかりと握られている」"Truth, ... held tenaciously by me."（229-32）と言うところから、疑問の余地はない。

　その結論が間違っているとしても、「それがなんだ」"what then?"（239）、と持ち出す喩えは、病気と言われて瀉血(しゃけつ)を処方したが実は蛇にかまれていたせいで人が死んだ、という話である。その結びの3行「それが神のご意志だったのだ。人間は無知であり、私は人間である、無知を私の悲しみと呼ぶがよい、しかし私の罪とは言うな！」"God so willed: Mankind is ignorant, a man am I: Call ignorance my sorrow, not my sin!"（257-59）は、自らを無知と認める彼の謙虚さを示すものとして、しばしば引用される。だが居直りの気配の方が濃厚ではないだろうか。[6] イノセントが言うように、神が問題とするのが結果としての行為（act）、すなわち成長した樹木（tree）ではなく、

その種子 (seed) としての思い (thought) であるとすると、彼が個人的な不快感だけでチャプレンを替えたことに比べれば、裁判を経て有罪とされたグイードらに刑の執行を認めることは、たしかに負うべき責任の軽いことだと言える。しかし言葉の論理だけから言えば、それは形を変えたマキァヴェリズムである。

　ともかく、彼はグイードの要請を拒否することになんの恐れも抱いていない。したがって、「このようにぐずぐずしているあいだに」"while thus I dally"（198）というのは、明らかに結論に関わることではなくて命令を出すことである。このイノセントの独白を、結論を出すためになされた瞑想とする解説は端的に間違っている。[7] 結論は出ているのである、だが思いを点検することは彼にとって行為に移る前に必要な休息なのである。

> 　　　. . . if I hesitate,
> It is because I need to breathe awhile,
> Rest, as the human right allows, review
> Intent the little seeds of act, my tree,—
> The thought, which, clothed in deed, I give the world
> At chink of bell and push of arrased door. (277-82)

「私がためらうとしたら、それは私が暫く息をつき、人の権利として許されているように、休息し、行為という私の樹木の小さな種子、すなわちその思いをしっかり点検する必要があるからである。その思いを行為に包み、ベルを鳴らしアラス織り（つづれ）の張られたドアを押して、世間に手渡すのだ」。行為とは、100語あまりの文書を書くことに過ぎない。しかし、老齢の身で朝から資料を読み始め、その孤独な作業が繰り返し "dull" と形容される陰鬱な夕暮れに至っている。史実では83歳に近く、ブラウニングに86歳と設定された彼の「疲れた」"I have worn"（212）という言葉を待つまでもなく、疲労の度合いは察することができる。加えて、仮にも５つの人命に決定的な終止符を打つ事柄である。後戻り不能の断を下す前に休息を必要とする心身の状況は十分に理解できることである。

　そばに家族がいるだけでストレスが減少するという実験報告がある。経験

的にも抱えている問題を口にするだけで、その問題に立ち向かう気力を得る場合がある。家族を持たず、親族登用を廃する姿勢を貫いて身辺に身内の姿のないイノセントが、思いの丈を吐き出すことができるのは、想像上の相手でしかない。孤独を自らに課した老教皇が、仮想の聞き手を呼び出して心を満たし、精神のエネルギーを蓄え、そして行為へと跳躍する姿は、人間の限界と尊厳と勇気の形として胸を打つ。

　先ず、彼に「知恵あるスエーデン人」"the sagacious Swede"（290）と呼ばれる*スエーデンボリ（1688-1772）らしい人物が呼び出され、ローマの町の人々の口に飛び交っているであろう二つの名前「教皇」と「グイード」について、確率論による答えを求められる。法律も慈悲に傾く今日にあって、若く元気で、家族に君臨する男たちに味方が多く、破獄も不可能ではない男と、転がる椅子につまずいただけでも息が絶えそうな状態でその男の生死を決する問題に苦渋している老人と、どちらが先に死ぬ確率が高いか、と。恐らく、「たぶん老人」という答え、「私もそう思った」と言ったあと直ちに、「そうではない、奴の命の日は今日が最後、私はまだ生きる」"No it will be quite otherwise,—today is Guido's last: my term is yet to run."（336-37）と続ける。結局、相手の返事にかかわりない結論なのだから、スエーデンボリ呼び出しが自分の考えの検討のためでないのは明らかである。

　イノセントが次に呼び出すのは、彼が教皇になる前の、アントニオ・ピニャテッリと呼ばれた時代の彼自身である。辺境の地へ追いやられたこともあり、教皇庁で要職にも就き、経験豊かなその世間知はイノセントにとって信ずるに値する。聖書にもあるとおり（ルカによる福音書16章8節）、この世の子であるアントニオ・ピニャテッリは、光の子であるイノセントより時代に対して利口なのだ。だから自分の仕事を批判してくれ（397）、と事件関係者への彼の評価が始まる。だが、結局ピニャテッリに本当の出番がないままで終わるのは、スエーデンボリの場合と同じである。

---

*　牧師・神学者の子としてストックホルムに生まれ、自然科学者として先駆的理論や発見をして、鉱山官という要職にありました。55歳の頃から、神の啓示や霊界との神秘的な体験をするようになり、職を辞して聖書研究に没頭し、スエーデン、オランダ、ロンドンに住んで、神秘思想を広めるための著作に専念した——そういう人です。

Ⅳ　事件関係者評価

　独り言であって、聞き手や状況への顧慮なしに彼が行う事件の再点検は、その841行の半分近くがグイードに割かれ、その家族、さらに知事らへの批判の後、ポンピリア、カポンサッキに移り、コンパリーニ夫妻で終わる。批判は容赦のないものになり、賛辞も端的な賛辞ではない。
　イノセントはグイードが有利な環境と健全な心身を与えられて人生のスタート台に立ったと考えている。足らざるがあるのは世の常であって、つまずきの石（stumbling block）を跳躍台（stepping stone）とする者にとっては不足は利点でさえある。「それで、グイードは…」

> So, Guido, born with appetite, lacks food:
> Is poor, who yet could deftly play-off wealth:
> Straightened, whose limbs are restless till at large. (414-46)

「…食欲を持って生まれたのに食物を欠き、金銭で勝負するのが巧みなのに貧窮し、手足を伸ばさないと落ち着けないのに縛られている」というような状況に、普通よりは少ない戒めと弱い良心の疼き（less monition, fainter conscience-twitch）(420) で臨んだ、とイノセントは言う。彼がとりわけこだわるのは、グイードが仮にも聖職にあって、信仰の神髄である「人は自分を楽しませるのでなく神を喜ばせるために生まれた」(435-36) とする教義を熟知する機会を持っていた点である。だから裁判の結果としての判決を公正で適切（fair and fit）と認め、それを認める以上、「法律が俗人としての血でもってしかあがない得ないとするような罪を、4分の3だけ聖職にあったからといって、免れてよいものだろうか？」ということになる。

> …, —convicted of such crime as law
> Wipes not away save with a worldling's blood,—
> Guido, the three-parts consecrate, may 'scape? (446-48)

この論拠のために援用される喩えは刺すような皮肉になる。「聖職にあった

から多く許されるべきだという理屈は、鐘楼の真下に住む鐘楼守の悪徳を鐘の音のせいで耳が遠くなったから許せというようなもの、何でそんなところに住むかといえば、聖なるものは安全（the solemn is safe）で、日除け、雨よけ、風よけになり、仰ぎ見ている人の懐《ふところ》から失敬してもまさかと思って疑われず、安全に泥棒することすらできるからだ」(455-71)。あるいは、「捧げものの篭からくすねたのは、群衆と一緒でなくて説教者の口元近くにいたせいだ、とユダに言わせてよいものか？」と問い掛けておいて、それを「違う」"No,—"と激しく一蹴し、「宣布せられた教令に近いほど、怠慢に対する譴責《けんせき》はより明白なのだ」"—closer to promulgated decree, Clearer the censure of default."(471-72)となる。語頭と語尾で音が並行する"closer"（より近く）と"clearer"（より明白な）、それが頭韻を踏む"decree"（教令）と"default"（怠慢）の対比へとつながって、彼の激した思いを運ぶ。怒りは収まらず、喩えはさらに続く。潮が引いて海鳥が沖に行ったとみるや、「隠れ場から這い出してくるなめくじ、だらりとだらしなく、塵にたかる蛸《ぼう》や泥虫を浅ましく漁るのだが、その餌のどれにも勝るところがみじんもない、裸の汚点のような奴」(497-500)、グイードはそのような汚い食い手で、都合が悪くなると、高いところの乾いた貝を指さして、あれがわたし、と言う。イノセントがそのような輩に抱く嫌悪感は「——ヘッ！」"—faugh!"(503)という極めて感情的な表現を伴い、そんな貝は「ヤドカリにくれてやれ！」"give it to the soldier crab!"(510)ということになる。

　その後、グイードにかかわる出来事が流れに沿って述べられるのだが、どの段階でも口吻は激越である。「泉で水を汲んでその成分を検討すれば、そのまま流してもよいか、せき止めなければならないかを決することができる。それと同じで、彼の魂の実態のサンプルとして切り取る」(526-31)と言って、取り上げた結婚に関連するのが次である。「最良を知っており、最良の振りをしながら、最悪をとったのだ、動機のすべては人を動物以下に沈めるものばかり、…すべては強欲、金を獲るためなら、嘘を吐き、盗み、必要とあらば人殺しもする！…神の真実に反するこれらすべての偽りを抱いて、人間の目的とは異質な目的のために」"The best, he knew and feigned, the worst he took . . . : but *all* to instigate, Is what sinks man past level of the brute. . . . *All* is the lust for money: to get gold,—Why, lie, rob, if it must be, murder!... With *all* these lies so opposite God's truth, For end so other than man's end." (540-72)。短母音が多い早いリズムの中に "all" の長母音を響かせ、途中には「まず使い、それから壊すための彼の奴隷、彼の家具」 "His slave, his chattel, to first use, then destroy." (565) の一行にポンピリアの悲劇を盛り込んだ表現もまじえ、こうしたところからは彼の激怒の息遣いが伝わってくる。

コンパリーニ夫婦がポンピリアの出生の秘密を暴露したことは、「ペテンを仕掛け嘘を吐く世の中では、何人たりとも嘘とペテンの専売を誇るわけにはいかないことにグイードが気づくとき」 "When he finds none may boast monopoly Of lies and trick i' the tricking lying world,—" (575-76) であり、「腐れ肉を食うハシボソ鳥が木苺を食べるアトリを扱うように、アトリは蛾を扱うのだ」 "as the gor-crow treats The bramble-finch so treats the finch the moth," (580-81) と思い知るときである。そのようなグイードがポンピリアを姦通罪に追い込む策略に移ることは、「一場面先に進んで、低いところはアトリと蠅に任せ、猛禽が急降下を開始する天空へ登れと 唆^{そそのか}される」ことなのである。「私には目に見える、彼が今や邪悪という至福と花を奇妙な犯罪の上に描くのが」

> Then, he is piqued, advances yet a stage,
> Leaves the low region to *the finch and fly*,
> Soars to the zenith whence *the fiercer fowl*
> May dare the inimitable swoop. I see.
> He draws now on the curious crime, the *fine*
> *Felicity* and *flower* of wickedness; (586-91)

共に [f] 音で頭韻を形成する "the *finch* and *fly*"（アトリと蠅）と "the *fiercer fowl*"（猛禽）を押韻上下位置に並べ、奇妙な犯罪の上に描かれるものが "*fine*" "*Felicity*" "*flower*" のやはり [f] の頭韻で、卑劣さに華麗な修辞の外衣をまとわせているのが痛烈に皮肉である。

カステルヌォーヴォの出来事の後でグイードが人々から受けた嘲弄は、火

による彼の魂の浄化につながる可能性もあったのだが、「足を使って歩くように造られていながら浅ましくも這い回る人」"Who, fashioned to use feet and walk, deigns crawl—"（716）のように、グイードは人間性を辱める手段をとったとする。猟師は射たり罠を仕掛けたりする、しかし汚い手段は避ける。しかるに公正さを尊ぶ人なら怒って踏みつぶすような罠をグイードは仕掛けたのであり、その罠を踏みつぶされた場合のグイードの対応は、イノセントの想像力によると次のようになる。

> Here he picks up its fragments to the least,
> Lades him and hies to the old lurking-place
> Where haply he may patch again, refit
> The mischief, file its blunted teeth anew,
> Make sure, next time, first snap shall break the bone.（728-32）

「ここで彼は、かけらを細片に至るまで拾い集め、担いで古巣へ急ぎ、つなぎ合わせ、修理し、なまった歯を研ぎ直し、次には、間違いなく最初の一はさみで骨まで砕くようにする」。それは殺人を意味し、殺人に走ることは「策略と貪欲と暴力が復讐を共謀する」"Craft, greed and violence complot revenge"ことであり、その際の暴力の役割は「有利とわかり安全が確かめられたら、苦痛を増幅せよ！ 殺しにはぎざぎざナイフを使え！ 切るだけでなく引き裂け！ しばしば妨げられ、長く飢えさせられたのだ、悪意に満腹させて償え！ と唆す」ということになる。バックラーは教皇が「悪」"evil"に魅せられているのだと言うが（p.233）、この辺りには、それを否定しがたいものがある。

　グイードの姿の想像図があるが、貧寒なものである。世の中には多くの人を苦しめながら自分は富も名誉も享受する悪党がいる。それに比べれば、容姿にも才覚にも恵まれず、婚資目当ての結婚は当てが外れ、世間の嘲笑を買い、あげく刑死の憂き目を見ようとしているのがグイードである。その敗残の姿に哀れみも湧かないわけではない。グイードもまた神の子である、という視点をなげうって腹立ち紛れにグイードを打擲する感のあるイノセントには困惑をすら覚え、聞き手のピニャテッリが出番を与えられれば、異をと

そのグイードよりもイノセントがいっそう嫌悪するのがグイードの家族である。パオロは策略（craft）の点ではグイードの倍だが、暴力（violence）を欠いているので白に通用しそうな黄色、ジロラーモは部分的に策略と暴力なのだが、それに色情（lust）が加わるから、ろくなことは見込めず、先では地獄の青になりそうである。この二人に比べると灼熱の赤であるグイードは正直である（880-91）、とイノセントは言う。そして、その先の煙のなかに灰色に見えるのが、この兄弟たちの母親である。彼女は三人の出来損ないを産んだ醜婆（The hag that gave these three abortions birth）で、母親でない母親で女でない女（Unmotherly mother and unwomanly Woman）であり、子どもたちが餌を引き裂いている残酷を止めようともせず、昔自分も味わった初めての味を反芻しながら眺めている——そういう猛獣である（911-25）。
　イノセントは、若さにまかせて不謹慎な行動に出る修道士らを嫌悪する。その嫌悪は、結局は救助者になったカポンサッキに対してすら激しい。だから性的にポンピリアを脅かしさえしたジロラーモに対する怒りは理解できる。また、策略の原動力でありながら自らは傷を負わないところに身を引いているパオロに対する怒りは、その聖職位も高いだけに激しくなっても無理ではない。パオロのずるさに比べればグイードは正直でさえある、という評価は、ポンピリアがグイードを冷酷ではあっても正直に冷酷で猫をかぶった偽りがなかったことをむしろよしとしたのと類似している。だがポンピリアはさらに、自分とは合わぬ彼の魂も彼が造ったものではなく、自分には愛せなかったグイードも彼の母は愛したのだと認識し（VII,1715）、老伯爵夫人に我が子を愛する母としての姿を認めていた。イノセントが喩えに用いる猛獣の母親は、元来、我が子のために必死で餌をあさるものである。ましてや人間の母である人が、浅ましく刑死しようとするグイードのためにどんな悲しみや苦しみを味わうかは想像に余りがある。その点に一顧さえもなく糾弾のみのイノセントは異様である。女性に対してとりわけ酷薄であった Half-Rome でさえ、誇り高い伯爵夫人が身に負うやりくりの苦労を察していた（本書 p. 56）。そのような比較を持ち出すまでもなく、イノセントの糾弾は高齢の大牧者の

イメージからは遠く、桁はずれに感情的である。教皇はあえて人間的な理解の感情を抑圧しているのだろうか、そのために激越さを増しているのだろうか、と思われさえする。[8]

　四人の農夫についても同様である。「この善良なる連中はポケットを少しばかり重くして家路をたどり、意欲も新たに日常に戻り、つるはしやスコップ、鋤をとり、荷車を引き、そして同じような誘いがかかる時に彼等を妨げるものはなにもない、恐らく。人生を始めたばかりで、彼等のうちの誰も20歳を越えていないのだから（Who knows？ Since this is a mere start in life, And none of them exceeds the twentieth year.）」[9]（958-64）。つまり、若くしてこのような大それたことをする人間は、機会があれば同じことをする、というのが彼らの死刑を妥当とするイノセントの論拠である。しかし、彼が朝から取り組んでいた資料からは最年少の者が24歳と読みとれたはずである。四人のうち二名は罪を認めようとせず、一人は戸口で見張りをしていただけと言う。四人とも同じような言葉で誘われ、同じように応じたのか、教皇が読んだはずの資料では詳しいことは伝えられていない。[10] 年長の者に言葉巧みに誘われて、そんなはずではなかった、というような気の毒な事情もあり得る。年齢に関する単純な事実誤認と情状酌量の余地をみじんも残さないところは尋常とは思われない。

　つづいて知事が糾弾され、大司教については「後に」"anon"と留保されるのだが、ここだけでも、教会と神によって「羊飼いとして羊を養うために選ばれた汝」"—thou, chosen by both To do the shepherd's office, feed the sheep—"（988-9）が、「背を向けて逃げる雇われ人であったのか？」"Wast thou the hireling that did turn and flee"（992）、と十分に譴責されている。その「後に」の部分（1454-66）を検証してみると、反語的に「信仰のためにかくの如くに戦うのが、クリスチャンであって俗人でも無神論者でもないのだ！」（1486-67）と嘆かせる筆頭がこのアレッツォの大司教で、現実的な行為としてはポンピリアをグイードのもとに押し戻したことを指し、その痛恨の情は次のような修辞をとる。

　　Have we misjudged here, over-armed our knight,

> Given gold and silk where plain hard steel serves best,
> Enfeebled whom we sought to fortify,
> Made an archbishop and undone a saint? (1467-70)

「われわれがここで間違いを犯し、騎士に武装をさせすぎて、簡素な固い鋼鉄が最上なのに黄金や絹を与え、強くしようとして弱くし、大司教を作って聖者を潰したというのか？」。教会に属するこのような者に対する不満と、その不信の行為に対するイノセントの怒りは、実は人間一般にさえ及んでいた。「名誉心といい信仰といい、それが嘘偽りであるのは恐らくはこの世に生きている者すべてに、そしてグイードには間違いなく当てはまる。みんな口先に善を唱え、行為で悪を行って他人に耐えさせる。お陰で人類が栄えるというものだ！」(516-20)——皮肉な現状認識と口吻になっていた。

ポンピリアに「まったき白さよ」"Perfect in whiteness"(1006)と呼びかける箇所では、前巻のボッティーニがポンピリアの姿も名誉もずたずたにするのを目の当たりにした思いのあとでは、胸のつかえが下りる心地を味わう。しかしポンピリアへの賛辞の間にも、教会関係者への不満と怒りが交錯し、ひたすらな賛辞となり得ていない面がある。ちょうどわが子に飽き足りない親が、他家の良い子を褒めながらも、不出来なわが子が口惜しくてならない、といった趣である。

ぼやきが出る——この世の至る所で、男たちの知性は剣となり、エネルギーは槍、知識は盾となるばかりで、神が和らいだ視線を注ぐ大地の花のような魂にはならない。ポンピリアは多くを知らなかったし、多くは語らなかったし、人類を動かさず、時代の記録に残されることもない。しかし純潔と忍耐において、堅く保たれた信仰において、悪に報いた義において、最悪の危害にたいする最大の赦しにおいて、ポンピリアは自分の分に過ぎた「褒美」"prize"であるとイノセントは思う。しかし7年間の自分の治世を、労苦する庭師の仕事に喩えると、陽の当たる場所に植えて手塩にかけたのが、まるでおずおずとした葉っぱや、これが蕾かというようなものにしかならない、と又しても教会関係者への繰り言になる。

> Those be the plants, imbedded yonder South

> To mellow in the morning, those made fat
> By the master's eye, that yield such timid leaf,
> Uncertain bud, as product of his pains! (1037-40)

一方、道ばたの敵の足下に芽を出したようなポンピリアが、イノセントにとって「我が花、我が薔薇よ」"My flower, My rose"(1046-47)と呼びかけ、神の胸を飾るために集めたいと思う花となる。彼がもっとも讃えるのは、「まず、愚かな親にも忠実で、次には悪しき夫にも従順であり」"Dutiful to the foolish parents first, Submissive next to the bad husband"(1052-53)、しかも新しい奉仕へと召し出される、つまり新しい生命を宿したと知ると、迷いなく耐えることを止めて戦った、すなわち「人には耐え、神には従った」"Endure man and obey God:"(1061)点にある。「私の先に行き、賞賛を受けよ、そして、やがて私が後を追い行くとき、遠からぬところにいて、許されるなら見付けることができるように」

> ...Go past me
> And get thy praise,—and be not far to seek
> Presently when I follow if I may! (1092-94)

カポンサッキの場合は、手放しの賞賛ではさらさらない。ポンピリアへの賛辞の中ですでに、真実にも義にも従順さにも劣り、と貶められている(1085-89)。カポンサッキ評価に当てられている行数は117行だが、褒めていると思えるのは42行でほぼ3分の1、教会関係者に対する不満や非難を表明したものが29行、46行は意図の分かり難い部分である。

カポンサッキは上流夫人たちの遊び相手を勤めたが、聖職者ではあったのだから、「定規はずれの高貴なろくでなし、それでもやはり我が子である」"Irregular noble 'scapegrace—son the same!"(1100)とイノセントが言うのは妥当である。また、ポンピリアのことに関連して、「思いと言葉と行いにおいて、汝は戦いの全行程でまったく純潔であった」"In thought, word and deed, How throughout all thy warfare thou wast pure,..."(1169-70)、と買いかぶるのは是としてよい。[11]しかしそれなら、よい歳をして偽善者の装束

や道化の仮装でうつつを抜かしていた（1128-37）などと、そのろくでなしの時期をあげつらうこともあるまいと思われる。「我が子の中の左右対称のあの魂、教会人のか、あるいは俗人のか」"that symmetric soul inside my son, The churchman's or the worldling's"（1135-36）という皮肉な言いようで、そのどちらにどんな衣装がより見苦しいのか、そんな判断はそれが仕事の弁護士にさせておけ！」"—let him judge, Our adversary who enjoys the task!"と言ったのに続くのが、次の引用である。

> I rather chronicle the healthy rage,—
> When the first moan broke from the martyr-maid
> At that uncaging of the beasts,—made bare
> My athlete on the instant, gave such good
> Great undisguised leap over post and pale
> Right into the mid-cirque, free fighting-place.（1138-43）

「そんなことよりも解き放たれた獣を見て女性がもらす最初のうめき声を聞いて直ちに裸になり、柵を跳び越えて競技場のまっただ中に飛び込んだ我が戦士の健康な怒りを記録する」。ポンピリアの逃亡に同行したのは確かに救助活動だから、ライオンが放たれたコロセウムに飛び込むことに喩えるのは分る。しかしその際に裸になる必要があるのだろうか。話は続く。「ぼろを投げ飛ばしての裸になりようが性急で、その衝動的で即座の自己開示には、幾重にもたしなみの規範に外れた点があったかもしれないと思う！ そのような非難を愚かな若者は招きがちで、人々はより賢明な成人にも罰を科し、雲間から出てくる真実な星もあることに毫も気づかない。私も荷担する罰を、世間の懲罰や非難を、忍受せよ」（1144-53）。女性の逃避行に同伴すれば駆け落ちとみなされ非難を受ける危険は避けがたいが、ライオンの牙から女性を救うのに裸になる必要がなければ、裸になるマナーで非難を招くことは救助に伴う必然ではない。それ故、このたとえは解しかねる——とはいうものの、教皇が、「良くやった」"Well done!"（1204）とカポンサッキの功を認め、彼が置かれた心身の状況に対する洞察と同情とをもって、「仕事にもどり、不幸であろうが、耐えて生きよ、我が子よ」"—once more Work, be unhappy but bear life, my son!" (1211-12) と呼びかける言葉に、しみじみと心を打たれて終わることになる。

　ところが、神学的瞑想といわれる箇所にカポンサッキに対する次のような言及が出現する。

> Does he take inspiration from the Church,
> Directly make her rule his law of life?
> Not he: his own mere impulse guides the man—
> Happily sometimes, since ourselves allow
> He has danced, in gaiety of heart i' the main
> The right step in the maze we bade him foot.
> ....
> Will he repeat the prodigy? Perhaps.
> Can he teach others how to quit themselves,
> Show why this step was right while that were wrong?
> How should he?...
> ....
> Such is, for the Augustin that was once,
> This Caponsacchi we see now. (1912-29)

「彼はインスピレーションを教会から得て、教会のルールをそのまま彼の生き方の法則としているのか？　そうじゃあない。彼自身の単なる衝動があの男を導いているのだ――、時にはうまくいく、迷路の中のわれわれが通れと命じた道で、総じては正しいステップで心楽しくダンスをしたことがあるのだから」。それが次のように続く、「…彼は放埓をくりかえすだろうか？　恐らくくりかえす。どのように自己を脱却するかを他者に教え、なぜこのステップが正しくてあのステップを踏めば間違いになるかを示すことができるか？　どうしてできるはずがある？…、かつてのアウグスティヌスのような人物に比して、今日びのカポンサッキなどはそんなもの」(1921-29)。これはかなり辛辣な言いようではないだろうか。つい70行ほど前に、「憐れみでもある神のために憤激して救った」"Thou savedst in thy passion for God's sake, He who is Pity."(1182-83) と言ったのと整合せず、公正とは言いかねる。

　コンパリーニ夫妻に対しても、彼らは善と悪との両棲類であって、むごい

目に遭うのも自業自得、と言わぬばかりの手厳しさである。「汚濁であって美でもある」"Foul and fair"、「自己中心で、——しかも自己犠牲でもある」"self-indulgent, —yet Self-sacrificing too"、「愛が天翔け、…策略、強欲、虚栄、侮蔑が沈み込む」"love soars,... the craft, avarice, vanity and spite Sink again"というような対極的なものの同居は、結局「愚かな罪」"silly crime"に落ち込み、「愚かな美徳」"the stupid virtue"に落ち着くと言う（1218-27）。「白は黒を中和せず、善が人の悪を償って許すこともない」、そして「生きることとはまさに恐ろしき選択である」という有名な箇所に続く。

> White shall not neutralize the black, nor good
> compensate bad in man, absolve him so:
> Life's business being just the terrible choice. (1236-38)

これは、善で悪の罪が帳消しになるわけでないのだから選択を誤るな、というこの二人に関する勧告であったのである。カポンサッキに対する矛盾した評価もその点から解明できるのかも知れない。石臼のような心臓であったとしても、そこに閉じこめていた火を最初の剣の一打ちで愛と信仰のランプのために吹き出し、世間の褒貶(ほうへん)を無視し、義を行ったのは彼だけだった。高位にありながら苦しむ者に手を差し伸べなかった連中に比べれば、よくやったと言える。だが聖職にありながら、詩歌管弦に浮き身をやつし夫人らの相手に明け暮れていたことは、そのようにさせた側の罪でもあったにしても、帳消しにされるものではない——。もしこの解釈が妥当で、カポンサッキに対するこのような評価がイノセントの善悪に対する思いの象徴であるとしたら、それは相当にきびしいものである。

V　神学的考察

　イノセントは事件関係者についての考察を終えると、自分の前身ピニャテッリの評価を待つ様子でもなく、誤りの危険はあろうとも敢えて断罪する、と断言する。しかし、それにもかかわらず、ある種の恐れを覚える。すなわち、神より受けた光によって人を測るというお前が上方に目を向けたとき、「空

の光の領域に、見慣れたものがなくて、日蝕だとしたらどうか？」""What if, above in the domain of light, "Thou miss the accustomed signs, remark eclipse?"(1279-80)、というあざけりの声を聞くのである。

　イノセントの存在と行為の根拠となっているのは「単なる人間として見た、あるいは推測し、記憶し、予知した真実であり、私に分かっているのはそれだけで、それ以外ではない」"the truth, or seen or else surmised, Remembered or divined, as mere man may: I know just so, nor otherwise."(1288-90)。つまり経験的、直感的なものであり、天の光と見たものが実は自分自身の息で灯した石炭であって、根拠が空である可能性があることになる。かくて神の存在の不確かさが浮上する。

　イノセントは「他者なる神よ」"O Thou,—"(1308)と呼び掛け、"here"と"there"を対比させて語る。「無辺在の神をこの世(here)の有限の人間が認識するのは、凸レンズが広大な空にまき散らされた点を拾い上げ、集めて彼方(there)で再結合させるのに似ている。この地(here)にあるすべての被造物が彼方(there)の神を映す鏡であり、こちら(here)の鏡の能力に応じてだけ神を認識することができる。近年の科学が言うように、宇宙に人の生息する星がたくさんあるとしたら、その中からこの地球を選んで、比較して創造の業ですら微細に思える超越的な行為、すなわち受肉(神がこの世の人間になり給うこと)の舞台とされた、私をこの世(here)であなたを代理する者としたのも人の理解を超えるあなたの選択であって、私は頭を垂れて委託された任務を果たすのである」(1308-47)。この場合、論点は途中で神の存在から性格の問題に移っている。そして『男たちと女たち』の中の「サウル」"Saul"において平易で美しい表現をみたブラウニング自身の信仰論が、このあと71行を用いて概略次のように言い表される。

　さらに、心と知性で信ずるに足る福音(a tale of Thee)がある。働きによって働き人を推測する——この世に神のごとき知性や力はある、だがそれに釣り合うような善はない。それは二等辺三角形の底辺がないようなもので、受肉の自己犠牲における無限の愛によって完成される。それ以上のことは感じる他はなく、私の信仰は揺るがない。この世の罪や

悲しみは、人間の徳性を育てるための神の一つの手段ではないか。神の啓示が完全か否かは問題ではない、動物には不可知の物事も人間には可知であるのと同じように、人間はまだそれを知る段階に達していないだけなのだ。そして、不確かさや弱さは、克服して前進するためのものとなる。徳性は鍛錬によってのみ成長する（The moral sense grows but by exercise.）(1415)、そしてより徳の高い世界を造るのだ。(1348-419)

この部分が、チャールトン（pp.36-38）をはじめ誰もが言うように、ブラウニング自身の信仰論であることに疑いの余地はなく、神学的瞑想と言って妥当である。

そこから195行を跳んで、1614以下の46行は、瞑想とするには違和感があるけれども神学論議とみなすことは可能な展開を見せる。イノセントは問う、「こんなちっぽけなことがすべてなのか、土の人間が黄金の神聖へと変身する、光栄にも決定的な変化はどこにあるのか、それは支払われた額に見合うのか？」。連想が広がって「錬金術の大家が一生を掛けた研究の成果が、昔の野蛮人が吹き分け法で造ったのと同じだったとしたら」という仮定の話になる——錬金術師の広言がその程度のことしかなし得ないのを見るのが悲しいとしたら、あの力が疑われるのはどうなのか、「世界を企図して創り、人間の魂と肉体を造り、その両方のための救いまでをも用意し、しかも…」と、言葉がとぎれたあとで「われわれが見ているものは救いなのか？」という自問となる。だが直ちに、「私はそのような恐ろしい問いは発しない」と、"I"だけで1行を構成する「わたし」に強勢を置いた詩行（1631）が続く。「それは自分の経験の中に、中核をなす真実、力、知恵、善、すなわち神（The central truth, Power, Wisdom, Goodness, —God:）(1634) が燃えているからである。死んでみなければ分からないが、暗闇のあとに朝が続くのをたぶん見るのだ、今燃えている光はその時にも燃えているだろう、と言う他はない。疑いの雲はある」、それに続くのが以下の引用部分である

> But for which obscuration all were bright?
> Too hastily concluded! Sun-suffused,

A cloud may soothe the eye made blind by blaze,—
Better the very clarity of heaven:
The soft streaks are the beautiful and dear. (1644-48)

「それがなかったらすべてが光り輝くのか？ その結論は性急にすぎる！ 陽光みなぎる空の雲は、光にくらむ目を和らげる——澄み渡る空をいっそう清らかにし、柔らかな光が美しく愛しいものになるのだ」。そして、キリストに倣(なら)って生きようとする刺激になるのだ、迷路にあって足場を失わないし、光を持っているから暗闇を怖れない、と続く。

しかしこの二つの信仰論に挟まれ、その二つを合わせたよりも長い196行(1419-613)に表明されるのは、不信の者への不快感や、信仰者でありながら行為において不信の徒に劣るとも優らない者たちへの強烈な嫌悪感である。信仰の戦士として美々しく装わせたアレッツォの大司教は、狼からの助けを求める者を、狼にはしゃぶる骨が要るから「さあ、こちらへおいで、——こうしてわたしは彼に投げ返す！」 "—Come to me, daughter! —thus I throw him back!" (1466)と追い返しただけ。超脱したはずの托鉢修道士ロマーノは保身のために「私は約束を破る、彼女には心を破って貰いましょう！」 "I break my promise: let her break her heart!" (1485)と、文盲のポンピリアに代わって手紙を書く約束を反古(ほご)にした。弱さも集まれば強くなるかと期待のかかる改悛者修道院は、遺産を取り込むためとあらばポンピリアを聖女とした証言を翻して売女としてはばからない。それは、十字架の下でローマの兵士たちが賭けようとしている上着が、そもそもキリストのものと言えるかどうかと十二使徒が議論をするようなもの、「主は泥棒で上着は盗品か、もしくはわれわれの共用の財布から支払いをしたのだ！」 "The Master was a thief, purloined the same, Or paid for it out of the commonbag!" (1530-1)と、不敬も度外れの域に達するほどに辛辣な比喩を伴うのである。

そしてカポンサッキのポンピリア救助も、教会の影響力によってでなくて古代の人間と同じ自然の情に衝き動かされた行為であった故に、イノセントの「恐怖はなおも増大し続ける」 "And still the terror keeps on the increase" (1537)。そして、「装いを凝らしたクリスチャンたちはどこにいるのか？ 真

実の帯を締めさせた腰は、義の鎧をつけさせた胸は、信仰の盾、救いの兜、霊の剣、それに神の言葉さえ、――これらはどこにあるのか?」の声が悲痛である。

> Where are the Christians in their panoply?
> The loins we girt about with truth, the breasts
> Righteousness plated round, the shield of faith,
> The helmet of salvation, and that sword
> O'the Spirit, even the word of God,—where these? (1566-70)

辺境の地で伝道に命を賭けております、という抗議の声に対しては、自然人だとてする程度のことだ、翼を与えられた者が脚だけの者と互角に戦っていると自慢するのは恥ずべきことだ、と答える。「諸氏の勤勉と熱意には気が付いていますよ!」"Oh, I remark your diligence and zeal!"(1588)と続く言葉も、実は強烈ないやみである。なぜなら、*町が飢餓に瀕しているときに辺境の地での神の名の呼び方が Tien-chu(ティエン-チュ)でなくて Tien(ティエン)だ、いや Shang-ti(シャン-ティ)だと争い合っている体たらくではないか、と続くからである。

そしてエウリピデスの登場となる。それは福音を世を照らす光とし、その光がまだ射さなかった時代の声としてであり、結論的に言えばクリスチャン批判である。神の子キリストが十字架の死によって人間の罪をあがなったという福音を知りながら、その救いの知識を持たず、当然それによって励まされることのなかった人々よりも劣る生き方しかできないのはなぜか、という難詰である。エウリピデスは言う。「官能の喜びに満ちた国で、救いの知らせも報いの保証もないままに、徳ある生き方をし、愛のためだけに愛した。ある力を見て取って、それを自然と呼び、寛容と義、来るべき裁きについて人々に力強く語り、暗闇のなかで四つん這いになりながらも道を見つけてきた、人々も私の片言を頼りに沼地を横切った。それなのに、真昼間の明かりのなかに生きていながら、臆病と嘘のぬかるみのなかでもがいている彼らは何者なのだ!」(1701-90)。ほかにエウリピデスが用いる比喩は、「自分が人びとに教えたことが、パウロがセネカに教えたのと比べて正確でないとして

も、それはガリレオの望遠鏡を持たない者が四角形を長方形と言ったとしても無理ないのと同じではないか。子どもに矢が飛んでくるから目を閉じるようにと教えても、太陽から目を守ることにはなる」、といった適切かつ胸を打つものである。

　イノセントは答えて言う。パウロがセネカに答えたのは、全き真理に触れた人間が一つの火となって燃え上がった（the whole truth-touched man burned up, one fire）(1796) いわば夜明けの時であった。迫害による苦悩は、激しくとも束の間で、キリストが待つ世界へと翼を駆って登ることであった。今は真昼時で、真実の光と人の作った光と区別ができないでいる。信仰の確かさのなかで眠りこけている。次の時代には、疑いという外敵が襲ってきて、眠りを覚まし、命に満たすのではないだろうか。形式ではなく、真実に結びつくことができるのではないだろうか。しかしそのような時代には、ポンピリアのように足の感覚で正しい道を探り当てる信仰者は少なく、大部分は次の根拠である「生命の欲望と誇り」"the lust and pride of life"(1892)に生きるようになるだろう。キリストの助けがあっても堕落している連中が、その助けがなくなった時にどのように沈むのか？　まず、カポンサッキのようなのは、教会にではなく衝動に導かれているのだから、いわば正しい行いもまぐれであって、人を教導できる者ではない。グイードの弟のパオロのようなのは、貪欲と野心と欲望と復讐に生きる者で、現在は偽善者で、来るべき世には合理的で分別ある者といわれるのかもしれない。その影響力はグイードにおよび、グイードを通して四人の配下に及び、そのような人間が世の中を作る。その結果の目に見える形が殺害された三人である——。

> And, first effect of the new cause of things,
> There they lie also duly,—the old pair
> Of the weak head and not so wicked heart,
> With the one Christian mother, wife and girl,
> —Which three gifts seem to make an angel up,—
> The world's first foot o'the dance is on their heads! (1949-54)

＊　中国宣教に関して、ローマ・カトリック教会派とジェスイット派の宣教師団の争いに教皇はとても苦慮させられていたのです。

「物事の新しい義の最初の効果は、しかるべくあそこに横たわっている——悪い頭と、それほど悪くはない心の老夫婦であり、共にいるのは母であり妻であり娘でもある——どうやらこの三つが一人の天使を作り上げるようだ——一人のクリスチャンである。新しい世界が彼らの頭の上で最初のダンスを踊っているのだ！」。以上のようなイノセントの現実認識と来るべき物質主義の時代への洞察は鋭い。だが悪魔のリトグラフを思わせるような老夫婦への言及は、高貴という形容にはなじまないと思える。

イノセントは言う、「神による役目と力によってこの罪を断ち切る、と振り上げた袖をなおも引っ張る者がいる」と。「掘って手入れをすればまだ実をつけるかもしれません、あるいは、罪のままに死なせるより生かして償わせては、と言うのならまだ分かる、だがそうではないのだ。神の裁きの上に教養ある人間の裁きがあるかのように諸方から申し入れてくるのだ！」(1968-77) という言葉に、次の息継ぎなしの4行半と苛立つ物言いが続く。

  Nice sense of honour in the human breast
  Supersedes here the old coarse oracle—
  Confirming none the less a point or so
  Wherein blind predecessors worked aright
  By rule of thumb: as when Christ said,—when, where?
  Enough, I find it pleaded in a place,—（1978-83）

「人間の胸に宿る結構な名誉心がここでは古くて粗野な神託にとって代わる——それでも盲目の先達らが親指で正しく探り当てた一点ほどは確証している。キリストが言ったときのように——いつ、どこでだったか？　もうよい、資料のどこかにあるのだ、——」。彼が言おうとしたのは、資料の「作者不明の文書1」に「我が名誉を与えじ」"My honour I will give to no one." (OYB, p.155) とあるもののことで、それはイザヤ書42章8節の誤用のようである。[12]他の不義には耐えても名誉に触れたら許さないのは今も昔も、したがって自分も同じだとイノセントは言うのである。続けて「それでも古い権威が黙っていたり、確信がなかったり、新しいものと衝突するとき、若い方が決定権をとり、ついには後見人なしの世間の本能に家を支配される。そして、

もつれた事件を人間と神の二つの法がいじくっている間に、生きのいい若者がしゃしゃり出て、もつれを切り、釈放を宣言するのだ」(1989-97) と、その若者の生意気な言い草をさえイノセントは仮想する。その仮想の声に対し、「そうしよう」"I will, Sirs:..." と同意しておいて、しかし違う声が私の魂をゆさぶる、グイードが尋ねた「主の側に立つ者は誰か」"Quis pro Domino?" (2100) の声だ、と言う。そして彼は翌日の死刑執行を命ずる次の文書を書き上げるのである。

"On receipt of this command,
"Acquaint Count Guido and his fellows four
"They die to-morrow: could it be to-night,
"The better, but the work to do, takes time.
"See with all diligence a scaffold up,
"Not in the customary place, by Bridge
"Saint Angelo, where die the common sort;
"But since the man is noble, and his peers
"By predilection haunt the People's Square,
"There let him be beheaded in the midst,
"And his companions hanged on either side:
"So shall the quality see, fear and learn.
"All which work takes time: till to-morrow, then,
"Let there be prayer incessant for the five!" (2103-16)

「この指令を受け取ったら直ちに伯爵グイードと彼に従った四名に明朝の処刑を申し渡すように。今夜の方がよいのだが、準備には時間がかかる。処刑台をしっかりと立てよ、平民が死ぬサンタンジェロ橋のそばのいつもの場所ではなく、人民広場に。主犯は貴族であり、その同輩が好んで出入りする所である故に。真ん中で彼を斬首とし、他はその両側で絞首とせよ、上流人士たちに見せ、恐れさせ学ばせるのだ。それだけの作業には時を要する。したがって、明日までその五名のために、絶えざる祈りがあるようにせよ」

　グイードに対してはこのような運命以外に望みは持てないのだ、と言う。ただ、漆黒の夜のナポリに稲妻が走ると、大地も海も空も町の姿も浮かび上がる、そのように受ける一撃にひらめく真実を見てグイードが救われるよう

に、と語る。

> I stood at Naples once, a night so dark
> I could have scarce conjectured there was earth
> Anywhere, sky or sea or world at all:
> But the night's black was burst through by a blaze—
> Thunder struck blow on blow, earth groaned and bore,
> Through her whole length of mountain visible:
> There lay the city thick and plain with spires,
> And, like a ghost disshrouded, white the sea.
> So may the truth be flashed out by one blow,
> And Guido see, one instant, and be saved. (2119-28)

「わたしはかってナポリに立っていた。夜は極めて暗く、どこかに大地が、あるいは空が、海が、世界が、仮にもあるとはほとんど推測できなかったろう。しかし夜の闇が一筋の閃光によって切り裂かれた——雷が轟き、大地が呻いて耐え、山の全容が見えた、そこに尖塔がひしめく平坦な町が横たわり、そして死衣を解かれた亡霊のように白々と海が。そのように一撃によって真理がひらめき出て、そしてグイードが一瞬に見て、救われるように」

VI レトリックの特色

　第10巻、イノセントの語りは「あの明敏なクセルクセス王に対するように」"like to Ahasuerus, that shrewd prince"(1) と、旧約聖書エステル記への言及で始まった。聖書によると、クセルクセスは絶大な権力を誇ったペルシャの王で、王妃といえども招かれずに彼の面前に出るには死を覚悟する必要のあった人物である。「その夜、王は眠れないので宮廷日誌を持って来させ、読み上げさせた」（6章1節）。イノセントは、このような聖書の記事に、襟を正して教皇列伝を読む気持を託すのである。

　聖書からの引用は上記を含めて38例あるが、印象に残るのは旧約が出典の次の2例である。グイードに男児が誕生したとの知らせは、創世記8章10節でオリーブの葉をくわえた鳩が洪水の終わったことを知らせるのに擬せられ

る。その知らせを機に、ノアは方舟を出て自然との調和の生活に乗り出すのだが、一方のグイードは三人を殺すための「まさに好機！」"chance and change!"（765）と勇み立つ。もう一つはサムエル記下 6 章 6 - 7 節で、ウザはダビデが神の箱を運ぶ車に付き従い、牛がよろめいたので神の箱が落ちないように手を伸ばして押さえた、それが罪とされ雷に撃たれたのである。ロマーノ修道士はそれを引き合いに出し、「落ちそうだと分かっても偉い人が指一本出さない箱の上に手を置いたのは誰だったか？」"Who was it dared lay hand upon the ark His betters saw fall nor put finger forth?"（1482-3）と、ポンピリアとの約束を裏切るのである。ノアの「方舟」も、ウザの神の「箱」も、どちらも"ark"であるのは偶然なのだろうか。

　比喩表現として61項目を拾い上げることができる。強い印象を形成するのが喩え話で、既述の鐘楼守りの喩えなど辛辣なものを含む。福音を真珠にたとえたのがある、「恐ろしいのは、そんなものは腹の足しにはならぬと放っておく漁師や、海岸の石ころと同じだと放り出して軽蔑する批判的な少数の輩ではなく、それを見付け、知り、名付け、それによってたとえようもなく豊かにされた残りの人々が、この恵まれた人々が、あっという間に向きを変え、倍の熱意でおいしいスープになる貝を掘りに行くということなのだ」（1441-50）。このように、具体的で生活臭が濃厚で、不信の行為というマイナスのイメージを生々しく浮かび上がらせるものが多い。この比喩は、安全と見るや這い出してくるなめくじにグイードをたとえた比喩、漆黒の海に走る稲妻の比喩と共に、イノセントがナポリ出身であることと結びつけて「海辺の直喩」"Seaside Similes"として称揚されている。

　イノセントはアレッツォの大司教の職務を「羊飼いの役目」"shepherd's office"（989）とはするが、教皇としての自分は、伝統的な漁夫（Fisherman）や羊飼い（Shepherd）ではなくて、「庭師」"Gardener"とする。そのことが象徴するように、彼の比喩は聖書や古典文学に基づく知的なものよりは、さまざまなレベルの人間の生活、その人間の生活をとりまく動植物の生態、あるいは季節や気候などの自然事象を材料としたものが圧倒的である。コンパリーニ夫婦のように善でもあり悪でもある者が不慮の死を招いてしまうことは、「鳥の胸が真っ白で、矢に黒い矢羽がついていれば、狙いは確かである」

"the one black tuft Steadies the aim of the arrow just as well As the wide faultless white on the bird's breast!"(1227-29) という的確で、絵画的で、それだけに衝撃力の強い比喩となる。天文事象への言及もある。出身地ナポリにとどまらず、目を大きく開け、地面に足を着けて、広く歩いた世間の子としてのアントニオ・ピニャテッリの面目躍如と思わせる。

　実は、驚く比喩があった。ポンピリアはカステルヌォーヴォの宿でグイードの剣をとってグイードに立ち向かった。イノセントはグイード批判のなかでこのことに言及し、「踏みつけられた哀れな地虫の妻から、蛇が跳ね上がった！」"out of the poor trampled worm the wife, Springs up a serpent!"(699-700)と、ポンピリアを"serpent"に喩えていたのである。"serpent"は"snake"「蛇」の文語体であるが、どちらかというと大型で毒性も強いという印象があり、あまりよい意味には使われない。しかし、蛇にもさまざまな種類と生態があり得る。地面に足をつけて広く歩いたピニャテッリは、色も姿も毅然として蠱惑的でさえある"serpent"に出会ったこともあるに違いない。だからこそ、ポンピリアに関して、「新しい属性」"a new attribute"、「新しい防衛」"a new safeguard"、「勇気」"courage"、「力が正義を支持して跳躍する」"might leaps vindicating right"(682-89)と記したあとで、蛇の隠喩になったと思われる。そう考えれば、驚くにはあたらないということになる。

　語のレベルでは、行頭にくる"What if?"「としたらどうか」の使用が9回に及び、類似の"What of that?"や"What then?"もあり、ボッティーニの6回を大きく上回る。ボッティーニは、あり得ない事柄を仮定してみせて、「そうだとしてもそれがどうだと言うのだ？」と仮定を事実のように思わせる論理のねじ曲げに用いた。教皇の場合は、「あざける声があるとしたらどうか？」(1265)と契機を問い直し、「それが次の時代の役目であるとしたらどうか？」(1851)と懐疑の役割を導入し、「自分でやってみたらどうか？」(1274)、「空に見慣れた印がなかったとしたらどうか？」(1279)と挑発的なものがあり、また、世間の人が私をほとんど呆けている人間に分類したとして「それがなんだ」"What of that?"(1246)という場合のように、居直りの気配のものもある。

頭韻 Alliteration を検討してみると、ボッティーニの場合と比較して[13]割合的にも多いのが流音 [s] で、重厚な [m] [w] はボッティーニには少なく教皇に目立つ。しかし、破裂音 [p] [b] も多く、絶対数として最も多いのが [p] である。全体としての音調は、静謐(せいひつ)とは言い得ないものになる。

Ⅶ 老いの自覚

教皇の語りは、「高邁な」「高貴な」「瞑想的な」といった形容詞をつけて論じられることが多いのだが、激越な怒りや辛辣な比喩の多さから見ると、誤用ではないかと思えるほどである。カポンサッキの場合のように人物評価の変動があり、次のような混乱もある。

イノセントは、無色(colourless)であった４人の農夫にグイードが息を吹きかけて自分と同じ地獄の灼熱の色に染め上げ、その彼らが「ローマに現れてわれわれの上に燃え立つ」と言う。それは文脈上殺人を意味している。

> ... And thus they break
> And blaze on us at Rome, Christ's birthnight-eve!
> Oh angels that sang erst "On the earth, peace!
> "To man, good will!"—such peace finds earth to-day!
> After the seventeen hundred years, so man
> Wills good to man, so Guido makes complete
> His murder! what is it I said? (787-93)

「クリスマスの宵にである！ おお、地には平和、人には善意、と天使たちがかつて歌った！ そのような平和を大地は今日見出している！ キリストの生誕1700年の後に、そのように人は人に善を願う」──この場合の「そのように」には問題がない。しかし「そのようにグイードは殺人を完成させる！」となると、「そのように」"so" の使用は明らかに変である。これを小田切は "but" と読み替えて「然るに」(後編 p.166)と訳している。また、散文訳をしたキャシディは、彼らがローマに来たのはクリスマスイブであったが殺人実行は１月２日であったから、「グイードはまた９日間の休止をした！ ９日

間は手を出さずにいた。それから殺人が…」"Nine days pause again had Guido! Nine days was his hand held back. Then was the murder...."(p.147)と解説を加えることで、"so"の意味の解釈を避けている。ブラウニング自身は自筆原稿以来、大文字・小文字・ダッシュなどの微細な点を除いてはこの個所に変更を加えていない。したがってこのような読み替えや解説はテキストの歪曲になる。ここでは感嘆符の多用がイノセントの激した感情を示唆しており、興奮したイノセントは、自分でも自分の言っていることが分からなくなったと解釈するのが妥当ではないだろうか。血圧も上がっているはずである。だからこそ、上記最後の行の「いったい私は何を言ったのか?」"what is it I said?"の言葉があるのであって、このような混乱をイノセントのありのままの姿として受け取ることが求められているのだと思う。ブラウニングはまだ83歳に届いていなかったイノセントを86歳と設定した。詩人が事実を知らないはずはなく、イノセントに避けがたい老いを認めることを求めている、と解釈するべきではないだろうか。[14]

老人と同一視する人には老化現象が強く現れるという説があるが、イノセントの自らの高齢に対する自覚は強烈である。それは近い死の自覚という形で冒頭からうかがえた。そのほか、比喩的に、あるいは直裁な言葉で、彼の老いの自覚が語りの表層に浮かび上がるのが11例にのぼる。「黄昏が続き、働く時間がある間に」(164)、「世間の問題でしなっている枝は、…鳥の巣でさえ過剰な重みなのに」(323)、「消えかけている灯心」(330)、「この灰色の究極的な老耄(ろうもう)」(389)、「…パオロは…私が生きている間には捕まえられない」(894-95)、「この世の単なる老人」(393)、「哀れな老教皇」(1006)、「不毛のうちに夕やみになる長い日」(1033)、「私は終わりかけているが、まだ終わってはいない」(1303)、「最後までぐずぐずと残っている人物」(1906)、「出口に近いが舞台を去ってはいない」(1955-56)、「自身の命が軸受けの端でまたたいている」(2053)。

そのような彼にとって、現在の生は「神の慈悲による」"through God's mercy"(868)のであり、老いの脅威に立ち向かう彼の論理はこうである。

  Yet sensible of fires that more and more

> Visit a soul, in passage to the sky,
> Left nakeder than when flesh-robe was new—（390-92）

老耄の時とは、「肉の衣が新しかった時よりも、より裸身にちかくなり、空へと昇るときに、ますます多く魂を訪れる炎を、なおも感知する」ものである。あるいは、老年とは、豹のような視力はなくても、使って鋭くなった目で暗い人間の領域の明暗を分かち得る時期であり、きびしい労働と善意と習慣によって盲目の人が指先に視力を持つようなものだ、と自信する（1241-50）。だから、間違いを侵す危険があると分かっていることであろうとも、「裁断を下す勇気が持てるのだ」"I *do* *D*iscern, and *d*are *d*ecree"（1250-51）と［d］音を響かせて断言する。

　老人に関することは、個体あるいは環境次第で概括が困難な領域のようである。しかし年齢とともに増す傾向や低下する能力のあることは間違いなく、以下のようなことはまずまず言えることであろうと思う。

- 短期記憶は長期記憶に比べて維持が困難である。
- 分類や問題解決の領域で、自己中心的で原始的な方法をとる傾向がある。
- 思考の性質（認知能力など）は、「疲労」といった環境因子の影響を受ける。
- 自分たち以外の年齢集団にたいして、より否定的になる。[15]

カポンサッキ評価の矛盾は、教会の腐敗という長期記憶がカポンサッキの行動を神のための情熱とした短期記憶を失わせた、と見ることは可能であろう。事件に加担した四人の農夫の年齢を全員20歳に届かないとした思い違いは、疲労による短期記憶の低下とすることもできるし、内心の葛藤を抑さえて死刑判決を追認するために採った自己保存の原始的手段と解釈することもできる。四人の中には、寛大な刑が許される未丁年（25歳まで）の者も、見張り役で手を下していない者もいる。彼等もふくめて死刑台に送ることを自分に対して正当化するためには、人生を始めたばかりでこのようなことをする人間は…、という理由付けを必要としたのだと言えなくはない。

　老人にとって、老化の事実を自分は認めても、それを他の年令集団、とり

わけ若い世代が指摘する傲慢は許しがたいもの、時にはそれが老いを奮起させ、決然たる行為に駆り立てる力を持つことも想像できる。語りの終わり近く、しゃしゃり出てきてグイードの赦免を強要したのは、威勢のよい年少者 (the brisk junior) (1996) だった。イノセントによる想像上の若者の想像上の101行におよぶ言葉を要約するとこうなる。

「グイードを無罪放免しなさい、聖職にかかわった者の特権を認めないでは、教皇庁の安泰を揺るがしますよ。それが文明というものであり、次の時代にはそうなります、少しは先を読みなさい。妻に対する夫の絶対的優越を認めなければ、社会が崩壊します。しかも死にかけている身で、死刑宣告といういやなことをしなくてもよいでしょう。あんたが息を引き取るや否や、騒ぎが起こりますよ、グイードを有罪にカポンサッキを正当としたのは教会のスキャンダルを隠すためだったって。足してようやく教皇の寿命になる四人が死んで横たわっているのは、忠誠心が麻痺した時代を示します。四の五の言わずに許しを、そうすれば町中に感謝があふれます」(1998-2098)

この高慢な若者の声が、老いて疲れたイノセントに命令書を書き上げるエネルギーを与えたのである。もちろん、この若者を呼び出したのは彼自身である。それは、行為の上では微罪に近い若者をも含めて5人の命を死に追いやる作業を実行するために、それまでの2000行になんなんとする独り語りに加えて、若さへの対抗意識として沸き上がる心的エネルギーを、痛ましくも人間イノセントが必要としたということではないだろうか。

One Word More

イノセントは刑の執行を命ずる文書を書き終えて、グイードに対しても救いを望みみる思いを語る。しかし、それにも「もうよい、私は今夜にも死ぬかも知れぬ。この男を生かしておいて、私がどうして死ねようか」"Enough, for I may die this very night: And how should I dare die, this man let live?"

第10巻「教皇」　319

(2134) という険しい２行が続いて、彼はグイードに抱いた憎悪を呼び覚ます。最後の１行、わずか６語の命令 "Carry this forthwith to the Governor!"（これを知事のところへ）(2135) は、イノセントがそこまで心を堅くして初めて可能になった重い重い命令であったのか、と驚きとともに思い知る。

注
1. 以下は資料OYB (Everyman's) に教皇が登場する３通の手紙である。
   (1) アルカンジェリがグイード処刑の日にフロレンスの Cencini に宛てた手紙："But since the Sanctity of Our Lord [the Pope] did not deem it wise to postpone the execution of the sentence already decreed, he has seen best by special writ to make denial of any clerical privilege, which might have been claimed [in Guido's favour], and also as regards the minority of Francesco di Pasquini, one of the accomplices." (p.235)。
   (2) Gaspero Del Torto が Cencini に宛てた手紙："But the Pope yesterday set his hand thereto, and has decided the case, so that to-day it has so followed completely." (p.237)。
   (3) Carlo Antonio Ugolinucci の Cencini 宛の手紙："Then last evening at eight o'clock Monsignor signed of his own accord the warrant, in denial of the clergyship which might be alleged and of the minority of one of the accomplices." (p.238)。
2. Cook: "The Pope's soliloquy, mellow with the experience of a long life of action and contemplation, is marked throughout by a rare dignity and elevation." (p.198)。
   DeVane: "By a consensus of critical opinion The Pope has been declared one of the noblest utterances of Robert Browning." (p.335)
   Haddow: "... the figure of the Pope is unique, one of the finest pictures Browning has given us of his ideal man." (p.142)
   Honan: "Fairness, justice, mark his character." (p.186)
   Raymond: "The chief characteristics of its style are eloquence and impassioned rhetoric.... Who can doubt that in the noble utterance of the Pope ... the poet is attesting his own assurance."(pp.331-2)
   渡辺清子「最高最終審判者 Pope の苦悩と英知輝く言葉が…」(p.23)

大庭千尋「ここには第7巻にみられる澄んだ詩情はないが、深い瞑想、精緻な分析があり、詩人の詩魂が漲っている点で第7巻と肩を並べられよう」(p.25)。

こうした流れに同調しない論は僅かである。

Sullivan: "The over-all effect of the Pope's monologue is, consequently, not one of serenity or detachment as has often been suggested by critics, ..."(p.136)

Buckler: "In short, Book X is our test in critical reading.... He seems not only fallible but deeply faulted, ..."(p.215)。次のような記述もある、"... a wise, conscientious, courageous, admirable old man."(p.221)。

3．Luitprand（ルーイトプラーント）とAuxilius（オークシリウス）の名前が挙げられている。

4．ピウス9世によるヴァティカン公会議（1869-1870）によって教皇の不可謬説が発布された。すなわち、ペテロの後継者であるローマ教皇は"the Divine assistance"により、全教会が守るべき信仰と道徳の教義に関して誤りを犯すことはないとする（"Fallibility": Encyclopaedia Americana, 1929）。それに先だって議論はヨーロッパ中に沸騰していたようである（Altick, pp.327-28）。Bucklerは英国の歴史家・政治家Macaulay（1800-1858）の"infallibility"に関する記述"the work of human policy most well deserving of examination in the whole history of man on this earth, ..."（文中の複雑なquotation markを省略）を引用している（p.221）。

5．Hairは「死体裁判」の挿入を次のように解釈する、"The limitation of man's understanding sometimes sap the will and prevent a choice from being made. The Pope is conscious of this danger and emphasizes, with the story of Formosus at the beginning of his monologue, the inescapable duty of making a decision."(p.166)。Bucklerは、ポンピリアとカポンサッキが出会うバルコニーの場面からカステルヌォーヴォの出来事に到るまでの決まり文句に満ちている現象を、語り全体に対する批判的な読みを促すサインとする（p.238）。

6．Bucklerはこのたとえ話は道徳的混沌（moral chaos）に通じるもので、第11巻グイードの「そのようにわたしは造られたのだ」"So am I made"(2098)の自己弁護との同質性があると指摘する（p.220）。だが、ミサの時に鼻を鳴らすという理由だけでチャプレンを替えた折の自分の責めを認めている点

で、グイードの居直りとは質的に異なる。Loschky はこの辺りを評して言う、"This is neither mere high-sounding confidence nor the ravings of a courageous but senile old man.... For as long as his own motives are pure, he may rest assured that he performs God's will:"(p.348)。

7. Blackburn: "Finally he condemns Guido to death but to reach this decision he journeys through the wisdom of a life-time of thought and suffering. This meditation is one of the greatest of all Browning's monologues."(pp.131-32)。

8. Sullivan はこの辺りのことに触れて、決然とした外見の内側でなお疑い惑う心があるようだと言う。This dialogue gives the feeling of a divided mind behind the apparently resolute exterior of Innocent XII. (p.121)

9. グイード等の処刑後に出されたパンフレットがロンドンで見付かった。その翻訳を Orr が *Handbook* に掲載しているのだが、殺人に手を下したのはパスクィーニとバルデスキの2人で、年齢は共に22歳としている (p.86)。それを転記したという Clarke は両名を20歳としている (p.324)。資料 OYB によれば、前者は24歳、後者は年配者となる。事実が歪曲される過程のまさに図式である。関連箇所については Cook (p.215) を参照。

10. 第3資料によると、グイードは先ず、大胆で邪悪な (daring and wicked) と言われる Alessandor Baldeschi に相談を持ちかけた。相手は直ちに応じ、必要ならば3〜4人の仲間を推薦できる、と言ったのに対して、グイードは、大胆で信頼できるのを3人、最低の値段で雇えるように万全を尽くしてくれ、と返事している (OYB, p.276)。Blasio Agostinelli, Domenico Gambassini, Francesco Pasquini, がその3名であるが、Baldeschi との間で、どのような話になっていたのかは不明である。

11. 第6巻のカポンサッキの独白にはそれほど単純ではない彼の心の動きが読みとれる (本書pp.172-75)。教皇の語りにはポンピリアとカポンサッキの逃亡に関して "how Christ prevailed And Satan fell like lightning!" (671-72) という不可解な表現があるが、両者あるいはカポンサッキの側にエロスの愛の欲望があったが、それに打ち克ってアガペーの愛を貫いた、ということのようにとれる。

12. 欽定訳聖書によるイザヤ書42章8節：I am the Lord: that is my name: and my glory will I not give to another, neither my praise to graven images.

13. 「ボッティーニ」の場合（全1579行）に10以上の頻度をみた頭韻音を拾い出してある。「教皇」の場合（全2135行）と長さを比較すると0.74：1、約3：4

になる。したがって、教皇の場合には13以上の出現頻度のものを拾い出した。単純に頻度数で対照すると次のようになる。

音	f	p	s	d	b	m	w
ボッティーニ	22	21	18	11	10	(6)	(0)
教　　皇	27	33	32	(8)	24	17	13

14. 教皇の老人性に触れているのは、色彩を主とした論述をしているCroninである。"The Pope, an old man near death, looks around him, and, as old men do, sees everywhere evidence of moral degeneration."(p.116)
15. 資料としたのは以下のものである。
    バーバラ M. ニューマン他、福富　護訳「新版生涯発達心理学―エリクソンによる人間の一生とその可能性」(1988)
    井上勝也・木村　周編「新版老年心理学」(初版1993、1996)
    長谷川和夫・長嶋紀一「老人の心理」(初版1990、1995)

第11巻 「グイード」
"Guido"
——責任転嫁の醜相

　第10巻の教皇イノセント12世が、伯爵グイード・フランチェスキーニの聖職特権を拒否し、即刻の死刑執行を命ずる文書を書き上げたのは、窓から差し込む西日が薄れる時刻だった[1]（I, 1260-61）。その翌日、2月22日の早暁午前2時に、サンタンジェロ城に近い新監獄（New Prisons）の独房で、石の床には膝まで麦わらが敷かれ、たった一つのランプに照らされた中で、12時間後の処刑がグイードに告げられた。そのような場合の"Comforter"（教誨師）として遣わされた枢機卿と、アバーテという称号の聖職者、共に旧知である二人を前にして、グイードが語る。2747行、『指輪と本』の中で最も長い語りである。外には黒ずくめの装束に骨十字の旗を広げた人々が、罪人が懺悔をして神との和解を果たした、との知らせが届けば行進を開始するべく、すでに集まって来ていた（I, 1307-23）。

　そのような極限状態に置かれたグイードを、生きた一人の人間として受け止め、その語りに対峙し、そして出会ったのは、自己知の完全な欠如から究極的に卑劣な責任転嫁をする人物であった。以下、批評の流れを概括したあとに、そのようなグイードの本性の在りようを、第10巻「教皇」の語りと対比して論述する。

I　批評の流れ

　失楽園を倍にしてなお余りがある長さに達した劇的独白（dramatic monologues）の重積のなかで、二度の登場を許されているのは、グイードただ一人である。事実的には、コンパリーニ家の財産相続権が赤子に、そしてその父親である自分に移ることを狙った物欲による犯罪であるが、伯爵として登

場した第5巻では、グイードは継続的に辱められてきた名誉が不義の子の出生の知らせで暴発したのだと、現代の「執拗にいたぶられた男の免罪」"the badgered man excuse"（May, p.10）を、レトリックを駆使して裁判官の前に展開したのだった。

　第11巻ではそのグイードが牙をむいて狼の本性を、あるいは憎悪が本性であることを露わにする、と概括されるのが批評の常套である。第1巻において、「半ば人で半ば怪獣」"part man part monster"（1294）、あるいは「毛を逆立てた怒りが泡を吹く」"the bristling fury foams"（1299）などと紹介されているから自然な趨勢とは言える。しかし、サリヴァンは両巻を並置して緻密に論じ、語るのは結局同じ一人の男（'the same man,' although with 'another voice'）（p.133）であると結論した。オルティック＆ラウクスは第11巻のグイードを神無き人間を映して現代に通じる鏡であるとする。バックラーは、グイードの理屈を一般的な思想の文脈と関連づけて分析し、男性優位の独善的な思念に留まろうとする強烈な意志が、自己破壊をもたらしたものであるとしている。

　小論の分野では、1970年代にグイードの魂が救われたか否かが論議の的になった。第10巻の終わり近くで、教皇イノセントがグイードの救いを望みみる言葉を口にしている。漆黒の闇夜のナポリに稲妻が走るとその閃光を受けて山や町が浮かび上がる、という比喩に続く言葉である。「一撃に真実が閃めき出て、その一瞬にグイードが見て、救われるように」（2127-28）。その教皇の言葉をグイード自身の最後の言葉「ポンピリア、お前は奴らに俺を殺させるのか？」"Pompilia, will you let them murder me?"と関連づけて、ラングバウムが1972年に肯定的な論を発表したのが論争の端緒となった。オルティック＆ラウクスはもともとそのような解釈はメロドラマであると否定的であったが、ラウクスが*カトリックにおける告解の意味に基づいて、断固とした否定の立場を別途に論述した（1974）。オースティンも単なる命の取りなしを求めるのは悔い改めではないので、救いにはならないとしている（1976）。マギーは絶望の底で他者に依存することは信仰へ突入することだと肯定し（1977）、ドウンもグイードはポンピリアを通して善なるものを把握して救われたとする（1977）。

そのほかには、1916年出版の『古い黄表紙の本』の中で、ホデールが第11巻の最後の2行はグイードの許しを求める叫びであって、ブラウニングは救いを意図していた、と解釈した（p.277）。『注解書』の著者クックは、その叫びを「失われた魂の言語に絶する卑しさの驚くべき表出」"its startling revelation of the unspeakable meanness of a lost soul" であると否定し（pp.317-18）（1920）、『ハンドブック』の著者ドヴェインもクックに同調すると言う（p.336）（1955）。グリッドリーは、救いの望みはないとしてもという留保付きで、唯一可能な救いの源泉がポンピリアであることをグイードは認めた、と解釈する（p.67）（1967）。渡辺清子は「Browning もここでは（ポンピリアの）純真な、清らかな魂による救いを、…考えていたのではないか。」（p.40）（1970）と肯定派のようである。優れた評伝『本と、指輪と、詩人』の第23章を執筆したホナンは第11巻の最終行を引用して、グイードはポンピリアに「明らかな聖者を認めた」"his apparent recognition of a saint" とする（p.433）（1974）。バックラーはそのような議論自体を無意味とし（1985）、ランドルの小論はグイードの最後の言葉をタイトルに含むけれども、救いの問題ではなく作品に対する読者の主体的な倫理的かかわりの必要性を論じるものになっている（1989）。ライアルズは「（グイードの）最後の言葉が本気のものなのかどうか、われわれには分からない」と言う（p.168）（1993）。ヘアは、名前の列挙は人間の根元的な欲求の表現であり、グイードは真の回心が始まる地点に達していたと考えてよい、としている（p.191）（1999）。本書にとっては、彼の救いは論外である。

II　語りの質

第5巻冒頭の伯爵グイードには、拷問による苦痛をあからさまに口にする雑駁なトーンながら、聞き手に対して貴族の尊厳を誇示する身構えが見てとれた。第11巻は、それと類似の身構えともみえる言葉で始まっており、そこ

---

*　カトリックにおける告解の意味はこうです。人は洗礼によってそれまでのすべての罪が許されますが、その後の罪は司祭に告白して許されます。そのためにはどんな罪を犯したのかを思い出し、心から悔い改め、再び犯さないことを決心するのです。

に相変わらずのグイードを認めて（Sullivan p.155; Gridley p.56）、それ以上には問題とされずに来ている。しかしその発話の前に、12時間後の死刑執行が告げられているのである、相変わらずの身構えであるはずがあるだろうか。判決は出ていたけれども、教皇イノセントに対して聖職経験に基づく赦免要請がなされており、グイードが教皇の穏和な性格と高齢であることから、極刑は免れ得る、と楽観していたであろうことは想像に難くない。それでも二人の聖職者が早暁に獄を訪れることが、ただ事でないのは自明である。第3資料によると、その知らせを聞いたグイードは、まず呆然とし、大きな溜息と共に大粒の涙をこぼし、神父たちの腕に泣き崩れたというが、それが普通の反応であろう。

ブラウニングのグイードの場合、冒頭に"Ah"という感嘆詞でもあれば、受けた衝撃からともかく立ち直って息を継ぎ、そして語り始めたという情景を想像できなくはない。しかし、感嘆詞はようやく3行目で、それも「そう言えば」といった感じのものである。第一声が「貴殿は枢機卿アッチャイウォーリ、貴公は、アバーテ・パンチャティーキ」と平叙であるのは極めて異様なことではないだろうか。

> You are the Cardinal Acciaiuoli, and you,
> Abate Panciatichi—two good Tuscan names:
> Acciaiuoli—ah, your ancestor it was
> Built the huge battlemented convent-block
> Over the little forky flashing Greve
> That takes the quick turn at the foot o'the hill
> Just as one first sees Florence: oh those days! (1-7)

続けて、巨大な狭間つきの修道院を建てたのは枢機卿のご先祖だったと言い、「フロレンスに入って人が最初に目にする丘の麓で急に曲がり小さく分岐して増水させるグレーヴェ河の向こう側に」と、一息に、そして実に詳細である。それを聞き手への追従と解釈するなら、グイードはよほどの剛胆か、あるいは鈍感かのいずれかでなければならない。しかしグイードの語りは、時には詩的に飛翔して聞く者の胸を打ち、意気軒昂として巧みな比喩に舌を巻

かせるし、身勝手な論理も繊細に緻密であったりするのである。告知が戯れ言でないのを感知しなかったとは考え難い。そのあと、「お願いだ、助けてください！」"I do adjure you, help me, Sirs! . . ."（15）や「（古い貴族としての）血による同情にすがって懇願する」"Sirs, I beseech you by blood-sympathy,"（19）の嘆願が含まれているが、刑の執行告知は本音を引き出すための手段であろうという推測を前提とし、そんなこと分かってる、と言わぬばかりの"Pshaw!"という口吻まで伴っている。

> . . . —if this your visit simply prove,
> When all 's done, just a well-intentioned trick
> That tries for truth truer than truth itself,
> By startling up a man, ere break of day,
> To tell him he must die at sunset,—pshaw!（21-25）

「もしこの貴殿方の来訪が結局のところは善意のトリックで、夜明け前に日の出と共に死なねばならぬと告げて男を仰天させ、真実よりも真実な真実を吐かせようとしているだけだとしたら、──チェッ！」

　本来、このような役目の聖職者は、目だけをのぞかせた黒い頭巾を被り全身黒装束で、人別不詳のまま処刑台の上にまで付き添う。それを知らなかったはずのないブラウニングが、相手を直ちに旧知の人物[2]とグイードに識別させているのは明らかに創作上の意図である。結果的に、聞き手のあるコミュニケーションとしてのこの言語使用は、たとえば呼び掛けの頻出や、本音と戦術の見極めを要求する点など、独り言である教皇の語りに対して際だつ対照を生み出している。

　前頁に引用している冒頭の部分を、怪物ではない人間グイードの語りとして朗読するとしたら、少なくとも語り出しは極めて弱々しくなければならないだろうと思う。その際、3行目の途中"ah, your ancestor it was"から7行目"as one first sees Florence:"までの32語が息継ぎ無しに続くのは、単なる叙景を語りつつも実はおののくグイードの鼓動なのではないだろうか。また、23行目"tries for truth, truer than truth"の、語"truth"（真実）とそれを取り巻く[tr]音の過剰な繰り返しが、希望的観測の虚しさを実は自覚

していることを感じさせる。かくてブラウニングはその野心作の中のもっとも長い独白を決して不用意に始めたのではないことに気づく。

　このようなグイードの語りを、一縷(いちる)の希望にすがった必死の助命嘆願であると総括するサリヴァンの見解は基本的に正当である。グイードは、イエスの如く罪がないと言い張り、聞き手との旧知の関係に訴え、政治的な買収を図り、脅迫さえする。教会を謗り、絶対の不信を表明するのにも「悔い改めない者を殺さないだろう」"I thought you would not slay impenitence," (2231) という計算がある。しかし刑具の念入りで滑稽でさえある叙述 (207-49) や、短いが物思いに陥るところもある (143-52)。結局のところ、「俺は自分にしか関心がないことが分かっていた」"I knew just myself concerned myself," (164) と言う彼には、12時間と限られた生命の時を満たすのに術を尽くして助命を図ると同時に、"Talk away!"(しゃべり続けろ！) (83)、"talk I must"(しゃべらねば俺はならんのだ) (131) と憑(つ)かれたようにしゃべるほかなかったのではないだろうか。

　グイードの語りを『千夜一夜物語』の「シャハラザードに似た」"Scheherazarde-like" と形容した論 (Rundle, p.104) がある。アラビアの美女シャハラザードは、処女たちの純潔を奪っては首を刎ねるサルタンに自ら身を挺し、夜ごとの物語を興味深いところで打ち切って、王の興味をつなぐことで生きる時間を引き延ばした。そして千一夜の後、もはや殺されることのない王妃となったのである。他者を思う動機と冷静な計算に基づくシャハラザードの語りとはほど遠く、自己以外のものを持たないグイードのそれは、不安と恐怖につき動かされた絶望的なものである。それだけに紛れようのない彼の、あるいは人間の本性が、確かに露呈される。

Ⅲ　教皇とグイード

　「グイード」に先行する「教皇」の語りは、ラマッキア (p.309) も主張するように、読者がそのまま受け取るべき事件の最終的な判断では決してない。[3] また、結論を出すための語りでもない。結論はすでに出ていて、それは裁判が公正になされたと判断される場合に、4分の3だけ聖職にあったこと

が判決を覆す理由にはならない、という単純明快なものであった。それでも老教皇が迫りくる夕闇の中で孤独な独り語りを続けたのは、憎んでやまぬグイードであれ、断を下して造られた命を絶つ責任の重さ、一つの魂は世界よりも重いとするイエスの言葉と心を、教皇イノセントが身に負っていたからに他ならない。逃げずにその責任を果たすために、具体的には14行の死刑執行命令書を書き上げ、「これをただちに知事へ」と侍従に命じる短い言葉を口にする精神的エネルギーを得るために、生意気な若造の非難がましい言葉さえ思い浮かべた人だった。それでも足りないかのように、「あの男を生かしておいて、私がどうして死ねようか？」"and how should I dare die, this man let live?"(2134)という険しい言葉を吐く。己を行動へと押し出すためには、それほどにも心を堅くする必要があるのか、と驚くほどのものがあった。

　対照的にグイードにとっては、喜びに包まれた家族を襲い残酷なナイフで三つの命を奪ったことは、彼の祖父が嘲った農夫を即座に刺して、「戻って、騎馬行進を続けた」"Then back, and on, and up with the cavalcade"(106)のと同じ、あるいは貴族の若者が「作物の実る畑に」"across the crop"馬を乗り入れることに等しい、「戯れ」"pranksome"である。しかもその「戯れ」は次のような表現をとる。「誇らかに跳ね、颯爽たる姿勢で、友と轡を並べて進んで行くときに、突然何かが誰かをぐいと引く。剣が鞘を走り、閃いて切って刺す。祖父が演じた戯れを演じるのが私だからだ。そして私はここでへたばっている。友はどこへ？　いない！　とっとと消え失せ、私だけが罠にかかっている。善良なる老教皇が仕掛けたばかりのなにやら新奇な罠に、私は嵌められてもがいている。最初の餌食なのだ」

　　Just so wend we, now canter, now converse,
　　Till, 'mid the jauncing pride and jaunty port,
　　Something of a sudden jerks at somebody—
　　A dagger is out, a flashing cut and thrust,
　　Because I play some prank my grandsire played,
　　And here I sprawl: where is the company?　Gone!
　　A trot and a trample! only I lie trapped,
　　Writhe in a certain novel springe just set

By the good old Pope: I 'm first prize. (107-15)

　具体的に何が起こったのか分明でないのだが、友に罪を被せられた、と言っているのは確かである。しかもその友に擬されているのは今聞き手として居合わせる二人で、彼はそのような連中のための見せしめ、つまり生け贄なのだという話になる。

　責任転嫁の仕方には 2 種類あると思われる。一つは自分に罪があることを自覚しながらも弱さの故に責任を他者に負わせるタイプであり、もう一つは罪の自覚を欠くものである。第 5 巻で、彼が伯爵として弁明をしている途中 2 ヶ所に、「俺のどこが悪いというのだ？」"What has Society to charge me with?" (1783)、"What is it they charge me with?" (1996) という言葉が、唐突に彼の口から飛び出してきていた（本書pp. 145, 148）。それは意識を超えた彼の存在の深みから噴出したものに違いない。本巻の「神掛けて、どこに俺の間違いがあるのか分からぬ、それが真実だ！」"as God's my judge, I see not where my fault lies, that 's the truth!:" (1449-50) という言葉と響き合って、グイードが自己の行為に悪を認める意識を欠いていたことを示唆する。そうだとすると、その行為の結果として起こる不快な事柄について、責任を他者に転嫁するのは当然の帰結となる。彼にとって、殺人行為は「罪」"crime" ではなくて「へま」"blunder" (954) であり、「思い切ってやること」"the adventure" (1188) に過ぎない。あと一歩のところで完璧を妨げられた画のうまくいった「最初の部分」"its first flower" (1573) ですらある。サナダムシにも比すべき三人は片付いた (these were drawn and dead and dammed.) (1610)、そして逃走は容易なはずであった。それを損なった一片の不完全とは、駅舎の長が頑固であったという「運」である。自分は貴族で、それも伯爵の上をいく公爵で、殺してきたのは図々しいユダヤ人だと嘘も並べ、倍の賄賂を掌にすべり込ませても効き目がない。

　　　　"Where 's the Permission?" Where the wretched rag
　　　　With the due seal and sign of Rome's Police
　　　　To be had for asking, half an hour ago?
　　　　"Gone? Get another, or no horses hence!" (1645-48)

「許可証は？ ローマの警察のしかるべき印判とサインのある例のちゃちな手形はどこに？ 半刻もあれは貰えるもの。なくした？ もらいなおしなさい、さもなければここから馬は出せない！」。彼が相手にしたのは、ローマでただ一人とも言うべき良心的な役人だったのである。教皇にとっては、ローマに30年も住んだグイードが馬を手に入れるために何が必要か、子どもでも知っていることに手抜かりをしたのは神慮であり、捕縛されなければ、財布を奪おうと考える手下の農夫たちに殺されていたのだから、恵みでもある。グイードにとっては、それは全ての芸術に付きまとう「運」であって、彼の自己責任ではさらさらない。そのような認識のグイードにとって、結局死ぬ羽目になるのは減刑要請を退けた教皇のせいである。

　したがって、グイードの教皇への言及は、いやみと恨みに満ちたものになる。「我が教皇は人殺し」"my Pope and murderer"（29）である。教皇への減刑要請とは、泥の海でも錨（いかり）を引っかけてくれる海底の岩盤であり、法律が帽子を吹き飛ばせば剃った頭、つまり教会が現れて救いとなるはずのものであった。下記引用にあるように、老いた教皇の人と成りも当てになるはずであった。

> The Pope moreover, this old Innocent,
> Being so *m*eek and *m*ild and *m*erciful,
> *So* fond o' the poor and *so* fatigued of earth,
> So ... fifty thousand devils in deepest hell!（55-58）

「その上に教皇、この老イノセントは非常に温和でやさしく慈悲深く、貧しい者を非常に慈しみ、この世には非常にくたびれていて、それが——畜生、地獄の奥底の５万もの悪魔め！」と、グイードは罵（ののし）らずにはいられない。[m]音による頭韻と、語"so"の繰り返しが皮肉を増幅する。それも、グイードの転げていく先が地獄と知りながら最初に押し転がすのが教皇である（... off I run And down I go, he best knows whither! mind, He knows, who sets me rolling all the same!）（76-78）。グイードの一縷の望み、その哀訴を拒否する教皇は樹の天辺にいながら根元のこおろぎと同じように「死ね」と鳴く蝉である。

>   ..., —there's light at length,
>   A cranny of escape: appeal may be
>   To the old man, to the father, to the Pope,
>   For a little life—from one whose life is spent,
>   A little pity—from pity's source and seat,
>   A little indulgence to rank, privilege,
>   From one who is the thing personified,
>   Rank, privilege, indulgence, grown beyond
>   Earth's bearing, even, ask Jansenius else!
>   Still the same answer, still no other tune
>   From the cicala perched at the tree-top
>   Than crickets noisy round the root : 't is "Die!" (1774-84)

「ついに光がある、逃れの隙間だ。老人に、父に、教皇に対して、寿命の尽きかけている人物からの――少しの命を求めて、憐れみの源と座からの――少しの憐れみを求めて、地位・特権・寛容を体現している人からの、地位と特権に対する少しの寛容を求めて、の訴えには大地も耐え難くなるだろう。さもなければ異端のジャンセニウスに訊くがいい！ それでも木の天辺にとまっている蟬からは、根元のうるさいこおろぎとなおも同じ答え、なおも同じ調子なのだ、死ね！ と」。"to"で導かれ訴える相手を示す句は3項の繰り返しである。そして"from"と"for"によって「誰からの」「何を求めて」かを示すのも3回の繰り返しで、それが次第に長さを増してくるところに、死を怖れ、命を求める彼の思いの痛切さを、痛切に感じはする。しかし、それはグイードの他者の命に対する不感症を浮き立たせるものでもある。彼によると、人の命は70歳にもなって、眠っている間にすり切れた糸が切れるようにぷつんと切れるのが母なる自然の姿である（300-07）。蛇が生け垣をそよともさせずにすり抜けるように、フランス宮廷の名医ファゴンのメスによるならまだしも、牡牛が突進して生垣に大穴をあけるように（A heavy ox sets chest to brier and branch, Bursts somehow through, and leaves one hideous hole Behind him!）（320-22）、首も頭も押し潰されるのは耐え難いのである。それなら、ポンピリアらに対する彼の残虐は何なのだろうか。

　グイードの自己の命への執着（life need）は強烈で、その命を脅かす処刑

具を意識せずいられない言葉が随所に噴出する。ギロチンを初めて見て恐れたのは5月のローマの月夜であり、思い出の中の詩的な情景と裏腹に間近に迫った斬首におののく彼の気持ちに胸痛む思いはある。しかしローマのその刑具で命を絶たれたフェリーチェという男は、人を殺したのではない。貴族に妹を拉致され、相手を難詰し、その顔を殴ったのである。グイードの認識によると、それは「ときおり、実際、教育に欠けていて、受けた不義を晴らさずにはいられなくなる平民たちに対して」"To the rough lesson-lacking populace who now and then, forsooth, must right their wrongs!"（212-13）よい示しになったのでは、ということになる。「受けた不義を晴らさずにはいられない」とは、ポンピリアの不貞を言い立てた際の自分の主張であったことなど、今の彼の脳裏にはない。妹は兄が追う水牛のための飾り房を編んで貧しい家の戸口で歌を歌っていた。それが今は牡牛に乗って跳ねる*エウローペーとして、客人の間に回される肖像画になっているというのだから、「前の公爵夫人」"My Last Duchess"の場合のように彼女もまた生きてはいないことを示唆する。だが、グイードには憐憫もない。そして、自分がフェッラーラの大公と同じことをしてフェリーチェの憂き目にあうのは、茶目っ気のある甥を身近に侍らせていた教皇の時代でなくなったせいであり、再び「畜生！」"Devils of the deep!"（259）と悪罵を伴う。「黄色い帽子」が新一年生を示すように、「甥」"nephew"（262）とは悪名高い教皇庁の「親族登用」"Nepotism"を指示する換喩である。教皇イノセントが思いを吐き出す相手として選び得たのがスエーデンボリやエウリピデス、教皇になる前の自分自身など、想像上の人物に限られたのは、彼が悪習を廃して親族を身辺に置かなかったからにほかならない。グイードが自身を夜明けには肉屋の肉になる羊にたとえ、あるいはすでに死相が表れている客人に更なる毒を盛る必要がないように、人間である自分はいずれは死んで裁かれるのだから、その前に、恨みがあるからと言って殺すものではない（342-57）、という珍妙な理屈でイノセントを非難するのには、こみ上げる怒りが抑え難くなる。

---

* エウローペーはテュロス王の娘、彼女に恋したゼウスが白い牡牛の姿となって近づいて戯れ、彼女が乗るやいなや海を泳ぎ渡ってクレタ島で交わったというギリシャ神話の女性です。

グイードの企図の結果は、見張りに立っていただけの者を含めて、4人の農夫の命をも散らすことになった。そのうちの最年少の者も24歳にはなっていたのだが、イノセントは彼ら全員を20歳に満たない年齢であると事実誤認をしている。それは、人生を始めたばかりで大それたことをする人間には見込みがない、という理由をつけて彼らの死を自分に納得させるための無意識の作為でもあったと思われる。一方、グイードにとっては、その配下たちが即座の報酬という約束を違えた自分を殺そうとしていた、と知ることは「なんたる甘美な驚きか」"What sweet surprise"(1736)であり、主犯の自分は最後だろうから「連中が、その骨折り甲斐に、麻畑の案山子(かかし)よろしく両側に高々とぶら下がるのを、目隠しが外されて、頭が落ちる前に見たいものだ！」と言うのである。

> May, ere my head falls, have my eyesight free,
> Nor miss them dangling high on either hand,
> Like scarecrows in a hemp-field, for their pains! (1751-53)

イノセントにとっては、手間暇掛けて育てた聖職者たちが期待に応えないことが嘆きであった。グイードには、手間暇かけた訳ではない「この4本の貴重なオリーブの若木」"those four young precious olive-plants"(1888)が、1ドルの報酬で命じれば人殺しさえするのだから、自分の老後のために心血を注いで息子を養育する必要はない、という功利論に役立つだけである。ここには自分以外の存在や生命への極端な不感症がある。その彼がイノセントを、「大天使のような魂が俺の命を熱望するんだとさ！」"my life..., Which the archangeric soul of him (he says) Yearns after!"(69-71)とか、「キリストの金言とは、一つの魂は世界よりも重いってことだ」"Christ's maxim is—one soul outweighs the world"(359)などと皮肉るのは、造られた命の重さがイノセントにとっての真実だから、いっそう疎(うと)ましく思えるのである。

イノセントがポンピリアを称えるのは、愚かな二親や冷酷な夫に耐えただけでなく、新しい生命の呼び声に促されると決然と行動を起こした点にある。日の当たらぬ荒れ地で健気に花を咲かせたポンピリアは、イノセントが神の胸に飾りたいと思う薔薇である。一方グイードにとっては、彼の魂を評価せ

ず、その外衣にすぎない老いた外貌に脅えたことで、ポンピリアがまず彼に不当をなしたのであり、彼の憎しみを買って当然なのである（Therefore 't is she begins with wronging me, Who cannot but begin with hating her.）(1032-33)。彼女が服従したときにも、それは母親の言いつけに従ったものに過ぎず（When the mother speaks the word, She obeys it—even to enduring me!）(1050-51)、言葉と鞭で用が足りる馬と同じか、もしくは鎮圧しようのない殉教である。バラを実から苦労して育てても、蕾の間に食いちぎられて黒くなっており、花が咲いたとしても外にはナメクジ、うちにはジガバチがついている。これがバラといえるかい？　雑草と同じ運命になっても仕方があるまい？ (1107-12) ということになる。この「形だけが女で生気のない忌まわしいもの」"nullity in female shape, Vapid disgust"(1113-14) に二親を混ぜると、三つの頭と火を吹くライオンの体を持ち尻尾が蛇のキメラ (1127) になる、俺が殺したのはそのような怪物だった、とグイードは言うのである。

　ユダヤ教の行為による救いである「律法」"law"にたいして、キリスト教は愛による救い、即ち福音をもたらした宗教である。イエスは律法を廃するのではなく完成するために来たのであるけれど、グイードは「律法」が捨てた鞭(むち)を「福音」が拾ったのだ（Gospel takes up the rod which Law lets fall;）(374)、そうでなければ「法」が手を触れないでよこした者を許さない訳がない、と世俗の「法律」と聖書の「律法」を同じ"Law"の言葉でこね上げ、しかも法廷による有罪判決があったことなど忘れた理屈で皮肉るのである。聞き手の二人はこの無茶苦茶な論理にも差し迫った状況下では反論も抗議もならず、判断を控えたカウンセラー顔といわれる表情をしていたことだろう。「職業的な顔をしようと思うな」"Don't think to put on the professional face!"(383) と言うグイードの言葉で、この時の聞き手の様子が察しられる。一人は肺疾患を患っているらしく、その頬のくぼみと赤らみと咳ではあと１年くらいか、とグイードが嘲っており (2335-36)、学識もありそうな病弱な人のこの場での苦痛が察しられる。法律がまず「罪有り」としたのだが、グイードの意識では法が「罪無し」とするのに「罪あり」とするのが教皇である。さらに、自分が無実を主張したままで死ねば、「教皇が惚(ぼ)けている」の、

「年寄りは若い者を先に死なせたがる」の、などと人の口の端に上るから貴公らを寄こして懺悔をさせようとするのだ（417-33）、と言う。確かに命令書を渡す直前のイノセントの言葉が「奴を生かしておいて、どうして死ねようか」というのだった。それは、行為へと跳躍するためにそれほどにも心を堅くしなければならなかった苦衷と推測したのだが。

グイードが聖職にあったことは、イノセントによれば「人は自分をではなくて、神を喜ばすために生まれた」とする信仰の精髄を熟知する機会を持っていたことを意味し（X. 435-36）、イノセントがとりわけこだわった点である。現代の信仰者にとっても、人間の法が例えば「虐待された妻の夫殺しを無罪とすること」"the abused woman excuse" を認めるからと言って、「殺すなかれ」という神の法が廃されるものではない。17世紀のローマ教皇イノセントにとって、人間の法は当然神の法の下にある。グイードは自分の「間違い」"fault"（544）は人間の法の上に神の法があることに気づかなかったことだと言うが、この場合のイノセントは人間の法の上に神の法を差し立てる必要を認めなかったに過ぎない。そして、「鐘楼の真下に住んでいるせいで耳が遠くなっているから、鐘楼守りの悪徳を許せというようなもの」という比喩（X, 456-71）を用いたのだった。

グイードが用いるのは会堂守の比喩で、それは外面の信仰が内実では不信仰である例証としてである。グイードの喩えの会堂守は、通風で関節が曲がって足のようになった手で箱を持ち上げ、「ここにあるのは聖者の肉と遺骨のかけら、12世紀もの昔メソポタミヤで、*コフェテュア王を生き返らせました、功徳はあらたかでした！」"Here's a shred Of saintly flesh, a scrap of blessed bone, Raised King Cophetua, who was dead, to life In Mesopotamy twelve centuries since, Such was its virtue!"（567-71）などと鼻声を出しているが、それにさわれば関節が伸びて痛みが和らぐなど思ってもいない、半開きの手で料金をくすねるぐらいのところなのである（567-78）。グイードの論理では、そのようにキリスト教はもはや時代に対して死んでいるのであり、それを認めれば、現実の反証材料はないのだから、過去のクリスチャンの信仰や殉教をいくらでも自慢できる、俺が杖を一振りすれば直ちに「偽り」"feigning" が「事実」"fact" になり、「信仰」"faith" は「絵空ごと」"fancy"

になり、各人が尻込みすることなく不信に生きたとしても外見は何ら変わらないのだ、と言い募る。介添え役の一人は持っている十字架でグイードの口を封じようとしたようである。「その十字架に掛けて言うぞ、除けろ!」とグイード。人々が命を賭け、イノセントが夜明けの時代として慈しんだ信仰の出来事、すなわち殉教とは、グイードの言葉では、伝説の時代に狂った土地で「そやつ」"the thing" が行った「離れ業」"feats" (565) である。

　イノセントにとっても福音が事実か否かについて疑いがないわけではない。しかし、自分の経験の囲いの中に、力 (Power)、知恵 (Wisdom)、善 (Goodnes)、すなわち神 (God) があり、疑いがあるのは、雲があるから澄み渡る空がいっそう清らかになるのと同じなのである (X, 1634-48)。一方、グイードによると、教会は自分のすべてを要求する、一抹の疑いがあるのに一か八かではなくて、すべてか無か、という賭はできない。だからできるだけ長くできるだけ楽しむという現世の信仰、つまり「完全な不信」"complete unbelief" (730) の次元に降りるのだ、ということになる。この論理はイノセントが来るべき18世紀の世相として予測していたもので、グイードはそれを先取りしたことになる。しかし完全な不信と言いながら、彼がこの論理を展開するのは、最後の息で被造物としての義務を造物主に対して尽くすためだ (715-16)、としているのは矛盾である。

　グイードの「神」"God" への言及は20を数え、その中には単なるののしりや、聞き手へのいやみのための使用もある。しかし、前出の「どこに俺の間違いがあるのか分からぬ」と言うときの「神を私の審判者として」"As God's my judge" (1449)、また「完全な信仰か、さもなければ完全な不信! その間のものはなんであれ、俺が厭い軽蔑するものであり、それは神も同じであるのは疑いの余地がない」"Entire faith, or else complete unbelief! Aught between has my loathing and contempt, Mine and God's also, doubtless:" (730-32) と言う時には、神に権威を認めているのである。少なくとも、近づかないけれども遠くから帽子をとって挨拶はすると言うのだから (741)、

---

*　伝説のアフリカの王様で、女嫌いだったのが、灰色づくめの乞食の乙女ペネロフォン Penelophon を見て恋に落ち、彼女を王妃としてその治世の間を穏やかに暮らしたという話、そこまでは分かったのですが…。

その程度には認めているはずである。したがって、彼は彼自身が厭い軽蔑すると言う、まさにその中間の者に他ならない。

　通常クリスチャンと呼ばれる人々も人生の悲しみや挫折に遭うと、それを神の意志としては受け取れないで、嘆き悲しみ、あるいは怒り狂うのは常の姿である。グイードはそのような人々を偽善と断じ、「それぞれが肥えた牛に鼻を向けて天の父の放蕩息子を演じているのだ、われわれ豚が生まれながらの味覚の堕落で食べた、そのフスマでよろこんで腹を満たしながら！」と痛烈に揶揄をする。

> Each playing prodigal son of heavenly sire,
> Turning his nose up at the fatted calf,
> Fain to fill belly with the husks, we swine
> Did eat by born depravity of taste!（760-63）

放蕩息子のたとえは、イエスが語られたもので、ルカによる福音書15章11-24節による。ある男が、父親に財産の分け前を強要して、遠くへ行き、放蕩によって無一物になり、豚の餌のイナゴ豆さえ食べることができず、雇い人の一人にしてもらおうと父の元へ帰った、という話である。グイードは、必死に助命を願う一方で、万に一つ生きて帰ったとしても、ポンピリアが聖女と賛美される状況下では、友人にも親族にも母親にさえ疎んじられることを予測しているリアリストである（1839-40）。彼の偽善の指摘が的を射ているのは否定し得ない。しかし、放蕩息子を迎えた父親は、肥えた仔牛を屠らせて、その帰還を祝ったのである。そのようにこれらの偽善者たちには、いつか慰められ癒される可能性が残されている。それに比して、結局なぐさめなく惨めな姿をさらすのがグイードである。

IV　責任の所在

　祖父に倣った行為が危害を招く可能性を収穫時の雪ほどにも見込んでいなかったグイードに、刑死という結末が振りかかったのは、彼によればうまい話で教会の世界へ誘われたせいである。

"... Cast your lot
"Into our lap, one genius ruled our births,
"We 'll compass joy by concert ; take with us
"The regular irregular way i' the wood;
"You 'll miss no game through riding breast by breast,
"In this preserve, the Church's park and pale,
"Rather than outside where the world lies waste!"（799-805）

「われわれの膝に賽(さい)を投げなさい。一人の天才がわれわれの誕生を定めました。協力して喜びを手に入れましょう。共に森の中のさまざまな道を辿りましょう。この保護区、教会の領地と境内で轡(くつわ)を並べて行けば必ず獲物にありつけますよ。言ってみれば外の世界は荒野ですよ！」。あるいは、炎の舌で、たとえば次のように真実に警告されなかったせいである。

..., "Live, enjoy?
"Such life begins in death and ends in hell!
"Dare you bid us assist your sins, us priests
"Who hurry sin and sinners from the earth?
"No such delight for us, why then for you?
"Leave earth, seek heaven or find its opposite!"（807-12）

「快楽に生きるだって？ そのような人生は死に始まって地獄に終わるのですぞ。地上から罪と罪人とを追い立てているわれわれ聖職者に向かって、あなたの罪の手助けをせよなどと言うのですか？ われわれにそのような快楽はありません、あなたにあるわけがありますか？ この世を去って天国を求めなさい、さもなければ地獄をみますぞ！」。「ああ、まだ選ぶことができさえしたら――」"Oh, were it only open yet to choose―"（831）というグイードのつぶやきは、イノセントの言葉「生きることとは、まさに恐ろしき選択である」"Life's business being just a terrible choice."（X, 1233）に悲しくこだまする。

グイードは、若い日にツグミの罠(わな)を仕掛けに行って、暗闇の中でうずくまり、草の露に落ちた最初の光線が燃え広がり太陽になった、その時の気持ちを思い出す。「神に対してなんと言おうか？ 言葉が見つかり思いが変わらな

ければ、こういうことだ」"What shall I say to God? This, if I find the tongue and keep the mind—"(935-36)。それに続くのが以下の引用である。

> "Do Thou wipe out the being of me, and smear
> "This soul from off Thy white of things, I blot!
> "I am one huge and sheer mistake,—whose fault? (937-39)

「神よ、私の存在を消し去ってください、そしてこの魂をその白衣から擦(こす)り取ってください、私は汚すのです！ 私は一つの巨大な全くの錯誤です、——…」。しかしその麗しい自己認識に、「誰の罪だ？」が続く。そして答えは「少なくとも俺のじゃない、俺を造ったのは俺じゃないからな！」"Not mine at least, who did not make myself!"(939-40)、と再び責任転嫁の言葉となる。

彼にとって聖職についたことは、説教にだまされて粉ひき小屋に入ったことであり、腹の足しにならぬ籾殻(もみがら)と上席者への屈従で魂が暴発したのは、すべてそのような説教をした者の責任である。「すべては貴公ら自身がしたこと。説教をした者たちよ、自分を責めよ！」"All your own doing: preachers, blame yourselves!"(1519)。聖職を去って、結婚したこともまた愚行であったと彼は認める。だが責任の所在は再び彼自身ではなく、「男は妻を娶(めと)るべし」とした格言である。

> How I see all my folly at a glance!
> "A man requires a woman and a wife":
> There was my folly; I believed the saw. (161-63)

「なんと一目で自分の愚行のすべてがわかることよ！ "男は女をそして妻を必要とする"、その格言を信じたところに私の愚かさがあった」。人が責任を転嫁する姿は到るところで目撃し、あるいは遭遇する。オルティックらの指摘を待つまでもなく、人間社会に日常的に介在し、自己保存の本能としてわれわれ自身の中にもその衝動の存在を否定し得ないものである。ルカによる福音書に不正な家令のたとえ(16章1-13節)がある。不正が主人の知るところとなり解雇を予告された家令が、将来の友人確保のために主人に借りのあ

第11巻「グイード」　341

る人々の借用書を少なく書き換える話である。帰ってきた主人はこの家令を賞賛した。イエスによってこの不正な家令が推奨された理由の一つは、彼が己の行為の責任転嫁をしなかったからだ、と解説した説教者がいた。逆に責任転嫁はそれほどにおぞましいのである。

　グイードが自分自身の中に女性性を認める内省的な箇所がある。「男性性と混在していたのに、溢れる命が女性性の周りを取り囲むと突然それのみとなり、直ちに私は私の妻となる、真理を求める男らしくない欲求、結果を恐れぬ勇気、瞬時の洞察力、多弁のレトリックにおいて、驚くなかれ、それは彼女なのだ！　これが私が殺したあのポンピリアであり、またその殺害の引き金となった愚行である」。それは即ポンピリアの愚かさであり、彼の男性性を脅かしたものであり、だからポンピリアを殺したのだ、責任の所在はポンピリアだという理屈になる。

　　　　Overmuch life turns round my woman-side:
　　　　The male and female in me, mixed before,
　　　　Settle of a sudden: I 'm my wife outright
　　　　In this unmanly appetite for truth,
　　　　This careless courage as to consequence,
　　　　This instantaneous sight through things and through,
　　　　This voluble rhetoric, if you please, —'t is she!
　　　　Here you have that Pompilia whom I slew,
　　　　Also the folly for which I slew her!（168-76）

キリストや聖母マリアと同じほど罪が無い（30-31）と自己認識するグイードが自分に適用するイメージは、「みずみずしい生命」"manifold and plenitudinous life"（154）に満ちていながら妻を娶るという愚行を犯し（163）、教皇に狼と呼ばれて逆さの杖で地獄へと追い立てられる羊（405）である。それが次第に強いものへと高揚し、強く誇り高く抜け目のない抑圧者（1232）、野兎にじらされて怒り狂う猟犬（1334）、閉じこめて玩ばれ窒息して暴発する魂（1496）、敗北を勝利に変えるハンディに負けた勇敢な戦士（1802）、「刺せ！　俺はマントを身にまとう」と言うシーザー（1803-04）、名誉のために自害する古代ローマ人（1912）、原始的な宗教者（1919）、死後は狼になる

強い男（2046）であって、飽くなき復讐心を持ち（2107）、古典的なラファエルよりも色と金彩に富むティティアンを好み（2120）、変わるべきでないし決して変わらない核を持ち（2223）、梃子に嚙ませて世界を動かすのに必要な梃子石（2269）である。

　グイードは言う、「その時が来ても、ベンチにしがみついたり、執行吏を引っかいたりはしないだろう（2323-24）、ある力を感じ始めている、誰もが死に向かって進んでいるのであり、遅かれ早かれに過ぎず、死に方も同じこと、死の恐怖が光背となるから愛も信仰も輝きが生まれる。天国では自分を明け渡し、造り変えられるのだ、変わらない自分の核であるものはそのままに。それにくっついた異物が邪魔になるだろうか？　そんなものは取り除け、やがて火の効用を見せてやる！　その時までは、ピエトロ、ヴィオランテ、ポンピリアへの憎悪は憎悪のままである。俺は男として生きて死んだ、そして男の好機に賭ける、正直に大胆に。そのような者に義はなされるだろう」（2323-413）と。

　しかし、刑場への先導（the Company of Death）が現実に近づく音が聞こえると、グイードは色を変えて叫ぶ。「階段を降りてくるのは誰だ？　あいつらのいやな歌だ！　敷居に明かりが！　開けろと言っているのか？　裏切りだ！」

> Who are these you have let descend my stair?
> Ha, their accursed psalm！　Lights at the sill！
> Is it "Open" they dare bid you?　Treachery！（2414-16）

それに続く。「今まで言ったことは一語として本心ではない、すべては愚言、笑って嘲っていました！　これが俺の最初の真実の言葉、嘘偽りのない真実です——何がなんでも助けてください、命がすべてだ、鎖でぐるぐる巻きにしてよいから、狂人として生かしておいてくれ！」

> Sirs, have I spoken one word all this while
> Out of the world of words I had to say?
> Not one word！　All was folly—I laughed and mocked!

> Sirs, my first true word, all truth and no lie,
> Is—save me notwithstanding! Life is all!
> I was just stark mad,—let the madman live
> Pressed by as many chains as you please pile!（2417-23）

そして最後の 4 行がくる。

> Don't open! Hold me from them! I am yours,
> I am the Granduke's, —no, I am the Pope's!
> Abate,—Cardinal,—Christ,—Maria,—God ...
> Pompilia, will you let them murder me?（2424-27）

「開けないでくれ、奴らを近づけるな、俺はきみ方のもの、太公の、いや教皇のものだ！」。そのあと、「アバーテ」"Abate"、「枢機卿」"Cardinal"、「キリスト」"Christ"、「マリア」"Maria"、「神」"God" への呼び掛けがあり、休止 "..." があって、「ポンピリア、おまえは奴らに俺を殺させる気か？」が続く。このグイードの最後の言葉に救いの可能性を認めるかどうかは、本論の立場からはもはや問題外となる。「殺させないでくれ！」と願うのではない、単純明快に責任転嫁の言葉であって、「殺させるのか」ではなく、ここで「殺させる気か」の訳語にしたのはその点を明確にするためである。ブラウニングの手書き原稿の時点では、この各呼び掛けの間のダッシュはすべてコンマで、"God" のあとにドットはなく、印刷の時点で変更された。この部分を朗読するとしたら、"Abate" から "God" までは常套になっている「上昇調」"ascendingly"（Doane p.63; Gridley, p.67）ではなくて先細りの下降であろう、なぜなら "Abate"（アバーテ）から "God"（神）まで、ほぼその順に難詰がはばかられる程度が増大するからである。そして 3 つのドットが示すようにキョトキョトと目が動き、そして「あった！」とばかりに最も無惨に扱ったポンピリアに責任を負わせる叫びとなる。それは不条理であって、不条理ではない。彼の意識では無抵抗のポンピリアに対する残虐を阻むものはないし、一方 4 日の命を生き延びて彼にこの結末を招き寄せたのは他ならぬポンピリアなのだから。死後のことは人知では測り得ないとする立場に立ってみても、この瞬間のグイードに救いの可能性を片鱗なりとも認めることは

不可能で、苦しくなるほどの浅ましさがあるばかりである。このような究極の責任転嫁の相を突きつけられると、身震いせずにはいられない。注解書の著者クックも言うように、イアーゴも最後は黙った (p.318)。イアーゴよりももっと呪われた姿をここに見出すのである。

One Word More

　一時期ブラウニングの親しい文通相手であったジューリア・ウェッジウッドは、詩人が悪を描きすぎると非難し、グイードの「邪悪」"hopeless, sordid wickedness"は「希望」"hope"の光なしに思索の対象となり得ない、と書いている (Curle, p.163)。その返書にブラウニングは「グイードに救いですって？…とんでもない！」"Guido 'hope?'... No, indeed!" (Curle, p.167) と明白に否定した。

　注
　1．資料には、ローマの法律家 Ugolinucci がフロレンスの Cencini に宛てた手紙の中で、午後8時に教皇が命令書にサインをした、と記述している (OYB, p.238)。
　2．Cardinal Acciaiuoli とは家族として付き合いのあったことがあり、Abate Panciatichi は若い日の友人で、その親族は教皇イノセントの文書長官であったという。
　3．教皇の語りが最終的な判断であるとするなら、「詩人はグイードに仮面を脱がせ、それによって教皇の判断を補強する必要はなかったはず」"He should not have had Guido unmask himself and thereby reinforce the Pope's judgment."というのが論拠である。

第12巻 「本と指輪」
"The Book and the Ring"
――言葉の虚しさと人間の真実

　巻タイトルの「本」は資料『古い黄表紙の本』、「指輪」は夫人エリザベスの形見で、ブラウニングが時計の鎖につけていたもの。プロローグである第1巻のタイトル「指輪と本」"The Ring and the Book"が、このエピローグの巻で反転して「本と指輪」"The Book and the Ring"になり、タイトルの面からも、円環としての指輪が完成する。

　語り手は、第1巻と同じく詩人自身であるが、第1巻の1416行に比して、こちらは874行と短く、紹介される3通の手紙と、その中に引用されている説教と、あわせて4つがいわば劇的独白を構成し、詩人はその狂言回しの役割を担う。そのあと「英国大衆諸君」"British Public"に呼び掛け、彼のこの詩が、伊詩人トンマゼーオによって「英伊に橋を架ける黄金の指輪」[1]とされたエリザベスの詩の*留め指輪（guard-ring）でありたい、という願いで終わっている。

　第11巻がグイードの絶叫で劇的に終わったあとでは、このような第12巻は、なくもがなとされたり、あるいは付け足しのエピローグとして軽く扱われる傾向がある。[2]しかし、ブラウニングにとっては構成上の要件である。作品『指輪と本』は資料『古い黄表紙の本』そのものというのがブラウニングの主張で、資料との関係を探ることは常に興味ある作業であるが、第12巻ではとりわけかかわり方が明快である。ここでは、「本」の事実がどのように「指輪」に変容するかを探り、その作業を通して見えてきたものを記述する。

＊　大切な指輪が抜けるのを防ぐために、その上にもう一つきついめの指輪を嵌める――その指輪のことです。

I 資料

　16—17世紀のローマでは事が起こると、その経緯を時には無責任に記述したパンフレットが出回った。シェリーは16世紀末に起こったフランチェスコ・チェンチ殺人に関するそのようなパンフレットの一つ「報告書」"Relatizone"を入手し、そのストーリーに基づいて五幕の悲劇『チェンチ家』*The Cenci*[3]を創作し、資料に忠実であると言明した。[4]一時期、全身全霊でシェリーに心酔していたブラウニングが『チェンチ家』を意識したことは想像に難くない。[5]そしてブラウニングも資料への忠誠を申し立てるのだが、彼の手に入ったのはストーリーではなくて、裁判の諸記録とローマ市中に出回ったパンフレットと手紙を綴り合わせ、黄色の皮表紙をつけた一冊の本であった。エリザベスは殺人事件に関わるそのような資料には嫌悪を示し、ブラウニングも当初は知人たちに、使って作品にするように勧めていた。結局、彼自身が用いて書き始めたのは4年後のことで、その間に第2資料と言われるストーリーもののパンフレットがロンドンで見つかり、[6]高度に利用している。それとは異なる記述を含む第3の資料[7]がブラウニングの死後にローマで発見され、ポンピリアの出産に関して仲介人のあったことなど、詩人の想像力の確かさを示すものと解釈されていた。その後の研究でブラウニングがこの文書にも触れていた可能性はあるとされる。[8]

　主資料『古い黄表紙の本』の終わりの方に3通の手紙が綴じられていた。グイードらの刑執行の日に、グイードの弁護士アルカンジェリと、ローマの法律家であるトルトとウゴリヌッチの三人が、それぞれフロレンスの法律家チェンチニに宛てて書いたものである。それに続くのが、改悛者修道院が起こした訴訟に関して亡きポンピリアのための弁護にあたったランパレッリの長い文書で、検察側とのやりとりがあって、[9]1698年9月5日付けの公証人による文書が最後になる。それにはポンピリアの名誉回復が確定して文書として公刊された、と記されている。

　ポンピリアは修道士のカポンサッキに伴われて夫の家を脱出したが、目的地ローマを目前にして捕らえられた。姦通と断定はされなかったものの罪あ

る女性を預かる改悛者修道院（the Venerable Monastery and Convent of Santa Maria Magdalena of the Convertites in the Corso）に預けられ、後に妊娠のために親元へ帰されていて殺害された。改悛者修道院の監督下にあって罪人として死んだ者の財産は修道院に帰属するという規定があり、修道院によるポンピリアの遺産請求訴訟がグイードの裁判と並行する形で進められていたのである。ブラウニングは第12巻を主資料の終わりの形に沿わせるように構成しており、それは『指輪と本』は『古い黄表紙の本』そのものだという主張に説得力をもたせるためであるかのようである。

II 作品「第1の手紙」(31-208)

　資料では、第1の手紙はアルカンジェリのもので、グイードの聖職位を証明して減刑に役立つはずだった書類が間に合わず刑が執行されたと記し、自分の力不足も認める簡潔なものである。この手紙が、作品ではヴェネツィアの旅人のものと設定され、全178行で、全体の5分の1の分量になる。この変更は、15年間イタリアに住んだブラウニングのイタリアに関する事情通を示すもう一つの例と解釈できる。第7巻冒頭の1行、ポンピリアが自己の生存を日数に至るまで数えるのが、まずその1例であった。

　イタリアは統一されるまでさまざまな公国に別れていて、それぞれが生き残りを賭けて情報収集に努めていた。とりわけ共和政体を守り続けていたヴェネツィアは熱心で、多くの人物がさりげない外見を装って各地に放たれていたのである（塩野、1980、1981、1987）。「物見遊山と見せかけて何をたくらんでいるのやら」" . . . who knows—On what pretence of busy idleness?"（28-29）という詩人の言葉は、この手紙の書き手がそのような人物であることを示唆していると受け取ってよいと思う。当然、フランス王やドイツ皇帝を含めた教皇庁内の力関係や、次期教皇候補の名前などから記述が始まり、[10]ついでの話がグイード処刑の見聞になる。そのようなついでの記事がいい加減な見聞を含めて報告されるのもこうした報告書の習いであったことが、『チェンチ家』関連の資料からも推測される（Ricci, pp.195-96）。諜報にかかわるらしいヴェネツィア人を登用することによって、ブラウニングは資料外の出来

事をも盛り込む枠組みを巧みに確保したと言える。

　次頁の表は主資料『古い黄表紙の本』、作品「第12巻」、「第2資料」のそれぞれについて関連記述を要約したものである。処刑に関しては第2資料が詳しく、[11]それをこの旅人の手紙がすべて取り込んでおり、その上にブラウニングによる創作も加わって、簡潔でまっとうであった資料の書簡が興味津々の報告書に変容する。刑場となった人民広場が見物客であふれ、広場に面した家々の窓に「6ドル」"six dollars each"（115）の値がついたという話は第2資料による。一方、刑場へ向かう途中、囚人を乗せた車の一台が横転して人が死んだとか、以下の引用のように、グイードが目を向けて祈ると乞食の不自由な脚が治った、というのはブラウニングの創作である。

>   Now did a beggar by Saint Agnes, lame
>   Through his youth up, recover use of leg,
>   Through prayer of Guido as he glanced that way:
>   So that the crowd near crammed his hat with coin. (159-62)

殺人犯グイードが、脚なえを癒したイエス（マタイ21章14節）と等価になり、それで乞食のおもらいが帽子いっぱいになったという話は荒唐無稽であるが、広場で待つ人々に野次馬が時々刻々に注進した行進の様子（150-53）として、歪曲があって不思議はない設定がなされているのである。

　作品上の記述には資料の事実と整合しないものがあるのだが、このような手紙がそのギャップを埋める役割を担う。第11巻のグイードは独房で聖職者二人に向かって哀訴し、脅迫し、虚勢を張り、実際に刑場へ向かうときになると、「狂人として鎖でぐるぐる巻きにしてもよいから、助けてくれ！」"—let the madman live Pressed by as many chains as you please pile!" (XI, 2422-23) と陋劣さの限りを露呈する。そのような彼が市中引き回しの際に、また処刑台でどのような態度をとり得るのか想像は容易でない。一方、『黄表紙の本』では第2の手紙がグイードは貴族らしく「模範的な勇気」"exemplary courage" を持って死んだと伝え（OYB, p.237)、第2資料ではもっと詳しく、処刑台上から罪の許しと彼の魂への祈りを人々に求め、口にキリストの名を唱えながら首を差し延べた、となっている（OYB, p.266)。

第12巻「本と指輪」 349

「古い黄表紙の本」	第12巻「本と指輪」	「第2資料」
チェレスティーノの供述書：ポンピリアは苦しみの中でも慎ましさを保ち、神慮に身を委ね切った魂の姿は、長い年月によって培われたものに他ならない。		・死刑囚たちは降ろされて (were made to go down)、別々の車に乗せられたが、グイードが示した大胆さと落ち着きは見る者を賛嘆させた。
手紙1：アルカンジェリ発、チェンチニ宛。グイードの聖職位を証明する書類が間に合わず刑が執行された。自分の力が及ばなかった。	手紙1：ヴェネツィアの旅人発、故国宛。教皇庁内の政治情勢、カーニバルの賑わい、刑場の賑わい、6ドルで貸し出しの窓。グイードらは降ろされて、車に乗る。引き回しのコース。途中で車が横転して人が死ぬ。グイードの祈りで脚の不自由な乞食が立ち上がる。グイードは処刑台上から演説して唇にイエスを唱えながら死ぬ。首切り役人が見せた首には失望。	・人民広場には多くのスタンドが造られ、たいへんな人の集まりで、窓一つに6ドルの値がついた。 ・刑務所から辿ったコースは、"the Pilgrim Street, the Street of the Governor, of Pasquini, Piazza Navona, the Pantheon, Piazza Colonna, and the Corso" であった。
手紙2：トルト発、チェンチニ宛。刑が執行された。グイードが貴族らしく斬首になり、模範的な勇気を持って死に臨んだ。機会があれば異議を唱えるから証明の書類は直ぐにでも送ってほしい。	手紙2：アルカンジェリ発、チェンチニ宛。聖職特権を申請したが教皇の判断で刑が執行された。グイードは斬首になり、模範的な勇気を持って死んだ。彼の家の盾を曇らせることも青い旗に赤面させることもしない。敗北は自分の無力のせい。追伸：教皇のような老人は若い者に突きを喰わせる。我が息子には貴婦人の席で処刑の見物をさせた。息子のため、またボッティーニをへこませるため、結婚問題とゴメツの訴訟を早速に扱いたい。	・グイードは処刑台に上がると、罪の赦しを請い、人々に自分の魂のために祈ることを求め、"a Pater, an Ave, and Salve Regina" を唱えてくれるように付け加えた。和解を宣告されると、首を差し伸べ、口にイエスの名を唱えながら首を刎ねられた。 ・グイードは背が低く、痩せ青白く、鼻が突きだし、髪は黒く、ひげが濃い、50歳。 ・処刑はイノセントXIIの治世、1698年に行われた。
手紙3：ウゴリヌッチ発、チェンチニ宛。聖職を証明する書類待ちの決定に胸をなで下ろし、それが届けば大いに有効のはずだったが、教皇の望みで5人が刑死し、たいへん悲しい。グイードは町の上流人士すべての哀れみを受けており、彼の家族は名声の点で何も失っていない。全体像が分かるように検事の文書を同封する。結婚問題とゴメツの訴訟を引き受ける用意がある。	手紙3：ボッティーニ発、宛先不明。アルカンジェリがどうあがこうと、明白な真実に教皇までついているのだから痛快な仕事。だが修道士の説教は生意気千万。 ＊＊＊＊＊＊＊ チェレスティーノの説教（部分）：ローマ人への手紙3章4節「あらゆる人を偽り者としても、神を真実なものとするべきである」。神は真実で人間はだれもが嘘つきだ。 ＊＊＊＊＊＊＊ この大言壮語は栄誉を狙ったあぶくそのもの。こういう連中のお陰で、ゴメツは法律家に援助を求めるのを止めた。ポンピリアの遺産は修道院のものにしてみせるから、資料を送れ。	
ポンピリア擁護の文書と、その名誉回復が1698年9月5日に確認されるまでの記録。	詩人の言葉：ポンピリアの名誉が回復され、遺産は改悛者修道院の提訴から解放された。	

ブラウニングによるヴェネツィア人の手紙は、第2資料に忠実に殊勝なグイードを描いている。「神の許しと彼の行為に対する人々の理解を乞い、その人たちに彼の魂のために祈り、直ちに賛美歌「み空の女王に栄えあれ」"Salve Regina Caeli"とともに、父なる神と聖母マリアの名を、彼のために繰り返してもらいたいと懇願した」

"He begged forgiveness on the part of God,
"And fair construction of his act from men,
"Whose suffrage he entreated for his soul,
"Suggesting that we should forthwith repeat
"A *Pater* and an *Ave*, with the hymn
"*Salve Regina Caeli*, for his sake. (174-79)（原文斜字体）

下の引用が続く。「そう言い終わると、教誨師(きょうかいし)の方に向き直り、十字を切って、向かいの聖マリア教会に幾度も目をやりながら、*品位を保ち覚悟を示した。…それから立ち上がり、同じようにきびきびと再び跪(ひざまず)き、頭を曲げ頸をさしのべ、そしてイエスの名を称えながら運命の打撃を受けた」

"Which said, he turned to the confessor, crossed
"And reconciled himself, with decency,
"Oft glancing at Saint Mary's opposite,
"..
"... —then rose up, as brisk
"Knelt down again, bent head, adapted neck,
"And, with the name of Jesus on his lips,
"Received the fatal blow. (180-89)

実は、この第2資料に忠実な部分に先立って、処刑台上から「グイードが下にいる群衆に向かって演説をした」ことになっている。そして「みんなが目と耳になって彼の話に聞き入った」のである。

"And we remained all ears and eyes, could give
"Ourselves to Guido undividedly,
"As he harangued the multitude beneath. (171-73)

その１世紀前のチェンチ事件の場合にも類似の報告がある。尊属殺人を問われたベアトリーチェは、22歳7ヶ月と5日の年齢で足早に処刑台に登って首打たれのだが (Ricci, II, p.210)、ある報告書では15歳のベアトリーチェが処刑台から大演説をぶったことになっている。こういう場合の歪曲の型であったようで、ブラウニングの事情通のもう一つの好例とも言えるだろう。このような潔(いさぎよ)い死に方は作品上のグイードには似つかわしくないのだが、乞食の奇跡話や処刑台上の獅子吼(ししく)というありそうもない話を書く人物による情報だから、信憑性を問う訳にはいかない仕組みになっているのである。オルティックらが作品のこの手紙の記述に基づいて、グイードはステファノの殉教を気取って死んだとしている (p.225) のは、作品上のグイードの最期として真面目に取り上げる訳にはいかないこの構造に気づいていない解説である。人は生きてきたように死ぬと言う。究極的な責任転嫁をする人間にとってどのような最期が可能なのかは、ブラウニングがわれわれに問いかけていることなのではないだろうか。

　事実性を不問に付さざるを得ないこのような手紙によって、逆に作品上の虚構を資料あるいは歴史上の事実に戻している例が他にもある。第11巻のグイードは地下の独房にいて、刑場へ先導する人々が近づいてくるのに気づき、「貴公方が私の階段を降りて来させるこの連中は何者なのだ？」"Who are these you have let descend my stair?" (XI, 2414) と狂乱する。だが、**実際のグイードの獄は建物の最上階にあった。したがって、第2資料では刑場へ向かうために「死刑囚たちは階下へ向かわせられた」"the condemned were made to go downstairs" (p.265) となっている。ヴェネツィアの旅人は、「伯爵は引き下ろされた」"The Count was let down" (132) とここでは史実に即して記述する。

　狂言回し役のブラウニングは、2番手として用いた手紙について、資料でいえばトップにくるものだ (Here is the first of these, ...) (233) とわざわざ断ったりするほどで、資料が存在すること、すなわち出来事が歴史的事実であることを、明示しようとしていると思われる。

───────────────────────
＊　小田切は「慎ましやかに大往生の覚悟を決めた」、と味のある訳に。
＊＊　死刑囚の獄は最上階にあって、窓はなく屋根からの明かりだけだったそうです。

III 作品「第2の手紙」(239-390)・「第3の手紙」(406-646)

　作品上2番目の手紙の書き手は、グイードの弁護士アルカンジェリで、第8巻で戯画化されていた人物である。その手紙の前半は、歴史上のアルカンジェリによる書簡（資料第1の手紙）のほぼ忠実な英訳で、それに第8巻に見られた脳天気振りと、ラテン語を混在させる流儀を若干加味したもので、以下の引用がその好例である。

> "Nor shall the shield of His great house lose shine
> "Thereby, nor its blue banner blush to red.
> " ....
> "He had commiseration and resect
> "In his decease from universal Rome,
> "*Quantum est hominum venustiorum*,
> "The nice and cultivated everywhere:（272-78）（原文斜字体）

資料に、「彼の家族は名声の点で何も失っていない」（OYB, p.237）とあるのを、「彼の偉大な家の楯の輝きを曇らせないし、青い旗に赤面させてもいない」と、ここでは洒落のめしている。続く引用「彼は、死においてローマ中あらゆるところの上流人士から憐れみと尊敬を受けた」は、資料の手紙の「（グイードは）町の上流人士と善良なる男たちすべてによる憐れみを受けて」"pitied by all men of honour and by all good men"（OYB, p.235）の文面に忠実であり至極穏当で、その上で、最後の2行にラテン語とその逐語訳を並べてアルカンジェリらしさを出している。そこにブラウニングの細やかな工夫が認められる。ただし、署名と発信地と日付があって、次の頁になると、がらりと追伸風に調子が変わり、息子自慢やライバル検事の悪口が威勢よく飛び出してくる。そして、資料に「結婚訴訟とゴメツのほかの訴訟にご協力できますならば」"I may serve your Excellency in the matrimonial case and in the other of Gomez"（OYB, p.238）とあるのに即して、「次の仕事を回してください」と言うべきところが、「さあさあ、今度は結婚訴訟とゴメツの

訴訟の二つ！　あつあつで出してください！」"Now then for both the Matrimonial Cause And the Case of Gomez! Serve them hot and hot!"（325-26）と料理の話になってしまう。法律と食物と息子が頭の中で混在していた第8巻の面目躍如で、『注解』の著者クックが「愉快な」"delightful" と評したのがうなずける手紙に仕上がっている。

　資料で3通目の書簡はローマの法律家ウゴリヌッチがフロレンスのチェンチニに宛てたもので、作品ではアルカンジェリと対をなす検事ボッティーニの手紙になる。改悛者修道院がポンピリアの遺産を要求して起こした訴訟に関して検事としておそらくかかわったはずだから（Gest, p.11）、ボッティーニ登場を必然と認めてよい。彼の手紙の宛先は不明で、その大部分はチェレスティーノが行った説教の転記に割かれている。ボッティーニの新しい役目では、昨日聖女としたポンピリアを今度は姦婦としなければならず、その際、チェレスティーノの証言は迷惑至極になるのである。チェレスティーノはポンピリアの最期を看取った修道士で、ポンピリアが22ヶ所の刺し傷による苦痛のさなかにあっても慎ましさを保ち、人を許し神慮にすべてを委ねて死んだ姿は長年の清らかな生き方を反映するもの、と宣誓供述書（OYB, p.58）で明言しているからである。[12]

　「平修道士、裸足の聖アウグスティノ修道会」"Fra Celestino ... barefooted Augustinian" と自署するこの人が、聖日にローマ市内の教会で説教壇に登ることはあり得ず、説教はブラウニングの創作である。処刑が土曜日で、その翌日の日曜日にチェレスティーノがコンパリーニ家ゆかりの聖ロレンツォ教会で説教をし、翌月曜日にボッティーニがこの手紙を書いたという設定である。ボッティーニが引用するのはその説教の途中からで、ローマ中にまき散らされるべく印刷所から出てきたばかりのものを、とりわけ長たらしいところを引きちぎってお目に掛ける、という前置きで始まる。その178行にわたるチェレスティーノの説教は次の三つの要旨にまとめることできる。

①　（459-553）ポンピリアの純潔が認められたからといって、結局は真実が勝利すると結論づけるのは間違いで、苦しみつつ息絶える女性たちが無数にいる。しかしどんなにひそやかになされていることも神の目から

②　(554-607) 法律は無能であって、その法律が救い得ないものを神が救うのである。それを教皇がたまたま善良な老人で、暗闇が嫌いで光を愛したからだった、などと単なる偶然と見なす者がいる。「神は真実で、人間はだれもが嘘つきだ」"God is true And every man a liar"（600-01）ということに同意するべきである。

③　(608-46) 世の中が人に与え得る栄誉や快楽を量ってみて、それがどんなに膨れ上がっても、永遠なるものの一触れで消し飛んでしまうあぶくに過ぎない、世を捨てた自分の選択は正しかったのだ。

チェレスティーノのこの説教は、資料とは無関係で、しばしばブラウニング自身の考え方として称揚されるのだが、[13]『指輪と本』の構造理解の鍵となるものを含んでいる点でより重要である。

　ブラウニングの言語を論じたヘアは、『指輪と本』について、批評と創造が分かち難く、あらゆるテキストが先行のテキストの解釈になる、と捉えている (p.169)。逆に言えば、先行のテキストは後のテキストによって足払いを掛けられる、と言うこともできる。そのような現象が第11巻の終わりから第12巻においては、極めて小さいスケールで、しかし極めて具体的に継起するのが観察されるのである。人が執る立場がドミノ倒しのように次々に足下をすくわれていくと感じさせるところである。

　第11巻は、陋劣さを露呈したグイードが自ら手に掛けたポンピリアに対し、「おまえは奴らに俺を殺させる気か」"Pompilia, will you let them murder me?"（XI, 2427）と責任転嫁の絶叫を浴びせて終わりとなる。続く第12巻は、「何事にも終わりがあるとすれば、ここに終わりがある。かくて火を点けられ、打ち上げられ、轟音を上げて高みへと昇ったロケット」"Here were the end, had anything an end: Thus, lit and launched, up and uproared and soared A rocket, ..."（1-3）と同様に、人々の注視を浴びたグイードも落ちてこなければならん、という雑駁（ざっぱく）な始まりかたで、前巻の劇的な高まりに水を掛ける。アルカンジェリがゴメツの訴訟で息子のために一儲けと抱く期待は、「ゴメツがこれ以上の法律家の助力を拒否していると分かった」"I find that, Gomez . . . Declines. . . . To call on help from lawyers any more—"（657-60）というボッティーニの文面がうち砕く。チェレスティーノの説教に対してはボッティーニが、同じあぶくではないか、「あの修道士自身のあぶくほどの駄法螺(だぼら)を聞いたことがあるか、その悪意はともかくとして？」"Didst ever touch such ampollosity As the monk's own bubble, let alone its spite?"（647-48）と足払いをかける。そのボッティーニが、修道院の訴訟の「弁論に取りかかり、世間を驚嘆させようと思う」"Methinks I am already at my speech, Startle the world . . ."（733-34）との望みは、ポンピリアの名誉回復を宣言する「最終判決」"the definitive verdict"（754）によって砕かれる。

　そのような外からの足払いだけでなく、チェレスティーノの説教には、自分が自分に掛ける足払い、すなわち自己矛盾が認められるのである。前述した彼の説教要旨第2の部分は、55行が一続きで、文法的にも錯綜している。それだけにチェレスティーノが思いの丈を込めて言おうとしたものだと思わせる。しかし「神は真実で、人間はだれもが嘘つきだ」"God is true 'And every man a liar'"（600-01）と言われれば、ボッティーニならずとも、「それならお前のその言葉も嘘になるではないか」と自己矛盾を突かざるを得なくなる。実は、チェレスティーノが同意を求めるその言葉は不正確である。彼が説教の主題とした聖句は、ローマ人への手紙3章4節"Let God be true, and every man A liar'"（453-54）（あらゆる人を偽り者としても、神を真実なものとするべきである）[14]であり、意味は「選民として選ばれた人間の中に不誠実な者がいたとしても、それが神の誠実を無にするものではない」ということであって、「人間は誰もが嘘つきだ」と同意ではない。それは短い1語"let"の有無にすぎないが、意味上は大きな隔たりとなる。このようなチェレスティーノを第10巻「教皇」の総括としたり、あるいはよくあるように教皇の代弁とするのは問題であろう。ただし、教皇にも同様の問題性を認めてよいとすれば、一つの問題解決が可能になる。

　第10巻の教皇は、造られた命の重さを知る故に、憎んで止まぬグイードであっても断罪の命令書を書き上げるために長い独白を必要とした、というのが本書の解釈である。だが理解に苦しむ一行があった。「これを知事へ」

"Carry this forthwith to the Governor!" (X, 2135) と命令書を侍従に渡すときの言葉が最終行で、その直前の彼の独白としては最後になるのが、「奴を生かしておいて、どうして私が死ねようか？」"And how should I dare die, this man let live?" (X, 2134) の言葉である。[15] ホデールは、ブラウニングが老年期を人生に対して明確な視界を得る時期と位置づけ教皇にそれを体現させている、としている (p.270)。だがこの教皇の感情的な言葉を補強するかのように、そのあと悪意の言及が作品上に繰り返されるのである。第11巻のグイードが次のような巷の声を口にしていた。「いやはや、少しばかり、その気味が…おそらくあるとしたらどうか？　いいかね、教皇は相当の歳だし、鈍い、と付け加える者もいるよ、年寄りは若い者を先に死なせる機会を逃さないんだとさ！」

　　"But, hang it, what if there have been a spice,
　　"A touch of . . . eh? You see, the Pope's so old,
　　"Some of us add, obtuse: age never slips
　　"The chance of shoving youth to face death first!" (XI, 427-30)

第12巻でも第2の手紙の中でアルカンジェリが、「なんとまあこの年寄りたちは若い者に突きを喰らわせたがるものよ！」"How these old men like giving youth a push!" (301) と慨嘆し、とりわけ丁寧に「死にかけているのが、完全には死んではいないことを示そうと蹴りをくれるものだが、そのように*眼窩の中の弱さがエネルギーを求めて最後に猛烈な噴出をするのさ！」"As oft the moribund will give a kick To show they are not absolutely dead, So feebleness in the socket shoots its last, A spirt of violence for energy!" (314-17) (原文の引用符を省略) と付け加えさえしている。そのどちらも共感を誘わない人物によるとは言え、教皇による独白の最後の言葉を想起させ、その一行を無視することを許さない。

　第10巻の教皇の語りには論理的な混乱や思い違いが少なくないことは指摘した。そのイノセント12世は、教皇たる者が誤りを犯してきた歴史の現実を胸に叩き込み、公正と正義を志した善き教皇ではあった。しかし、その心にも自ら足払いをかけてしまう避けがたい老いの感情があったのだと考えてよ

いのではないか。教皇の言説が究極的な解答で、グイードの最後の正体暴露がそれを立証しているとする論[16]（Irvine & Honan, p.430）、あるいは端的に「教皇」をブラウニングの思想の代弁とし、叙事詩『指輪と本』の頂点に位置づける評論は多いのだが、それが誤りであることを示す指標であると私は考える。

Ⅳ　エピローグの意義

　ブラウニングは関連の資料を求めてアレッツォにも手紙を送り、とりわけポンピリアの遺児ガエターノのその後を追跡しようとしたようである。結局、アレッツォの参事会がグイードの処刑直後にフランチェスキーニ家の名誉を宣言している下手くそなラテン語文書が見つかっただけ、と語り手としてその英語訳を掲載する。そのあとで、詩人は英国の大衆諸氏に次のことを学んで欲しいと言う。

> . . . , that our human speech is naught,
> Our human testimony false, our fame
> And human estimation words and wind. (838-40)

「われわれ人間の語ることは空しく、われわれ人間の証言は偽りであり、われわれの名声や、人間の評価は言葉や風に過ぎない」。この言葉にはチェレスティーノの「人間はだれもが嘘つき」"And every man a liar" と重なるところがないわけではない。そしてそれなら、『失楽園』を倍にしてなお余りがあるほどに紡がれた言葉が意味を失う。しかしチェレスティーノの場合と異なり、ブラウニングの言葉には、思わず日々の暮らしを振り返って同意をさせてしまうところがある。噂が飛び交い、真実が見えず、昨日の信頼が今日の不信に変わり得る現実に思い至る。ブラウニングの『男たちと女たち』 *Men and Women* の世界では、1年前に解放者として民衆の歓呼を浴びて入城した人が、今日は処刑場へ追い立てられる姿があり（"The Patriot"）、夫

＊　小田切訳は「眼窩にしなびた眼球も、ここに踏ん張って一閃光をその猛烈な一つの激発を噴出するだろう」（後編、p.290）となっています。

の心変わりの所以を理解できない初心(うぶ)な女の絶望（"In a Year"）がある。愛する夫が早晩他の女性に心を移すことを覚悟して淋しく先立とうとしている中年の妻がいる（"Any Wife to Any Husband"）。人としてこの世に生きて、人とのかかわりに何があっても動揺しないためには、人の言葉の「空しさ」を腹におさめていることではないか、と思わずにはいられない。

　ブラウニングは、イタリア生活10年の成果として自信を持って世に問うた『男たちと女たち』が無惨な批評にさらされた経験を持っている。それは詩人の人格への攻撃にまでなった。エリザベスの心配をよそにその後長くブラウニングは詩作をしなかったし、後に当時酷評をした雑誌の名前を飼い犬に付けて鬱憤を晴らしていたというから、その時のショックは察するに余りある。エリザベスの死後ロンドンに帰って、それまでの作品を編集し新作を加え、『登場人物たち』 Dramatis Personae として発表しているうちに次第に読者を獲得し、『指輪と本』が発表されると、予想に反して「シェイクスピアの再来」とまで言われる評価を受けるようになった（Heritage, p.379）。しかしその評価はサンタヤナの『詩と宗教の解釈』(1900) をきっかけに（pp.167-77, 188-216)、[17] 20世紀において急激な下降をたどった。ブラウニング批評の歴史はまさに「ジェットコースター」"a roller-coaster ride"（Woolford & Karlin, p.213）であった。「人間の評価は言葉と風に過ぎない」のはブラウニングに関しては歴史的事実である。

　そうした一方で、倒れる人に差し出される手があり、支え合う存在があり、他者に代わって餓死室に赴いた聖職者がいることも人間の事実である。エリザベスはブラウニングを認めようとしないイギリス社会に憤激した。ランドゥ(1775-1864)[18] はその時にブラウニングを評価した少数者の一人で、ブラウニングはそれを忘れず、ランドゥの困難な晩年を支えるのに助力を惜しまなかった。亡きあとにも変わらなかったエリザベスへの思いは彼の真実の証である。一点一画に至るまでとはいかなくても、人間として真実であること、真実である存在はある。ブラウニングにとってそれは、現実世界ではエリザベスであり、作品世界では「奴を生かしておいて」と言わずにいられなかった教皇ではなく、バックラーが結論するように第7巻のポンピリアであり、作品の支柱として、頂点に位置するのは「ポンピリア」である。こうして、軽く扱

われがちなエピローグの巻は、作品全体の構造に関わり、おろそかにされてはならないものとなる。

　ブラウニングは「叙情詩なる愛よ」とエリザベスに呼びかけ、自らの4年間の労作が、「イギリスとイタリアをつなぐ希なる黄金の指輪であるエリザベスの詩を守る位置に置かれますように」、という祈願で巻を閉じる。

> Might mine but lie outside thine, Lyric Love,
> Thy rare gold ring of verse (the poet praised)
> Linking our England to his Italy! (872-74)

長詩『指輪と本』はブラウニングにとって先輩詩人であり妻でもあったエリザベスを枠組みとして、時間に埋もれていた一人の女性ポンピリアを頂点に据えた作品である。そのことが明らかになってみると、「10行でこと足りて、忘れたくなるだけ」の出来事にまつわる作品が、言いようのない優しさに溢れたものとして、立ち現れてくる。読まれるだろうかと案じられた作品が、読まれ、歓迎されたのは、人々がこの優しさに、実は感応していたのではないだろうか。

One Word More

　チェスタートンは、ブラウニングに関しては「ある些細なことが物事に新しい光を当て、無意味に見えた細部がその構造の大黒柱として立ち上がる」"some mere trifle puts the matter in a new light, and the detail that seemed meaningless springs up as almost the central pillar of the structure." (p.160) と述べているが、けだし明言である。

注
1. エリザベスの死去に際して、フロレンス市はその住居であった Casa Guidi の正面に記念の銘板を掲げた。そこに刻まれたものである。"E FECE DEL SUO VERSO AUREO ANELLO FRA ITALIA E INGHILTERRA." (Cook, p.273)

2. なくもがなとされがちな趨勢の中で、十分な紙数を割いているまれな論者がSullivanである。彼女によると、ヴェネツィア人の手紙は無責任なうわさ話、アルカンジェリとボッティーニの手紙は法律家のでたらめさを示し、そのボッティーニの手紙に引用されたチェレスティーノの説教は第10巻「教皇」の気分と思想から希望を引き算したもの。そのような3通の手紙が果たす役割を、彼女は次のように言う、"...they reinforce and expand the basic concept underlying the poem's structure by demonstrating, finally and forcefully, human inability to see truth whole." (p.169)。詩人自身の声の部分は、なすべきことをなし終えたあとの静かな満足感を湛え、ブラウニングの次のような確信を明らかにしているとする。「さまざまに誤った解釈から人が一つの真実を導き出す手段を示すことによって詩的な営為が言葉の限界を超える」(p.174)。Altick&Loucksの『指輪と本』論は全巻を縦断する形で展開され、その全10章のタイトルには作品から引用した句を用いており、第12巻はそのうちの3章に材料を提供している。第1章 "Art May Tell a Truth Obliquely"(859-60); 第3章 "Our Human Testimony False"(838); 第10章 "Suffice the Eye and Save the Soul Beside"(867)。更に854-63の10行が著作本文の末尾を飾る大役を果たしてさえいる。それでも "short and miscellaneous" の巻と片付けられている。著者らにとってブラウニングの芸術の理想は "religious exercise" であり、その使命は、ポンピリアとカポンサッキのような "a shining instance of sacrificial love" をよみがえらせることである (p.361)。Bucklerの著の最終章タイトルは、第12巻第1行を引用した「"Here were an end, had anything an end"; A Final Note」で、結論を次のように述べる。「登場人物たちの名声・評判といった迷路を通っていくと、我々の名声と人間の評価は風と言葉に過ぎない、という結論に当然到達する。例外はポンピリアである、The only "testimony" she gives is the testimony of a heart that has been hard at bay; her "speech" is not borrowed fabrication, but the language of personal experience and the perceptions that derive from it; the only contribution she makes to "fame / And human estimation" is offered in explanation of her own life and of those who, in quite contrary ways, made its ultimate outcome possible.... But that is potentially so universal a characteristic of the human spirit that to call it miraculous is to call human nature itself a miracle. With that, *The Ring and the Book* has no quarrel. (p.286) と。

3. The Complete Works of Percy Pysshe Shelley, vol. II, pp.159-66.
4. 同上 p.71.
5. ブラウニングは Shelley が妻 Harriet を捨てたことを知って Shelley への心酔を捨てた。しかし、作品のタイトルを *The Cenci* にならって *The Franceschini* とすることを考えていたし、後年には "Cenciaja"（ブラウニングの造語で「Cenci にくっつけたぼろ」ほどの意味）を発表している。父親殺しの罪を問われた Beatrice が極刑に処された背景には、判決の直前に、息子による母親殺し（the Santa Croce case）があったせいだとされている。暴虐きわまりない父親に辺境の要塞に閉じこめられた Beatrice は幾重にも不運であった。ブラウニングは1876年に500行の詩を書いて、Shelley の作品 *The Cenci* への補遺とした。
6. "The Secondary Source of *The Ring and the Book*: A Contemporary Manuscript Pamphlet, 'The Death of the Wife-Murderer Guido Franceschini, by Beheading.'"（OYB, pp.259-66）。事件の数年（some few years）後に書かれたものと推測されている。
7. "Trial and Death of Franceschini and His Companions for the Murder of Comparini, His Wife, and Daughter which happened during the time of Innocent XII."（Royal Casanatense Document）（OYB, pp.269-81）18世紀初頭のもので、1724年に書写されている。
8. Kay Austen, "Royal Casanatense Document, A Third Source for Browning's *The Ring and the Book*," Studies in Browning and His Circle, vol. 4, no. 2, Fall 1976.
9. この部分は分かりにくいのだが、原資料を読んだ Gest 判事によると、検察側の対応には熱意が認められないそうである。
10. ヴェネツィアの外交官（Venetian Envoy）の報告書が2通残っており、このような情報はそれが出所である。
11. Everyman 版で、全7.5頁の最後の37行を割いている。
12. "But what is more to be wondered at is that, although she suffered great pain, I never heard her speak an offensive or impatient word, nor show the slightest outward vexation either toward God or those near by. But ever submissive to the Divine Will, she said; "May God have pity on me," in such a way, indeed, as would have been incompatible with a soul that was not at one with God. To such an union one does not attain in a moment,

but rather by the habit of years." (OYB, p.58)
13. "We may take these cogitations of the Augustinian brother to be Browning's own. This is one of his most truthful and noble pronouncements."(DeVane, p.338)
14. The New English Bible では、"God must be true though every man living were a liar; . . ." と仮定法過去形が使われていて、意味はより明瞭になる。
15. 第3資料はローマの the Royal Casanatense Library で Beatrice Corrigan が発見したのだが、同時に発見された記録の一著者は教皇が即刻の処刑を命じたのは「ローマの有力者たちの介入を怖れたため」"because he was fearful that the great people of Rome would intercede for him."(DeVane, p.349) という理由付けをしている。
16. " . . . an ultimate resolution in the Pope's synthesizing judgment and in Guido's unwitting vindication of it in his last self-exposure."
17. George Santayana (1863-1952): Madrid で生まれ Boston で育った詩人哲学者。Harvard の哲学科教授職 (1907-1912) を退き、Oxford から第1次世界大戦後の Rome に移って終生を過ごした。信仰者でなく、宗教に関しては高度に知的な懐疑を抱く。1900年に発表した *Interpretations of Poetry and Religion* の "The Poetry of Barbarism" において、Whiteman と並べて Browning を "a religions optimist" として、鋭い批判を浴びせた。
18. Walter Savage Landor (1775-1864): 英国の詩人・散文の対話文作家。頑固で逆上しやすく、扱い難い人物として知られていた。諸処に移り住み、最晩年にはフロレンス近郊にいる家族のもとに戻ったが、争いが絶えず、飛び出してブラウニング夫妻の館の玄関に立った。第二のリア王ともライオンとも言われる80翁にとって落ちついた生活が成り立つように、ブラウニングは手を尽くし、心を注いだのである。

おわりに

　ここまで辿り着いてくださった方々に満腔の敬意と感謝を捧げます。退職直後に、まだ中学生だった孫娘に助けられて、既往の論文の全てを電子化はしたのですが、そのまま放置していました。夫が遺した研究資料を片付けていて、ある時点から先に進めなくなり、それでは自分のをと取りかかってブラウニング論にぶつかったのでした。背中を押されるようにして出版を決意したのは2009年6月、それはどのような資料をどこに置いているのかさえ定かでない情けないスタートでした。出発点に戻れたと思ったのは、最終原稿の提出を求められていた3月末で、その頃になって3つの疑問が浮上してきました。それともう一つ、突如として気づいたことがあり、それらが結果的に、ブラウニングの『指輪と本』に対する私の思いと作品の意義を鮮明にするものになりました。

3つの疑問 その1：ポンピリアは醜業婦の子？

　ポンピリアがコンパリーニ夫妻の実子ではなく醜業婦の子どもであった、ということは印象に残しておられると思います。疑問の第1点はそのことにかかわっています。『指輪と本』の主たる資料になったのは、事件関連の記録を綴りあわせた『古い黄表紙の本』ですが、その他に事件の数年後に書かれたらしいパンフレットが2つあり、第2資料・第3資料と呼ばれています。第2資料は、作品の執筆が開始される2年前にロンドンで見つかり、殺害・追跡・処刑の状況など主資料にはない記述をブラウニングがおおいに活用しました。一方、第3資料は、似非出産の演出ぶりなど、さらに詳しい情報を含んでいるのですが、発見されたのはブラウニングの死後のことでした。ですから、その資料によってポンピリアの実母がコンパリーニ家の近所の人と分かり、その後にコローナ・パペロッツィという名前も判明すると、ポンピリアの人格に生得的な教養の高さを付与していたブラウニングはすごい、想像力で『黄表紙の本』の背後にこの事実を見通していたのだ、という考え方になりました。それは私に限ったことではないと思います。しかし実は、第

2資料に、実母は貧しい未亡人であったとすでに記述されていたことだったのです。作品だけならともかく、資料研究もしてきた者が何故そういう思い違いにおちいったのかとショックを覚えつつ、もう一度『黄表紙の本』を読み直してみました。

　非実子暴露のいきさつはこうでした。アレッツォからローマへ逃げ帰ったヴィオランテが、平和祈願の大赦令が発布されていたのを幸いに教会の司祭にその罪を告白し、その司祭に強く勧められて夫のピエトロに打ち明けます。ポンピリアが実子でないと知ったピエトロは、それを理由にグイードに対する婚資の契約を無効にしようと裁判を起こしたのです。その事実の実証のためにはまだ証人がいました。6人もいたと言います（OYB, p.214）。しかしポンピリアは疑似実子であって契約は有効であるとされ、約束した婚資2600スクード（年収が1700スクードと聞けば、「フム、相当に裕福だ、娘を嫁にやろう」と思う――当時の貨幣価値をそんな風に推測します）のうち、すでに手渡した700スクードを取り戻せないピエトロが上告、グイード側は残りの1900スクードをよこせと上申、その決着はついに着かずじまいでした。

　さて、肝心の「醜業婦」と主資料とのかかわりです。『古い黄表紙の本』の冒頭は、1698年2月15日付けの文書で、フロレンスの法廷が逃亡事件（前年4月末の出来事）に対して12月24日に下した判決が手書きされています。それはポンピリアがカポンサッキとグイッリキーニの両者によって姦淫の罪を犯し、その上、逃亡に際して859スクードに及ぶ金品を盗み出したとしてポンピリアを終身の懲役刑に、グイッリキーニを泥棒と逃亡に対する幇助の罪で5年のガレー船に定めたものです。逃亡に同行したカポンサッキには論告がなく、ゲスト判事も不可解とする実に不思議な判決文です。それに続くのが、グイード弁護の文書「パンフレット1」で、殺人事件に関してはまさに冒頭となるこの文書がポンピリアの実母を醜業婦とし、以下のようにくり返しました。

　　「汚らわしい売春婦によって名もしらぬ父親から宿され」"had been conceived of an unknown father by a vile strumpet"（p.11）

　　「汚い恥ずべき女の娘」"the daughter of a vile and dishonest woman"

(p.20)

「不詳の父親を種として淫らな売春婦から生まれた」"conceived of an unkwon father and born of a dishonest harlot"(p,20)

「淫らな女に私生児として宿された極めて卑しい素性の娘」"a girl of basest stock, conceived illegitimately by.a dishonourable mother"(p. 20)

その上で、娘たちが通常その母親に似るのは事実であるとし、先人の言うところによれば「そのような連中は堕落し、浅ましく、欲情に燃えるもの」であって、経験もまたこの事実を教えているではないか、と激越な調子です。そのあとの Everyman 版で233ページにわたる箇所では、弁護側に「売春婦の」"of a harlot"の形の4例に加えて「とても汚らわしい親の」"of most vile parentage"の1例があり、検察側は「偽りの出生」the pretended birth"の類の表現で4回この件に触れているだけです。

　グイード弁護の立脚点は、傷つけられた名誉を回復するための殺人ということにあったのですから、傷の深さを誇大にするために、冒頭で、「汚らわしい売春婦の」といった論調をとることが戦略上必要であったのは理解できます。しかし、妊娠の事情は不明ながら貧しくとも素性の知れた近在の未亡人が母であったのです。にもかかわらず、『古い黄表紙の本』を訳したホデールさえもが、「彼女」を「実在のポンピリア」"the real Pompilia"と特定した上で、「疑いもなく汚れた親の子であった」She was undoubtedly of vile parentage."(OYB, photo-reproduction 版、p.282) と書くのですから、冒頭で毒々しく刷り込まれた情報に人がいかに支配されるものか、それは恐ろしいほどのものがあります。ユダヤ人は豚だと刷り込まれて人々が犯したホロコーストが、他人事ではないと思えました。

3つの疑問 その2：ポンピリアは文盲？

　第2点はポンピリアの文盲の問題です。奇跡的に4日間の余命を保ったポンピリアに死の床での供述書はありません。グイードが正面から刺し、雇われた四人の農夫のうち未成年であったパスクィーニが背後から刺した傷と、合わせて22ヶ所、そのうち5ヶ所が致命傷でした。ですから作品にあるよう

に、修道院付属の医療施設にでも運ばれていたら、おそらく途中で失血死をしていたでしょう。事実はヴィットリア通りのはずれにあった家の中で、その4日間のポンピリアの姿は、付き添った10人がそれぞれに宣誓供述をしている文書によって知ることができるだけです。その中でポンピリアが繰り返し明言したとされるのは、夫であるグイードに対してまったく罪を犯していないこと、そして彼を許しているということでした。

　死の床で読み書きのできないことを口にしたのはブラウニングのポンピリアなのです。第7巻の冒頭に近く、「書ける人はなんて仕合わせなのでしょう」"How happy those who know how to write" (82) という言い方で、我が子に母として書き残してやることもできない無能を嘆きます。次いで、グイードがポンピリアを姦通の罪に追い込む策動を始めたころの話のなかで、「わたしは一言も読めなかったのですけれど」"Though I could read no word of, ..." (691) と言い、グイードの手先の女中マルゲリータが「あなたが読めないことは知ってます」"I know you can not read" (1124) と口にした言葉として、この3件によって文盲の事実を表明しています。

　実在のポンピリアの証言としては、5月13日と日付が確定されている宣誓供述書があります (OYB, p. 57; pp. 90-94)。それによるとポンピリアは、劇場でコンティが投げた砂糖菓子によってグイードの嫉妬が始まり、殺すと脅迫するのを大司教に訴えたけれど甲斐はなかったということと、その1ヶ月後にロマーノと呼ばれるアウグスティヌス派の修道士に自分の名前でピエトロ宛てに救助の手紙を書いてくれるように頼んだこと、を陳述しています。そしてカポンサッキとの間に手紙のやりとりなどあり得ないことを、「私は文書の読み方を知らないし、書き方を知らないのですから」"because I do not know how to read the manuscript, and do not know how to write." (OYB, 94) と説明します。文盲であることは、グイードが姦通の証拠とした恋文を偽造として一蹴する強力な論拠でした。しかし実在のポンピリアのその言葉を裏切る文書が、事件後のコンパリーニ家で発見されたのです。1697年5月3日付け、カステルヌォーヴォの刑務所にいるポンピリアから、ピエトロに宛てた手紙です。かなりの分量があり、逃亡の同行者がピエトロ等の知っているグイッリキーニではなかった事情と、逃亡を余儀なくされた状況とを述

べたあと、「あなた方に送った手紙が私の自筆だと信じてくれなかった（you did not believe the letters sent you were in my own hand.）、しかし私はアレッツォで書き方の学習を終えていて（I finished learning how to write in Arezzo）、これはほんとうに私からの手紙だから、信じて会いに来てほしい」という内容です（OYB, p.160）。この手紙は検察側が提出したもので、その真正さを疑う者はいないだろうと言われますし、私もそのとおりと思っていました。しかし大きな疑いが湧いてきたのです。

　カステルヌォーヴォからの手紙が真正のもので、その前にも複数の自筆の手紙を養父母に書き送っていたと言うのなら、その10日後に宣誓の上で供述をしたロマーノに対する代筆依頼は、ポンピリアの作り事だということになります。それは彼女の徳性だけでなく精神異常をさえ疑わねばならないゆゆしい問題で、ブラウニングによる健気なポンピリア像はがらがらと音を立てて崩壊します。アレッツォ脱出を奔放な男女の「駆け落ち」とみなし、「カポンサッキ」の名前を「愛人」と置き換えて描くと、ポンピリア像はとても醜く、チェレスティーノ等によるその最期の姿とはまるで整合しないものになります。ブラウニングは、作品のボッティーニにこの手紙の存在を口にさせています（IX, 459-63）が、問題の解決はしないまま、ポンピリア像を崩壊はさせず真実なままで残しました。

　私は次のようにも考えます。ポンピリアのアレッツォ脱出の日を4月23日（王女を龍から助けた聖ジョージの記念日）にしたのはブラウニングで、史実では29日午前1時です。逮捕されたのは5月1日早朝、カステルヌォーヴォの刑務所には2日しかいませんでしたから、3日付の手紙に「もう時間がありませんから筆を置きます」"I stop because I have no more time."とあるのはもっともです。そして、この手紙もまた実は代筆だったのではないかと思うのです。書く紙とペンを与えて書かれた手紙を届けさえしてくれた人がいたなら、そのような人が代筆してくれることもあり得るはずです。その人に向かって、ポンピリアはていねいに語り、そのようにきちんと書き取られ、しかし状況が変わってあわただしくなり、「私自身の名前で送った手紙」"the letter sent you in my own name"とあるべきところを、"letter"が複数形になって余分な1語"were"が紛れ込み"name"が"hand"になったた

めに、「送った手紙は自筆で」"the letters sent you were in my own hand" という重大な誤記に繋がったのではないかと推測するのです。

　「書き方の学習を終えていた」についての解釈はこうです。3月もしくは4月の時点で、托鉢修道士ロマーノに自分の名前での代筆を頼み、待ちわびた返事が来なかったとき、ポンピリアはロマーノの裏切りとは思いもせず、ピエトロ等がその手紙をポンピリアのものと信じなかったせいだ、と判断した。だからカステルヌォーヴォのこの時には「アレッツォを離れるまでに学習を終えていた。これはほんとうに私からの手紙だから」という文面にし、ほんとうのことは会えた時に話せばよい、そう考えたのだ。それもあり得ないことではないはずです。しかしそうなると、脱出については口頭で打ち合わせた、というポンピリアに対して、カポンサッキが「家の下の道を通るたびごとに手紙が窓から投げ落とされ…」と供述したことが問題になります。アレッツォで新しい史料を発見したという研究報告によると、カポンサッキは、貴族の家に21人生まれた子どもの15番目で、乱暴者で聞こえた10歳年長の兄を手本として成長し、放縦さと攻撃性で町中に知られていたということです (Meredith, pp.108-09)。カポンサッキがそのような人物で、証言に疑いの余地があるとすると、ポンピリアの証言には筋がとおり、すべてが真実だったということになり得ます。そのようにも思いめぐらして、私はポンピリアの、あるいはブラウニングの側に立つことを自分自身に対して確認したのです。

3つの疑問 その3：ガエターノは誰の子？

　第3点はポンピリアの生んだガエターノにからむ問題です。グイードが、生まれた子どもはカポンサッキとの間の不義の子どもだと結論しますが、その前に、ひょっとして自分の子であれば、と懊悩します。その子の誕生から逆算して、その時期にグイードがポンピリアに対して性交渉を持っていなければ、結論は明白で悩むことなどなかったはずではないか、と考えはじめたのです。そのような知識が当時にもあったとすると、グイードの懊悩は、ポンピリアがブラディの言う強姦に近い体験の夜を過ごしてきたことを推測させます。そして、それにもかかわらず、新しい生命の誕生をよろこび、逃亡

を決意したポンピリアの心の靭(つよ)さが胸にせまります。グイードはそのようなポンピリアを、その養父母と共に手に掛け、そして自らと四人の農夫に処刑という運命を招き寄せたのでした。

　第12巻でチェレスティーノが、「苦しみつつ息絶える女性たちが無数にいる」と当時の社会環境の問題をあげていますが、現在の私たちの社会には、夫と妻の話どころか、実母の暴力によって息絶える幼子たちがいます。費用のかさむインターネットの接続を父親に切られた男が、父親だけでなく母や姉妹までも手に掛けた事件もありました。賭博に関与して、生きる目標どころか生計の方途すら断たれた力士たちがいます。オルティック＆ラウクスが言うように（p.53）、人間の小さな日常に悪魔が潜むのは3世紀を経た現在も同じで、そして「生きることは恐るべき選択である」という教皇の言葉の重みもまた同じである、と実感させられます。

気づいたこと：いつグイードの正体に？

　もう一つ、突如として気づいたというのは、グイードの正体のことです。ついでながら、古代ローマでは拷問は奴隷に限られました。その伝統が貴族と聖職者を拷問に掛けないという規定につながったのですが、それは次第に形骸化したということです（Gest, pp.73-4）。伯爵として登場した第5巻のグイードは、不当にも受けたという拷問にたえず言及し、しかしその肉体的な苦痛などポンピリアらによって与えられた精神的苦痛に較べればものの数ではない、という論法でわれわれの同情をかき立てました。しかし、考えてみれば、奇跡的に生き延びたポンピリアの証言と逮捕の際の状況から、事件はほとんど現行犯でした。したがって、改めて拷問に掛けて引き出さねばならない何があったのか、それが不可解なこととして初めて脳裏に浮かんだのです。その不可解さにすでに気づいておられた方には脱帽です。当初グイードは、姦淫の女の顔を傷つけよと命じたのであって、雇った者たちの行き過ぎに対して自分には責任はない、と主張し（Gest, pp.96, 360）、だからこそ拷問具の出番となったのでした。私などは、第5巻の語りの最後の言葉で、グイードが自分をイエスになぞらえているのに気づいた時に、初めて真に彼の正体を知ったのですが、ブラウニングは分かっている人に対しては初めからグイー

ドを卑劣漢として提示していたのだと言えます。それは私たちの社会で、分かる人には分かる卑劣漢に人がうまうまと詐欺に掛けられてしまうのに似ています。グイードの卑劣さの底の深さは更に第11巻の終わりを待たなくてはなりませんが、『指輪と本』は、遠い昔の出来事ではなくて、現代に通じる人間の実相を描いたものだと痛切に思えてきました。

3 世紀昔の『古い黄表紙の本』と不思議

『古い黄表紙の本』は、ローマとは所をへだてたフロレンスに住むチェンチニが、巷に出回ったパンフレットだけでなく、裁判関係者のために数部しか印刷されない文書までも集め、1698年9月9日発行のものを含んでいますから、それ以降に、きちんと整理して頑丈な表紙をつけたものです。彼はアレッツォの高位の家の出身で、検事としてフロレンスで名高い人物だったそうです（Gest, p.25）。「夫が姦淫の妻を殺してなお刑罰を免れ得るか否か」の判例資料として、とりわけ出身地の貴族仲間にかかわるものとして、その黄表紙の本はチェンチニの執務室の書棚にどっかりと納まっていたと思われます。それからどんな変遷を辿ったのか、1世紀半以上の歳月を経て1860年6月に、ブラウニングという劇的独白のジャンルに特別な資質を持つ詩人の手に落ちて、2万行を超える大作の源泉となりました。それから更に1世紀半を経て、私という人間が極東の地で、その作品を通してポンピリアをめぐる出来事に大汗をかいている――それは、ポンピリアが過去に埋もれるのでなく、今に生きていることを意味するのではないでしょうか。そしてその不思議さは、人間の日常には悪魔だけではなくて、神のみ手もまた働くことを実感させます。さらに、その不思議はポンピリアが真実であったからこそ起こったこと、つまり彼女の真実の証しと思えますし、ポンピリアはいたずらに死んだのではなかったのだ、と彼女のために喜ぶ気持さえ湧き上がってきます。

　私が今般このような形で出版することになったのも、不思議と言わざるを得ません。当初の予定どおり早期に出版していたら、紀要論文を単純にまとめたものになっていたろうと思います。多くの方に読んで戴けるようにという方向性がはっきりしたのは、初めて私一人の名前で出す年賀状の文案を考えつつ、宛先となる方々に思いを馳せているときでした。2009年11月も終わ

りに近く、大幅な変更は不可能な時期で、折衷的な形を取らざるを得ませんでした。

有り難きこと

　少しでも読みやすいものになっていましたら、それはまず、上代龍太郎氏に負うところがあります。横浜国立大学経済学部2007年卒、国語が苦手で文学作品はほとんど読まないという人物です。たまたま財務関連で出会った彼が、説得に応じて第4巻までの草稿を読み、ここは分からない、ここからは読み疲れた、というようにコメントしてくれることは、「何故だろう？」と考え込むことで、論述を組み替えなおしたり、原文にもどったりのエネルギーになりました。娘の陽子は、帰省の折に5巻までを読んで、工学研究者の頭では理解できないところを指摘してくれました。

　通読してくださったのは、伊藤弘之先生です。先生は、私が修士課程を修了して家庭の主婦に戻りかねなかった時に、研究を続けるようにと声を掛けてくださいました。その一言がなかったら、私の人生にその後の展開はなかったかもしれません。その先生からのご指摘で、表記上の問題に気づくことができました。しかし先生が重要なこととして問われたのは批評の問題で、作品のすべての要素をくくり鍵となり得る如何なる概念を持っているのか、ということでした。本書では、ブラウニングが『古い黄表紙の本』を辿って詩作品とした『指輪と本』を、今度は私が丹念に辿りました。その私の辿り方を読者の皆様が辿る、つまり二重のフィルターを通して、皆様ご自身にそれぞれの概念を形成していただく――それがこの書の果たし得る役割と私は考えますし、タイトルを「読み解く」とし、「おわりに」がこのような形になった所以でもあります。

　「辿る」と言えば、ポンピリアの逃避行の行程、138.75マイル、約220kmを私は1994年9月に辿りました。アレッツォのホテルマンが助言し、そして手配してくれたのは女性のタクシー運転手でした。ハンドルの上に地図を広げ、時速80キロで飛ばす彼女と私とのコミュニケーションの手段は、双方が所持する小さな辞書のみ。ポンピリアがおそらくは42時間掛けた――当時の

悪路を馬車という乗り物では凄まじい速度であったと思えます——距離を実質4時間で、カステルヌォーヴォの宿があったと思える辺りに着いた時には、万感胸にせまり涙がこみ上げるのを抑えることができませんでした。ともあれ、「生涯研究者であれ」との伊藤先生の叱咤に応えて、批評としての論述は、別途に考えたいと思います。いずれにせよ、人生のこの段階で、恩師のこのようなお力添えに触れて、奮起せずにはいられませんでした。

　その奮闘の過程で発生する健康問題に対処してくださったのは、思想家としての著書もおありになる鍼灸の森崎茂先生、関西からの端的なメールで私の受診行動を引き出した藤川潤医師、医療者としての研鑽を怠らず患者を一個の人格として対応してくださる循環器内科の木原和生先生、そして飽きさせない手法と心配りで泳ぐことを続けさせてくださった内藤臣治先生率いるコア・スイミング・クラブのみな様です。魂を養い支えていてくださるのは、まず、隈府教会の坂田茂牧師、鬱を病まれ、むしろそれ故に生命に溢れる説教を聞かせてくださいます。それから、クリスチャンの看板を掲げたままで坐禅会に参加する私をすらりと受け入れてくださった人間禅（寺院に属さない社会人のための禅の会）のみな様、とりわけ五葉塾を主催する堀心鑑さん、常連の渕上磊山さん、清永神泉さん、その方々と週日に早暁の時間を共にすることはさまざまに益となりました。なお、使用する人間に負けず劣らず疲労したり混乱したりするコンピューター（マック）に対して、救急医の役割を果たしてくださった舟越誠治さんには、どれほど助けられたか分かりません。鬱を病んで共にいてくれる息子光彦、大阪の親族、とりわけ姪の鳥越祐子と甥の田邊雅之、その他、温かく見守ってくださった多くの方々に、心から感謝を致します。

　時潮社は元来経済関連の出版社で、編集の西村祐紘さんは飛びこんできた私のために図書館でブラウニングを調べたという方です。それが私を時潮社につなぎ止めました。担当の加藤賀津子さんは、和文と英文、それも詩型のものが混在する複雑な書式と、著者のいわば無知による要求にも忍耐強く対応し、望みのかたちを実現してくださいました。最終的な校正には渋江照美さんと稲員恒子さんの惜しみないご協力を得ました。長年の交友は、伊藤先

生にかかわって始まり聖書研究を通して続いてきました。最終段階で、詰めの情報が必要になったとき、思い決してブラウニング図書館のシンディー (Ms. Cynthia A. Burgess, Curator of Books & Printed Materials of Armstrong Browning Library, Baylor University in Waco, Texas) に助力を求めました。敏速で適確なその対応に、時間とのせめぎ合いで疲れを覚えていた時期に、どれほど励まされ慰められたか知れません。諸方の皆様に深い深い謝意を覚える次第です。

One Word More

　すべてをそのみ手のなかに収めていてくださる主なる神に、言い尽くせない感謝を捧げます。そしてそのみもとで待っていてくれる夫と、そのあとを追うように本書の出版を待たずに逝った義弟の篤志さんを思います。みな様と世界に平安がありますように祈ります。

　　　2010年11月

　　　　　　　　　　　　　　　　　　　　　　　　黒　羽　茂　子

追　記

　補遺として「事件関係者の虚実」と「その後のこと——ブラウニングとその後の息子ペンの生涯」を以下に付記致します。

*事件関係者の虚実

●フランチェスキーニ（Franceschini）家の関係

グイード（Guido）：1658年1月24日生まれ、作品上は長男、史実では4人の男子の3番目。兄弟3人が聖職についていたので、彼が伯爵家の当主となった。アレッツォの貴族8家のうち第4位の家であったという。ローマで枢機卿ネルリ（Cardinal Nerli）（1636-1708）に仕えたが、見切りをつけたか失職させられたか、1693年のいつの頃かに辞めている。史実ではその年の9月6日に36歳で結婚、12月初旬に花嫁とその両親を伴って帰郷。作品上では陰鬱な12月に46歳で結婚したことになっている。処刑時の実年齢は40歳、作品上では50歳。取り調べに際して、拷問具を見ただけで白状したと言われる。

パオロ（Paolo）：1650年10月28日生まれ。史実では長男、作品上はグイードの弟、ローマ在住。アバーテ（Abate）と敬称される聖職録受給の聖職者である。仕えた枢機卿ラウリーア（Lauria）（1612-1693）は学識人望ともに高く、かつパオロを評価した人であったが、作品ではグイードの結婚に介入したケチな人物になっている。その死後、パウロは「マルタの聖ヨハネ騎士団修道会」"the Order of the Knights of St. John of Malta"の執事（Secretary）という要職についた。しかしポンピリアの逃亡事件にかかわるスキャンダルが飛び交う中、ローマから姿を消し、ポーランドにまで行ったことが知られている（Griffin, p.320）。彼が所持していた別荘が、殺人犯5人がローマ到着から犯行まで9日間の身を潜める場所となったことから、作品では、彼が名誉回復の殺人を示唆したとされる。処刑直前のグイードがパオロのための取りなしを願い、お陰でパオロは結構な晩年を送ったという記述もある。

ジロラーモ（Girolamo）：1654年8月5日生まれ、史実ではグイードの次兄で、アレッツォ在住、カノン（Canon）と呼ばれ、司教座聖堂で司教が執行する儀式のために奉仕する聖職者。作品では末弟で、ポンピリアに性的に迫る人物である。召使いであったアンジェリーカは、彼がヴィオランテを刀で脅す行為があったと、ピエトロによる婚資及び財産とり戻し裁判の供述書で述べている。

母：名はベアトリーチェ（Beatrice）、1631年生まれで事件当時は68歳。「誇り高く吝嗇な」（Griffin, p.314）と言われる老女は、我が子が2月に処刑された後の春に、ポンピリアの財産を請求する訴訟を起こしている。1701年に70歳

事件関係者の虚実　375

で死亡。
姉：名はポルツィア（Porzia）、1653年1月2日生まれ。コンティの兄であるアルドブランディーニ伯爵 Count Aldobrandini の夫人。グイード処刑後、実家の名誉回復をアレッツォの参事会に訴えて認められている。
アンジェリーカ（Angelica）：1694年1月に35歳でフランチェスキーニ家に召使いとして雇われたが、コンパリーニ夫妻に同情的であったために程なく解雇された。（コンパリーニ家の側にも記述あり。ご参照下さい）
マルゲリータ（Margherita）：おそらくアンジェリーカの後任として雇われた召使。作品では、グイードの手先として、ポンピリアを姦通の罪に追い込むために働いたとされる。資料でも「不正直な売春婦」"a dishonest harlot"（OYB, p.180）などと言われている。

コンティ（Conti）：アルドブランディーニ伯爵の弟、1692年8月にサンタマリア・ディ・ピエーヴェ教会のカノン（Canon）に叙されている。作品では、太って小柄な愉快な人物として登場する。ポンピリアにローマへの同行を懇願されるが、自分にはできないとカポンサッキを推挙したのは史実でもある。アレッツォを脱出するポンピリアを馬車の待つところまで送ったという記述もあるが真偽は不明。1698年1月に死亡。
グイッリキーニ（Gregorio Guillichini）：検事のボッティーニによると、フランチェスキーニ家の親戚。ポンピリアにローマへの同伴を求められ、引き受けていたようであるが痛風のために断る。逃亡事件後にグイードがアレッツォの裁判所に提訴し、ポンピリアの逃亡並びに宝石・衣類などの窃盗に荷担したとして、1697年10月に5年のガレー船の刑に定められた。のち3年に減刑される。この裁判では、ポンピリアはカポンサッキとグイッリキーニの両名によって姦淫の罪を犯したとして、不在のため執行停止ではあるが、終身刑を宣告された。
ロマーノ（Romano）：アレッツォ在住、修道院に居住しない托鉢修道士だが、告解聴聞はできる。ロマーノはあだ名でローマの人の意。1697年3月、あるいは4月の頃、ポンピリアに手紙の代筆を頼まれたが約束を果たさなかった。それは史実のはずである。
バルデスキ（Baldeschi）、**ガンバッシーニ**（Gambassini）、**アゴスティネッリ**（Agostinelli）、**パスクィーニ**（Pasquini）：
殺人に荷担するべくグイードに雇われた農夫たち。バルデスキが請け負い

＊（資料によって、史実とされるのもさまざまです。結果的に依拠することが多かったのは、ゲストによる『古い黄表紙の本』Gest: The old Yellow Book とツリーヴズの『「指輪と本」の國』(Treves: The Country of "The Ring and the Book") です。

元で、パスクィーニは最年少の24歳、実際に刃物を振るって手を下したのはこの2人で、同時に頑強に罪を否認し、度重なる拷問にも屈しなかったと言われている。戸口で見張りに立っていたのは、あとの2人とも1人とも言われる。4人とも絞首刑になった。作品上に名前は出てこない。グイードの2度の語りの中で言及され、教皇は全員を20歳に満たない、とした。

●コンパリーニ（Comparini）家の関係

ピエトロ（Pietro）：ポンピリアの（養）父。フロレンスの出身で、資産があって特別な職業には就かない「自立した紳士」"independent gentleman"と言われた。ポンピリアの結婚に反対はしたが、全財産をグイードの管理に任せるという愚かな決定をしてアレッツォへ同行した。4ヶ月後にローマへ逃げ帰り、ポンピリアが実子でないと分かると、婚資とその他の財産を取り戻すために訴訟を起こす。婚資の点で敗訴をすると上告をし、問題は決着せずじまいとなった。ただし、非実子と分かったあとで、「ポンピリアがローマに帰り、純潔を守って生きるなら全財産を遺贈する」旨の遺言書を書いている。また、ポンピリアがローマの刑務所に収監されていた時期に、ポンピリア名でグイードに対する離婚請求を行っている。史実と作品上に大きな差異はない。死亡時69歳

ヴィオランテ（Violante）：ポンピリアの（養）母。年々現金をもたらす用益権という資産が、跡継ぎのない場合にはピエトロの死とともに他家へ渡るのを防ぐため、出生前の赤子を買い付けておいて、48歳での出産を夫と世間に信じさせた才女である。ただし、グイード側の欺瞞を見抜けず、ポンピリアを不幸な結婚に追いこみ、一家に悲惨な結末を招いた責めを負うべき人物でもある。この史実に基づいて、納得できるヴィオランテ像が作品上に描かれている。事件当時、ピエトロと共に70歳代（septuagenarian）とされている（Everyman版、p.265）が、教会に残る死亡記録では66歳。

ポンピリア（Pompilia）：1680年7月17日生まれ。Francesca Camilla Vittoria Angela Pompilia が正式名、資料ではしばしば Francesca、あるいは Francesca Pompilia として言及されている。1693年に13歳で結婚、97年4月29日にカノンであるカポンサッキに伴われて夫の家を脱出する。5月1日に逮捕され、カステルヌォーヴォの刑務所に2日、その後9月までローマの新監獄 New Prisons に留め置かれた。改悛者修道院にいたのはおそらく2～3週間で、その間の食費の支払いが問題となった。逮捕の折にポンピリアが所持していた48スクード、その後パオロの保管になっていた中から支払われた。妊娠のため10月12日に300スクードの保釈金で養父母のもとへ。12月18日に男子を出産、ガエターノと名付け、2日後には所在を隠すため

乳母に預けた。1698年1月2日夜、夫グイードらに襲われ、22ヶ所を刺され、そのうち5ヶ所が致命傷であったが、奇跡的に4日の余命を保った。作品上では病院でとなっているが、事実はヴィットリア通りの端にあったコンパリーニ家で、3人の聖職者と薬剤師や医療技術のある者など、男性ばかり10人に昼夜看取られ、その誰にも深い感銘を与えて、1月6日に死亡した。その後ただちに、改悛者修道院がポンピリアの全財産を請求する訴訟を起こした模様、1月10日付けのチェレスティーノらの宣誓供述書はそれに対処するために弁護士ランパレッリが用意したと推定される。9月5日に姦通の罪なしと潔白の判決が下された。

ガエターノ：1697年12月18日にポンピリアが出産した男児、ただちに受洗させたとあるが、どの教会にも記録がなく、その後の消息は不明である。

アンジェリーカ（Angelica）：もとフランチェスキーニ家の召使。解雇されて、アレッツォの知人の家に身を寄せていたのを、コンパリーニ夫婦がローマへ帰るときに伴ったと推測される。婚資取り戻しの裁判に関連して、6月にフランチェスキーニ家の困窮と吝嗇（りんしょく）と、ピエトロらへの処遇のひどさについて宣誓供述書を提出している。後にそれが印刷物として世間にまき散らされた。殺人事件当時、コンパリーニ家にいなかったことは確かである。

カポンサッキ（Guiseppe Maria Caponsacchi）：1673年5月26日生まれ。第3資料で、「コンティと血縁にあり」"somewhat related to him (Conti) by blood"とされているのでアルドブランディーニ家ゆかりの貴族。20歳でアレッツォのサンタマリア・ディ・ピエーヴェ教会のカノンCanonに叙されているが、事件当時の位階は副助祭（subdeacon）に過ぎなかった。1667年4月29日に、作品上では聖ジョージ記念日の23日に、ポンピリアのアレッツォ脱出に同行、カステルヌォーヴォで逮捕されると、史実では3日の後に、作品ではただちにローマへ連行された。同年9月24日の判決で、ポンピリアの逃亡に荷担し、同女を誘惑し、肉の交わりがあったとして for complicity in the flight, for the seduction of Francesca Comparini, and for carnal knowledge of her (Gest, p.11)、チビタ・ヴェッキアへ3年の流罪に処せられた。1702年5月に「依願退職をした」"resigned of his own accord"ことが分かっている。2003年にアレッツォで発見されたという新資料に基づいて、カポンサッキが乱暴で女性関係にも放縦な人間で、ポンピリアとの間に恋愛関係があったこと、ローマへの逃亡に先立ってコンパリーニ家と連絡をとったことなどが報告されているが（Meredith）、疑問の余地はある。

ティゲッティ（Tighetti）：ポンピリアの遺書により、その財産の管理者として指

名された人物。フランチェスキーニ家、および改悛者修道院の財産請求を否とする裁判を起こして勝訴している。それ以外にはまったく不明。

●裁判関係
検察側
ボッティーニ（Bottini）：Advocate of the Fisc と呼ばれる主任検察官。辯護官のスプレーティが少年の頃からボッティーニを尊敬していたという文書があり、ライナルダス（Raynaldus）なる人物の著書で「この上なく高潔で温和で人に好かれる人物」と言及されている。作品上では、独身で、ポンピリアの純潔を描くと言いながら、実は汚物まみれにする途方もない人物として極端に戯画化されている。

ガンビ（Gambi）：教皇によって Procurator General of the Fisc（検察長官）に任命もされたという人物。資料にはその名の文書があるが、作品には登場しない。

弁護側（当時の弁護士はすべて官選で、サラリーを支給されていた）
アルカンジェリ（Arcangeli）：Procurator of the Poor（貧民弁護士）と呼ばれる被告の弁護士、主として事実関係を担当し、被告の身辺の世話をする役目もあった。作品では、食物と息子と法律が頭の中で渾然一体となる奇抜な人物として、戯画化されている。

スプレーティ（Spreti）：Advocate of the Poor（貧民辯護官）と呼ばれる。作品上ではアルカンジェリの部下のように扱われているが、法律に通じていて、Procurator の提出する事実関係に基づいて法律論争をする上席者。階級的には検察官よりも上位で、例外的に聖職者が就任することもできた名誉ある職種であった。

ランパレッリ（Lamparelli）：Procurator of Charity（慈善弁護士）と呼ばれる弁護士。アルカンジェリと類似の職務のほかに囚人たちの心身の世話も行った。ポンピリアとカポンサッキが新監獄に収監されていた間（5月初めから9月下旬まで）、2人の担当者でもあったと思われる。ポンピリアの死後、まず改悛者修道院が、その後にフランチェスキーニ家が、ポンピリアの全財産を請求する裁判を起こしたとき、ポンピリアに姦通の罪はなかったことを証明して、その相続人であるガエターノのために財産を守った。作品上では、第12巻で言及されている。

チェンチニ（Cencini）：アレッツォの高位の家の出身で、検事としてフロレンスで名高い人物だった（Gest, p.25）。グイードの殺人に関係する書類をほとんど残らず集め、『古い黄表紙の本』として残した人物である。

教皇イノセント12世（Pope Innocent XII）：1615年3月13日生まれ、1700年9月27日没。在位1691年7月12日から没時まで。もとの名前はアントニオ・ピニャテッリ（Antonio Pignatelli）、ナポリの出身。ローマのイエズス会学校で学び、20歳より教皇庁に仕え、66歳で枢機卿、ファエンツァ司教、ナポリ大司教と進む。77歳で教皇になると、鉄の意志をもってネポティズム（親族登用）を廃し、ローマ市内に救貧の施設を創設した。グイードを聖職特権によって、パスクィーニを年齢によって、減刑するようにとの要請を受けたが、却下して翌日の処刑を命じた。それは彼があと1ヶ月足らずで83歳になるという時期であったが、作品上では86歳とされて、老齢期の避けがたい問題を露呈することになる。

その後のこと──ブラウニングのその後と息子ペンの生涯

『指輪と本』（1868-69）の発表当時、ブラウニングは56歳でした。その後1898年12月12日、77歳で死去するまさにその日に出版された『アーゾランドー』 *Asolando* まで、およそ20年間の作品は、分量にしてそれまでの4倍にも達します。『指輪と本』が異論なく最高傑作とされる一方で、その後の作品に対する評価はさまざまです（Ryals, 1975）。貴族の未亡人で美貌のアシュバートン夫人 Lady Ashburton への彼の無礼なプロポーズが騒動になりましたが、双方が惹かれあっていたことも事実で、ブラウニングの側ではそれがエリザベスへの裏切りとして彼を長く苦しめ、その影響を幾つかの作品に認める論もあります。彼の永別の辞ともいうべき『アーゾランドー』のエピローグを、「失敗にくじけず、努力し闘って生きよ」"... we fall to rise, are baffled to fight better, Sleep to wake." と力強い励ましを人々に送るものとするのが趨勢ですが、哲学の欠如を示すというサンタヤナの論もあります。

息子のペン（1849-1912）は、1868年にオックスフォードの学生になってブラウニングの夢を一応かなえました。しかし漕艇・玉突き・射撃・乗馬には優れていたものの、記憶力の低さで学業が成らず、2年ほどで放校になったようです。幸い、狩猟も魚釣りもピアノもダンスも巧みだったペンは、社交界でも、母方の従兄弟たちの間でも人気があり、そのバレット家で画家のミレー（Millet, 1814-75）に出会ったことが契機となって、絵と彫刻の道に進みました。アントワープで奮闘し、ロダンに師事したこともあり、偉大な両親の陰がなければその方面で大成したろうとも言われます。事実、本書のブラウニングの肖像画とポンピリアの胸像は彼の作品で、なかなかのものです。ブラウニングはペンのために展覧会場の手配から作品の発送、買い手の確保まで世話の焼きすぎで、伝記作家の一人（Ward, 1972）が「両親によって非常に深く、しかし思慮に欠ける愛し方をされた」と記していますが、ペンの自尊心の脆弱化に寄与したことは事実と思えます。

1887年、ブラウニングは*ウォリック・クレセント19番地の建物が取り壊しとなったため、De Vere Gardens へ引っ越しました。同年のペンの結婚（10月4日挙式）の頃は、ペンの「ニシキヘビ」"Python" と題する絵が金賞を獲得し、制作の依頼も多かった時期でした。ヴェネツィアの運河沿いのレッツォーニコ館（Palazzo Rezzonico）をペンのために購入したブラウニングの安心と喜びの大きかったことが偲ばれます。当時、ペンは38歳、14年前のプロポーズがついに実ったという相手のファニー・コディントン（Fannie Coddington）（1854？-1935）は、5歳ほど年下で、ニューヨーク出身、父親の死で豊かな資産を相続していました。バレット・ブラウニング夫人となったファニーに、ブラウニングはエリザベスの宝石箱を贈り、ファニーが後にその中にあった指輪をベーリアル学寮の図書館に寄贈しています。

　その2年後の1889年、ブラウニングは9月から10月に掛けてアーゾロ（Asolo）に滞在し、11月1日にヴェネツィアに到着、活発な社交生活を展開していました。しかし月末に引いた風邪が肺炎になり、それは収まったものの心不全を起こし、12月12日、『アーゾランドー』が出版され売れ行きも好調であると電報で知らせてきたのをしっかりと聞き、夜10時にエリザベスの待つ永遠の世界へと旅立ちました。最期の言葉は "My dear Boy, my dear Boy" で、思いはペンの上にあったようですが、義父を深く敬愛するファニーや、ウィルソンとカーザ・グイディの料理人であったフェルディナンドもいる館で、ブラウニングは幸せであったと思います。ウィルソンは常にエリザベスと共にあった召使いで、1855年にフェルディナンドと結婚して、老ランドウの世話係に任じられたりしていたのです。フェルディナンドは幼い頃のペンのお気に入りで、彼のローマ教会への反感などはフェルディナンドの影響と言われています。

　ブラウニングはエリザベスの傍らに眠りたかったでしょうけれど、フロレ

---

　*　帰国後のブラウニングの住まいがあった*No. 19 Warwick Crescent の近くに、ブラウニングが住んだことを記念するものが1993年にウェストミンスター市によって序幕されたそうです。1999年には、ブラウニングが12歳から駆け落ちをするまで住んだ両親の家「ハノーバー荘」"Hanover Cottage"（Camberwell in the South London Borough of Southwark）のあったところに白と青の磁器製の銘板がアームストロング・ブラウニング図書館の名入りで掲げられました。

ンスのプロテスタント墓地は1878年にすでに新しい埋葬に対しては閉鎖されていました。現在、その片側がひどい騒音の自動車道になっていますが、それでも巨木がそびえる内部はひそやかで、正面を入って程なく左側にギリシャの神殿様式のエリザベスの墓があり、その近くにはエリザベスにとって、またエリザベスを失ったあとのブラウニングにとって掛け替えのない友であったイサ・ブラグデン（Isabella Blagden, 1816-1873）が、そして短気で激越でライオンともリヤ2世とも言われたランドウもここに眠っています。結局、ブラウニングの遺骸はまずゴンドラに、それから列車に乗せられて英仏海峡を渡りウェストミンスター寺院へ運ばれ、詩人のコーナーに埋葬されました。今も寺院の南翼廊の床にテニスンらと並ぶその永遠の休み所を見ることができます。

　ペンの結婚生活は、その後2年くらいで別居状態になりました。要因はさまざまで、最大のものは流産が続いて子どもが持てなかったこと、その他ファニーには姉妹のマリー（Marie）が絶えず付きまとい、ペンにはたくさんの小鳥と犬たちが常にまといつき、ヘビまでいたこと、ペンの浪費癖、金髪碧眼長身の美少女ジネヴラ（Ginevra）の存在、館の暮らしにくさ、などがあげられていますが、ファニーにはヒステリー症もあったようです。彼女の六人の兄弟はすべて子ども時代に死亡し、六人の姉妹のうち残ったのが彼女とマリーだけだったのです。生涯、医者から医者へと渡り歩いたそうですが、不安神経症があっても不思議ではない生育歴です。しかし80歳くらいまで、英国で英国人女性をコンパニオンとして、宗教や義父にかかわる施設に寄付をするなどして長く生きました。

　ペンについては誹謗まがいの話が渦巻いていて、19歳になる前にすでにブルターニュの村に非嫡出の子どもが二人いて、彼が大作「ニシキヘビ」のモデルとしたジネヴラはそのうちの一人だとか、ヴェネツィア中ペンの子どもだらけ、などと言われたりします。ジネヴラはもともとファニーが自身の付き添いコンパニオンとして連れてきた人だったようですが、ペンはそうしたことに関して寡黙でした。そして昔からの知人友人に対しては、批判を招く危険がある場合でも大切にしたようです。彼の幼いときから家族ぐるみの付き合いだった彫刻家ストーリ家の長女エディス（Edith Story）、後にペルッ

ツィ（Peruzzi）伯爵夫人になっていた人がその子息の同性愛問題で悩む時に、力を貸すのを惜しみませんでした。ビンドー（Bindo）と呼ばれる細身で優雅な姿形の青年が、小柄で太ってリンゴのような顔立ちのペンの子どもだなどと、まことしやかに囁かれるのでしたが。叔母のサリアナ（84歳で死去）はもちろん、ウイルソンとフェルディナンドも共に残りの生涯をペンの保護の下に過ごしました。

「春の朝」で日本に紹介された詩劇『ピッパが通る』の舞台となったのはアーゾロ（Asolo）という丘の町で、取り囲む城壁にはかつては18あった塔の半数ほどが残っていて、アルプスと、そして晴れた日にヴェネツィアをも眺望できる所だったようです。『ソルデッロ』Sorderro の不評に痛めつけられたブラウニングは、1844年に2度目のイタリア旅行をし、ヴェネツィアから徒歩で入ったアーゾロに魅せられ、その後何度も夢に見たと言います。1878年の晩夏に思い立って再訪、34年の間に住民が増えて喧噪を増していた町に失望し、以来夢は見なくなったそうです。アメリカ人のブロンソン夫人（Mrs. Bronson）との交流は1882年に始まって友情に発展しており、夫人がそのアーゾロの塔の一つを夏の家にして、ブラウニングに来訪を促しました。1889年9月、夫人の家の真向かいに用意された住まいに妹のサリアナと共に滞在し、30編からなる最後の詩集『アーゾランドー』のエピローグを書き、ブロンソン夫人への献辞を添えて10月15日に出版社に送っています。タイトルは、地名アーゾロとイタリア語の動詞"asolare"（新鮮な空気を吸って気分を一新する）を掛け合わせたブラウニングの造語です。彼は、ブロンソン夫人にならって塔の一つを求め「ピッパの塔」と名付けようと交渉を始めましたが、許可が届いたのはその死後でした。

ペンはその後ヴェネツィアの館（the Rezzonico）を閉鎖し、カーザ・グイディ（Casa Guidi）を入手して両親が遺したものを移し入れ、アーゾロに居を移して貧しい住民の生活レベルの向上に努めました。すでに廃業されていた絹織物に代えて、彼がデザインする手織りの麻製品と古い型紙によるレース編みの仕事を興し、製品をヴェネツィアで売って、利益は更なる産業の興隆のために注ぎ込みました。レース編みの学校も開きました。ジネヴラはペンとサリアナのための家政婦としてアーゾロに来ていましたが、ペンの仕事

のマネージャーであった人物と結婚していて、学校の責任なども負っていたようです。ペンは眼を悪くして画を描くことができなくなっていましたが、ヴェニスの館の改修を通して、古い建物のリフォームと室内装飾に才能を発揮し、アーゾロ近辺の崩れかけていた邸を何軒も改築しました。小さい家を5軒所有し、それを極めて安価に貸して、彼の死後に整理される場合にそれぞれの住人が購入できるように考えていたようです。町の人々にとって、彼は恩人であり、友人であったのです。

　1912年5月7日のブラウニング生誕百年祭の時にはペンはすでに病床にありました。しかし詩人ブラウニングのためというよりは、ペンのために集まった実に大勢の人々を前に、流暢に大きなしっかりした声で挨拶をしたと言われています。7月8日に63歳で逝去、その時に看取ったのはストーリ家のエディスでした。ファニーは死後に到着しています。葬儀は町全体が喪に服す「公葬」"the royal funeral"でした。

　遺産は当時のイタリアの法律に基づいて、妻のファニーが3分の1、残りをバレット（Barrett）家の16人が相続し、翌1913年5月1日〜8日のサザビー（Sotheby）のオークションで、不動産、家財はもとより草稿・手紙に至るまですべてが換金化されました。カーザ・グイーディは1971年にニューヨークのブラウニング協会が買い戻し、現在、英国のイートン校（Eton College）の所有になって一般公開され、ブラウニング研究の拠点ともなっています。アーゾロにあったペンの墓は、10年後にファニーによってフロレンスの新プロテスタント墓地に移され、叔母のサリアナと共に眠っています。

　有名人士の子どもで、彼ほど出来の悪さで取り沙汰され、結果的に両親を輝かせた者はいないのではないか、と言われるのが、皮肉でも揶揄でもなく、ほんとうのことだと思えます。

*文　　献

Allen, W. Sidney. *Vox Latina: A guide to the Pronunciation of Classical Latin*. Cambridge Univ. Press, 1978.
Altick, Richard D. and Loucks, James F. *Browning's Roman Murder Story: A Reading of "The Ring and the Book."* Chicago: Univ. of Chicago Press, 1968.
ARISTOTLE: THE "ART" OF RHETORIC. trans. J. H. Freese (The Loeb Classical Library, 193).
『アリストテレス全集第 6 巻』「弁論術」山本光雄訳、岩波書店、1968年
Austen, Kay. "The Royal Casanatense Document: A Third Source for Browning's *The Ring and the Book*," *Studies in Browning and his Circle* vol. 4, no. 2 (Fall 1976): 26-44.
Berdoe, Edward. *The Browning Cyclopaedia*. London: George Allen & Unwin Ltd., 1891, rep. 1924.
The Bible: Authorized King James Version. London: Oxford Univ. Press.
Blackburn, Thomas. *Robert Browning: A Study of His Poetry*. London: Woburn Press, 1967, rpt. 1975.
Blalock, Susan Elizabeth. *The Carnivalesque in Robert Browning's The Ring and the Book*. Dissertation submitted to the University of Texas at Austin, 1983
Brady, Ann P. *POMPIRIA: A Feminist Reading of Robert Browning's The Ring and the Book*. Athens: Ohio Univ. Press, 1988.
Browning, Robert and Barrett, Elizabeth. *The Browning Love Letters in Two Volumes with Portraits*. London: Smith, Elder & Co., 1899, rpt. 1934.
Browning, Robert. *The Ring and the Book*, ed. F. M. Padelford. Modern Student Lilrary, New York: Charls Scribner's Sons, c1927.
──── . *The Works of Robert Browning*, ed. F. G. Kenyon, 10 vols. New York: AMS Press, 1966.
──── . *Dearest Isa: Robert Browning's Letters to Isabella Bragden*, ed. Edward C. McAleer. Univ. of Texas Press, 1951, rpt. Westport, Conn.: Greenwood Press, 1970.
──── . *Letters of Robert Browning*, Collected by Thomas J. Wise, ed. Thurman L. Hood. 1933, rpt. New York: Kennikant Press, 1973.
──── . *The Complete Works of Robert Browning With Variant Readings & Annotations*, VII, VIII, & IX, ed. Jack W. Herring. Athens, Ohio: Ohio Univ. Press,

───

＊　本表における日本の出版社の所在地はすべて東京です。

Baylor University, Waco, Texas, 1985, 1988, &1989.

―――. *The Ring and the Book,* ed. Richard D. Altick. Penguin Education, 1971, rpt. Penguin Classics, 1990.

Buckler, William E. *Poetry and Truth in Robert Browning's THE RING AND THE BOOK.* New York: New York Univ. Press, 1985.

The Cambridge Guide to Theater, ed. Martin Banham. Cambridge Univ. Press, 1995.

Cassidy, James (E. M. Story). *A Study of Browning's The Ring and the Book.* New York, Haskell House Publishers Ltd., 1971.

Charlton, H. B. *Browning as Poet of Religion.* Manchester: Manchester Univ. Press, 1970.

Chesterton, G. K. *Robert Browning.* New York: Macmillan, 1903, rpt. 1914.

Clarke, Helen Archibald. *Browning's Italy: A Study of Italian Life and Art in Browning.* New York: The Baker & Taylor Company, 1907.

A Concordance to the Poems of Robert Browning. ed. L. N. Broughton & B. F. Stelter, 2 vols. New York: G. E. Stechert & Company, 1924.

Cook, A. K. *A Commentary Upon Browning's THE RING AND THE BOOK.* Oxford Univ. Press, 1920.

The Critical Heritage: Browning. ed. Boyd Litzinger and Donald Smalley. New York: Barnes & Noble, Inc., 1970.

Cronin, Richard. *Colour and Experience in Nineteenth-Century Poetry.* London: Macmillan, 1988.

Cundiff, Paul A. "The Dating of Browning's Conception of the Plan of *The Ring and the Book,*" *Studies in Philology,* XXXVIII (1941): 543-51.

Curle, Richard, ed. *Robert Browning and Julia Wedgwood, A Broken Friendship as revealed in their Letters.* London: John Murray & Jonathan Cape, 1937.

ダンテ『神曲』平川祐弘訳、河出世界文学全集第1巻、1989.

Derby, Lord, trans. *The Iliad of Homer.* 1910, rpt. Everyman's Library No 45, 1948.

DeVane, William C. *A Browning Handbook.* New Jersey: Prentice-Hall, Inc., 1955.

Doane, Margaret. "Guido is saved; Interior and Exterior Monologues in Book XI of *The Ring and the Book.*" *Studies in Browning and His Circle* vol.5, no. 2 (Fall 1977): 53-64.

Drew, Phillip. "A Note on the Lawyers," *Victorian Poetry* vol. VI (Autumn-Winter 1968): 297-307

Fowlers, Betty S. *Browning and the Modern Tradition.* London: Macmillan. 1976.

フランクル、ヴィクトール『夜と霧』霜山徳爾訳、みすず書房、1956年

フロイト著作集第2巻『夢判断』高橋義孝訳、人文書院、1968年。

Fuson, B. Willis. *Browning and His English Predecessors in the Dramatic Monologue.* 1948, rpt. Penn.: Norwood Edition, 1976.

George, W. A. W. *Browning and Conversation*. London, Macmillan, 1933.
Gest, John Marshall. *The Old Yellow Book: Source of Browning's THE RING AND THE BOOK*. Boston: Chipman Law Publishing Company, 1925.
Gridley, Roy. "Browning's Two Guidos," *University of Toronto Quarterly* 37(1967): 51-68.
Griffin, W. Hall & Minchin, Harry Christopher. *The Life of Robert Browning with Notices of His Writings, His Family, & His Friends*. Hamden, Conn.: Archon Books, 1910, rpt.1966.
Haddow, Alexander. *Browning's The Ring and the Book as a Connected Narrative-Compiled from the Poem*. London: Blackie and Son Ltd., 1924.
Hair, Donald S. *Browning's Experiments with Genre*. Toronto: Univ. of Toronto Press, 1972.
―――. *Robert Browning's Language*. Toronto: Univ. of Toronto Press, 1999.
Harold, William E. *The Valiance and the Unity: A Study of the Complementary Poems of Robert Browning*. Athens: Ohio Univ. Press, 1973.
長谷川和夫・長嶋紀一『老人の心理』全国社会福祉協議会、1990年初版、1995年
Hines, Susan. *A Trial Reading of Robert Browning's The Ring and the Book*, Thesis (M.A.) submitted to University of British Columbia,1989.
Hodell, Charles W. trans. & ed. *The Old Yellow Book: Supplementary Volume to The Ring and the Book*. London, J. M. Dent & Sons (Everyman's Library),
―――. *The Old Yellow Book: Source of Browning's THE RING AND THE BOOK in Complete Photo-reproduction with Translation, Essay, and Notes*, Second Edition. Carnegie Institution of Washington, 1916.
Honan, Park. *Browning's Character: A Study in Poetic Technique*. Yale Univ. Press, 1961, rpt. Conn.: Archon Books, 1969.
井上勝也・木村　周編『新版老年心理学』1993年初版、朝倉店店、1996年
The Illiad of Homer. trans. Lord Derby. 1910, rpt. Everyman's Library No 45. 1948.
Irvine, William & Honan, Park. *The Book, the Ring, and the Poet*. New York: McGraw-Hill Book Company, 1974.
James, Henry. *The Novel in 'The Ring and the Book*. Royal Society of Literature, the Academic Committee; Browning's Centenary. London: Asher & Co., 1912.
Jung, C. G. *Psychological Types*, trans. H. G. Baynes. Princeton Univ. Press (Bollingen Series XX), 1971.
ユング、C. G.『人間と象徴』河合隼雄監訳、河出書房新社、1975年
『キリスト教人名辞典』日本基督教団出版局、1986年
『厨川白村全集　第5巻』改造社、1929年
Kurobane, Shigeko. "*THE RING AND THE BOOK* by Robert Browning: An Apologia for Book I "The Ring and the Book.""　熊本商大論集第35巻第2号、

pp.169-92、1988年12月
黒羽茂子「ロバート・ブラウニング『指輪と本』第2巻「半ローマ」―もう一つの人間悲劇」九州女学院短期大学学術紀要第20号、pp.183-208、1990年
Kurobane, Shigeko. "*The Ring and the Book* by Robert Browning: the meaning of "keep a wife" in Book II "Half-Rome."" 熊本大学英語英文学第34号、pp.81-97、1991年
黒羽茂子「ロバート・ブラウニング『指輪と本』第3巻「残りの半ローマ」―話者の実像」九州女学院短期大学学術紀要第16号、pp.119-31、1991年
黒羽茂子「ロバート・ブラウニング『指輪と本』第4巻「第三の男」―野心家の本音と本性」九州女学院短期大学学術紀要第17号、pp.81-105、1992年
黒羽茂子「ロバート・ブラウニング『指輪と本』第5巻「伯爵ギドー・フランチェスキニー」―延命のレトリック」九州女学院短期大学学術紀要第18号、pp.153-75、1993年
黒羽茂子「ロバート・ブラウニング『指輪と本』第6巻「ジュゼッペ・カポンサッキ」―人間的なヒーローの造形」九州女学院短期大学学術紀要第19号、pp.149-70、1994年
黒羽茂子「ロバート・ブラウニング『指輪と本』第7巻「ポンピリア」―永遠への飛翔」九州女学院短期大学学術紀要第20号、pp.145-63、1995年
黒羽茂子「ロバート・ブラウニング『指輪と本』第8巻「アーカンジェリ」―息子と食物とラテン語と」九州女学院短期大学学術紀要第20号、pp.175-98、1996年
黒羽茂子「ロバート・ブラウニング『指輪と本』第9巻「ボッチニ」―"Filthy Rags of Speech"の究極のサンプル」九州女学院短期大学・九州ルーテル学院大学紀要 VISIO 第24号、pp.57-84、1997年
黒羽茂子「ロバート・ブラウニング『指輪と本』第10巻「教皇」―勇気ある老いの肖像」九州ルーテル学院大学紀要 VISIO 第25号、pp.107-33、1998年
黒羽茂子「ロバート・ブラウニング『指輪と本』第11巻「グイド」―責任転嫁の醜相」九州ルーテル学院大学紀要 VISIO 第27号、pp.107-19、2000年
Kurobane, Shigeko. ""A scorpion ringed with fire" and "A rose for the breast of God": *The Cenci* and *The Ring and the Book*." *Studies in Browning and His Circle* vol. 24 (June 2001): 68-77.
黒羽茂子「ロバート・ブラウニング『指輪と本』第12巻「本と指輪」―言葉の虚しさと人間の真実」九州ルーテル学院大学紀要 VISIO 第28号、pp.159-71、2001年
Kurobane, Shigeko. "Browning, an Existential Feminist," *Studies in Browning and His Circle* vol. 25 (June 2003): 94-100.
Lamacchia, Grace A. *The Ring and the Book: Its Contemporary Reputation, Its Intellectual Background, and Its Internal Dynamics.* A Dissertation for the degree of

Doctor of Philosophy at New York University, 1966.
Langbaum, Robert. "Is Guido Saved? The Meaning of Browning's Conclusion to *The Ring and the Book*," *Victorian Poetry* 10 (1972): 289-305.
Leech, Geoffrey N. *A Linguistic Guide to English Poetry*. London: Longman, 1969.
―――. *Style in Fiction*. London: Longman, 1981.
Loeb Classical Library. *Livy I; Books I and II*, with an English Translation by B. O. Foster. Harvard Univ. Press and Heineman Ltd., 1919, rpt. 1988.
Loschky, Helen M. "Free Will Versus Determinism in *The Ring and the Book*," *Victorian Poetry* vol. VI, no. 3-4 (Autumn-Winter 1968): 333-52.
Loucks, James F. ""GUIDO HOPE?": A RESPONSE TO "IS GUIDO SAVED?"" *Studies in Browning and His Circle* vol. 2, no. 2 (Fall 1974): 37-48.
Loucks, James F. ed. *Robert Browning's Poetry: Authoritative Texts Criticism*. New York: Norton & Company, 1979.
Lowe, Carol Ann. *Ring of Language in Robert Browning's The Ring and the Book*. Dissertation submitted to Baylor University, Texas, 1988.
Lussels, Richard. *The Voyage of Italy or A Compleat Journey through Italy in Two Parts*. London: John Starty, 1670.
Machiaverri, Nicolo. *The Prince*, trans. W. K. Marriot. The Great Books of the Western World 23, 1952, rpt. Encyclopedia Britanica, Inc., 1989.
前之園幸一郎「15世紀フィレンツェの「残酷な母親」について」青山学院女子短期大学紀要第42号、pp. 53-73、1988年
May, Larry. *Masculinity & Morality*. Ithaca: Cornell Univ. Press, 1997.
McArdle, Frank. *Altopascio: A Study in Tuscan Rural Society, 1587-1784*. Cambridge Univ. Press, 1978.
McGhee, Richard D. ""The Luck That Lies Beyond a Man": Guido's Salvation in *The Ring and the Book*," *The Browning Institute Studies* vol. 5 (1977): 87-104.
Meredith, Michael. "Flight from Arezzo: Fact and Fictions in *The Ring and the Book*," *Studies in Browning and His Circle* vol. 25 (June 2003): 101-16.
Miller, Betty. *Robert Browning: A Portrait*. London: John Murray, 1952.
Mukoyama, Y. *Browning's Study in Japan: A Historical Survey, With a Comprehensive Bibliography*. 前野書店、1977年
村岡達二『世界名作文庫21 ポムピリア』春陽堂、1933年
中島文雄『ロバート・ブラウニング 指輪と本 第1巻』研究社、1957年
The New English Bible with the Apocrypha. Oxford Univ. Press, Cambridge Univ. Press, 1970.
ニューマン、バーバラ M. & ニューマン、フィリップ R.『新版生涯発達心理学―エリクソンによる人間の一生とその可能性』福富護訳、川島書店、1988年

Nowotony, Winifred. *The Language Poets Use*. London: Athlone Press, 1962.
小田切米作訳『ブラウニング悲劇詩　指輪と書物』法政大学出版局、1957年
小田切米作訳『ブラウニング悲劇詩　指環と書物（後編）』法政大学出版局、1961年
The Odyssey, trans. G. Highet. New York; Modern Library, 1967.
大庭千尋「ブラウニング『指輪と書物』」松山女学園大学研究論集第12号（第1部）、pp. 9-28、1981年
The Old Yellow Book: The Source of Robert Browning's THE RING AND THE BOOK in Complete Photo-Reproduction with Translation, Essay, and Notes, trans. Charles W. Hodell. Carnegie Institution of Washington, Second Edition, 1916.
The Old Yellow Book: The Source of Robert Browning's THE RING AND THE BOOK. trans. & ed. Charles W. Hodell. London: J. M. Dent & Sons (Everyman's Llibrary).
Orr, Southerand. *A Handbook to the Works of Robert Browning*. Gaciabad: Ritwik Publications, 1896, rpt. 1988.
Padelford, Frederick Morgan, ed. *The Ring and the Book by Robert Browning*. Modern Student's Library, Charles Scribner's Sons, c1917.
Posnock, Ross. *Henry James and the Problem of Robert Browning*. Athens: Univ. of Georgia Press, 1985.
Pound, Ezra. *Instigation*. 1920, rpt. New York: Boni-Liverright, 1969.
『羅和辞典』田中秀央編、研究社、1952年初版、1966年
Princeton Encyclopedia of Poetry and Poetics, ed. Alex Preminger. New Jersey: Princeton Univ. Press.1974.
Raymond, William O. "The Pope in *The Ring and the Book*," *Victorian Poetry* vol. VI, no. 3-4 (Autumn-Winter, 1968) : 323-32.
Ricci, Corrado. *Beatrice Cenci*, trans. Morris Bishop and Henry Longan Stuart. 1925, rpt. New York: Liverright Publishing Co., 1933.
Rudlin, John, *Commedia dell' Arte: An Actor's Handbook*. London: Routledge, 1994.
Rundle, Vivienne J. ""Will you let them murder me?": Guido and the Reader in *The Ring and the Book*," *Victorian Poetry* vol. 27, no. 3-4 (Autumn-Winter 1989): 99-114.
Ryals, Clyde de L. *Browning's Later Poetry, 1871-1889*. Ithaca; Cornel Univ. Press, 1975.
Santayana, George. *Interpretations of Poetry and Religion*. 1900, rpt. Cambridge, Mass.: MIT Press, 1989.
佐藤信夫『レトリック感覚』講談社、1978年
『聖書』新約1954年改訳、旧約1955年改訳、日本聖書教会、1979年

『聖書　新共同訳』日本聖書教会、1989年
『聖書外典偽典１―旧約外典Ｉ』教文館、1975年（初版）、1982年
『西洋人名よみかた辞典II（哲学・宗教・文藝）』日外アソシエーツ株式会社編集、紀伊國屋書店、1984年
Shakespeare, William. *The Complete Works, Compact Edition*, ed. Stanley Wells and Gary Taylor. Oxford: Clarendon Press, 1988.
Shaw, W. David. *The Dialectical Temper: The Rhetorical Art of Robert Browning*. New York: Cornel Univ. Press, 1968.
Shelley, Percy Bysshe. *The Complete Works of Percy Bysshe Shelley*, vol. II, ed. Roger Ingpen and Walter E. Peck. New York: Gordian Press, 1965.
『新カトリック大事典I』学校法人上智学院編集委員会、研究社、1996年
『新共同訳旧約聖書注解III・続編注解』高橋虔／B.シュナイダー監修、日本基督教団出版局、1993年
塩野七生『ルネサンスの女たち』中公文庫、1973年、
塩野七生『海の都の物語　ヴェネツィア共和国の一千年』中央公論社、1980年
塩野七生『続海の都の物語　ヴェネツィア共和国の一千年』中央公論社、1981年
塩野七生『レパントの海戦』新潮社、1987年
塩野七生『わが友マキアヴェッリ』中央公論社、1987年
Slinn, E. W. *The Discourse of Self in Victorian Poetry*. London: Macmillan, 1991.
Smith, C. Willard. *Browning's Star Imagery*. 1941, rpt. Octagon Books, 1976.
Sullivan, Mary Rose. *Browning's Voices in THE RING AND THE BOOK: A Study of Method and Meaning*. Toronto: Univ. of Toronto Press, 1969.
田中秀央編『羅和辞典』研究社、1952年初版、1966年
Treves, Frederick. *The Country of "The Ring and the Book."* London: Cassell and Company Ltd., 1913.
土屋潤身「R. Browningの"The Ring and the Book"について（その一）」和洋女子大学英文学会誌第11号、pp.59-73、1973年
Ward, Maisie. *Robert Browning and His World: Two Robert Brownings [1861-1889]*. London: Cassell and Company Ltd., 1969.
―――. *The Tragi-Comedy of Pen Browning (1849-1912)*. Sheed and Ward, Inc. & The Browning Institute, Inc., 1972.
渡辺清子「R. BrowningのThe Ring And The Bookに於ける罪、真実、審判、の問題に関する考察（その二）」日本女子大学紀要No. 21, pp.8-34、1970年3月
渡辺清子「The Ring and the Bookに於ける金の問題」日本女子大学大学院修士課程創設10周年記念誌、pp.141-51、1977年11月
Woolford, John. *Browning the Revisionary*. New York: St. Martin's Press, 1988.
Woolford, John & Karlin, Daniel. *Robert Browning*. Longman Group Ltd., 1996.
Wyant, Jerome L. "The Legal Episode in *The Ring and the Book*," *Victorian Poetry*

vol. IV (Autumn-Winter 1968): 309-21.
Yetman, Micheal G. "Count Guido Franceschini: The Villain as Artist in *The Ring and the Book*," *PMLA* 87.5 (October 1972): 1093-102.

欧語・事項 索引

(ア)

アウグスティヌス　Augustine…187,303
『アエネイス』　Aeneid…18, 228, 241
アグリッパ　Agrippa…159
アゴスティネッリ　Agostinelli…321, 375
Other-Half　［アザー・ハーフ　The Other Half-Rome］
　…61, 62, 64—71, 73—89, 117, 119, 186, 255
『アセニウム』　The Athenaeum…6
『アーゾランドー』　The Asolando
　…380, 381, 383
アーゾロ　Asolo…1, 381, 383, 384
アッチャイウォーリ　Acciaiuoli…326, 344
アバーテ　Abate…9, 10, 16, 174, 323, 326, 343, 344, 374
アビゲイル　Abigail…267, 268
アラベル　Arabel…6
アリストテレス　Aristotle…123—126, 130, 131, 140, 143, 145, 146, 149, 150, 153, 154
アルカンジェリ　Arcangeli…16, 34, 219—225, 227—231, 233—245, 247, 261, 283, 284, 319, 346, 347, 349, 352—354, 356, 360, 378
アルキメデス　Archimedes…276, 277
アルヌルフ　Arnulf…287
アレッツォ　Arezzo…4, 5, 15, 16, 32, 45—48, 50, 53, 63, 65, 68, 71, 75, 80, 87, 95, 101, 105, 126, 130, 134, 135, 138, 145, 153, 157, 158, 175, 177, 183, 186, 191, 198, 201—203, 207, 209, 213, 235, 248, 269, 284, 299, 307, 313, 357, 364, 367, 368, 370, 371, 374—378
アレン　Allen…231
アンジェラ　Angela…41, 376
アンジェリーカ　Angelica…16, 374, 375, 377
アントニオ・ピニャテッリ　Antonio Pignatelli…293, 314, 379

(イ)

イアーゴ　Iago…344
イエス　Jesus…41, 53, 54, 69, 71, 72, 131—133, 152, 159, 212, 335, 338, 348, 369
イエットマン　Yetman…123
イカロス　Icarus…272
イサ・ブラグデン　Isa Blagden…6, 17, 19, 241, 382
イソクラテス　Isocrates…282
『イタリア紀行』　The Voyage of Italy
　…185, 212
イノセント12世　Innocent XII…16, 30, 285, 321, 349, 361, 379
いやみ　sarcasm…44—46, 68, 104, 134, 228, 265, 308, 331, 337
『イリアス』　Iliad…18, 31, 34
隠喩　metaphor…29, 51, 55, 56, 85, 86, 88, 126, 130, 133, 137—140, 282, 314

(ウ)

ヴィオランテ　Violante…5, 15, 16, 35, 38—42, 44—47, 49, 51, 52, 54, 57, 58, 64, 65, 67, 72—75, 81, 84—87, 89, 93, 98, 102, 104—106, 109, 112, 113, 115—122, 135, 149, 186, 197, 199—202, 214, 217, 244, 251, 256, 342, 364, 374, 376
ヴィットリア　Vittoria…41, 376
ヴィットリア通り
　Via Vittoria…198, 366, 377
ヴィーナス　Venus…68, 137, 269
ウイリアム・ロゼッティ
　William Rossetti…6
ウィルソン　Wilson…381
ウインポール通50番地
　No. 50 Wimpole Street…3
ヴェネツィア　Venice…192, 347, 349, 351, 381—389

ヴェルギリウス Vergil…18, 228, 235, 236, 241, 254, 260, 276
ウオリック・クレセント19番地 No. 19 Warwick Crescent…6, 381
ウォンリー Wanley…288
ウゴリヌッチ Ugolinucci…319, 344, 346, 349, 353
ウザ Uzzah…313
ウルカヌス Vulcan…68

(エ)

エウリピデス Euripides…308, 333
エズラ・パウンド Ezra Pound…2
エディス Edith…390, 392
エトルリア Etruria…18, 19
エピローグ epilogue…2, 7, 144, 345, 357, 359, 380, 383
エラスムス Erasmus…231
エリザベス Elizabeth…2—6, 17, 19—21, 24—26, 168, 240, 345, 346, 358, 359, 380—382
エリザベス・バレット Elizabeth Barrett…3, 168
エリシャ Elisha…27—29

(オ)

王子 Prince…93—95, 104—107
オウィディウス Ovid…53
オー Orr…234, 321
オースティン Austen…324, 361
『オーロラ・リー』 Aurora Leigh…3
大庭…121, 287, 320
小田切…90, 121, 192, 218, 246, 315, 351, 357
オックスフォード Oxford…6, 237, 241, 242, 362, 380
オデュッセウス Odyssey, Ulysses …68, 274
『オデュッセイア』 The Odyssey…18, 31, 32, 34, 68
『男たちと女たち』 Men and Women…2, 3, 6—8, 23, 168, 225, 305, 357, 358

オネシモ Onesimus…159
オルティック&ラウクス Altick & Louchs…7, 123, 124, 219, 246, 283, 324, 360, 369

(カ)

改悛者修道院 the Venerable Monastery and Convent of Santa Maria Magdalena of the Convertites in the Corso…50, 135, 196, 239, 254, 280, 307, 346, 347, 353, 376—378
カーザ・グイーディ Casa Guidi…19, 29, 32, 359, 383, 384
カーライル Carlyle…3, 7, 34
ガエターノ Gaetano…16, 357, 368, 376—378
カステッラーニ Castellani…18
カステルヌォーヴォ Castelnuovo…5, 32, 36, 44, 56, 64, 67, 69, 78, 80—82, 102, 144, 146, 153, 158, 173, 177—179, 186, 196, 208, 214, 217, 224, 250, 251, 258, 262, 279, 296, 314, 320, 366—368, 372, 376, 377
閣下 Excellency…92—94, 97, 104—107, 352
閣下夫人 Her Excellency…96, 97, 99, 104, 106
カトゥルス Catulus…234
カノン Canon…10, 16, 45, 57, 80, 157, 161, 174, 248, 250, 374—377
カポンサッキ Caponsacchi…5, 7, 16, 36—38, 42, 45, 47—50, 52, 56, 57, 59, 63, 70, 77—81, 83, 88, 95, 96, 98, 106, 107, 115, 131, 135, 141, 144, 146, 148, 155—183, 186, 188—190, 192, 195, 196, 202, 207—218, 248—251, 255, 256, 262, 265, 269, 275, 276, 280—282, 284, 286, 294, 298, 301—304, 307, 309, 315, 317, 318, 320, 321, 346, 360, 364, 366—368, 375—378
カミッラ Camilla, …41, 376
ガリレオ Galileo…309
カンディフ Cundiff…6

欧語・事項 索引 395

ガンバッシーニ　Gambassini…321, 375
ガンビ　Gambi…254, 378
換喩　metonymy…60, 333

（キ）

キウージ　Chiusi…19
ギガディブズ　Gigadibus…1
擬人化　personification…49, 58, 190
キメラ　Chimaera…335
キャシディ　Cassidy…315
教皇　the Pope…5, 7, 9, 15, 16, 29, 30, 63, 89, 109, 145, 164, 165, 175, 189, 218, 219, 225, 245, 247, 256, 285—291, 293, 297, 299, 302, 309, 313—316, 318—324, 326—329, 331—333, 335, 336, 341, 343, 344, 354—358, 360, 362, 369, 376, 378, 379
『教皇列伝』
　The Chronicle of the Popes…286, 290, 312
キリスト　Jesus…62, 164, 180, 307—310, 341, 343
『欽定訳聖書』　The Bible: Authorized King James Version…14, 28, 321

（ク）

グイーディ館　Palazzo Guidi…19
グイード　Guido…5, 7, 9, 15, 16, 29, 32, 34—40, 42—59, 63, 64, 66—70, 72, 75—77, 79, 81—90, 93—96, 98—103, 105, 106, 110, 111, 114, 115, 120—156, 158, 161—163, 165—167, 172—179, 181, 182, 185, 186, 188—191, 193—196, 198—201, 203—206, 208—210, 213—215, 217, 220, 221, 223—225, 227—230, 234, 235, 239, 243—246, 248—251, 253, 255, 257, 265, 267, 268, 273, 276, 279—281, 284—288, 291—300, 309, 311—316, 318—321, 323—339, 341—352, 354—357, 362, 364—366, 368—370, 374—379
グイード・フランチェスキーニ
　Guido Franceschini…4, 5, 7, 68, 69, 123, 215, 323, 361
グイード・レーニ　Guido Reni…41
グイッリキーニ　Guillichini…16, 156, 175, 208, 364, 366, 375
クセルクセス　Ahasuerus…312
クック　Cook…89, 90, 188, 207, 222, 230, 231, 234, 238, 246, 284, 287, 319, 321, 325, 344, 353, 359
クラーク　Clarke…321
クライスト・チャーチ　Christ Church…242
繰り返し　repetition…26, 27, 29—31, 33, 40, 46—48, 50, 77, 79, 80, 86, 89, 131, 137, 143, 166, 177, 202, 220, 225, 237, 250—253, 259, 274, 292, 327, 331, 332, 350, 366
グリッドリー　Gridley…325, 326, 343
グレーヴェ（河）　Greve…326
『君主論』　The Prince…252, 253

（ケ）

猊下　Eminence…92
劇的独白　dramatic monologue…2—4, 17, 86, 323, 345, 370
ゲスト　Gest…156, 220, 239, 248, 253, 254, 280, 284, 353, 361, 364, 369, 370, 375, 377, 378
ケニー教授　Professor Kenney…231
『言語学的英詩入門』　A Linguistic Guide to English Poetry…26
ケンブリッジ　Cambridge…6, 231

（コ）

侯爵　Marquis…92, 93
公爵夫人　Duchess…3, 15, 58, 271, 333
公女　Principessa…107, 236
コールリッジ　Coleridge…121
衡平法　equity…143, 145
「故国を思う」　"Home Thought Abroad"…3
コッリガン　Corrigan…362
コメディ　comedy…30—32, 34, 43, 44, 60, 289

コラティヌス　Collatine…267, 268
コルソ　Corso…35, 198, 347
コルデリウス　Corderius…221
コローナ・パペロッツィ
　Corona Paperozzi…217, 363
婚資　dowry…5, 15, 36, 37, 55, 58, 63, 67, 76, 77, 87, 101, 106, 120, 137, 140, 144, 158, 185, 186, 190, 194, 203, 243, 250, 251, 265, 271, 286, 297, 364, 374, 376, 377
コンタリーニ　Contarini…290
コンティ　Conti…16, 156, 157, 160—162, 164, 175, 208, 211, 366, 375, 377
コンパリーニ　Comparini…5, 10, 15, 16, 34—38, 48, 49, 52, 54, 70, 83, 94, 99, 102, 105, 120, 122, 125, 134, 138, 143, 151, 185, 186, 194, 197—199, 203, 209, 214, 263, 284, 286, 294, 296, 303, 313, 323, 353, 361, 363, 366, 375—377
コンメディア　commedia…240, 244, 245
コンメディア・デラルテ
　commedia dell'arte…239, 240

(サ)

「作者不明の文書1」
　"Anonymous Pamphlet 1"…35, 36, 310
サムソン　Samson…232
サリアナ　Sarianna…383, 384
サリヴァン　Sullivan…7, 30, 75, 89, 90, 109, 123—125, 135, 154, 219, 246, 261, 283, 320, 321, 324, 326, 328, 360
サルヴィアーティ　Salviati…157
サンタヤナ　Santayana…358, 362, 380

(シ)

ジークバート　Sigebert…286, 288
シェイクスピア　Shakespeare…6, 52, 358
シェリー　Shelley…4, 346, 361
ジェロルド　Jerold…3
シケム　Shechem…252
『詩と宗教の解釈』 Interpretations of Poetry and Religion…358, 362
ジネヴラ　Ginevra…382, 383
ジャチント　Giacinto…221, 222, 241
ジャチント・ヒヤチント
　Giacinto Hyacinth…240
修辞疑問　rhetorical question…43, 52, 126, 128, 133, 135, 136, 138, 141, 149, 213, 291
ジューリア・ウェッジウッド
　Julia Wedgwood…344
ジュゼッペ・カポンサッキ　Giuseppe Caponsacchi…38, 77, 155
ショウ　Shaw…18, 282
ジョウイット　Jowett…241, 242
ジョージ・エリオット　George Eliot …3
叙事詩　epic…7, 18, 20, 26, 29, 31, 32, 34, 124, 234, 257, 357
ジロラーモ　Grirolamo…15, 16, 63, 298, 374
『神曲』 Divina Commedia…84, 158, 159, 160, 183

(ス)

枢機卿　Cardinal…16, 23, 65, 71, 86, 92, 119, 120, 323, 326, 343, 344, 374, 379
スエーデンボリ　Swedenborg…293, 333
スクード　scudo（複数形　スクーディ scudi）…364, 376
『鈴と石榴』 Bells and Pomegranates …3
ステファヌス　Stephanus…287, 288
ステファノ　Stephen…351
スプレーティ　Spreti…16, 220, 228, 235, 236, 284, 378
スリン　Slinn…86, 155

(セ)

聖ジョージ　St. George…155, 157, 182, 208, 367, 377
聖ルチーナ・ロレンツォ教会
　San Lorenzo in Lucina…35
聖ロレンツォ教会　San Lorenzo…4, 20,

85, 113, 353
ゼウス　Zeus…53, 67
セネカ　Seneca…308, 309
セルギウス3世　Sergius III…288
全燔祭　holocaust…69, 70

(ソ)

『ソルデッロ』　Sordello…3, 60, 381

(タ)

Tertium Quid　[ターシャム・クイド]
　…90—98, 100—113, 115, 116, 119—
　122, 161, 280
大英図書館　the British Library…8
大公　Duke…58, 59, 94—96, 104, 128,
　159, 271, 273, 333
太公　Granduke…101, 343
第3資料　Royal Casanatense
　Document…122, 186, 217, 321, 326,
　361—363, 377
大司教　the Archibishop…63, 71, 94,
　138, 145, 186, 194, 195, 203—205,
　213, 214, 299, 300, 307, 313, 366, 379
ダナエー　Danae…67
田中…230, 231
第2資料　the Secondary Source of
　The Ring and the Book…346,
　348, 350, 351, 363
タルキン　Tarquin…267, 268
ダビデ　David, the son of Jesse…268,
　313
ダンテ　Dante…84, 158, 159
ダンディッロ　Dandillo…187

(チ)

『小さな世界の不思議』　The Wonders
　of the LittleWorld…288
チェスタートン　Chesterton, G. K.…7,
　8, 20, 34, 121, 359
チェレスティーノ　Celestino…72, 79,
　100, 187, 197, 212, 214, 353—355, 357,
　360, 367, 377
チェレスティン　Celestin…197

『チェンチ家』　The Cenci…4, 346, 347,
　361
チェンチニ　Cencini…16, 220, 319, 344,
　346, 349, 353, 370, 378
知事　the Governor…63, 71, 94, 138,
　145, 175, 194, 204, 209, 214, 262, 281,
　282, 286, 294, 299, 319, 329, 355
チナレッロ　Cinarello…223
チニーノ　Cinino…222
チノーネ　Cinone…221, 222
チノンチーノ　Cinoncino…223
チビタ・ヴェッキア　Civita Vechia
　…275, 284, 377
チャールトン　Charlton, H. B…306
『注解書』　Commentary…325, 344
注解　commentary…188, 234, 252, 353
「彫像と胸像」　"The Statue and the
　Bust"…168, 225
直喩　simile…18, 22, 36, 51, 109, 126,
　181, 313

(ツ)

土屋…122

(テ)

ティゲッティ　Tighetti…254, 377
ティティアン　Titian…342
ティベル(河)　Tiber…65, 117, 288, 289
ディナ　Dinah…252
テークラ　Tecla…127, 128, 192
『デカメロン』　The Decameron…68
テオドール　Theodore…290
テニスン　Tennyson…7, 382
デーモドコス　Demodocus.…68
テレンティウス　Terence…235
殿下　Highness…92—94, 96—98, 104,
　105

(ト)

頭韻　alliteration…21, 27, 38, 44, 48, 49,
　73, 76, 79, 80, 128, 131, 133, 135, 137,
　181, 194, 205, 237, 256—258, 261, 264
　—266, 269, 274, 277, 289, 295, 296,

315, 321, 331
『登場人物たち』
　　Dramatis Personae…6, 358
ドウン　Doane…324, 343, 381
ドヴェイン　DeVane…182, 217, 242, 246, 319, 325, 362
トッツィ　Tozzi…275
ドットーレ　Dottore…239, 240, 245
トビト　Tobito…228
トマス（アクィナス）
　　Thomas (Aquinas)…169
トマス　Thomas…170
トルト　Torto, Gaspero del…319, 346, 349
トロイ　Troy…31, 274, 275
ドロシー　Dorothy…2
トンマゼーオ　Tommaseo…345

（ナ）

中島文雄…25, 121, 384
ナバル　Naval…267, 268

（ニ）

「ニシキヘビ」"Python"…381, 382
ニューマン　Newman…22, 23, 322

（ノ）

ノア　Noah…313
「残りの半ローマ」"The Other Half-Rome"…35, 50, 61, 90, 122, 189, 255

（ハ）

Half-Rome ［ハーフ・ローム］…38, 40—44, 46—62, 68, 71, 75, 79, 81, 83, 84, 86, 112, 116, 119, 120, 298
パウロ　Paul…15, 31, 89, 159, 182, 308, 309, 374
パオロ　Paolo…9, 15, 16, 36, 37, 65, 67, 72—76, 83—87, 89, 94, 112, 115, 119, 120, 125, 134, 144, 145, 194, 198, 202, 212, 249, 251, 255, 273, 285, 298, 309, 316, 376, 374
伯爵グイード　Count Guido…7, 115, 123, 215, 234, 311, 323, 325
パスクィーニ　Pasquini…319, 321, 365, 375, 376, 379
バックラー　Buckler…7, 60, 90, 104, 110, 111, 123, 154, 171, 187, 197, 200, 203, 209, 219, 242, 245, 271, 283, 297, 320, 324, 325, 358, 360
ハドウ　Haddow…290, 319
ハリエット　Harriet…361
バルデスキ　Baldeschi…321, 375
バルベリート　Barberito…10, 187
パロディ　parody…32
ハロルド　Harold…239
ハワース嬢　Miss E. F. Haworth…240
パンチ　Punch…111, 239
パンチャティーキ　Panciatichi…9, 326
「半ローマ」"Half-Rome"…35, 37, 42, 59, 61, 116, 119, 122

（ヒ）

ピエトロ　Pietro…5, 15, 16, 35, 37, 39—43, 45, 48, 49, 54, 57, 63, 65, 67, 70, 71, 73, 76, 83—88, 93, 106, 107, 109, 112, 115, 116, 119, 121, 122, 136, 144, 185, 198—203, 236, 244, 251, 256, 342, 364, 366, 368, 374, 376, 377
ピストル　Pistol…244
ピッティ宮　Pallazo Pitti…19
ピッパ　Pippa…1, 2, 383
妃殿下　Her Highness…96, 97, 104, 106
皮肉　irony…1, 71, 72, 75, 76, 95, 96, 99, 105, 126, 128, 131, 164, 165, 174, 195, 294, 296, 300, 302, 331, 334, 335, 384
ヒペリデス　Hyperides…267

（フ）

ファウラーズ　Fowlers…20
ファニー　Fannie…381, 382, 384
フィエゾーレ　Fiesole…158
フィレンツェ　Firenze…9, 69, 185, 187, 217
フェッラーラ　Ferrara…58, 59, 271, 273, 333

欧語・事項 索引　399

フェリーチェ　Felice…333
フェルディナンド　Ferdinando…381, 383
フォルモッス　Formosus…286—291, 320
フューソン　Fuson, B. W.…17
ブラウニング　Browning…1—8, 10, 14, 17—28, 30—34, 42, 43, 58—60, 66, 69, 70, 90, 91, 98, 121, 122, 124, 153, 155—158, 160, 162, 164, 167, 168, 170, 173, 182, 183, 187, 188, 191, 197, 200, 210, 216, 217, 219, 220, 222—228, 230—243, 245, 247, 253—256, 259, 263, 271, 272, 279, 283—286, 288, 290, 292, 305, 306, 316, 319, 321, 325—328, 343—348, 350—354, 356—363, 366—373, 380—384
ブラウニング図書館　the Armstrong Browning Library…8, 373
ブラックバーン　Blackburn…321
ブラディ　Brady…123, 155, 168, 203, 210, 368
プラトン　Plato…169
フランシスコ　St. Francis…131
フランチェスカ　Francesca…41, 263, 376, 377
フランチェスカ ポンピリア　Francesca Pompilia…63, 284, 376
フランクル　Frankle…216
フリーネ　Phryne…267
『古い黄表紙の本』　The Old Yellow Book…4, 9, 14, 17, 35, 62, 122, 155, 186, 237, 239, 247, 283, 285, 325, 345—348, 363, 364, 370, 371, 378
プルートス　Plutus…53
フロイト　Freud…86, 88
ブロウグラム　Blougram…1, 2, 23
フロレンス　Florence…3, 4, 6, 9, 15—17, 19, 20, 25, 185, 220, 285, 319, 326, 327, 344, 346, 353, 359, 362, 364, 370, 375, 376, 378, 381, 384
プロローグ　prologue…7, 18, 124, 345

(ヘ)

ヘア　Hair…30, 320, 325, 354
ベアトリーチェ・チェンチ　Beatrice Cenci…4, 217
並置　juxtaposition…125, 126, 129, 131, 156, 189, 191, 200, 324
ベーリアル　Balliol…237, 241, 389
ベティ・ミラー　Betty Miller…19, 243
ペテロ　Peter…132, 262, 282
ペニ　Peni…240
ペニーニ　Penini…240
ヘラクレス　Hercules…67, 266
ペルセウス　Perseus…67
ペン　Pen…6, 169, 234, 240—243, 367, 380—384
ヘンリー・ジェイムズ　Henry James…155
『ヘンリー5世』　Henry V…244
『弁論術』　The Art of Rhetoric…123, 130, 140, 153

(ホ)

ボッカチオ　Boccaccio…53, 69
ボッティーニ　Bottini…16, 219, 220, 239, 240, 244, 247, 253—257, 259, 261—264, 266, 267, 269—272, 274, 278—284, 300, 314, 315, 321, 349, 353, 355, 360, 367, 375, 378
ホデール　Hodell…14, 220, 226, 234, 237, 248, 325, 356, 365
ホナン　Honan…49, 76, 89, 110, 124, 183, 188, 319, 325, 357
ホメロス　Homer…18, 31, 52, 381
ホラティウス　Horace…68, 236, 254, 281
ホロコースト　holocaust…69, 70, 365
ホロフェルネス　Holophernes…252, 259
『本と指輪と詩人』　The Book, the Ring, and the Poet…382
ポンピリア　Pompilia…9, 15, 45, 47, 61, 69, 80, 87—89, 114, 115, 138, 149, 166, 185, 235, 255, 258, 266, 273, 277, 279,

283, 324, 341, 343, 354, 365, 376
ポンピリア・コンパリーニ　Pompilia Comparini…15

（マ）

「前の公爵夫人」　"My Last Duchess"…3, 58, 271, 333
前之園…185, 188
マキァヴェッリ　Machiavelli…252
マギー　McGhee…324, 384
マッケルデリィ　McElderry…76, 78
マリア　Mary…208, 256, 259, 267, 269, 341, 343, 350
マールス　Mars…68
マルカス　Malchus…132
マルゲリータ　Margherita…16, 196, 207, 213, 366, 375
マルピーキ　Malpichi…194

（ム）

無韻詩　blank verse…14, 68, 181, 182

（メ）

メリクリウス　Mercury…68

（モ）

モーセ　Moses…141, 164
モリエール　Moliere…43, 173, 239
モリノ教徒　Molinist…164, 257, 281
モリノス　Molinos…69

（ヤ）

ヤコブ　Jacob…252

（ユ）

ユダ　Judas…132, 133, 175, 252, 262, 282, 295
ユディト　Judith…248, 252, 255, 259, 269, 272
『指輪と本』　The Ring and the Book…4—8, 18, 26, 63, 76, 155, 178, 188, 218, 219, 234, 239, 241, 242, 280, 323, 345, 347, 354, 357, 358—361, 363, 370, 371, 380
ユング　Jung…84, 86

（ヨ）

ヨハネス9世　John IX…288, 289

（ラ）

ライアルズ　Ryals…238, 325, 385, 388
ラウクス　Louchs…324
ラッセルズ　Lussels…185, 212, 217
ラドリン　Rudlin…240
ラファエル　Raphael…161, 163, 342
ラマッキア　Lamacchia…328
ランキ　Ranke…290
ラングバウム　Langbaum…324
ランドゥ　Landor…358, 362
ランドル　Rundle…325, 328
ランパレッリ　Lamparelli…346, 377, 378
『ランブラー』　The Rambler…23
ランベルトゥス2世　Lambertus II…287

（リ）

リーチ　Leech, G. N.…26, 73
リチャード・ラッセルズ　Richard Lussels…185, 212

（ル）

ルカ・チーニ　Luca Cini…39, 55
ルクレティア　Lucretia…237, 267, 268

（レ）

レイモンド　Raymond…319
レッツォニーコ館　Palazzo Rezzonico…381

（ロ）

ローマ　Rome…4—6, 10, 14—16, 18, 31—33, 35—37, 41, 44, 46, 49, 50, 53, 56, 60, 65, 68, 69, 71, 72, 75, 76, 80, 83, 87, 89, 95, 97, 101, 103, 105, 120, 121, 123, 125, 132, 133, 140, 142, 144, 146, 151, 152, 154, 155, 157, 159, 160, 164, 169,

172, 174, 175, 177, 181, 185, 186, 191, 194, 198, 202, 203, 207, 209, 212, 214, 217, 228, 230, 236, 253, 256, 258, 263, 276, 280, 281, 287, 289, 293, 307, 309, 315, 320, 330, 331, 333, 336, 341, 344, 346, 352, 353, 355, 362, 364, 369, 370, 374―377, 379
ローランド　Rolland…6, 57
ロシュキー　Loschky…321
ロバート・ウィーデマン
　　Robert Wiedeman…6, 240

ロバート・ブラウニング
　　Robert Browning…1, 17, 319
『ロバート・ブラウニング』
　　Robert Browning…7, 381
ロマーノ　Romano…307, 313, 366―368, 375

（ワ）

ワイズマン　Wiseman…22, 23
渡辺清子…90, 319, 325

著者略歴

黒羽　茂子（くろばね・しげこ）

　大阪市出身
　1956年　大阪大学文学部英文学科卒業
　1956―64年　大阪市立高等学校教諭
　1978年　熊本大学大学院（英文学専攻）修士課程修了
　1985年　オックスフォード大学大学院夏期コース修了
　1988―1997年　九州女学院短期大学勤務
　1998―2002年　九州ルーテル学院大学勤務、教授にて退職

ブラウニング『指輪と本』を読み解く

2010年11月18日　第1版第1刷印刷　　定価＝3500円＋税
2010年11月25日　第1版第1刷発行

　　　　著　者　黒　羽　茂　子
　　　　発行人　相　良　景　行
　　　　発行所　㈲　時　潮　社

　　　　〒174-0063　東京都板橋区前野町4-62-15
　　　　電　　話　03-5915-9046
　　　　Ｆ Ａ Ｘ　03-5970-4030
　　　　郵便振替　00190-7-741179　時潮社
　　　　Ｕ Ｒ Ｌ　http://www.jichosha.jp
　　　　E-mail　kikaku@jichosha.jp

　　　印刷・相良整版印刷　製本・仲佐製本

乱丁本・落丁本はお取り替えします。
ISBN978-4-7888-0658-0

時潮社の本

イギリス住宅金融の新潮流
斉藤美彦・簗田優　共著
Ａ５判・上製・242頁・定価3200円（税別）

近年大変貌を遂げ、そして世界金融危機の影響を大きく受けたイギリス住宅金融。その歴史的変遷からグローバル化時代の新潮流等について多面的に分析し、住宅金融の原理についても議論を展開する。

世界経済危機と日本経済
西尾夏雄・赤羽裕・池袋昌子　編著
Ａ５判・並製・240頁・2800円（税別）

今や世界経済危機は、金融危機から財政危機に転化した。米国、欧州、中国、日本の経済危機対策を検証し、これからの経済システムの在り方を考察する。われわれは、諸国民が本当に幸せになるための経済システムを作り上げていく必要がある。

開発の政治経済学
―グローバリゼーションと国際協力の課題―
稲葉守満　著
Ａ５判・並製・496頁・定価4500円（税別）

一国の経済的活動の構造的特徴を理解するためには、その社会の歴史的発展パターンと経路、社会の構造と文化的規範、政治構造と文化、社会制度の形成と発展等「構造主義」理論が提起する問題を理解する必要がある。

現代中国における教員評価政策に関する研究
―国の教育法制・政策の地方受容要因と問題―
劉占富　著
Ａ５判・箱入り上製・512頁・定価7780円（税別）

教育評価および教員評価制度の運用実態について、中央政府と大都市、中・小都市、郷・鎮、農村と都市規模別に分析することで、国と地方、さらに地方間で政策・法制度に大きな格差・乖離があることを明らかにし、教育改革への今日的課題を示している。